[우크라이나]원전 공상과학소설
과거를 통해 우리는 배워야 한다

Ĉernobil(1)

체르노빌(1부)

유리 셰르바크(Jurij Ŝĉerbak)지음

체르노빌(1부)
인　쇄 : 2023년 1월 06일 초판 1쇄
발　행 : 2023년 1월 13일 초판 2쇄
지은이 : 유리 셰르바크(Jurij Ŝcerbak)
에스페란토역 : 엘레나 세브첸코, 알렉세이 주라블요프
(Elena Sevĉenko, Aleksej Ĵuravljov)
옮긴이 : 이낙기
펴낸이 : 오태영
출판사 : 진달래
신고 번호 : 제25100-2020-000085호
신고 일자 : 2020.10.29
주　소 : 서울시 구로구 부일로 985, 101호
전　화 : 02-2688-1561
팩　스 : 0504-200-1561
이메일 : 5morning@naver.com
인쇄소 : TECH D & P(마포구)

값 : 22,000원
ISBN : 979-11-91643-79-4(04890)

[우크라이나]체르노빌 원전 장편소설
과거를 통해 우리는 배워야 한다.

Ĉernobilo(1)

체르노빌(1부)

유리 셰르바크(Jurij Ŝĉerbak)지음

엘레나 세브첸코, 알렉세이 주라블요프
(Elena Sevĉenko, Aleksej Ĵuravljov) 에스페란토역

이낙기 옮김

진달래 출판사

Tradukis: Elena Sevĉenko
Aleksej Ĵuravljov
Redaktis: Aleksandr Ŝevĉenko
Dmitrij Perevalov

Traduko en Esperanto

1910000000-312
014 (01)-90 - 322-90
ISBN 5-01-002344-X

목 차

에·한대역판의 목적

이낙기(전 한국에스페란토협회 부회장)

본 대역은 자가학습이 그 목적이다. 최근에는 비대면으로나마 학습의 기회가 많아져 다행이지만, 우리에게는 초급을 마치고나면 더 이상 학습 기회가 쉽지않았다. 그러니 전부가 자가학습으로 전환하다보니 효과가 그리 크지않았던 것이 사실이었다. 이를 해소하고자 한 방편으로 본 대역판을 내보았다.

그런데 이 대역본 안에는 무수한 오류나 수정해야 할 문안들이 많다. 그런 오류를 발견하거나 수정의견을 제시할 때 읽는 이의 자가학습효과가 있다고 본다.

더하여 우리는 낯선 우크라이나 국가, 체르노빌원자력 발전소 폭발에 대해서 잘 모르는 건 사실이다. 우리는 과연 방사능이니 방사선이니 하는 말글을 얼마나 알고있는지 곱씹어볼 필요가 있다.

에스페란토인은 에스페란토 말글을 잘 숙지해야한다. 쉽지만은 않다. 도움되기를 희망한다.

UNUA PARTO 제1부
MIA KONFESO 나의 고백

Ĉio, la Zono! Kaj tuj tia frostotremo sur la hauto... Ĉiun fojon mi havas tian frostotremon, kaj ĝis nun mi ne scias, ĉu tiel la Zono min renkontas, aŭ la nervoj ĉe la stalkero ekscitiĝas.
존Zono의 모든 것! 그리고 바로 피부에 소름이 돋는다.
언제나 그런 소름을 느낀다.
그리고 존이 그렇게 내게 다가올지 또는 추적자의
신경이 흥분될지 지금까지 몰랐다.

Racio estas la kapablo uzi fortojn de la ĉirkaŭa mondo sen detrui tiun mondon.
이성이란 주위의 세상을 파괴하지 않고 그 세상의 힘을 사용하는 능력을 말한다.

A. Strugackij, B. Strugackij.
"Pikniko ĉe vojrando", 1972.
A. 스트루가키, B. 스트루가키.
"길가의 소풍", 1972.

La sovetiaj verkistoj-fikciuloj fratoj Strugackije havas rakonton, laŭ kiu estas farita mirinda filmo "Stalkero".
En la angla tio signifas - spuresploristo, ĉasisto. Antaŭ 1986 la enhavo de la rakonto estis centprocente fikcia.

소련의 소설가 스트루가키 형제는 희한한 영화 “스토커”를 만든 대본을 가지고 있습니다. 영어로 추적자, 사냥꾼을 의미합니다. 1986년 이전에는 이야기의 내용이 100% 허구였습니다.

Sur la Tero ekzistas la Zono, supozeble restinta post vizito de aliplaneda civilizo.
우리 지구상에는 외계 행성인이 방문한 후 남겨진 것으로 추정되는 존이 있습니다.

La Zono estas fermita kaj gardata de milittrupoj de UN, ĉar en ĝi okazas io, kio estas super la homa kompreno.
이 존에는 인간이 이해할 수 없는 일이 일어나고 있어 유엔군이 폐쇄하고 지키고 있습니다.

Sed la Zonon kontraŭleĝe vizitadas stalkeroj kaj alportas de tie fabelajn aĵojn, kiuj kostas multe da mono.
그러나 이 존에 추적자들이 몰래 들어가보기도하고, 꽤 값이 나간다는 회괴한 물건들을 반출하기도 한답니다.

Dank' al la stalkeroj la teranoj konatiĝas kun aĵoj el estonto: eterna motoro, eternaj piloj, generatoroj de juneco...
추적자들 덕분에 지구인들은 미래에 나올 공산품들 : 영원한 엔진, 영원한 배터리, 노화되지않는 발전기들에 대해 알게 됩니다.

La stalkeroj estas bravaj, spertaj kaj singardaj homoj.

Sed de iam ili ricevas sindromon de la Zono.
추적자들은 과감하고 숙련되고 신중한 이들입니다. 그러나 언젠가부터 그들은 존 증후군에 걸리고 맙니다.

Ili scipovas senti danĝeron, povas vidi en mallumo, aŭguras okazontaĵojn.
그들은 위험을 감지할 줄 알고, 어둠 속에서 볼 수 있으며, 미래에 발생할 사건들을 예측하기도합니다.

Ĉe la stalkeroj naskiĝas strangaj infanoj kun nehomaj kapabloj...
추적자들 사이에는 인간의 능력을 가지지 않은 이상한 아이들이 태어나기도 합니다.

Ĉu povus la verkistoj supozi, ke simila Zono aperos en ilia lando, ke sindromo de la Zono estos ĉe miloj da homoj, ke la natura realo povas esti pli terura, ol la realo fikcia?
작가들은 추정하기를 유사한 존이 그들의 나라에 나타나, 존 신드롬이 수천 명의 사람들에게 발생할 것인지 자연의 현실이 허구의 현실보다 더 끔찍할 수 있다고 가정할 수 있을지?

Pasis jaro post la akcidento de Ĉernobila atoma elektrocentralo. Nur jaro.
체르노빌 원자력 발전소 사고가 발생한 지 1년이 되었습니다.
단지 1년.

Sed kia malproksima, idilie kvieta ŝajnas al ni tiu

mondo antaŭ la tragedio en Ĉernobil - trankvila, nerapidema, tromemfida, dum jaroj restanta en duondorma, pardonema, ĉiopermesanta bonanimeco.
그러나 체르노빌의 비극이 있기 전에 그 세계가 얼마나 멀리 떨어져 있고 목가적일 정도로 고요한지 - 조용하고, 서두르지 않고, 완전하게 자신을 믿고, 반쯤 잠들고, 용서하고, 모든 것을 허용하는 선의로 몇 년 동안 남아 있습니다.

Por ĉiuj, kiuj rekte aŭ nerekte partoprenis la tragedion en Ĉernobil, la tempo kvazaŭ disrompiĝis je du neegalaj partoj: antaŭ la 26-a de aprilo 1986 kaj post ĝi.
체르노빌 비극에 직간접적으로 가담한 모든 관계자들에게 시간은 1986년 4월 26일 이전과 이후의 완전히 다른 두 부분으로 나뉜 것처럼 보였습니다.

Kiel trafe diros pri tio unu el la heroinoj de nia rakonto Anelija Perkovskaja: "Tio tre rememorigis la militon. Kaj ĉe ni, ĉe ĉiuj geknaboj el la urba komitato ĝis nun restis la sama apartigo: antaŭ la milito kaj post la milito. Ni ĝuste tiel diras: tio okazis antaŭ la milito".
우리 이야기의 여주인공 중 한 명인 아넬리야 페르코프스카야 Anelija Perkovskaya는 이에 대해 적확하게 다음과 같이 말할 것입니다.
“그것은 전쟁을 강하게 기억하게 했습니다. 그리고 우리에게 있어, 시 위원회의 모든 소년 소녀들에 지금까지 동일한 분리가 유지된 것 : 전쟁 전과 전쟁 후. 우리가 바로 그렇게 말하는 것:

그것은 전쟁 전에 일어났습니다."

La tempon, pasintan post la akcidento, precipe dum la unuaj, plej malfacilaj monatoj, kiuj daŭris, ŝajnis, tutan eternon, oni povas dividi je kelkaj epokoj, etapoj, periodoj, stadioj, - nomu, kiel vi volas, — kun siaj apartaj trajtoj kaj signoj, klare konturitaj limtempoj – de la mirindege bela, en neĝblanka disfloro de ĝardenoj kaj elbordiĝo de riveroj dum la tragika ukraina printempo de la okdek sesa jaro, kiu ekde nun eniros en ĉiujn lernolibrojn pri historio, en ĉiujn kronikojn kaj legendojn de la homaro, ĝis la malfrua nebula aŭtuno, kiam en Ĉernobil okazis la mitingo: finiĝis la konstruado de la sarkofago - la konstruaĵo, kiu fermis la breĉon de la kvara bloko.
사고 후 지나간 시간, 특히 가장 어려웠던 첫 몇달간, 영원할 것 같았던 그 시간은 수 세대世代, 단계, 기간, 시기로 나눌 수 있습니다. - 원하는 대로 부르세요. - 그들의 특별한 특성과 징후, 명확하게 묘사된 시간의 경계 - 놀랍도록 아름다운, 백설白雪꽃이 만발한 정원과 그리고 1986년의 비극적인 우크라이나 봄철에 강이 범람합니다. 이제부터 체르노빌에서 집회가 열렸던 늦은 시간 안개가 자욱한 가을까지 모든 역사 교과서, 모든 연대기 및 인류의 전설에 들어갈 것입니다: 석관 건설이 완료되었습니다. 4호 블록의 틈을 막은 건물.

Jaro estas sekundo en la historio de la homaro, jaro estas ne tre longa periodo ankaŭ en la vivo de ajna homo.

인류 역사에서 1년은 1초에 지나지 않고, 1년은 누구에게도 그리 긴 시간이 아닙니다.

Sed dum tiu jaro ne, ne dum jaro, dum kelkaj monatoj nur ni ĉiuj impete malblindiĝis, pliaĝiĝis je tuta epoko; ni iĝis pli severaj kaj postulemaj al ni mem kaj al tiuj, kiuj akceptas respondecajn decidojn, al tiuj, en kies manoj estas homaj vivoj kaj sorto de la naturo; ni komencis alimaniere, pli severe taksi la aferojn kaj agojn, faritajn dum tiuj monatoj, la vortojn, diritajn kaj publikigitajn dum tiu malfacila por nia popolo tempo.
그러나 그 해 동안이 아니라, 일년 동안이 아니라, 몇 달 동안 우리 모두는 갑작스레 눈을 뜨게 되었고, 전 세대에 걸쳐 나이를 더해갔습니다:
우리는 우리 자신에게 더 엄격해지고 더 외람돼갔습니다.
그리고 책임있는 결정을 받아들이는 사람들, 인간의 생명과 자연의 운명을 손에 넣은 사람들에게, 우리는 우리 국민을 위해 그 어려운 시기에 말하고 발표한 말과 그 달 동안 행해진 일과 행동을 다른 방식으로, 더 엄격하게 평가하기 시작했습니다.

Ĉar ja tre altan prezon ni devis kaj ankoraŭ devos pagi pro Ĉernobil.
왜냐하면 우리는 체르노빌에 대해 매우 높은 대가를 치렀고 또 치러야 하기 때문입니다.

En la komuniko de CK KPSU kaj Konsilio de Ministroj de USSR de la 14-a de decembro 1986

estas farata anticipa resumo de la solvado dum kurta templimo de la grandskalaj taskoj pri likvido de la postsekvoj de la akcidento en Ĉernobila AEC, estas kelkaj impresaj ciferoj kaj faktoj, ebligantaj koncepti la komplikegajn, ne havantajn analogojn en nialanda kaj monda praktikoj, laborojn pri konservigo de la detruita energibloko, efektivigitajn en malfacilaj kondiĉoj.
1986년 12월 14일 KPSU 중앙위원회와 소련 각료회의의 협의에서 체르노빌 사고의 결과에 대한 대규모 청산 작업의 짧은 마감일 동안의 결의안의 사전 요약 원전이 만들어지고, 매우 복잡한 것을 생각할 수 있게 해주는 인상적인 수치와 사실이 있습니다. 국내 및 세계 관행에 전례가 없고 어려운 조건에서 수행된 파괴된 에너지 블록의 보존에 대한 작업입니다.

Plena koncepto de la okazinta (ni rememoru la Grandan Patrian Militon) estas la afero de la estonto, eble, de la fora estonto.
무슨 일이 일어났는지 (위대한 애국 전쟁을 기억하자)에 대한 완전한 개념은 미래, 아마도 먼 미래의 문제입니다.

Eĉ ne unu- verkisto aŭ ĵurnalisto, kiom ajn kompetenta li estu, kapablas nun fari tion.
아무리 유능한 작가나 기자 어느 한 사람이라도 지금은 그렇게 할 수 없습니다.

Venos tempo - mi kredas je tio, - kiam la epopeo de Ĉernobil prezentiĝos antaŭ ni en sia tragika tuto,

en la tuta multfaceteco, en dankaj vivpriskriboj de veraj herooj kaj malrespektaj karakterizoj de krimuloj, allasintaj la akcidenton kaj ties gravajn postsekvojn - ĉiujn endas listi laŭnome! en diskretaj kaj precizaj ciferoj kaj faktoj, en la tuta komplikeco de la vivaj cirkonstancoj kaj oficaj interplektoj, homaj esperoj, iluzioj, en neunusignifeco de moralaj pozicioj, okupataj de la partoprenantoj de la epopeo.
체르노빌 서사시가 비극적인 전체, 모든 다양성, 진정한 영웅에 대한 감사하는 삶의 묘사와 사고와 그 심각한 결과를 수용한 범죄자의 무례한 특성으로 우리 앞에 나타날 때가 올 것이라고 믿습니다. - 모두 이름으로 나열해야 합니다! 불연속적이고 정확한 숫자와 사실, 삶의 상황과 공식 얽힘의 모든 복잡성, 인간의 희망, 환상, 서사시 참가자가 차지하는 도덕적 위치의 모호함.

(min konstante ne lasas la penso pri tio, ke tio estas la epopeo, pro sia grandioza skalo tuŝanta radikajn problemojn de la popola ekzistado - de la vivo kaj morto, de la milito kaj paco, de la pasinto kaj estonto)
(삶과 죽음, 전쟁과 평화, 과거와 미래의 인간 존재의 근본적인 문제에 영향을 미치는 거대한 규모 때문에 이것이 서사시라는 사실에 대한 생각이 떠나지 않습니다.)

Mi opinias, ke por kreo de tia epopeo estos bezonataj novaj vidpunktoj, novaj literaturaj formoj, diferencaj de, ekzemple, "Milito kaj paco" aŭ "Kvieta

Don". (Romanoj de Leo Toltoj kaj Miĥail Ŝoloĥhov)
그런 서사시, 새로운 관점을 만들기 위해서는 예를 들어 '전쟁과 평화'나 '조용한 돈강'과 다른 새로운 문학 형식이 필요하다고 생각합니다.(레오 톨스토이와 미하일 숄로호프의 소설)

Kiaj ili estos? Mi ne scias.
그들은 어떻게 될까요? 나는 모르겠네요.

Sed dume... Dume mi volas proponi al la leganto siaspecan muntaĵon de la dokumentoj kaj faktoj, atestoj de ĉeestintoj - baldaŭ post la akcidento mi plurfoje estis en la Zono kaj en la regionoj, najbaraj al ĝi.
그러나 그 동안... 그 동안 나는 독자들에게 일종의 몽타주 문서와 사실, 목격자의 증언을 제공하고 싶습니다. 사고 직후 나는 존과 그 인접 지역에 여러 번 있었습니다.

La eksplodo en Ĉernobil enkondukis la homaron en la novan periodon de evoluo de la civilizo, pri kies ebleco nur nebule, intuicie konjektis la verkistoj-sciencfikciuloj.
체르노빌의 폭발은 인류를 문명의 새로운 발전 단계로 안내했으며, 그 가능성은 공상과학 소설 작가들에 의해 모호하고 직관적으로 추측되었을 뿐입니다.

Sed la plimulto de la racieme pensantaj, optimisme orientitaj sciencistoj kaj teknikuloj-pragmatikuloj kaŭze de limigiteco de sia fantazio kaj sekvanta el

tio memfido nenion similan povis antaŭvidi, kaj ankaŭ ne volis, evidente.
그러나 합리적으로 사고하고, 낙관적으로 지향하는 과학자 및 기술자 - 실용주의자의 대다수는 상상력의 한계와 그에 따른 자신감으로 인해 유사한 것을 예측할 수 없었고 분명히 원하지 않았습니다.

Nur apartaj, la plej prudentaj sciencistoj lastatempe ekmeditis pri katastrofaj eblecoj de la ekstrema koncentriĝo de la industriaj kaj sciencaj kapacitoj.
가장 신중한 과학자들은 최근에 산업 및 과학 역량의 극도의 집중적 파국적 가능성에 대해 명상하기 시작했습니다.

Pri tio atestas la esprimoj de akademiano V.A. Legasov, publikigataj sur paĝoj de nia novelo.
그것에 대해 우리 단편소설로 이미 알려진바 있는 아카데미회원 레가소프Legasov 발표로 입증됩니다.

Dum kelkaj tagoj ni kvazaŭ transpaŝis el unu epoko antaŭatoma en la epokon nekonatan, postulantan radikan rekonstruon de nia pensado.
며칠 동안 우리는 원자 이전 시대에서 미지의 시대로 발을 내디뎠으며, 우리의 사고를 근본적으로 재구성해야 합니다.

Al severa kontrolo estis submetitaj ne homaj karakteroj, sed ankaŭ multaj niaj konceptoj kaj metodoj de laboro.
인간 캐릭터가 가혹한 통제를 받는 것이 아니라 우리의 많은 개념과 작업 방식이 통제되었습니다.

La sorto donis al ni eblecon rigardi post randon de la nokto, de tiu nokto, kiu estos, se komencos eksplodi la atomaj ŝarĝkapoj.
운명은 우리에게 밤의 끝자락, 즉 원자탄두가 폭발하기 시작하는 그날 밤을 볼 기회를 주었습니다.

La akcidento de Ĉernobil prezentis al la homaro plurajn novajn – ne nur sciencajn aŭ teknikajn, - sed ankaŭ psikologiajn problemojn.
체르노빌 사고는 인류에게 - 과학적 또는 기술적 문제뿐만 아니라 - 여러 가지 심리적 문제까지 제시했습니다.

La konscio tre malfacile rezignacias pri tiu absurda situacio, kiam la morta danĝero ne havas eĉ guston, koloron kaj odoron, sed mezureblas nur per specialaj aparatoj, kiuj dum la akcidento, interalie, ne estis havataj aŭ ili ne estis pretaj por la laboro.
필멸의 위험이 맛도 색깔도 냄새도 맡지 못할 때, 의식이 그 터무니없는 상황에 몸을 맡기는 것은 매우 어렵습니다.
그러나 사고 당시 사용할 수 없었거나 작업 준비가 되지 않은 특수 장치로만 측정할 수 있습니다.

La akcidento montris, ke la homo, se li volas konservi la vivon, devos evoluigi la novan, "instrumentan" pensadon, kompletigante la sentorganojn kaj jam kutimajn esplormetodojn de la

ĉirkaŭa medio (tiaj, kiel mikroskopo, kemiaj analizoj) per Geiger-mezuriloj.[1]
이 사고는 인간이 생명을 보존하려면 가이거미터와 함께 주변 환경(현미경, 화학 분석 등)에 대한 기존의 일반적인 연구 방법과 감각 기관을 보완하는 새로운 "도구적" 사고 방식을 개발해야 한다는 것을 보여주었습니다.

La danĝero en Ĉernobil kaj ĉirkaŭ ĝi saturis la bonodoran aeron, blank-rozkoloran floraron de la pom- kaj abrikotarboj, polvon de vojoj kaj stratoj, akvon de kamparaj putoj, lakton de bovinoj, freŝajn legomĝardenajn verdaĵojn, la tutan idilian printempan naturon.
체르노빌과 그 주변의 위험은 상쾌한 공기, 사과와 살구 나무의 흰색 분홍색 꽃, 도로와 거리의 먼지, 시골 우물 물, 암소의 우유, 싱싱한 녹색채소들, 모든 목가적인 봄의 생태계를 풍성하게 합니다.

Kaj ĉu nur la printempan?
그리고 단지 봄뿐이라고 할까요?

Jam aŭtune, vizitante la distrikton Polesskij, en konversacioj kun la loĝantoj de la vilaĝoj Vilĉa kaj Zelenaja Poljana mi konvinkiĝis pri tio, kiel malsimple la novaj postuloj de la atoma epoko eniras en la konscion, en la vivon de la homoj.
이미 가을에, 폴레스키Polesskij 지역을 방문하여 빌차Vilĉa 및

1) 가이거미터/가이거카운터 - 방사선측정장비 Geiger-Müller Counter

젤레나야 폴리아나Zelenaja Poljana 마을 주민과의 대화에서 나는 원자력 시대의 새로운 요구 사항이 사람들의 의식, 사람들의 삶에 들어가는 것이 얼마나 어려운지 확신하게 되었습니다.

La antaŭa, dum jarcentoj formiĝinta kamparana vivmaniero koliziis kun la novaj realaĵoj de la mondo post-Ĉernobila: dozometristoj rakontis, ke plej malfacile, preskaŭ neeble, estas purigi de radiado vilaĝajn pajlotegmentojn de ĥatoj; tre danĝeras bruligo de folioj - pri tio ni konvinkiĝis mem en Vilĉa, proksimiginte la dozometron al la fajro, bruligita en korto far neglektemaj dommastroj: la mezurilo reagis per konsiderinda grandiĝo de ciferoj.
수세기에 걸쳐 이어온 이전 농민의 생활 방식은 체르노빌 이후 세계의 새로운 현실과 충돌했습니다.
방사능측정기사들은 마을 초가 지붕을 방사선으로부터 청소하는 것이 가장 어렵고 거의 불가능하다고 말했습니다:
불타는 나뭇잎은 매우 위험 - 우리는 빌차에서, 주부들이 별 생각없이 마당에서 태운 불에 계측기를 가까이 대 보고는, 그 사실을 스스로 확신하게 되었는데:
측정기는 숫자의 의미심장한 상당한 증가폭으로 반응했습니다.

Do kiel sonu nun la strofo de la poeto “eĉ fumo patrolanda dolĉas kaj agrablas...”
그렇다면 시인의 시구절은 이제 “조국의 연기마저도 달콤하고 기분이 좋다.” 라고 읊을까요?

Pro la sama kaŭzo ĉi tie estas malpermesita uzado de brulligno, ĉar, laŭ trafa esprimo de unu el kuracistoj, ĉiu forno en distrikto Polesskij transformiĝus je malgranda kvara reaktoro.
같은 이유로 여기에서는 장작의 사용이 금지되어 있습니다. 의사 중 한 사람의 적절한 표현에 따르면 폴레스키 지역의 모든 용광로는 작은 4호 원자로로 변형될 것이기 때문입니다.

Por la loĝantaro estis alportita karbo.
주민을 위해 석탄을 가져왔습니다.

Kiu eĉ jaron antaŭe povus scii, ke la altiĝinta nivelo de radiado riveliĝas en fungoj, torfejo, riboj,
kaj en la loĝlokoj - apud domanguloj – tie, kie de tegmentoj defluas la pluvakvo...
1년전만해도 버섯, 토탄갱土炭坑, 까치밥나무 열매에서나, 주거지 -집모퉁이 옆- 지붕에서 흘러내리는 빗물에서 방사능 수치계수가 높게 나타난다는 것을 어느 누가 알았겠습니까?

Estante nesentebla, la danĝero ĉe unuj pliigis la senton de necerteco kaj timo, ĉe aliaj, male, kaŭzis iaspecan senzorgan neglektemon: multaj el tiaj kuraĝuloj per sano pagis pro sia “kuraĝo”, ignorante la plej simplajn kaj endas diri, sufiĉe efikajn protektrimedojn.
감각을 느낄 수 없는 상태에서, 일부 사람들의 위험은 불확실성과 두려움의 느낌을 증가 시켰고, 다른 사람들에게는 반대로 일종의 부주의 한 과실을 유발시켰습니다.

그러한 용감한 사람중 많은 이들은 가장 간단하고 매우 효과적인 보호 수단을 무시한 채 "용기" 만으로 건강을 바쳤습니다.

Nur objektiva, ne misformita de ies "optimisma" volo, ne kaŝita post sep seruroj de sekreteco scio pri reala situacio, nur observo de raciaj protektrimedoj kaj konstanta kontrolado de radiadniveloj povas doni al tiuj, kiuj troviĝas en la minacata zono, la bezonatan senton de certeco. Ĉernobil.
누군가의 "낙관적인" 의지에 의해 왜곡되지 않는 객관적인, 7가지 비밀의 자물쇠 뒤에 숨겨지지 않은, 현실 상황에 대한 지식, 합리적인 보호 조치의 준수와 아울러 방사선 수준의 지속적인 점검/모니터링만이, 위협받는 구역, 확실성이 요구되는 체르노빌, 사람들에게 필요한 정보를 제공할 수 있습니다.

Tia estas unu el nepraj lecionoj de Ĉernobil.
이것이 체르노빌의 중요한 교훈 중 하나입니다.

Restante en la regionoj de ekstrema situacio, vidante, kia enorma plago subite falis sur dekmilojn da homoj, mi ofte rememoradis niajn literaturajn diskutojn pri moderna temo, pri nuntempo kaj estonto de la romano aŭ novelo, pri pozitiva heroo kaj neceso pri "studado" (!) de la vivo kaj pri ceteraj aĵoj, tiam ŝajnintaj al ni tiom gravaj.
극한 상황에 처한 지역에 머물러, 수만 명의 사람들에게 갑자기 닥친 엄청난 재앙을 보면서, 나는 종종 현대의 테마에 대한, 소설의 현재와 미래에 대한 또는 실질적인 영웅과 그 당시 우리에게 매우 중요해 보였던 삶과 다른 것들을 “연구” (!)해야 할 필요성에 대한 우리들의 문학적 토론을 회상했습니다.

Kiaj skolastikaj kaj foraj de tiu vivo evidentiĝis ili tie, en la Zono, kiam antaŭ miaj okuloj disvolviĝis senprecedenca dramo, kiam la homa esenco - kiel tio okazis dum la milito - evidentiĝis ekstreme rapide: la tuta maskaro subite defalis de la homoj, kvazaŭ foliaro de arboj pro efiko de senfoliigiloj, kaj ardaj babilistoj, alvokantaj dum kunvenoj al "akceliĝo" kaj “aktivigo de homa faktoro”, evidentiĝis esti ordinaraj malkuraĝuloj kaj fiuloj, sed modestaj, nekonataj laboruloj - veraj herooj.
내 눈 앞에 전대미문의 드라마가 펼쳐지고 (그) 전쟁 중 일어나는 것 같이 인간의 본질이 극도로 빠르게 드러났을 때
그 지역 존에 있는 그들이 얼마나 현학적이고 그런 삶에서 동떨어져 있는지가 확연히 드러났다.
마치 고엽제 효과로 나뭇잎이 뚝뚝 떨어지듯이
모든 마스크가 갑자기 사람들로부터 떨어져 나갔습니다.
그러자 모임에서 “가속” 과 “인력 활성화” 를 외치는 열나게 잡담하던 사람은 평범한 겁쟁이와 더러운 놈으로 드러났지만 겸손하고 알려지지 않은 근로자가 진정한 영웅으로 밝혀졌습니다.

Ni vidu, ekzemple, maljunan fajrobrigadanon, "avon" Grigorij Matveević Amel, kies kamparane nehastema rakonto estas prezentita ĉi tie: li kaj du liaj filoj-fajrobrigadanoj estis damaĝitaj dum la

akcidento en AEC kaj troviĝis en diversaj hospitaloj en Moskvo kaj Kiev, la edzino estis evakuita el la vilaĝo apud Pripjatj en la distrikton Borodjanskij kaj daŭre laboris - kuiris - manĝaĵon kaj veturigis ĝin al mekanizistoj en kamparon...
예를 들어, 여기에서 소박하게 서두르지 않는 이야기가 나오는 늙은 소방관 "할아버지" 그리고리즈 마트베비치 아멜Grigorij Matveević Amel을 봅시다.
그와 그의 두 소방관 아들은 원전에서 사고로 부상을 당했고 모스크바와 키이우의 여러 병원에 입원했습니다. 아내는 프리피야트Pripjatj 근처 마을에서 보로단스키Borodjanskij 지구로 대피하고 계속 일하고 요리하고- 시골의 정비사들에게 음식을 날랐습니다.

Kiuj niaj literaturaj aŭ ĉiutagaj, aŭ ofte bagatelaj kaj neglektindaj, problemoj estis kompareblaj kun la dramo de tiuj homoj, kiuj kondutis kun alta homa digno?
우리의 문학적 또는 일상적, 또는 종종 사소하고 무시할 수 있는 문제 중 어떤 것이 높은 인간 존엄성에 입각하여 행동하는 사람들의 드라마와 견줄 수 있을런지요?

Aŭskultante la rakonton de la prudenta ukraino Hmel, mi ial rememoris "Taras Bulba" de Gogol.
슬기로운 우크라이나인 흐멜Hmel의 이야기를 들으며 어떤 이유에서인지 고골의 'Taras 불바Taras Bulba'가 떠올랐습니다.

Dum kelka tempo post tio, kion mi ekkonis kaj

ekvidis en Ĉernobil, al mi ŝajnis, ke mi neniam plu tuŝos plumon - ĉiuj tradiciaj literaturaj formoj, ĉiuj fajnaĵoj de stilo kaj plektaĵoj de kompono ĉio ŝajnis al mi senfine fora de la vero, artefarita kaj nebezonata.
체르노빌에서 알게 된 후 얼마 동안은 다시는 펜을 잡지 않을 것 같았습니다.
모든 전통적인 문학 형식, 스타일의 모든 미묘함 및 구성의 짜임은 모두 나에게 인공적이고 불필요한 진실에서 무한히 멀리 떨어져 있는 것처럼 보였습니다.

Kelkajn tagojn antaŭ la akcidento mi finis la romanon "Kialoj kaj sekvoj", rakontantan pri kuracistoj de laboratorio de speciale danĝeraj infekcioj, batalantaj kontraŭ tia morta malsano, kiel rabio; kaj kvankam kelkaj situacioj de la romano pro stranga interplektiĝo de cirkonstancoj evidentiĝis esti sammotivaj kun tio, kion mi ekvidis (certe, ne kompareblas la skalo de la okazanta), la romano iel tre rapide estingiĝis en mia konscio, demoviĝis ien malantaŭen, en "pacan tempon".
사고 며칠 전에 나는 공수병恐水病과 같은 치명적인 질병과 싸우는 특히 위험한 감염 실험실의 의사에 대해 이야기하면서 소설 "원인과 결과"를 완성했습니다. 그리고 소설의 어떤 상황은 상황이 이상하게 얽혀서 내가 본 것과 같은 동기로 밝혀졌지만 (확실히 일어난 일의 규모는 비교할 수 없음), 소설은 어떻게든 나의 의식에서 매우 빨리 사라졌습니다. 의식은 어딘가로 되돌아가 "평화로운 시간"으로 이동했습니다.

Ĉion absorbis Ĉernobil.
그 모든 것을 체르노빌이 흡수해버렸습니다.

Kiel giganta magneto ĝi logis min al si, ekscitis imagopovon, devigis vivi per la Zono, per ĝia stranga, deformita realo, pensi nur pri la akcidento kaj ĝiaj postsekvoj, pri tiuj, kiuj luktas kontraŭ la morto en klinikoj, kiuj penas bridi la atoman ĝinon en senpera proksimo de la reaktoro.
거대한 자석처럼 나를 유혹하고 내 상상력을 자극하고 이상하고 변형된 현실에 의해 그 존 내에 살면서 사고만 생각하도록 강요했습니다.
그리고 그 결과, 병원에서 죽음에 맞서 싸우는 사람들, 원자로 근처에서 원자 진震을 억제하려고 하는 사람들에 관한 것입니다.

Al mi ŝajnis malnoble, neeble resti flanke de la eventoj, kaŭzintaj por mia popolo tian plagon.
내 주변사람들에게 그런 재앙을 일으킨 사건의 편에 서는 것이 천박하고 불가능해 보였습니다.

Dum multaj jaroj antaŭ aprilo 1986 min persekutis la sento de kulpo - la kulpo pri tio, ke mi, denaska kievano, verkisto, kuracisto, pasis preter la tragedio de mia denaska urbo, okazinta komence de la sesdekaj jaroj malseka sablo kaj akvo, akumuliĝintaj en Babij Jar, el kiu la urba estraro intencis krei la lokon por amuzado (!), trarompis digon kaj

ektorentis al Kurenevka, kauzante multnombrajn detruojn kaj homajn viktimojn.
1986년 4월 이전의 여러 해 동안 나는 죄책감에 사로잡혀 있었습니다.
작가이자 의사인 키이우 출신의 나 자신이 60년대 초반에 일어난 비극적인 사건을 지나쳤다는 죄책감, 바비 야Babij Yar에 쌓인 젖은 모래와 물을 시의회는 유흥(!)을 위한 장소를 만들기 위해 댐을 뚫고 쿠레네프카Kurenevka로 흘러들어 수많은 파괴와 인명 피해를 초래한 사실이 나를 괴롭혔습니다.

Dum multaj jaroj silentis la ukrainia literaturo (kaj mi kune kun ĝi) pri tiu katastrofo, kaj nur antaŭnelonge Olesj Gonĉar en la rakonto "Nigra raveno" kaj Pavlo Zagrebelnij en la romano "Suda komforto" sin turnis al la eventoj de tiu horora antaŭprintempa tagiĝo...
수년 동안 우크라이나 문학(그리고 나는 그것과 함께)은 그 재앙에 대해 침묵했고, 최근에 와서야 "검은 까마귀" 이야기의 올레즈 곤차르Olesj Gonĉar와 소설 "남쪽의 안락" 의 파블로 자그레벨니Pavlo Zagrebelnij가 그 끔찍한 봄 이전의 새벽 사건으로 관심을 가졌습니다.

Kial do mi silentis? Ja mi povus kolekti faktojn, atestojn de ĉeestintoj, povus trovi kaj nomi la kulpintojn pri la plago...
나는 왜 침묵했는가? 정말 나는 사실과 목격자 진술을 수집할 수 있었고 참화慘禍의 범인을 찾아 그 이름을 댈 수 있었는데.

Mi ne faris tion. Verŝajne, mi ne atingis tiam la komprenon de iaj tre simplaj, tre gravaj veraĵoj.
나는 그렇게 하지 않았습니다. 진정, 그때 나는 매우 간단하고, 매우 중요한 진리에 대한 이해에 이르지 못했습니다.

Kaj la tempo estis tia, ke mian krion oni ne rimarkus - ĝi estus malpli laŭta ol kula[2] zumado: mi havis tiam nur la unuajn publikaĵojn en "Junostj" ("Juneco"), "Literaturnaja gazeta" kaj ankoraŭ nur skribis mian unuan novelon "Kiel en milito"...
그리고 그 시간은 나의 외침이 알아차리지 못할 정도였습니다 - 그것은 모기의 윙윙거림보다 덜 시끄러웠을 것입니다: 그때 나는 "유노스티Junostj"("청소년"), "리테라투르나야 가제타 Literaturnaja gazeta"의 첫 번째 출판물만을 가지고 있었고 아직 내 첫 단편 소설 "전쟁에서 처럼"만 썼습니다.

Ĉion ĉi mi diras ne por pravigi min, sed pro la vero.
내가 이 모든 말을 하는 것은 나를 옳게 여기려 함이 아니요 오직 진실함을 위함입니다.

Mi perceptis Ĉernobil tute alimaniere - ne kiel mian propran plagon[3] (al mi, fakte, nenio minacis), sed kiel la plej gravan post la Granda Patria Milito eventon en la vivo de mia popolo.
나는 체르노빌을 완전히 다른 방식으로 인식했습니다. - 내 자

2) kul-o <곤충> 모기.
3) plago ①<성서> (하나님이 내리는)재앙(災殃), 재난(災難).

신의 고유한 재앙(사실 나에게는 위협이되지 않았음)이 아니라 우리 민족의 삶에서 위대한 애국 전쟁 이후 가장 중요한 사건이었습니다.

Mi neniam pardonus min pro silento.
나는 침묵하는 내 자신을 결코 용서하지 않을지도 모릅니다.

Fakte, komence, funkciante kiel speciala korespondanto de "Literaturnaja gazeta", mi vidis mian taskon sufiĉe malvaste: rakonti pri la kuracistoj, partoprenantaj likvidadon[4] de la postsekvoj de la akcidento.
사실, 처음에는 "리테라투르나야 가제타"의 특파원으로 일하면서 내 임무를 아주 좁게 보았습니다: 사고의 후속결과를 청산하는 데 참여한 의사에 관한 이야기입니다.

* Dum la Dua mondmilito tie troviĝis koncentrejo, kie la faŝistoj efektivigis amasajn murdadojn. (Red.)
* 제2차 세계 대전 중에 그곳에는 파시스트들이 대량 학살을 자행한 강제 수용소가 있었습니다. (편집자주)

Sed la procezo de la vivo mem devigis min poiome vastigi la sferon de serĉado, renkontiĝi kun centoj de la plej diversaj homoj fajrobrigadanoj kaj akademianoj, kuracistoj kaj milicistoj, instruistoj kaj ekspluatistoj de AEC, ministroj kaj soldatoj,

---

4) likvidado 청산(淸算), 결산, 정리, 해산. ~anto, ~isto 청산인, 결산자(者), (비유)해결사.

komsomolaj funkciuloj kaj metropolitoj, usona milionulo kaj sovetiaj studentoj.
그러나 삶의 과정 자체가 소방관과 학자, 의사와 민병대, 교사와 원전 개발자, 장관과 군인, 콤소몰 관계자와 대도시, 미국 백만장자 그리고 소련 학생들, 수백 명의 가장 다양한 사람들을 만나기 위해 검색 영역을 점차 확장하도록 강요했습니다.

Mi aŭskultis iliajn rakontojn, surbendigis la voĉojn per magnetofono, poste, deĉifrante nokte tiujn surbendigojn, pli kaj pli admiris verecon kaj sincerecon de iliaj atestoj, precizecon de detaloj, trafecon de opinioj.
나는 그들의 이야기를 듣고 녹음기로 녹음한 다음, 밤에 그 녹음을 해독하면서 그들의 증언의 진실성과 진정성, 세부 사항의 정확성, 의견의 타당성에 점점 더 감탄했습니다.

Transformante tiujn magnetsurbendigojn en tekston, mi penadis konservi kaj parolstilon, kaj specifaĵojn de terminologio aŭ ĵargono, kaj intonacion de miaj kunparolantoj, aplikante redaktadon nur en la plej ekstremaj kazoj.
그 녹음 테이프를 글로 변환하면서 나는 가장 극단적인 경우에만 편집을 하면서 말하는 스타일, 전문 용어나, 또는 혼합어, 대화 상대의 억양을 모두 보존하려고 노력했습니다.

Al mi ŝajnis tre grave konservi la dokumentan, neelpensitan karakteron de tiuj homaj konfesaĵoj.
이러한 인간의 고백이 만들어내지 못한 성징을 보존하는 것이 매우 중요한 것처럼 보였습니다.

Mi volis, ke konserviĝu la vero.
나는 진실이 보존되기를 바랐습니다.

Mi konscias pri la tuta nepleneco de la materialoj, proponataj al la leganto: la atestoj de la ĉeestintoj, donataj ĉi tie, koncernas plejparte la unuan, plej malfacilan etapon de la akcidento; sed ja estas multo por rakonti ankaŭ pri konstruado de la sarkofago, pri agado por desradioaktivigo de la regiono, pri serĉado de sciencistoj kaj inĝenieroj, pri konstruado de 52 novaj vilaĝoj por evakuitoj dum mallongega periodo en la Kieva regiono, pri tio, kiel la ŝtato kompensis materiajn perdojn de la damaĝitaj pro la plago, kaj certe, pri abnegacia[5] laboro de medicinistoj en la Zono kaj ekster ĝi.
나는 독자에게 제공되는 자료의 모든 불완전성을 인식했습니다: 여기에 주어진 목격자의 증언은 대부분 사고의 가장 어려운 첫 번째 단계에 관한 것입니다.
하지만 정말 할말이 너무 많은 것은 석관 건설에 대해,
지역내의 방사능저감을 위한 조치에 대해,
과학자와 엔지니어를 찾는데 대해,
키이우지역에 매우 짧은 기간 동안 52개의 새로운 피난민 마을 건설에 대해, 국가가 참사 피해를 입은 사람들의 물질적 손실을 어떻게 보상했는지, 그리고 확실히, 존 안팎에서 의료진의 사심 없는 업무에 대해.

5) abnegaci-o 자제, 극기, 희생. ☞ rezigno, sindonemo. ~i 자신을 희생하다.

Kiom da interesegaj homaj sortoj, kiom da nekonataj herooj!
그 많은 흥미진진한 인간들의 운명들, 얼마나 그 많은 알려지지 않은 영웅들!

Sed mi ne opinias mian laboron finita kaj daŭre kolektadas materialojn, por fini tiun ĉi rakonton.
그러나 나는 내 작업이 끝났다고 생각하지 않고 이 이야기를 마무리하기 위해 계속 자료를 수집합니다.

TIU AMARA VORTO ĈERNOBIL
그 쓰디쓴 이름 체르노빌

Ĉernobil.
체르노빌.

Malgranda, ĉarma, periferia ukraina loĝloko, dronanta en verdaĵo, en ĉeriz- kaj pomarboj.
작으마하고 매력적인 우크라이나 교외 주거지 촌락, 벚나무와 사과 나무가 우거진 녹지로 뒤덮여있는 곳.

Somere ĉi tie ŝatis ripozi multaj kievanoj, moskvanoj, leningradanoj.
여름에는 많은 키이우인, 모스크바인, 레닌그라드인들이 이곳에서 휴식을 즐기곤 합니다.

Oni venadis ĉi tien porlonge, ofte por la tuta somero, kun infanoj kaj familianoj, luis "vilaojn", tio signifas ĉambrojn en lignaj unuetaĝaj dometoj, preparis por vintro peklaĵojn kaj konfitaĵojn, kolektadis fungojn, abunde kreskantajn en lokaj arbaroj, sunbruniĝis sur brile puraj sablaj bordoj de la Kieva maro, fiŝkaptadis.
사람들은 여름 내내 아이들과 가족들과 함께 "별장"을 임차하여 오랫동안 이곳에서 보냅니다.
즉, 목조 단층 집의 방, 겨울을 위한 피클과 잼 준비, 지역 숲에서 풍부하게 자라는 버섯 수집, 키이우 바다의 반짝이는 깨끗한 모래 사장에서 선탠도 하고 낚시를 갔다는 것을 의미합니다.

Kaj ŝajnis, ke mirinde harmonie kaj integre kunvivis ĉi tie la beleco de la naturo de Polesje kaj kaŝitaj en betono kvar blokoj de AEC, situanta proksime norde de Ĉernobil.
그리고 놀랍도록 조화로와 보였습니다.
폴레제 자연의 아름다움이 공존하는 이곳 체르노빌 북쪽 근처에 있는 원전에서 4블록 떨어진 콘크리트에 숨겨져 있습니다.

Sajnis... Veninte en Ĉernobil komence de majo 1986, mi (kaj ĉu nur mi?) kvazaŭ enrigardis strangan, nekredeblan mondon de Postspegullando, farbitan per nevideblaj kaj tial ankoraŭ pli malbonaŭguraj tonoj de supernorma radioaktiveco.
1986년 5월 초에 체르노빌에 도착한 나는 (나만 그런가?) 보이지 않는 안료로 그려진 이상하고 놀라운 거울뒤 나라의 세계를 바라보는 것 같았습니다. 그리고 역시 정상초과 방사능의 더 불길한 음색들.

Mi ekvidis tion, kion ankoraŭ antaŭnelonge estis malfacile imagi eĉ en la plej fantastikaj sonĝoj, kvankam, ĝenerale, ĉio aspektis sufiĉe kutime.
나는 일반적으로 모든 것이 아주 평범해 보여졌음에도 얼마 전까지 가장 환상적인 꿈에서도 상상하기 어려웠던 것을 보기 시작했습니다.

Kaj poste, dum sekvaj fojoj, kiam mi estis ĉi tie – ĉio jam ŝajnis rutina...

그리고 그 후, 내가 여기에 있을 때 다음 몇 번 동안에 - 모든 것이 이미 일상적인 것처럼 보였지만...

Sed unuafoje...
그러나 첫번째로..

Tio estis la urbo sen loĝantoj, sen sonoraj krioj de infanaro, sen kutima ĉiutaga, periferie nehastema vivo.
그곳은 주민도 없고, 아이들의 요란한 울음소리도 없고, 평범한 일상도, 주변에 서두르지 않는 삶도 없는 도시였습니다.

Estis firme fermitaj ŝutroj, ŝlositaj kaj sigelitaj ĉiuj domoj, oficejoj kaj magazenoj.
셔터는 굳게 닫혀 있었고, 모든 집과 사무실과 창고 역시 잠겨 있었고 봉인되어 있었습니다.

Sur balkonoj de kvinetaĝaj domoj apud la kontraŭincendia servo staris bicikloj, sekiĝis tolaĵoj.
소방서 옆 5층집 발코니에는 자전거가 서 있었고 린넨은 말라져 있었습니다.

En la urbo ne restis korta bestaro, matene ne muĝis bovinoj, nur kuradis sovaĝiĝintaj hundoj, klukis kokinoj, kaj birdoj senzorge pepis en foliaro de arboj.
도시에는 농장 가축들도 남아 있지 않았고, 아침에 응애하는 소들도 없었고, 들개들만 뛰어 날뛰었고, 암탉의 짹짹짹거리는 소리, 나무 잎사귀에서 아무렇게나 새들이 지저귀고 있었습니다.

La birdoj ne sciis, ke la polvita foliaro iĝis dum tiuj tagoj la fonto de supernorma radioaktiveco.
새들은 먼지가 많은 잎사귀가 정상초과 방사능의 근원이 되었다는 사실을 알 리 없었습니다.

Sed eĉ la lasita de la loĝantoj urbo ne estis morta.
그러나 주민들이 떠난 도시는 죽지는 않았습니다.

Ĝi vivis kaj batalis.
도시는 살아 싸우고 있었습니다.

Sed ĝi vivis laŭ severaj kaj absolute novaj por ni ĉiuj leĝoj de ekstrema situacio de la atoma epoko.
그러나 도시는 원자 시대의 극한 상황에 처한 우리 모두에게 엄격하고 절대적으로 새로운 법칙에 따라 살고 있었습니다.

En la urbo kaj ĉirkaŭ ĝi estis akumulita granda kvanto de maŝinaro: staris grandkapacitaj buldozoj kaj traktoroj, aŭtogruoj kaj skrapmaŝinoj, kanalofosaj maŝinoj kaj betonportaj aŭtoj.
도시와 그 주변에는 대용량 불도저와 트랙터, 이동식 기중기 및 스크레이퍼, 운하 굴착기 및 콘크리트 트럭이 있었습니다.

Kontraŭ la distrikta komitato de la partio, apud la monumento de Lenin, ŝtoniĝis kirastransportaŭto, el kiu rigardis juna soldato kun enspiratoro.

당의 지구 위원회 맞은편 레닌 기념비 옆에 돌덩이가 된 장갑차에 방독면을 쓴 젊은 병사가 밖을 내다보고 있었습니다.

Sub makulozaj maskigaj retoj dislokiĝis radiostacioj kaj armeaj. kamionoj.
라디오 방송국과 군사 트럭들은 누더기 같은 위장망을 뒤집어쓴 체 여기저기 흩어져 있었습니다.

Kaj antaŭ la distrikta komitato de la partio
kaj distrikta plenumkomitato,
de kie estis efektivigata gvidado de la tuta operacio,
estis dekoj da leĝeraŭtoj - nigraj "Volga" kaj "Ĉajka",
- tiel, kvazaŭ tie okazis konsultiĝo sur alta nivelo.
그리고 당의 지구위원회와 지구실행위원회 앞에는 수십 대의 승용차가 있었습니다 - 검은색 "볼가Volga"와 "차이카Ĉajka" - 마치 고위층의 합의가 있었던 것처럼.

Parton de tiuj aŭtoj, "kolektintaj" radioaktivecon, oni devis poste lasi poreterne en la Zono...
방사능을 "뒤집어" 쓴 그들 자동차의 일부는, 존에 영원히 남겨져야만 했습니다...

Proksime de Ĉernobil funkciis multnombraj postenoj de dozometra kontrolo, ĉe kiuj estis farata la strikta kontrolo de aŭtoj kaj traktoroj; sur specialaj placetoj la soldatoj en verdaj kostumoj por kontraŭkemia protekto desradioaktivigis la maŝinaron, elirintan el la Zono.

체르노빌 근처에는 자동차와 트랙터에 대한 엄격한 통제속에 수많은 계측계 제어소가 있었습니다 :
특수한 소광장에서는 대對화학 방재를 위한 녹색 복장 군인들이 존에서 나온 기계에 방사능을 제어하고 있었습니다.

Akvumaŭtoj senĉese kaj malavare lavis la stratojn de Ĉernobil, kaj staris multnombraj trafikregulistoj de ŝtata aŭtoinspekcio, kvazaŭ sur grandtrafikaj kievaj ĉefvojoj dum antaŭfestaj tagoj.
살수트럭들은 쉴새없이 체르노빌의 거리를 아낌없이 씻어내고 있었습니다. 그리고 축제 전 날에 교통량이 많은 키이우 주요 도로에서 처럼 국영 자동차 검사에서 수많은 교통 통제 기관원들이 서 있었습니다.

Kia do estas la historio de sorto estis eniri la kronikon de la 20-a jarcento?
그렇다면 20세기의 연대기 속으로 들어가게 된 운명의 이야기는 무엇일까?

Antaŭ mi estas malgranda kaj - kiel pli precize esprimi? komforte kaj malnovmode eldonita libreto, aperinta antaŭ pli ol cent jaroj, en 1884, kun la titolo, tre alloga por la nuntempa leganto: "La urbo Ĉernobil de Kieva gubernio, priskribita de emerita armeano L.P."
내 앞에는 작고 - 그것을 더 정확하게 표현할? 현대 독자에게 매우 매력적인 제목으로 1884년, 100년도 더 전에 출판된 평이하고 구식모드로 출판된 소책자:

"퇴역 군인 엘피L.P.가 묘사한 키이우 카운티의 체르노빌 시"

La aŭtoro kun skrupuleco de vera armeano, libertempanta kaj ne scianta, pri kio utila okupiĝi, elstudis geografion, historion kaj ekonomion de tiu periferia urbeto, situanta cent dudek verstojn[6] norden de Kiev.
저자는 진정한 군인의 꼼꼼함을 가지고 자유 시간을 갖고 무엇을 하는 것이 유용한지 알지 못했으며
키이우에서 북쪽으로 120베르스토 떨어진 주변 도시의 지리, 역사 및 경제를 연구했습니다.

"La malnovaj historiistoj rakontas, - skribas L.P., - ke kiam la granda - kieva princo Mstislav, filo de Monoman, en 1127 sendis fratojn siajn kontraŭ krivicoj* laŭ kvar vojoj, tiam al Vsevolod Olgović estis ordonite iri tra Streĵev al la urbo Borisov.
"늙은 역사가들이 쓰기를 - 엘피에 기술되어 있음, - 1127년에 모노맘Monoman의 아들인 위대한 케에프의 왕자 므스티슬라프 Mstislav가 4개의 길을 따라 크리비쪼에 맞서 그의 형제들을 보냈을 때, 그때 브세볼로드 올고비치는 스트레제프Streĵev를 거쳐 보리소프Borisov시로 가라는 명령을 받았습니다.

Streĵev estis konsiderata kiel la plej suda urbeto de Polocka princlando, kie Rogvold ĉirkaŭ la jaro 1160 surtronigis Vsevolod Glebovič.
스트레제프는 폴록카Polocka공국의 최남단 도시로 간주되었으며,

---

6) versto. ※러시아의 이정 (里程) 단위. 약 1067미터.

로그볼드Rogvold는 1160년경 브세볼로드 글레보비치Vsevolod Glebovîĉ를 즉위시켰습니다.

Dum regado de tiu princo, Streĵev, poste nomita Ĉernobil, estis konsiderata kiel apanaĝa[7] princlando.
그 왕자의 통치 기간 동안 스트레제프 (후에 체르노빌로 불림)는 아파나주 공국으로 간주되었습니다.

En la jaro 1193 en la kroniko Streĵev jam estas nomata Ĉernobil.
연대기에서 1193년에 스트레제프는 이미 체르노빌로 불립니다.

Estas skribite: "La princo de Viŝgorod kaj Turov, Rostislav - filo de la granda kieva princo Rjurik (regis ekde 1180 ĝis 1195) veturis kun kaptaĵo de Ĉernobil al Torcijskij".

"비슈고로드Viŝgorod와 투로프Turov의 왕자 로스티슬라프 Rostislav - 키이우의 위대한 왕 류릭Rjurik(1180년부터 1195년까지 통치)의 아들은 체르노빌에서 토르치스키Torcijskij까지 전리품을 가지고 여행했습니다."

La aŭtoro detale priskribas komplikajn vojojn de la historio de Ĉernobil - ĝi estis posedata de tiom multaj manoj.
저자는 체르노빌 역사의 복잡한 경로를 자세히 설명합니다. 그것은 많은 사람들에 의해 소유되었습니다.

---

7) apanaĝ-o 왕자의 영지(領地), 왕자의 녹(祿).

Fine de la 17-a jarcento Ĉernobil estis ricevita de pola magnato[8] Hodkević; ĝis la Oktobra Revolucio al familio Hodkevic apartenis ĉi tie pli ol dudekmilhektara tereno.
17세기 말에 체르노빌은 폴란드의 거물 호드케비치Hodkević가 인수했습니다. 10월 혁명까지 호드케비치 가족은 이곳에서 2만 헥타르 이상의 땅을 소유했습니다.

Strangmaniere la nomo de la urbeto Ĉernobil aperis en la historio de la Granda Francia Revolucio: dum la periodo de la jakobena[9] diktaturo la naskiĝinta en Ĉernobil, 26-jaraĝa belulino, polino Rozalia Lubomirska-Hodkeviĉ estis gilotinita la 30-an de junio 1794 en Parizo laŭ verdikto de la revolucia tribunalo, akuzita pri la ligoj kun Marie-Antoinette kaj aliaj membroj de la reĝa familio.
이상한 방식으로 체르노빌이라는 작은 마을의 이름은 프랑스 대혁명의 역사에 등장했습니다 : 자코뱅 독재 기간 동안 체르노빌에서 태어난 26세의 미녀 로잘리아 루보미르스카-호드케비치 Rozalia Lubomirska-Hodkevic이 단두대에 올랐습니다. 1794년 6월 30일 파리에서 혁명 법원의 평결에 따르면 마리 앙투아네트와 다른 왕실 구성원과의 관계로 기소되었습니다.

Sub la nomo "Rozalia el Ĉernobil" tiu bluokula

8) magnat-o ①(폴란드 · 헝가리의)고관(高官). ②(정계 · 산업계 · 재계 따위의)거물, 실력가, 권력자.
9) jakoben-o ①〈종교〉 도미니크파의 수도사. ②〈프랑스사〉 자코뱅 당원, 급진주의자. ˜ismo 자코뱅 주의, 자코뱅 정신, 급진 민주주의.

blondulino estis eternigita en la verkoj de samtempuloj...
"체르노빌의 로잘리아" 라는 이름으로 이 파란 눈의 금발녀는 동 시대인의 작품에서 불멸의 존재였습니다...

La antikva Ĉernobil donis sian amaran nomon ("ĉernobil" signifas absinto[10] ordinara) al la grandkapacita atoma elektrocentralo, kies konstruado estis komencita en 1971.
고대 체르노빌은 1971년 건설이 시작된 대용량 원자력 발전소에 쓰디쓴 이름("체르노빌" 은 일반적인 쑥을 의미)을 붙였습니다.

En 1983 funkciis kvar energiblokoj kun kapacito 4,0 mln. kvt.
1983년에 4개의 에너지 블럭들이 4백만 큐트로 가동되었습니다.

Tre multaj homoj ne nur eksterlande, sed ankaŭ en nia lando ankoraŭ ĝis nun, post tiom da publikaĵoj en gazetaro kaj multnombraj televidelsendoj, ne tute klare aŭ tute ne klare imagas, ke ĉernobil, restinte modesta distrikta vilaĝtipa centro, dum la jaroj antaŭ la akcidento, havis preskaŭ nenian rilaton al la atoma elektrocentralo.
많은 사람들은 해외뿐만 아니라 우리나라에서도 여전히 많은 언론과 수많은 텔레비전 방송을 통해 지금까지 체르노빌이 수수한 지역 마을 유형 센타로 남아 있었다는 것을 명확하게 또는 전혀 명확하게 상상하지 못합니다.

---

10) absint-o ①<식물> 쓴 쑥(苦艾). ②압생트

사고 전 몇 년 동안 촌락형 센터는 원자력 발전소와 거의 관련이 없었습니다.

Sed la ĉefa centro de la energetikistoj iĝis la juna, impete disvolviĝanta urbo Pripjatj, distancanta disde Ĉernobil je 18 kilometroj nord-okcidenten.
그러나 에너지학자들의 주된 중심지는 젊고, 체르노빌에서 북서쪽으로 18km 떨어진, 폭팔적으로 발전하는 도시 프리피야트 Pripjatj였습니다.

En la eldonita en 1986 de la kieva eldonejo Mistectvo" fotoalbumo "Pripjatj" (fotaĵoj kaj teksto de Ju. Evsjukov) estas skribite: "Oni nomis ĝin Pripjatj laŭ la nomo de la akvoplena bela rivero, kiu kaprice serpentumante kiel blua rubando, ligas la belorusan kaj ukrainan Polesje kaj fluigas sian akvon al la grizhara Dnepro.
키이우 출판사 "신비Mistectvo" (에브슈코프Yu. Evsyukov의 사진 및 글)가 1986년에 출판한 "프리피야트" 사진 앨범에는 다음과 같이 쓰여 있습니다.
"푸른 리본처럼 장난기스럽게 구불구불 휘날리며 벨로루시와 우크라이나의 폴레제를 연결하고 백발의 드니프르Dnepro까지 물이 가득 찬 아름다운 강의 이름을 따서 프리피야트라고 불렀습니다.

Kaj sian aperon la urbo ŝuldas al la konstruo de Ĉernobila atoma elektrocentralo "V.I. Lenin" tiuloke.
그리고 그 도시의 출발은 그곳에 체르노빌 원자력 발전소 "레닌" 의 건설에 기인합니다.

La komencaj paĝoj en la kroniko de la labora biografio de la urbo Pripjatj estis skribitaj la 4-an de februaro 1970, kiam tie estis enigita far la konstruistoj la unua paliso kaj elfosita la unua ĉerpaĵo de grundo.
프리피야트 시의 작업 진척 연대기의 첫 페이지에는 1970년 2월 4일에 작성되었으며, 이때 건축업자가 첫 번째 말뚝을 박고 그리고 첫 번째 흙을 파냈습니다.

Averaĝa aĝo de la loĝantoj de la juna urbo estas dudek ses jaroj.
젊은 도시 주민들의 평균 연령은 26세입니다.

Ĉiujare tie naskiĝas pli ol mil infanoj. Nur en Pripjatj oni povas ekvidi paradon de infanĉaretoj, kiam vespere panjoj kaj paĉjoj promenas kun siaj etuloj...
매년 천 명이 넘는 아이들이 그곳에서 태어납니다. 프리피야트에서만 저녁에 엄마와 아빠가 어린 아이들과 함께 걷는 유모차 퍼레이드를 볼 수 있습니다.

Pripjatj certece paŝas en la estonton.
Ĝiaj industriaj entreprenoj daŭre kreskigas produktivajn kapacitojn.
프리피야트는 확실히 밝은 미래로 발전해가고 있습니다.
그곳 기업들은 부단히 생산력을 높이고 있습니다.

Dum baldaŭaj jaroj estos konstruitaj la energetikista tekniklernejo, ankoraŭ unu mezlernejo, pionira palaco, junulara klubo, vendeja centro, tegmentita bazaro, hotelo, novaj konstruaĵoj de la aŭta kaj fervoja stacidomoj, stomatologia polikliniko, kinejoj kun du kinosalonoj, vendejo "Infana mondo", universala magazeno kaj aliaj konstruaĵoj.
몇 년 동안 에너지 공학 기술 학교, 하나 이상의 고등학교, 개척자 궁전, 청소년 클럽, 쇼핑 센터, 지붕이 덮인 공설시장, 호텔, 버스 및 기차역을 위한 신축 건물, 치과 종합병원, 2개의 상영관의 영화극장, "어린이 세계" 상점, 잡화점 및 기타 건물이 건설됩니다.

La enirvojon al la urbo dekoros la parko kun ludejoj.
도시 진입도로는 놀이터가 있는 공원으로 꾸며질 것입니다.

Laŭ la ĝenerala plano en Pripjatj estos ĝis okdek mil loĝantoj.
La atomurbo de Polesje iĝos unu el la plej belaj urboj de Ukrainio".
일반 계획에 따르면 프리피야트에는 최대 주민 8만 명이 될 것입니다. 핵 도시인 폴레제는 우크라이나에서 가장 아름다운 도시 중 하나가 될 것입니다."

Tiun koloran albumon al mi donacis en la malplena ĉefa administra konstruaĵo de Pripjatj, en ĝia "blanka domo".

나는 그 컬러 앨범을 프리피야트의 비어 있는 본관 하얀집 blanka domo에서 기증받았습니다.

Aleksandr Jurjević Esaulov vicprezidanto de la urba plenumkomitato de Pripjatj, unu el herooj de nia rakonto.
알렉산드르 유르예비치 에사울로프Aleksandr Jurjević Esaulov, 우리 이야기의 영웅 중 한 명인 프리피야트 시 집행 위원회 부회장.

Mi kun li iris laŭ senvivaj koridoroj, enrigardis la senhomiĝintajn kabinetojn: demovita meblaro, ĵetitaj surplanken paperoj, malfermitaj kirasŝrankoj, amasoj da malplenaj boteloj de "pepsi-cola" en la ejoj, kie kunsidis la Registara komisiono (por memoro mi prenis de la pordoj paperetojn kun hastaj surskriboj - kiu kie dislokiĝas), ĵurnalkolektoj, malfermitaj ĉe la dato "la 25-a de aprilo", sekiĝintaj plantoj en potoj...
나는 죽은 복도를 따라 그와 함께 걸어, 버려진 사무실을 들여다보았다. 철거된 가구, 바닥에 던져진 종이, 열린 무기고, 정부 위원회가 만난 건물에 있는 "펩시 콜라"의 빈 병 더미(기억을 위해 나는 문에서 조급하게 씌어진 제목들이 적힌 종이 조각-누가 버렸는지)를 주었고 신문 수집, "4월 25일" 날짜에 열린, 화분에 담긴 말린 식물...

Kaj super ĉio - narkota odoro de desinfektaĵo, por ke la ratoj ne multiĝu.

그리고 무엇보다도 - 쥐 번식억제 소독제의 마약 냄새.

En tiu tago mi kaj Esaulov estis solaj loĝantoj de la lasita urbo-belulo.
그날, 에사울로프Esaulov와 나는 버려진 아름다운 도시의 유일한 주민이었습니다.

Ni kaj kelkaj milicistoj el la patrola servo, gardantaj la forlasitajn de la loĝantoj domojn.
우리와 순찰대의 일부 민병대는 주민들이 버린 집을 지키고 있습니다.

Kaj la enirvojon al la urbo dekoris ne la parko kun ludejoj, sed densa barilo el dorndrato, provizita per la signalsistemo, por ke neinvititaj maroderoj[11] ne ekdeziru enpenetri ĉi tien, en la Zonon, por profiti el poluciitaj[12] havaĵoj, lasitaj en miloj da loĝejoj.
Ankaŭ tio okazis.
그리고 도시 진입도로를 놀이터가 있는 공원으로 꾸며지 있지않고, 도둑들이 존에 무단 침입하여 수천 채의 거주지에 남겨진 오염물질을 수거하지 못하도록 표지물을 게시된 촘촘한 철조망이 설치돼 있었습니다. 사건은 그랬습니다.

---

11) 도둑 ①marodisto. ②marodero *. ~질하다 marodi.
12) poluci-o ①〈의학〉 몽설(夢泄), 몽정(夢精). ②공해(公害), 환경오염. ~o de la urbaj atmosferoj 도시의 대기(大氣) 오염

ANTAŬ LA AKCIDENTO
사고 전

Ekzakte monaton antaŭ la akcidento, la 27-an de marto 1986, en la ĵurnalo "Literaturnaja Ukraina" - organo de Unuiĝo de verkistoj de Ukrainio - aperis la artikolo de L.Kovalevskaja "Ne privata afero".
딱히 사고 한 달 전인 1986년 3월 27일 우크라이나 작가 연합의 "리테라투르나야 우크라이나Literaturnaya Ukraina" 기관 신문에 - 코발레프스카야 L. Kovalevskaja의 기사 "개인적인 문제가 아닙니다" 가 실렸습니다.

Endas diri, ke la ĵurnalo jam dum kelkaj jaroj havis la konstantan rubrikon "Posteno de "Literaturnaja Ukraina" en Ĉernobila atoma elektrocentralo", publikiganta diversajn eventojn en la vivo de AEC,
그 신문은 몇 년 동안 체르노빌 원자력 발전소에서 "리테라투르나야 우크라이나" 의 지위라는 영구 칼럼을 가지고 있으며, 원전의 운영에 있서 다양한 사건을 기사화하고 있다고 말해야만 했습니다.

La artikolo, kies destino estis kaŭzi grandan sensacion en la tuta mondo (post la Ĉernobila akcidento ĝin senĉese citis la okcidentaj amasinformiloj), dekomence ne altiris al si atenton: la kievaj verkistoj prepariĝis tiam por la raport-reelekta kunveno, kaj plejmulto de ili multe pli interesiĝis pri la antaŭvidataj personaj ŝanĝoj

interne de la organizo, ol pri la aferoj en AEC.
전 세계에 큰 반향을 일으킬 운명이었던 기사 (체르노빌 사고 이후 서구 대중 매체에서 지속적으로 인용 됨)는 처음부터 관심을 끌지 못했습니다. 당시 키이우의 작가들은 기사채택 수정보고회를 준비하고 있었습니다.
그리고 그들 대부분은 원전의 문제보다 조직 내에서 예상되는 개인적 변화에 훨씬 더 관심이 있었습니다.

La artikolo de L. Kovalevskaja havis nenian rilaton al ekspluatado de la kvara bloko, kvankam multaj, sciantaj pri la artikolo nur pere de aliaj homoj, ĝis nun certas pri la mala.
코발레프스카야의 기사는 네 번째 블록의 활용과 관련이 없습니다. 많은 사람들이 다른 사람들을 통해서만 기사에 대해 알고 있지만 여전히 그 반대를 확신합니다.

La aŭtorino koncentris la kritikpafon - tre profesiecan kaj senkompromisan - en konstruado de la kvina bloko, la limtempo de kies konstruado estis reduktita de tri ĝis du jaroj.
저자는 비판포화批判砲火를 집중적으로 받았습니다. - 매우 전문적이고 타협하지 않는 - 다섯 번째 블록의 건설에서 건설 기한이 3년에서 2년으로 단축되었습니다.

L. Kovalevskaja donis indignigajn faktojn de senrespondecemo kaj fuŝmastrumado:
ekzemple, en 1985 la liverantoj nefinprovizis 2358 tunojn da metalkonstruaĵoj.

코발레프스카야는 무책임과 잘못된 관리에 대한 분노스러운 사실을 말했습니다. 예를 들어, 1985년에 공급업체는 2,358톤의 건설용 금속자재資材 공급을 완료하지 못했습니다.

Kaj ankaŭ tio, kio estis liverita, plejofte estis fuŝfarita.
그리고 배달된 것도 대부분 엉망이었습니다.

Krome, 326 tunoj da fuŝproduktita fenda tegaĵo por konservejo de la uzita nuklea hejtaĵo estis liveritaj de Volga metalkonstruaĵa uzino.
그 외에도, 볼가Volga 금속 건설자재 공장에서 사용후 핵 가열 저장 부지의 불량품 크랙 라이닝 326톤을 공급했습니다.

Kaŝina metalkonstruaĵa uzino sendis ĉirkaŭ 220 tunoj da fuŝproduktitaj kolonoj por muntado de la konservejo.
카시나Kaŝina 금속 건설자재공장은 저장 시설 조립을 위해 약 220톤의 불량 제작 기둥을 보냈습니다.

"Sed tiel labori ja estas neallaseble!
- finis sian artikolon L.Kovalevskaja.
"하지만 이런 식으로 일하는 것은 정말 용납할 수 없습니다!
- 그의 기사 코발레프스카야를 마쳤습니다.

- Ĝustatempa funkciigo de la vica energibloko ne estas privata afero de la konstruantoj de Ĉernobila AEC.

다음 전원 블록의 적시 작동은 체르노빌 원전 건설업체의 사적인 문제가 아닙니다.

Akceligo estas ankaŭ nia aktivemo, iniciatemo, firmeco, konscienco, nia rilato al ĉio, kio estas farata en la lando".
가속은 또한 우리의 활동, 주도성, 확고함, 양심, 국가에서 수행되는 모든 것에 대한 우리와의 관계입니다."

Honeste dirante, kiam mi tralegis tiun artikolon (kaj mi tralegis ĝin, samkiel multaj, nur post la akcidento), mi pensis, ke ĝin verkis sperta inĝeniero, tiaspeca grizethara sinjorino kun okulvitroj, akriĝinta pri ĉiuj ĉi sengustaj konstruaj terminoj kaj normoj.
솔직히 말해서, 그 기사를 읽었을 때 (많은 사람들처럼 사고 후에야 읽었습니다) 경험 많은 엔지니어, 안경을 쓴 백발의 여성이 쓴 것이라고 생각했습니다. 맛없는 건설 조건 및 표준.

Kia do estis mia miro, kiam Lubovj Kovalevskaja evidentiĝis esti juna virino, ĵurnalisto de la jurnalo "Tribuna energetika" en Pripjatj, talenta poetino.
루보프 코발레프스카야Lubovj Kovalevskaya가 재능있는 시인인 프리피야트의 신문 "트리부나 에네르게티카Tribuna energetika"의 기자인 젊은 여성으로 밝혀졌을 때 놀랐습니다.

Mirindaj estas ŝiaj okuloj - helaj, kun akraj punktoj de pupiloj; foje ŝajnas, ke ŝia rigardo celas ien malproksimen, ĉu en la pasinton? ĉu en la estonton?

sed tiam ĝi estas tre malgaja.
그녀의 눈은 훌륭합니다. 밝고 날카로운 눈동자가 있습니다. 때때로 그녀의 시선은 어딘가 먼 곳을 향하고 있는 것 같습니까, 아니면 과거로 향하고 있는지? 미래로? 그러나 그때 그것은 매우 슬펐습니다.

La voĉo estas raŭketa - ŝi multe fumas.
목소리는 쉬어있고 - 그녀는 담배를 많이 피웠습니다.

Do, Lubovj Aleksandrovna Kovalevskaja: Oni kulpigis min pri kio ajn post kiam aperis tiu artikolo en "Literaturnaja Ukraina".
그래서 루보비아 알렉산드로브나 코발레프스카야Lubovya Aleksandrovna Kovalevskaya : "그 기사가 "리테라투르나야 우크라이나" 에 나온 후 모든 것에 대해 비난을 받았습니다.

Kaj pri nekompetenteco, kaj pri tio, ke mi estas fuŝlerninto (oni, fakte, elektis malpli akrajn esprimojn, sed la senco estas tia), kaj pri tio, ke mi balaaĵon el korto eksteren elportis, ke mi verkas por la kievaj ĵurnaloj, ĉar mi volas famiĝi.
그리고 무능함에 대해, 그리고 내가 공부를 잘 못한다는 사실에 대해 (사실 덜 날카로운 표현을 골랐지만 느낌은 그렇다)
그리고 내가 유명해지고 싶어서 마당에서 빗자루를 들고 키이우 신문에 기고했다는 사실에 대해.

Ĉe ni nur se io eksterordinara okazos - nur tiam la homoj ekkredos, komprenos.

우리와 함께 특별한 일이 발생하는 경우에만 사람들이 믿고 이해하기 시작할 것입니다.

Ni, nia ĵurnalo "Tribuna energetika", plejparte verkis pri la problemoj de la konstruejo,
kaj la urba partia komitato de Pripjatj volis, ke ni ĉirkaŭprenu la neĉirkaŭpreneblan, ke ni skribu pri ĉio, pri la urbo ĝi ja estis sola ĵurnalo en la urbo.
우리 신문 "트리부나 에네르게티카" 는 주로 건설 현장의 문제에 대해 썼습니다.
그리고 프리피야트의 시 당 위원회는 우리가 도달할 수 없는 것을 포용하고, 도시에 관한 모든 것에 대해 글을 쓰기를 원했습니다. 그것은 실제로 그 시市의 유일한 신문이었습니다.

Sed ni laboris triope, ni ne havis propran aŭton,
kaj en tia giganta konstruejo tiuj povraj[13] virinoj devis ĉion trakuri - ĉu tio eblas?
하지만 우리는 3인조로 일했고, 우린 차도 없었고,
그리고 그런 거대한 건설 현장에서 그들 가련한 여자들은 모든 것을 헤쳐나가야 했습니다. 그게 가능합니까?

Kaj ne simple trakuri, ankaŭ en la redakcion reveni.
Dio gardu, se iu telefonos
kaj iu forestas el la redakcio do ne laboras.
그리고 간단하게 헤쳐나가는 것이 아니라 편집실로 되돌아가기 위해서입니다.
누군가가 전화를 걸어 편집실에 결석하여 일하지 않는 경우 神

13) povr-a <시문> 가련한, 불쌍한, 가난한, =kompatinda, malriĉa.

인들 어쩌지 못하지요.

Dekomence, mi estis ĉefredaktoro, sed, kiam la konflikto akriĝis, mi revenis al la posteno de korespondento, en la urba komitato oni ekspiris trankvile.
원래는, 나는 편집장이었지만 갈등이 고조되자 기자로 복귀, 시의원 중 한 명이 안도의 한숨을 내쉬었습니다.

Ĉar mi ĉiam defendis la rajton de la ĵurnalo por memstareco de penso, analizo, argumentoj kaj konkludoj.
나는 항상 사상, 분석, 논증, 결론의 독립성을 위해 신문의 권리를 옹호해왔기 때문입니다.

La artikolon por "Literaturnaja Ukraina" mi verkis dum unu vespero.
나는 어느 날 저녁 "리테라투르나야 우크라이나"에 대한 기사를 썼습니다.

- Diru, ĉu estis tia situacio: la ĉefularo persekutas la ĵurnaliston, luktantan por la vero?
- 엘리트가 언론인을 박해하고 진실을 위해 고군분투하는 상황이 있었습니까?

- Koncerne la konstruejon tiel diri estus maljuste.
- 건설현장과 관련했다고 하면 불공평하지요.

Sed se konsideri la urban komitaton aŭ direktoraron de AEC, do jes.
그러나 원전 시 위원회나 이사회를 고려한다면 그렇습니다.

Mi ne vizitis la urban komitaton por ekscii opinion pri la artikolo, sed la onidiroj estis.
기사에 대한 의견을 알아보기 위해 시의회를 찾은 것은 아니지만 소문이 자자했습니다.

Fidindaj.
신뢰할 만한.

Mi eksciis, ke oni intencas voki min al la burokunsido.
나는 그들이 나를 사무실 회의에 부르려고 했다는 것을 알았습니다.

Oni povis eksigi min el la partio.
나를 당에서 해고시킬 수 있습니다.

Sed tiam okazis la akcidento...
그런데 사고가 나서...

Mi opinias, ke unu el la kaŭzoj de la akcidento en Ĉernobila AEC estis nenormala situacio, formiĝinta tie.
체르노빌 원전 사고의 원인 중 하나가 그곳에서 발생한 비정상적인 상황이었다고 생각합니다.

“Hazarda” homo tien trafi ne povis. Estu li eĉ sepoble saĝa, specialisto la plej kvalifikita.
“뜨내기” 사람은 거기에 갈 수 없습니다. 일곱 배나 더 현명하고 가장 자격을 갖춘 전문가가 되게 하십시오.

Ĉar en la direktoraro laboris veraj dinastioj, la nepotismo prosperis.
Tie estis granda salajro, ili estis salajrataj pro sandanĝero, estis enpostenigitaj laŭ "malpura tabelo".
실제 왕조는 이사회에서 일했기 때문에 족벌주의가 번성했습니다. 급여가 고액이었고, 건강상 위험 대비하여 지급되었으며 “더러운 표”에 따라 지위부여가 이루어졌습니다.

La laboristoj eĉ skribis pri tio, ke tie estas vera nepotismo.
노동자들은 그곳에 진정한 족벌주의가 있다는 사실에 대해 쓰기까지 했습니다.

Amikoj, konatoj. Se oni kritikas unun - ĉiuj tuj sin ĵetas lin protekti, eĉ sen ekkompreni la sencon. - Se kulpis simpla laboristo - oni lin punos.
친구, 지인. 누군가가 비판을 받으면 모든 사람이 의미를 이해하지 않고도 즉시 그를 보호하기 위해 서두릅니다. - 단순 노동자가 유죄였더라면 - 처벌 받을 것입니다.

Sed se la administracio, suprularo – al ili ĉio estas pardonata.

그러나 행정부, 상류층이라면 - 모든 것이 용서됩니다.

Fariĝis eĉ tiel, ke la administracio povis ne saluti, povis kun la laboristoj paroli orgojle, povis ilin ofendi, malrespekti.
심지어 행정부가 인사도 받지 않고, 노동자들에게 오만하게 말하며, 그들을 화나게 하고, 그들을 무시할 수 있게 되었습니다.

La ambicioj kreskis senlime.
야망은 끝없이 커졌습니다.

Tio estis kvazaŭ ŝtato en la ŝtato.
그것은 국가 안의 국가와 같았습니다.

Mi ne konsideris tion, ke ja la homoj ne povas ne vidi ĉion ĉi.
사람들이 이 모든 것을 보지 않을 수 없다는 사실을 고려하지 않았습니다.

Kaj la homoj venadis en la redakcion, petis: "Nur ne diru la nomon, vi komprenas, oni forpelos min de la laborejo, oni min distretos, sed vi ja povas, vi estas jurnalistoj, skribu pri tio".
그리고 사람들은 편집실에 와서 이렇게 물었습니다. "이름을 말하지 마세요. 알겠습니다. 직장에서 쫓겨날 것이고, 주의가 산만해질 것입니다. 그러나 당신은 할 수 있습니다. 당신은 기자입니다. 그것에 대해 쓸 수 있습니다."

Ĉu rifuzi? Sed la ĵurnalisto havas tian rajton - esti malkuraĝulo.
Kaj fari eblas nenion, ĉar ne eblas nomi la homon.
거절하려면? 그러나 기자에게는 겁쟁이가 될 권리가 있습니다.
그리고 그 사람의 이름을 지을 수 없기 때문에 아무 것도 할 수 없습니다.

Kiam mi estis ĉefredaktoro, mi ne portis la artikolojn por akordigo. Mi ne scias, ĉu mi korekte aŭ malkorekte agis, sed mi ne portis.
편집장 시절 화해를 위해 기사를 쓰지 않았다. 내가 옳았는지 그르게 행동했는지 모르겠지만 나는 가지 않았습니다.

Mi respondecis pri miaj artikoloj.
나는 내 기사에 대해 책임을 졌습니다.

Mi respondecas - kaj kiel komunisto, kaj kiel ĵurnalisto.
저는 공산주의자이자 기자로서 책임이 있습니다.

Mi planis serion da artkoloj por "Literaturnaja Ukraina". La unua estis pri la malordo en la konstruejo. Kaj la dua... la dua nepre estus pri la ekspluatistoj.
"리테라투르나야 우크라이나"를 위한 기사시리즈를 기획했습니다. 첫 번째는 건설 현장의 혼란에 관한 것이었습니다.
그리고 두 번째는... 두 번째는 분명히 개발자에 관한 것입니다.

Pri la morala klimato en Ĉernobila AEC.
체르노빌 원전의 도덕적 분위기에 대해.

Ni diru honeste: la plej bonaj kadroj de la konstruejo transiris al la direktoraro. Pro la salajro. La direktoraro eĉ relogis bonajn specialistojn.
솔직히 말해서 : 건설 현장의 최고 간부들이 이사회로 옮겨갔습니다. 급여 때문입니다. 이사회는 심지어 훌륭한 전문가들을 다시 끌어들였습니다.

Se fari observanto spertan konstruiston - li ja scias tiun konstruejon "de" kaj "ĝis".
관찰자가 숙련된 건축업자라면 - 그는 건설 현장을 "초기"부터 "완공"까지 알고 있습니다.

Li estas valora kadro. Observanto estas tiu, kiu kontrolas, kiel oni por li konstruas.
그는 가치있는 프레임입니다. 관찰자는 그를 위해 건설되는지 방법을 점검하는 사람입니다.

Sed en la konstruejo tiutempe estis senmoneco. Ne senkaŭze multaj forveturis kromlabori, eĉ kvalifikitaj konstruistoj.
하지만 당시 건설현장에는 돈이 없었습니다. 이유 없이 많은 사람들이 과외근무를 하게 되었고 심지어 자격을 갖춘 건축업자들까지도 일을 하게 되었습니다.

Ja kiel nun, dum likvidado de la akcidento, tiuj

konstruistoj laboras?
지금, 사고가 청산되는 동안 그 건축업자들은 어떻게 일하고 있습니까?

Mi tralegis en la ĵurnalo, ke dum unu monato ili plenumis jaran planon.
나는 그들이 한 달 동안 1년 계획을 완료했다고 신문에서 읽었습니다.

Ja ili estas valoregaj, tiuj homoj. Ili povas labori kaj volas.
결국 그들은 대단히 소중한, 그런 사람들입니다. 그들은 일할 수 있고 의욕적입니다.

Do jen, multaj transiris en la direktoraron.
그래서 여기에서 많은 사람들이 이사회로 이동했습니다.

Sed poste ili venadis al mi en la redakcion kaj diris: "Dio mia, kiom honeste la homoj laboras en la konstruejo kaj kiom malfacila estas la morala klimato en la centralo.
그러나 나중에 그들은 편집실로 와서 말하기를 "맙소사, 사람들이 건설 현장에서 얼마나 정직하게 일하고, 발전소의 도덕적 분위기가 얼마나 어려운지를 말했습니다.

Kvazaŭ mi venis okupi fremdan lokon. Kariereco, batalo por la loko, por la posteno".
나는 마치 낯선 곳을 점령하러 온 것처럼 보였습니다. 경력, 자리를 위해, 직위를 위해 싸우려고."

Kaj ĉu ili ricevis grandan salajron?
그리고 그들은 고액 급여를 받았는지?

- Certe, tricent rublojn kaj pli.
- 물론, 300루블 그리고 더 이상.

La plano estis ĉiam superplenumata, do premioj...
계획은 항상 초과 달성되었습니다, 게다가 포상금까지...

Krome, se en la "malpura" zono - tie estas kuponoj por manĝo, tie estas proviantaĵoj, sanatorioj, ĉiuj avantaĝoj, kiuj ial ne estas - mi ne scias, kial? - en la konstruejo.
또한 "더러운" 영역에 음식 쿠폰이 있으며, 거기에는 식량, 요양원, 모든 혜택이 있는데, 그것들은 어떤 이유로인지 없어졌습니다. - 이유를 모르겠습니다. - 건설 현장에서 말입니다.

Kaj la loĝejoj en AEC estis ricevataj pli baldaŭe ol en la konstruejo, kvankam la konstruistoj konstruas, sed la objekto estas grava, kaj la proporcio de la loĝejoj estis (mi ne memoras ekzakte) proksimume sepdek procentoj - por la direktoraro kaj tridek por la konstruistoj.
그리고 원전의 주택은 건설 현장보다 빨리 배정되었습니다. 건축업자는 건물을 짓고 있지만 대상이 중요함에도, 주택의 비율은 (정확히 기억나지 않음) 약 70%였습니다 - 이사회용 그리고 건축업자에게는 30%.

- Kiun ĉefan problemon vi starigus en via artikolo? Kion vi dirus en ĝi?
기사에서 어떤 주요 문제를 제기하시겠습니까? 당신은 그것에 대해 무엇을 말할 것입니까?

- Ke la homoj devas fidi. Mi estas subulo - mi devas fidi al mia ĉefredaktoro.
- 국민이 믿어야 한다는 것. 저는 아랫사람입니다. - 저는 제 편집장을 믿어야 합니다.

Fidi. Por ke mi agu konkorde kun li. Fidi je lia aŭtoritato, je lia kvalifikeco. Je lia kompetenteco.
신뢰. 내가 그와 일치하게 행동할 수 있도록 믿는다는 것. 그의 권위와 자격을 믿는 것. 그의 능력에 따라.

La saman devas havi ankaŭ la laboristoj. Se la administracio estas la homoj honestaj, indaj, principemaj, do, nature, ankaŭ la laboristoj penas konkordi.
근로자도 마찬가지여야 합니다. 행정부가 정직하고, 의미있고 원칙이 있는 사람들이라면 당연히 노동자들도 동의하려고 합니다.

Sed se al iu ĉio estas permesita, sed al alia ne, do aperas eĉ ne envio, sed anima malkomforto.
그러나 모든 것이 누군가에게는 허용되지만 다른 누군가에게는 허용되지 않는다면 비록 부럽다는 표현을 하지않을지라도, 정신적 불편은 있습니다.

La homoj pensas: “Nu kiom da eblas vivi kiel stultulo, kiam apude oni vivas - bone vivas kiel volas.
사람들은 “글쎄, 옆집에 살면서 하고 싶은 대로 살면 얼마나 바보처럼 살 수 있을까” 라고 생각합니다.

La laboristojn oni alvokas al la laboro honesta, al entuziasmo, sed mem... prenas por si ĉeĥiajn necesaĵojn el la hotelo.
직원들은 정직하고 열정적으로 일하도록 부름받았지만, 그러나 자진하여... 자신들을 위해서 호텔에서 체코 필수품들을 가져갑니다.

Tie ili instalas la siajn, sed por si portas tiujn”.
Ja la urbeto estas negranda, kaj ajna miso, ajna morala degenero de la gvidanto iĝas sciataj tre baldaŭ.
그들은 거기에 자신의 것들을 비치해놓지만, 자신을 위해 운반합니다.” 결국, 마을은 작고, 어떤 실수, 지도자의 도덕적 타락이 곧 알려지게 됩니다.

Kaj ĉio ĉi estas diskutata, prisuĉata, flugas onidiroj, klaĉoj, des pli ke ŝtopo de kritiko estis firma.
그리고 이 모든 것이 논의되고, 이야기되고, 소문과 가십이 나돌고 있는데. 이는 비판이 막혀있을수록 더 그러합니다.

Pri la disciplino deekstere ĉio ŝajnis bona.
규율에 관해서 외부에서는 모두가 괜찮아 보였습니다.

Ĉiu timis - ĝuste timis - foriri pli frue. Sed li foriris, kiam oni lin ne vidis.
더 일찍 떠나는 것에 모두가 두려워했습니다. 당연히 두려워했습니다. 그러나 그는 보지 않을 때 떠났습니다.

Li timis malfrui, sed malfruis, kiam oni lin ne vidis.
그는 늦는 것이 두려웠지만, 그가 보이지 않을 때는 늦었습니다.

Malfortiĝis firmaj aksoj en la homoj. Ĉio ŝanceliĝis.
사람들의 확고한 줏대가 약해졌습니다. 모든 것이 흔들렸습니다.

Ja ne estas hazarde, ke, kiam la akcidento okazis, evidentiĝis, ke kulpis ne nur la estraro, sed ankaŭ tiuj operatoroj, kiuj...
사고가 났을 때 경영진뿐만 아니라 운영자의 잘못이 분명해진 것은 우연이 아닙니다.

Do tiu artikolo, kiun mi planis, montrus, kia ligo ekzistas inter disciplino kaj rompo de elementaj reguloj de sekurigrimedoj.
그래서 내가 계획한 기사는 규율과 보안 조치의 기본 규칙 위반 사이에 어떤 연관성이 있는지 보여줍니다.

Imagu - oni povis vidi la homon, sidantan sur manipulpanelo. Tie, kie estas butonoj, leviletoj..

상상해 보세요 - 제어판에 앉아 있는 사람을 볼 수 있다고 상상해 보십시오. 버튼, 레버가 있는 그 곳에..

- Kiel do eblis sidi sur manipulpanelo?
- Jen tiel. Li ekdeziris kaj eksidis. Li povas eksidi sur la manipulpanelo.
- 그렇다면 어떻게 제어판에 앉아 있을 수 있었을까요?
- 그게 그렇게. 그는 일어나 앉았습니다. 그는 제어판에 앉을 수 있습니다.

Simple. Nun kiel la homoj diras?
간단히 말해서. 이제 사람들이 뭐라고 합니까?

"Funkciis tio, ke la mekanismoj dublis[14] unu la alian.
"효과가 있었던 것은 메커니즘이 서로를 복제했다는 것입니다.

Ili protektis la homojn". Ĉiuj fidis je la mekanismoj.
그들은 사람들을 보호했습니다." 모두 메커니즘을 신뢰했습니다.

Sed ili ne protektis, ĉar ni ĝisvivis tion - ĝuste ni, ne iu alia, mi eĉ ne administrantaron kulpigas, ke ni, homoj, ĝisvivis tion, ke ni disduiĝis.
그러나 그들은 보호하지 않았습니다. 왜냐하면 우리는 그것을 통해 살았기 때문입니다. - 나는 우리, 국민이 우리가 분열된 것을 보기 위해 살았던 행정부를 비난하지도 않습니다.

---

14) dubl-i [타] * <영화, 연극> 더 유명한 배우로 대치시키다. * <영화> 더빙하다.

Unu duono diras, ke endas fari tiel, endas honeste labori, sed la dua: "Sed por kio, se la alia ne faras tion?"
절반은 이렇게 할 가치가 있고 정직하게 일할 가치가 있다고 말하지만 다른 절반은 : "하지만 다른 하나는 그렇게 하지 않는다면 무엇을 위해 그러냐고?"

Surbaze de Ĉernobila AEC laboris komisiono pri la atoma energetiko.
체르노빌 원전의 기초환경에서 원자력위원회가 일했습니다.

Mi ĉeestis la kunsidojn, ofte vizitis AEC. Eĉ nia ĵurnalo ne havis konstantan enirilon.
나는 회의에 참석했고 종종 원전을 방문했습니다. 우리 신문조차도 영구 출입증을 갖지 못했습니다.

La direktoraro ne donis ĝin, por ke, helpu dio, oni ne verku kritikan artikolon. Sed se vi volas ion bonan verki - al vi oni ĉion montros.
이사회는 신의 도움을 위해 비판적인 기사가 작성되지 않도록 그것을 주지 않았습니다. 그러나 좋은 기사를 쓰고 싶다면 - 모든 것을 대보여줄 것입니다.

Nur anticipe necesis diri en la partia komitato, kien vi iras, kiucele.
무슨 목적으로 어디로 가는지 당위원회에 미리 말해야 했습니다.

Tie okazis ankaŭ haltigoj pro la kulpo de la personaro.
직원 과실로 인한 휴업도 있었습니다.

Ekzistis ankaŭ fendoj en vaporoduktoj.
Kiom malvirta ja estas nia psikologio: kiam venas eksterlanda delegitaro - ili timas tion.
증기 파이프에도 균열이 있었습니다. 우리의 심리는 얼마나 사악한가: 외국 대표단이 오면 그들은 그것을 두려워합니다.

Ili komprenas, ke tio ne permeseblas. Sed ĉe ni oni al tio rilatas jene: "Nu, estas fendoj, do estu!"
그들은 이것이 허용되지 않는다는 것을 이해합니다. 그러나 우리에게는 다음과 같이 언급됩니다. "글쎄, 균열이 있습니다. 그래서!"

Post la artikolo oni parolis, ke mi profetis akcidenton.
Mi nenion profetis, ne estu mi Kasandra - aŭgurantino de tiaj plagoj...
기사 후 나는 사고를 예언했다고 말했습니다. 그런 재앙의 예언녀인 - 카산드라Kasandra가 되지말라고, 아무것도 하지 않았습니다.

Sed enanime, se esti honesta, mi ĉiam timis tion.
하지만 마음 속 깊은 곳에서는 솔직히 말해서 항상 그게 두려웠습니다.

Ne estis trankvilo. Mi timis, ĉar estis dirata tute alio ol estis vere.
평온은 없었습니다. 내가 말한 내용이 사실과 완전히 다르기 때문에 두려웠습니다.

Pri tio parolis homoj, parolis laborantoj de la fako de sekurigrimedoj.
사람들이 그것에 대해 말했고, 보안 대책 부서 직원들이 그것에 대해 이야기했습니다.

Kiam mi komencis timi? Iam oni venis al mi, alportis dokumentojn, montris ciferojn, faktojn kaj ceteran tion, kion, ĝenerale, mi ne sciis.
내가 언제부턴가 두려워해지기 시작했습니다? 그들이 나에게 와서 기록부를 가져와서는, 일반적으로 내가 알지 못하는 수치, 사실 및 기타 사항을 보여주었습니다.

Sed tiam al mi mankis kuraĝo verki. Mi sciis, ke tio ĝenerale ne estos publikigita.
그런데 글을 쓸 용기가 없었습니다. 나는 그것 (나의 투고)이 대체로 출판되지 않을 것이라는 것을 알고 있었습니다.

Kaj mi timis. Mi ĉiam volis forveturi - mi diru honeste - kaj forporti la infanon. Mi havas dekjaraĝan filinon, ŝi malsanas".
그리고 나는 두려웠습니다. 나는 언제나 - 솔직히 말해서 - 차를 몰고 아이를 데려가고 싶었습니다. 열 살 된 딸이 있는데 그 애는 아파 누워있습니다.

AKCIDENTO
사고

Maje 1986 en unu el kievaj hospitaloj mi konatiĝis kun tiuj homoj: Sergej Nikolajević Gazin, 28-jaraĝa supera inĝeniero pri turbinmanipulado; Nikolaj Sergejević Bondarenko, 29-jaraĝa, aparatfunkciisto de aerdivido en azotoksigena centralo;
Jurij Jurjević Badaev, 34-jaraĝa, inĝeniero.
1986년 5월 키이우의 한 병원에서 나는 다음 사람들을 만났습니다.
* 세르게이 니콜라예비치 가진Sergej Nikolajević Gazin 28세 수석 터빈 핸들링 엔지니어 ;
* 니콜라이 세르게예비치 본다렌코Nikolaj Sergejević Bondarenko, 29세, 질소 산소 공장의 공기 부문 장비 운영자;
* 유리 유르예비치 바다예프Jurij Jurjević Badaev, 34세, 엔지니어.

Ĉiujn ilin kunigis ne nur tio ke ili troviĝis en la sama hospitalĉambro, poiome eliĝante el tiu danĝera stato, en kiu ili trafis en la klinikon, sed ankau io pli grava, akre dividinta iliajn vivojn je du partoj antaŭ kaj post la akcidento.
모두가 같은 병실에 있다는 사실만으로 같이 자리를 했을 뿐만 아니라, 클리닉에 떨어졌던 위험한 상태에서 서서히 벗어나고, 그러나 더 중요한 것은 사고 전후의 삶을 두 갈래로 날카롭게 나누는 것입니다.

Dum tiu fatala nokto ĉiuj ili laboris en AEC, troviĝis en senpera proksimeco de la akcidentiĝinta bloko.
그 비운의 밤 동안, 그들 모두는 원전에서 일했고 사고 블록에 아주 가까이 있었습니다.

Trankvilvoĉe, detale ili rakontis, kiel ĉio okazis: kiel du potencaj puŝoj skuis konstruaĵon de la centralo, kiel malŝaltiĝis la lumo kaj ĉio mergiĝis en la nuboj de polvo kaj vaporo - nur fulmoj de kurtaj cirkvitoj prilumis la salonon, en kiu troviĝis bloka panelo - la centro de la tuta kontrolo pri la energibloko.
차분한 목소리로 그들은 모든 일이 어떻게 일어났는지 자세히 설명했습니다. : 두 번의 강력한 충격이 발전소 건물을 어떻게 뒤흔들었는지, 조명빛이 어떻게 꺼지고, 온 천지가 먼지와 증기 구름에 잠겼는지 - 짧은 배선의 섬광만이 거실을 비췄고, 그곳에는 에너지 블록에 대한 모든 제어의 중심인 블록 패널이 있었습니다.

Nur de tempo al tempo iliaj ekstere senpasiaj rakontoj interrompiĝis per profunda suspiro aŭ malĝoja paŭzo, kiam inundis rememoroj pri TIU NOKTO.
이따금 그들의 겉보기에 냉정한 이야기는 그 밤의 기억이 밀려오면서 깊은 한숨이나 슬픈 멈춤으로 중단되었습니다.

Mi citu unu el tiuj rakontoj.
그 이야기 중 하나를 인용하겠습니다.

Jurij Jurjević Badaev: "Tiu nokte mi laboris en la komputila komplekso “SKALA”.
유리 유르예비치 바다예프: “그날 밤 저는 컴퓨터 컴플렉스 “스칼라SKALA”에서 일했습니다.

“SKALA” estas cerbo, okuloj kaj oreloj de la centralo. Komputilo faras bezonatajn operaciojn kaj kalkulojn kaj transdonas ĉion sur la blokan manipulpanelon.
Se SKALA haltas -- oni estas kvazaŭ blinda katido.
“스칼라”는 발전소의 두뇌, 눈, 귀입니다. 컴퓨터는 필요한 연산과 계산을 수행하고 모든 것을 블록 조작 패널로 전송합니다.
스칼라가 멈추면 눈먼 새끼 고양이와 같습니다.

Mia posteno estas elektromuntisto. Ĉu strange? Sed tio ĝustas. Mi havas kleron de inĝeniero-komputisto.
제 직위는 전기기사입니다. 이상한가요? 하지만 맞아요. 저는 컴퓨터 공학 학위 소지자입니다.

Kutime en la komputilaj centroj laboras komputistoj, sed ĉe ni tio ial nomiĝas "elektromuntisto".
일반적으로 컴퓨터 과학자는 컴퓨터 센터에서 일하지만, 우리나라에서는 어떤 이유로 이것을 “전기 기술자”라고 합니다.

Ĉio okazis tre simple. Estis eksplodo, mi vaĉis[15] kvardek metrojn for de la reaktoro.

---

15) vaĉ-o 〈海〉 (일반적으로 4 시간 교대의) 당직(堂直) 《선상의》. vaĉi 〈自〉 당직하다.

모든 일이 매우 간단하게 일어났습니다. 폭발이 있었고 나는 원자로에서 40미터 떨어진 곳에 당직근무하고 있었습니다.

Ni sciis, ke okazas eksperimentoj.
La eksperimentoj okazis laŭ la anticipe preparita programo, ni tiun programon observis.
우리는 실험이 진행되고 있다는 것을 알고 있었습니다. 실험은 미리 준비된 프로그램에 따라 진행되었고, 우리는 그 프로그램을 관찰했습니다.

Nia komputilo registras ĉiujn programajn deviojn kaj skribas ilin sur speciala bendo. Estas observata la funkcireĝimo de la reaktoro.
우리 컴퓨터는 모든 프로그램 편차를 기록하고 특수 테이프에 기록됩니다. 반응기의 작동 모드도 관찰합니다.

Ĉio estis normala. Estis signalo, kiu sciigis pri tio, ke la supera inĝeniero pri reaktormanipulado premis la butonon por plena malŝalto de la reaktoro.
모든 것이 정상이었습니다. 수석 원자로 취급 엔지니어가 원자로를 완전히 정지시키기 위해 버튼을 눌렀다는 신호가 있었습니다.

Tuj post dekkvin sekundoj - abrupta puŝo, kaj ankoraŭ post kelkaj sekundoj - pli fortega puŝo.
15초 직후 - 갑작스러운 충격, 그리고 몇 초 후 - 더 강한 충격.

Estingiĝas la lumo, malŝaltiĝas nia komputilo. Sed

estis liverita ia averia elektroenergio, kaj ekde tiu momento ni komencis savi instalaĵaron, ĉar niaj informoj estas necesaj por ĉiuj.
불이 꺼지고 컴퓨터가 꺼집니다. 하지만 어떤 종류의 전력이 전달되었는지, 그 순간부터 설비들을 구조하기 시작했습니다. 우리의 정보는 모든 사람에게 필요하기 때문입니다.

Krome - tio estas la plej grava, tio estas diagnozado[16] de disvolviĝo de la akcidento.
또한 가장 중요한 것은 사고의 진행 상황을 진단하는 것입니다.

Tuj post kiam estis liverita la elektroenergio, ni ekbatalis por vivkapablo de la komputilo.
전기가 공급되자마자 우리는 컴퓨터의 기능재생을 위해 싸우기 시작했습니다.

Tuj post la eksplodo ni absolute nenion sentis.
폭발 직후 우리는 전혀 아무것도 느끼지 못했습니다.

La kaŭzo estas en tio, ke por nia komputilo estas kreataj oranĝeriaj kondiĉoj, estas subtenata temperaturo de dudek du - dudek kvin gradoj, konstante funkcias enpumpa ventumado.
그 이유는 컴퓨터에 오렌지재배 온도조건인 - 22~25도의 온도유지하에 펌프 인환기가 지속적으로 작동돼야 기능이 유지되도록 제작되었기 때문입니다.

---

16) diagnoz-o * 진단, 진단법. * <생물> 종류,특성의 과학적 분류. * <기상> (기상 사진의)판독, 식별. {ekkono de malsano per ĝiaj propraj fenomenoj}

Ni sukcesis funkciigi la komputilon, sukcesis kovri la "ŝrankojn" (t.e. komputilon. Ju.ŝĉ.) kontraŭ la akvo, kiu tiutempe ekfluis de la plafono.
우리는 컴퓨터를 작동시키는데 성공했고, 그 당시 천정에서 흐르기 시작한 물에 대비해 "진열장"(즉, 컴퓨터)을 덮는데 성공했습니다.

La komputilo funkciis, la diagnozado efektiviĝis. Tion, kion ĝi registris - estis malfacile kompreni.
컴퓨터가 작동하자, 진단을 하게 되었습니다. 저장된 내용은 - 이해하기에는 어려웠습니다.

Nur tiam ni ekpensis: kio tamen okazis? Necesas eliri por rigardi.
그제서야 우리는 생각하기 시작했습니다: 어쨌든 무슨 일이 일어났을까? 확인하기 위하여 나가 봐야지.

Kiam ni malfermis nian pordon, ni ekvidis nenion krom vaporo, polvo kaj cetera, cetera...
우리가 문을 열었을 때 우리는 증기, 먼지 그리고 나머지, 그 외에... 아무것도 보이지 않았습니다.

Sed tiutempe ie malŝaltiĝis la "ŝrankoj", kontrolantaj la reaktoron.
그러나 그 당시 원자로를 제어하는 "진열장"이 어딘가에서 꺼져 있었습니다.

Nu, tio estas sanktejo, ni devas fari ĉion, por ke la kontrolo efektiviĝu.
글쎄요, 그것은 성역입니다. 우리는 통제를 효과적으로 하기 위해 모든 것을 해야 합니다.

Kaj mi devis supreniĝi al la dudek sepa marko, kie troviĝas la "ŝrankoj".
그리고 나는 "진열장"이 있는 27 번 마크 지점까지 올라가야했습니다.

Marko estas kvazaŭ etaĝo. Mi ekkuris laŭ kutima vojo, sed trafi sur la markon jam ne eblis. La lifto estis ĉifita, dispremita.
그 지점이란 마치 층계와 같습니다. 평소 길을 따라 뛰기 시작했지만 더 이상 목표지점은 도달할 수 없었습니다. 엘리베이터는 망가져버렸고 찌그러졌습니다.

Kaj sur la ŝtuparo estis disĵetitaj ferbetonaj blokoj, iuj cisternoj[17], kaj ĉefe - tie ne estis lumo.
그리고 계단에는 철근콘크리트 블록이 흩어져 있고, 어떤 저수조들도 있고, 그러나 무엇보다 조명이 없었습니다.

Same kiel antaŭe ni ne sciis pri la skalo de la akcidento, ni sciis nenion.

---

17) cistern-o[OA] 저수지, 옥탑의 물탱크. trinku akvon el via cisterno <비유> 당신의 아내와 즐거움을 나누시오. * (포도주 기름 휘발유등을 운반하는 자동차의)물탱크. * <해부> (분비액 따위를 저장하는)저장기, 조(曹), 강(腔), 낭(囊). {1. rezervujo por pluvakvo, ordinare subtera. 2. rezervujo por nafto}

사고 전에 사고규모에 대해 몰랐던 것처럼 우리는 아무것도 몰랐습니다.

Mi tamen volis tien trafi kaj eĉ kuris por lanterno.
나는 여전히 거기에 가고 싶었고 심지어 손전등을 찾으러 하우적거렸습니다.

Sed kiam mi revenis kun lanterneto, mi komprenis, ke mi ne trapenetros...
하지만 랜턴을 찾아들고 돌아왔을 때, 나는 내가 통과할 수 없다는 것을 알게 되었습니다...

La akvo fluis de la naŭa etaĝo, abunde fluis. Ni demetis rezervajn panelojn kaj kovris niajn komputilojn, por protekti, por ke funkciu SKALA.
물은 9층에서 흘러나와 홍건하게 흘러내렸습니다. 우리는 백업 패널을 내려 놓고 컴퓨터를 덮어 보호하고 스칼라가 작동하도록 했습니다.

Poste ni eksciis pri la skalo de la akcidento - mi devis mem konvinkiĝi pri tio.
나중에 우리는 사고의 규모에 대해 알게 되었습니다. - 나는 직접 확인해야 했습니다.

Ĝuste kelkajn minutojn antaŭ la akcidento nin vizitis Ŝaŝenok.
사고가 일어나기 불과 몇 분 전에 샤셰녹Ŝaŝenok가 우리를 방문했습니다.

Nu, li estas unu el tiuj du knaboj, kiuj pereis.
글쎄, 그는 죽은 두 소년 중 하나입니다.

Ni interparolis kun li, samkiel kun vi, li venis pliĝustigi: "Ĉu vi havas konekton senpere kun la ejo sur la 24-a marko?" Ni diris: jes, konekto estas.
우리는 당신과 마찬가지로 그와 이야기를 나누었습니다. 그는 바로 잡기 위해 왔습니다. "24번째 지점과 직접 연결이 되나요?" 우리는 말했습니다. 예, 연결되어 있습니다.

Ĉe ili tie la laboroj estis plenumotaj,
ja li estis el tiuj, kiuj plenumadis la programon de eksperimentoj, registradon de karakterizoj.
작업은 그곳에서 그들과 함께 수행되어야 했으며,
결국 그는 특성 기록, 실험 프로그램을 수행한 사람들 중 한 명이었습니다.

Ili havis en tiu ejo siajn instrumentojn.
Li diras: "Knaboj, se mi bezonos konekton, mi pere de vi konektos". - "Bonvolu", ni diras.
그들은 그 자리에 자신들의 연장을 가지고 있었습니다. "애들아, 내가 연결이 필요하면 너네들을 통해 연결할게." - "그래주겠지" 라고 말했습니다.

Kaj kiam ni jam savis la instalaĵaron, ekfunkciis voko el tiu ejo, kie laboris Ŝaŝenok.
그리고 우리가 이미 설치를 복구했을 때, 샤셰녹이 일하는 곳에서 전화호출이 개시되었습니다.

Estas konstanta voko. Ni prenas la aŭskultilon - neniu respondas.
계속 전화벨이 울렸습니다. 우리는 수신기를 들었습니다 - 아무도 응답하지 않습니다.

Kiel poste evidentiĝis, li ne povis respondi, li estis dispremita, liaj ripoj estis rompitaj, la spino – ĉifita.
나중에 밝혀진 것은, 그는 응답할 수 없었습니다, 그는 무언가에 짓눌렸고, 갈비뼈가 부러지고 척추가 상했습니다.

Mi tamen faris provon trarompiĝi al li, pensis, eble la homo bezonas helpon.
그러나 나는 그에게 가보려고 정면돌파를 시도했는데, 아마도 그 사람이 도움이 필요하다고 생각했습니다.

Sed oni jam elportis lin. Mi vidis, kiel oni portas lin sur brankardo".[18]
그러나 그는 이미 들려나왔습니다. 들것에 실려가는 걸 봤다"고 말했습니다.

Kaj la urbo dormis.
그리고 시내는 잠들었습니다.

Estis varma aprila nokto, unu el la plej bonaj noktoj

18) brankard-o 담가(擔架), 들것. brankardisto <軍> brankard병(兵); brankard수(手).

de la jaro, kiam la folioj kvazaŭ verda nebulo riveliĝas sur la arboj.
따뜻한 4월의 밤, 일년 중 가장 좋은 밤 중 하나인 나뭇잎이 나무에 녹색 안개처럼 보이는 날이었습니다.

Dormis la urbo Pripjatj, dormis Ukrainio, la tuta lando dormis, ankoraŭ ne sciante pri la enorma plago, veninta al nia tero.
프리피야트 시는 잠들었고 우크라이나도 잠들었고 온 나라는 잠에 빠졌지만 여전히 우리 땅에 닥친 엄청난 재앙을 알지 못했습니다.

"LA TUTA BRIGADO SEKVIS PRAVIK"
"여단 전체가 프라빅을 따랐다"

Kiel la unuaj la alarmsignalon ekaŭdis la fajrobrigadanoj.
소방관은 경보 신호를 가장 먼저 듣는 사람들입니다.

Leonid Petrović Teljatnikov, Heroo de Soveta Unio, 36-jaraĝa, estro de la arme-incendia taĉmento n-ro 2 de Ĉernobila atomcentralo, majoro de la interna servo*:
레오니드 페트로비치 텔랴트니코프Leonid Petrović Teljatnikov, 소련의 영웅, 36세, 체르노빌 원자력 발전소 2군 방화부대장, 내부 서비스 소령:

* Nun L. P. Teljatnikov estas subkolonelo de la interna servo.*
지금 텔랴트니코프L. P. Teljatnikov는 부대내업무 중령.

"En la deĵorbrigado de leŭtenanto Pravik estis dek sep personoj.
"프라빅 중위의 여단당직에는 17명이 있었습니다.

Tiunokte li deĵoris. Se paroli pri tiu deĵorbrigado entute - diference de tio, kion oni skribas en la ĵurnaloj, la tria deĵorbrigado ne estis tiom ideala.
그날 밤 그는 근무 중이었습니다. 그 근무여단을 통틀어 이야기하자면 - 신문에 나와 있는 것과 달리 제3의 여단은 그렇게 이상적이지 않았습니다.

Kaj se estus tiu okazintaĵo, neniam, certe, oni pri ĝi skribus. Ĝi estis tre originala brigado.
그리고 그 사건이 일어났다면, 그것은 결코, 확실히, 그것에 대해 쓰여지지 않았을 것입니다. 완전히 창설 여단이었습니다.

Ĝi estis la brigado de individuoj, tiel eblas diri. Ĉar tie ĉiu estis memstara. Tie estis tre multe da veteranoj, tre multe da originalaj knaboj.
말하자면 개별 여단이었습니다. 그 여단은 모두가 독립적이었기 때문입니다. 그곳에는 베테랑들이 많았고, 원래 소년들이 많았습니다.

Volodja Pravik, verŝajne, estis la plej juna 24-jaraĝa. Laŭ karaktero li estis bonkora, mola, nu, kaj ili embarasis lin fojfoje.
볼로디아 프라빅Volodja Pravik은 아마도 24세의 막내였을 것입니다. 성격상 그는 친절하고 부드러웠고 그들은 때때로 그를 놀라게 했습니다.

Li neniam rifuzis al iu pri la petoj. Li opiniis, ke li devas esti cedema.
그는 누구의 부탁도 거절하지 않았습니다. 그는 관대해야 한다고 생각했습니다.

En tio, eble, estis ia malforteco de ia flanko - estis ankaŭ konfliktoj, kaj li restis kulpa, ĉar en la

brigado estis ankaŭ deliktoj[19]... tamen li sekvis sian linion.
그런 점에서, 아마도, 어떤 면에서 약점이 있었을 것입니다. - 갈등도 있었을 것이고, 그리고 여단내에 비행非行이 있었기 때문에 그는 여전히 유죄였습니다. 그러나 그는 자신의 범주에 따랐습니다.

Li, Volodja Pravik, estis tre entuziasmiĝema. Li ŝatis radioteknikon, fotografion.
볼로디아 프라빅은 매우 열정적이었습니다. 그는 라디오 기술, 사진을 좋아했습니다.

Li estis aktiva laboranto, ĉefo de komsomola kontrola stabejo.
그는 적극적으로 일하는 직원이었고 소련공산주의청년단체 콤소몰 통제 사령부 수장이었습니다.

La komsomola kontrolo estis, verŝajne, la plej efika formo de la batalo kontraŭ mankoj, li severe kritikvipis ĉiujn eĉ la plej malgrandajn mankojn.
콤소몰 통제는 아마도 결함과의 싸움에서 가장 효과적인 형태였을 것입니다. 그는 가장 작은 결함까지도 모두 엄격하게 색출에 노력합니다.

Li ankaŭ verkis versaĵojn, desegnis, plenumis tiun laboron kun plezuro.

---

19) delikt-o <법률> 경범죄, 나쁜 행실, 비행, (가벼운)위법. * krimo 보다는 가벼운 위법행위: 규모가 작은 절도, 사기, 욕설 따위.

그는 또한 시를 쓰기도하고, 디자인도 그렸는데, 그 일을 즐겁게 해냈습니다.

Al li multe helpis la edzino. Ili tre similis unu al la alia. Lia edzino finis muzikan faklernejon kaj instruis muzikon en infanĝardeno.
그의 아내가 그를 많이 도왔습니다. 그들은 서로 많이 닮았습니다. 아내는 음악전문학교를 졸업하고 유치원에서 음악을 가르쳤습니다.

Ili eĉ ekstere estis iel similaj unu al la alia, ambaŭ molaj, iliaj vidpunktoj pri la vivo, rilato al la laboro - ĉio tre dense interplektiĝis, estis integra.
겉으로 보기에도 부드럽고, 삶에 대한 관점, 일과의 관계, 모든 것이 매우 밀접하게 얽혀 있고 완전했습니다.

Unu monaton antaŭ la akcidento ĉe li naskiĝis filino. Dum lasta tempo li petis, ke oni reoficigu lin kiel inspektoro, ĉiuj konsentis, sed simple ne estis por li anstataŭanto...
사고 한 달 전 그에게서 딸이 태어났습니다. 최근에 그는 감사관으로 재임명을 요청했고 모두가 동의했지만 그를 대체할 인력이 없었습니다.

Verŝajne, en la deĵorbrigado la plej aĝa laŭ la aĝo kaj servoperiodo estis Ivan Aleksejević Butrimenko, ŝoforo.
아마도 의무 여단에서 나이와 복무 기간이 가장 오래된 것은 운전사인 이반 알렉세비치 부트리멘코 Ivan Aleksejević Butrimenko였습니다.

Li estas kvardekdujara. Li estas unu el tiuj, per kiuj ĉio firmas. Lin ĉiuj sekvis. Kaj la ĉefo de la brigado, kaj la sekretarioj de la partia kaj komsomola organizoj.
그는 마흔두 살입니다. 그는 모든 것이 그를 통해 결정되는 사람 중 한 사람입니다. 모두 그를 따랐습니다. 그리고 여단의 수장, 그리고 당과 콤소몰Komsomol 조직의 비서.

Ivan Aleksejević estis deputito de la urba Soveto, plenumis tre grandan deputitan laboron...
이반 알렉세비치Ivan Aleksejević는 시의회의 대의원으로 매우 훌륭하게 대의원직을 수행했습니다 ...

En nia taĉmento laboris ankaŭ tri fratoj Ŝavrej, belorusoj. La plej juna, Pjotr, laboris kiel inspektoro de la taĉmento, kaj Leonid, la plej aĝa, kaj Ivan, la meza, laboris en la tria brigado.
세 명의 샤브레이Ŝavrej 형제인 벨로루시인도 우리 팀에서 일했습니다. 막내 표트르Pjotr가 분대장으로, 맏이 레오니드Leonid와 중간에 이반Ivan이 3여단에서 근무했습니다.

Leonid havas tridek kvin jarojn, Ivan estas je du-tri jaroj pli juna kaj Pjotr havas tridek jarojn. Ili laboris jene: se necesas, do faris.
레오니드Leonid는 35세이고 이반Ivan은 2~3년 어리고 표트르

Pjotr는 30세입니다. 그들은 다음과 같이 일했습니다. : 필요한 경우 해냈습니다.

Kiel en la realo okazas? Se oni ne puŝas neniu eĉ moviĝas. Tio okazas ne nur će ni, ĉie estas tiel.
실제로 어떻게 발생했습니까? 누가 떠밀지 않으면 아무도 움직이지 않습니다. 이것은 우리에게만 일어나는 것이 아니라 모든 곳에서 그렇습니다.

Dum trejnado, dum manovroj iu penas deflankiĝi, ripozi, preni pli facilan laboron...
훈련 중, 기동 중 누군가가 벗어나고자 애쓰고, 휴식을 취하고, 더 쉬운 일을 하려고 합니다.

Ĉi-foje estis alimaniere.
이번에는 달랐습니다.

Kiam la akcidento okazis, malgraŭ iaj malkonkordoj en la brigado, malgraŭ ĉio, la tuta brigado sekvis Pravik, sekvis sen retrorigardo...
사고가 났을 때, 여단의 어떤 의견 충돌에도 불구하고, 모든 것에도 불구하고, 여단 전체가 프라빅을 따랐습니다...

Tie bitumo[20] brulis. Maŝinejo - brulebla tegaĵo, kaj la plej kosta - se rekalkuli per mono, tio estas maŝinejo.

---

20) bitum-o [OA] <鑛> 역청(瀝靑). bitumi. 역청을 바르다. {nigrebruna terpeĉo} bit-o <航> 기둥(배 위에 줄이나 쇠사슬을 매는).

거기에서 역청이 불타고 있었습니다. 엔진룸 - 가연성 지붕, 그리고 가장 비싼 - 돈으로 환산하면, 그것은 바로 엔진룸입니다.

Ĉiuj sentis streĉon, sentis respondecon. Mi nur nomis, tuj oni alkuras: "Mi komprenis". Kaj ili eĉ ne aŭskultis ĝisfine, ĉar ili komprenis, kion necesas fari.
모두가 스트레스를 느끼고 책임감을 느꼈습니다. 나는 단지 이름을 지었고, 곧 바로 달려갔습니다 : "나는 이해했습니다."라는 메시지가 나타납니다. 그리고 그들이 해야 할 일을 이해했기 때문에 끝까지 듣지 않았습니다.

Ili atendis nur komandon.
그들은 명령을 기다리고 있을 뿐이었다.

Neniu ŝanceliĝis. Ĉiuj sentis la danĝeron, sed ĉiuj komprenis: necesas.
아무도 흔들리지 않았습니다. 모두가 위험을 느꼈지만 모두가 이해했습니다. : 그럴 필요가 있었습니다.

Mi nur diris - necesas urĝe anstataŭigi. Oni jam kuras. Kiel okazadis antaŭ la akcidento? "Pro kio mi devas iri? Kial?" Sed ĉi tie nek vorton, nek duonvorton, kaj rektasence ĉio estis plenumata kure. Tio, fakte, estis la ĉefa. Alikaze la incendio estus estingata longe kaj la postsekvoj povus esti konsiderinde pli gravaj.
나는 단지 말만 했습니다 - 긴급히 교체해야 합니다. 그들은 이미 실행 중입니다. 사고 전에는 어땠나요? "내가 왜 가야 합니까? 왜?" 그러나 여기에는 한 마디도, 반 마디도, 말 그대로 모든 것이 빨리 이루어졌습니다. 사실 그게 핵심이었습니다. 그렇지 않으면 화재가 오랫시간 진압되었을 것이고 그 결과는 훨씬 더 심각했을 것입니다.

Kiam okazis la incendio, mi feriis. Mi havas la ferion el tridek ok tagoj. Oni telefonis al mi, nokte la deĵoranto telefonis. Nu, trafiko ne estas, ĉiuj aŭtoj forveturis. Mi telefonis al deĵoranto de la urba departemento de la milico, eksplikis la situacion, vidu, jen kio okazis. Ja ili ĉiam havas aŭtojn. Mi diras: "En la centralo estas incendio, brulas tegaĵo de la maŝinejo, bonvolu helpi veturi". Li ĝustigis mian adreson, diris: "a auto tuj venos".
화재가 났을 때 나는 휴가 중이었습니다. 전체 38일 중에서 휴가를 사용했습니다. 그들은 내게 전화로 불렀고 밤에 근무자가 전화했습니다. 글쎄, 교통편이 없고 모든 자동차들이 가버렸습니다. 나는 민병대 도시과都市課 당직에게 전화를 걸어 상황을 설명했습니다. 보세요 무슨 일이 발생했는지. 자, 그들은 항상 자동차를 보유하고 있습니다. 나는 "발전소에 불이 났어요. 엔진룸 지붕에 불이 붙었어요. 가보게 좀 도와주세요."라고 말했고 그는 내 주소를 확인했고 "차가 곧 도착할 것"이라고 말했습니다.

La tegmento brulis supre en unu loko, en la dua, la tria. Kiam mi supreniĝis, mi ekvidis, ke ĝi brulas kvinloke sur la tria bloko. Mi tiam ankoraŭ ne sciis, ke la tria bloko funkcias, sed se la tegaĵo brulas —

endas estingi. De la vidpunkto de incendiestingado tio ne prezentis grandan penon. Mi observis la maŝinejon – spuroj de la incendio ne estas. Bone.
지붕은 한 곳에서, 두 번째에, 세 번째로 불타고 있었습니다. 위층으로 올라가보니 세 번째 블록 다섯 곳에서 불이 타오르고 있었습니다. 나는 그때 세 번째 블록이 가동되는 줄도 몰랐는데, 외장재에 불이 붙으면 꺼야 했습니다. 화재소방의 관점에서 이것은 큰 노력을 기울이지 않았습니다. 기관실을 관찰했습니다 - 화재의 흔적은 없습니다. 좋아요

En la "etaĝaro", sur la 10-a marko, kie estas centra bloka manipulpanelo, la incendio ne estas.
중앙 블록 컨트롤 패널이 있는 10번 마크의 "플로어 세트"에는 불길이 없습니다.

Kia stato estas en la kablaj ejoj? Por ni tio estas la plej grava. Necesis ĉion ĉirkaŭiri, ĉirkaŭrigardi.
케이블 사이트 현황은? 우리에게는 그것이 가장 중요합니다. 모든 것을 둘러다니면서, 둘러볼 필요가 있었습니다.

Tial mi la tutan tempon kuris la kvinan, la okan markojn observis, la dekan markon observis, samtempe ĉe la vicĉefinĝeniero kun la operacia personaro kunordigis – kio pli gravas, kio kaj kiel...
그래서 나는 그 시간에 5층으로 뛰어다녔고, 8마크 지점을 살펴보고, 10층 마크지점을 관찰하고, 동시에 운영 스태프와 차장과 조율하여 - 더 중요한 것은, 무엇이 더 중요한지, 무엇을 그리고 어떻게 해야할지를...

Ili diris: "Jes, efektive, endas estingi la tegmenton, ĉar tie la tria bloko ankoraŭ funkcias, kaj se ĝi detruiĝos, se almenaŭ unu plato falos sur la funkciantan reaktoron - do, povas okazi aldona malhermetiĝo".
그들은 다음과 같이 말했습니다. "예, 세 번째 블록이 여전히 작동하고 있기 때문에 지붕화재를 진화해야 합니다. 지붕이 파괴되면 적어도 하나의 판이 작동 중인 원자로에 떨어져 추가 개봉 상태가 발생할 수 있습니다."

Mi devis scii ĉiujn ĉi demandojn, lokoj multas, la centralo estas tre granda, kaj ĉion necesis viziti.
이 모든 의문을 알아야 했고, 장소가 여러 군데이고, 발전소가 매우 큰데도, 모든 곳을 가봐야합니다.

Kun Pravik mi tiam ne sukcesis interparoli. Nur kiam mi sendis lin en hospitalon, nur tiumomente mi diris kelkajn vortojn... je la 2-a kaj 25 minutoj li jam estis sendita en hospitalon. Ili troviĝis supre dum 15-20 minutoj...
나는 그럭저럭 프라빅과 이야기할 수 없었습니다. 병원에 보냈을 때만 그 순간에 몇 마디 했어요. 2시 25 분에 그는 이미 병원에 갔습니다. 그들은 15~20분 넘게 거기에 있었습니다.

Proksimume je duono antaŭ la kvara mi ekfartis malbone. Mi ekfumis cigaredon, samkiel antaŭe mi anhelis kaj konstante tusis. Malfortis la piedoj, mi

emis eksidi... Por sidi mankis tempo.
4시 반쯤 나는 몸상태가 나빠지기 시작했습니다. 담배를 피우기 시작했습니다. 그전 처럼 헐떡거리고 계속 기침을 했습니다. 발에 힘이 빠져 앉고 싶었는데... 앉을 시간이 없었습니다.

Ni veturis observi postenojn, mi montris, kie lokigi la aŭtojn. Ni veturis al la direktoro, fakte mi bezonis telefonon - raporti pri la situacio. En la centralo ne eblis telefoni. Multaj ejoj estis ŝlositaj, tie neniu estis.
우리는 위치를 확인하기 위해 차를 몰았고, 자동차가 어디에 주차해야는지 알아보았습니다. 우리는 상황보고를 위해 실제로 통화가 절실했던 감독에게 차를 몰았습니다. 발전소에서 전화를 걸 수 없었습니다. 많은 사이트가 잠겨 있었고 아무도 없었습니다.

La direktoro havis kelkajn telefonojn, sed ili estis okupataj. La direktoro telefonis. Tiutempe li rektasence disŝiriĝis inter telefonoj. De tie ni ne sukcesis telefoni. Tial ni veturis al la taĉmentejo".
감독은 몇 대의 전화기를 가지고 있었지만 통화중이었습니다. 감독이 전화를 해주었습니다. 그 당시 그는 말 그대로 전화기를 두고 고민했습니다. 거기에서 우리는 통화에 실패했습니다. 그래서 우리가 지대본부로 차로 가게 되었습니다."

Sed la alarmo kreskis.
그러나 경보는 커졌습니다.

Ĉe tio necesas klarigi unu gravan detalon.
이 때 중요한 세부 사항을 하나 설명할 필요가 있습니다.

Krom la deĵorbrigado de leŭtenanto V. Pravik de la arme-kontraŭincendia taĉmento n-ro 2,
ankaŭ la brigado de leŭtenanto V. Kibenok de la speciala kontraŭincendia taĉmento n-ro 6 estis senprokraste engaĝita laŭalarme.
군 방화 2호분대 프라빅 중위의 의무 여단 외에도 특수 방화 분대 6호의 키베녹V. Kibenok 중위 여단도 경보에 따라 지체없이 즉시 투입했습니다.

Tute ne ĉiuj scias, ke la brigado de V. Kibenok apartenis tute al alia unuo de la kontraŭincendia servo al la kontraŭincendia taĉmento n-ro 6, situanta en la urbo Pripjatj.
키베녹의 여단이 프리피야트시에 위치한 6호 방화 분대에 대한 방화 서비스의 다른 부대에 전적으로 속해 있다는 것을 모든 사람이 아는 것은 아닙니다.

Tiu malgranda konstruaĵo de la taĉmento n-ro 6 ankaŭ nun staras ĉe la rando de Pripjatj, post la vitra pordo, en silento, por ĉiam rigidiĝis la grandkapacita kontraŭincendia aŭto kvazaŭ la monumento por heroago de la brigado de Kibenok.
지금 유리문 뒤 프리피야트 가장자리에 있는 6호 분대의 그 작은 건물도 조용한 가운데 키베녹 여단의 영웅적 행동을 위한 기념비처럼 대용량 방화차가 하염없이 얼어붙어 있었습니다.

L. Teljatnikov: "Nia taĉmento numero du - kaj en ĝia konsisto la brigado de V. Pravik - gardis la atoman centralon.
텔야트니코프L. Teljatnikov: "우리 2호 분대와 - 프라빅 여단 조직에서 원자력 발전소를 지켰습니다.

Ĝi estis la porobjekta taĉmento. La urba taĉmento, en kiu laboris V. Kibenok, gardis la urbon. Ili tute. eksciis pri la incendio.
그것은 유목적적 분대였습니다. 키베녹이 일한 도시 분대는 도시를 지켰습니다. 그들 전부. 화재를 감지하게 되었습니다.

Aŭtomate dum la incendio ni havas alarman signalon, tuje estas transsendata komuniko al la centralo de incendia konekto.
화재 발생시 자동경보 신호가 울리고 즉시 중앙화재통제처로 전송됩니다.

La komuniko estas sendata radie aŭ telefone pere de la urba taĉmento. La urba taĉmento rilate al ni estas konsiderata kiel la ĉefa.
교신은 라디오 또는 시 분대를 통해 전화로 연결됩니다. 우리와 유관기관인 도시 분대분대팀이 주 교신처입니다.

Tial, ricevinte la komunikon, ke estiĝis incendio, ili aŭtomate scias, ke ili devas ekveturi.
따라서 화재가 발생했다는 메시지를 받으면 그들은 자동출동함을 압니다.

Kiel mi jam diris, la brigado de Pravik komence troviĝis ĉe la maŝinejo.
내가 이미 말했듯이, 프라빅 여단은 기관실에 있었습니다.

Tie la fajro estis estingita, kaj la brigado estis lasita deĵori sub lia gvido, ĉar la maŝinejo restis en danĝero.
그곳에서 화재가 진압되었고 그리고 기관실이 위험에 처해 있었기 때문에 여단은 그의 지휘 하에 임무수행을 하게 되었습니다.

Kaj la urba taĉmento, ĉar ĝi venis iom pli poste, estis sendita al la reaktora fako. Dekomence la ĉefa estis la maŝinejo, kaj poste - la reaktora fako.
그리고 도시 분대는 조금 늦게 왔기 때문에 원자로부로 보냈습니다. 처음에 주 타킷은 기계실이었고 그 다음으로 원자로부部이었습니다.

El nia brigado pereis nur Pravik. La aliaj kvin personoj, kiuj pereis, estis la knaboj el la sesa urba taĉmento.
우리 여단 중 프라빅Pravik만이 사망했습니다. 다른 5명의 사망자는 제6도시분대의 소년들이었다.

Tiel okazis, ke ili la unuaj komencis estingi fajron ĉe la reaktoro. Tie estis plej danĝere.
그렇게 하여 그들이 원자로에서 화재를 진압하기 시작한 최초의 사람들이 되었습니다. 그곳이 가장 위험했습니다.

Certe, de la vidpunkto de la radioaktiveca danĝero. De la incendia vidpunkto plej danĝere estis ĉe la maŝinejo, tial nia brigado agis tie dum la komenca momento de la akcidento".
확실한 것은, 방사능 위험의 관점에서 볼 때 그렇습니다. 화재의 관점에서 볼 때 가장 위험한 곳은 기관실이어서 사고 초기에 우리 여단이 그곳에서 활동했다"고 말했습니다.

La alarmo kreskis.
알람이 커졌습니다.

En la komenco de la akcidento V. Pravik sendis alarmsignalon al ĉiuj kontraŭincendiaj taĉmentoj de la Kieva provinco.
사고 초기에 프라빅은 키이우 지방의 모든 소방대에 경보 신호를 보냈습니다.

Laŭ tiu signalo al la direkto de AEC estis sendataj kontraŭincendiaj brigadoj de la proksimaj loĝlokoj. Urĝe estis preparata rezervo.
그 신호에 따라 인근 주거지역의 방화여단이 원전 방향으로 파견됐습니다. 화급히 대책을 강구했습니다.

Grigorij Matvejević Amel, 50-jaraĝa, ŝoforo de la kontraŭincendia aŭto de Ĉernobila distrikta kontraŭincendia taĉmento: "Mi ŝatas ŝakludi.

Tiunokte mi deĵoris. Mi ŝakludis kun ŝoforo. Mi diras al li: "Malĝuste vi, Miŝa, faras, erarojn faras".
그레고리 마트베예비치 아멜,Grigorij Matvejević Amel, 50 세, 체르노빌 지역 소방대 소방차 운전사 : “나는 체스놀이를 좋아합니다. 그날 밤 나는 근무 중이었습니다. 나는 운전수와 체스를 두었습니다. 나는 그에게 “당신이 틀렸어, 미샤Miŝa, 당신은 실수하고 있어”라고 말했습니다.

Li malgajnis. Ĝis ĉirkaŭ la dekdua nokte ni konversaciis, poste mi diras: "Misa, mi iros, verŝajne, dormi". Kaj li diras: “Sed mi ankoraŭ promenos kun Boris”. “Nu, promenu”.
그는 졌습니다. 우리는 밤 12시경까지 이야기를 나눴고 “미샤, 나 아마 자러 갈거야” 라고 말했고 그는 “그래도 보리스와 산책하러 갈거야” 라고 말했습니다. “그럼 산책하러 가.”

Ni havas tie tabullitojn, mi aranĝis la liton, metis matracon, prenis puran litkovrilon, la litkovrilo estas en ŝranketo, kaj ekkuŝis.
거기에 우리의 판자 침대가 있습니다, 침대를 정리하고, 매트리스를 깔고, 옷장에 있는 깨끗한 담요를 가져와 잠자리에 들었습니다.

Mi ne scias, ĉu mi longe dormetis aŭ ne, poste mi aŭdas ion: "Jes, jes, ni veturu, veturu!"
나는 내가 오래 잠을 잤는지 아닌지 몰랐습니다. 그때 나는 무슨 소리를 듣게 되었습니다. “그래, 그래, 출동해, 출동해!”

Mi malfermas la okulojn kaj vidas: Miŝa staras, Boris, Griŝa. "Ni veturu", - "Kien? - "Nun." "Volodja akceptas informon".
나는 눈을 뜨고서 밖을 내다보았습니다: 미샤가 서 있습니다, 보리스Boris, 그리샤Griŝa도. "출동하세요", - "어디로?" - "지금" "볼로디아Volodja는 지시를 받았습니다."

Tuj post kiam li akceptis la informon - vu! vu! - la sireno ekfajfegis. Estas alarmo. Mi demandas: " "Kien?" - "Al Ĉernobila AEC".
그가 지시를 받자말자 - 왱! 왱! - 사이렌을 울리기 시작했습니다. 알람이 울렸습니다. 나는 물었습니다: "어디로?" - "체르노빌 원전으로."

Miŝa Golovnenko, ŝoforo, tuje ekveturas, mi ekveturas la dua. Tio estas du aŭtoj, kiujn havas nia taĉmento, en unu estas mi, en la alia li. Nu, vidu, ofte tiel okazas, ke kiam ni forveturas, ni ne fermas la pordojn, sed tiuj pordoj estas vitraj, kaj do la vento ofte rompas niajn fenestrojn.
운전사 미샤 골로브넨코는 곧바로 출동하고, 나는 두 번째로 출동을 하게되었습니다. 그것은 우리 분대에 있는 두 대의 자동차입니다. 하나는 저 이고 다른 하나는 그 입니다. 글쎄, 알다시피, 우리가 떠날 때 문을 닫지 않는 경우가 종종 있는데 그 문은 유리로 되어 있어서 바람이 자주 우리 창문을 깨뜨리기도 합니다.

Do kutime tiu, kiu la lasta forveturas, devas fermi la garaĝon. Mi kaj Prisĉepa fermas la garaĝon.

의례적으로 마지막으로 운전자가 차고를 닫아야 했습니다. 나와 프리스체파Prisĉepa는 차고를 닫게 됩니다.

Mi pensas - mi atingos Miŝa, mi havas ZIL-130.
Do ni ekveturis, mi akcelis proksimume je okdek kilometroj hore.
나는 미샤에 따라잡을 것이라고 생각합니다. 내 차는 질ZIL-130입니다. 그래서 우리는 출발했고 시속 약 80km로 가속했습니다.

Super mia kapo la radio grincas - vokas Ivankov, el Polesskoje, nia deĵoranto vokas.
내 머리 위에서 라디오의 찍찍 거리는 소리 - 우리 당직이 폴레스코예Polesskoye의 이반코프Ivankov에게 호출합니다.

Mi sentas, ke oni vokas laŭalarme. Mi pensas estas io grava...
알람이 울리는 것 같아요. 뭔가 중요한게 있는거 같은데...

Poste mi atingis la aŭton de Golovnenko jam apud AEC, por ne perdiĝi en la konstruejo, por ke estu samtempe du aŭtoj.
그후 건설 현장에서 길을 잃지 않도록 원전 옆에 이미 골로브넨코의 차에 도착하여 동시에 두 대의 차가 있었습니다.

Mi atingis lin, aliĝis la voston de lia aŭto. Ni alveturas.
나는 그를 따라잡아 그의 차 뒤에 붙여 합류했습니다. 우리는 도착했습니다.

Kiam ni venis tien, kie estas la direktorejo de AEC, tuj al ni iĝis videble – flamo brulas.
우리가 원전 이사회사무실로 갔을 때, 즉시 우리에게 보인 것은 - 불꽃이 타오르고 있다는 것.

Kiel nubo - flamo ruĝa. Mi pensas - multe da laboro estos.
구름처럼 - 시뻘건 불꽃. 나는 생각합니다 - 많은 일이 있을 것이라고 생각합니다.

Prisĉepa diras: "Do, onklo Griŝa, multe da laboro estos".
프리스체파는 "그래요, 그리샤 아저씨, 많은 일이 있을 것입니다."라고 말합니다.

Ni venis tien je dek aŭ dek kvin minutoj antaŭ la dua nokte.
우리는 새벽 2시 10분인가 15분쯤에 거기에 도착했습니다.

Ni rigardas – estas neniu el niaj aŭtoj - nek de la dua, nek de la sesa taĉmentoj.
우리는 제2 분대나 제6 분대에는 우리 차가 한 대도 없다는 것을 알았습니다.

Kio okazis? Evidentiĝis, ke oni haltigis ilin norde de la bloko. Ni eliris kien, kion?
무슨 일이에요? 그들이 블록의 북쪽에 멈췄다는 것이 분명해졌습니다. 우리는 어디로 나가, 무엇을 해야 해?

Vidas - grafito tie kuŝas. Miŝa demandas: "Kial grafito?" Mi forpuŝis ĝin perpiede.
거기 흑연이 있는 것을 봤습니다. 미샤는 "왜 흑연이?"하고 묻습니다. 나는 그것을 발로 밀어버렸습니다.

Kaj la fajrobrigadano de la alia aŭto prenis ĝin per manoj. "Ĝi, - li diras, estas varmega". Grafito.
Pecoj estis diversaj - grandaj kaj malgrandaj, tiaj, ke eblis preni en manon.
그리고 다른 차의 소방관이 그것을 손으로 쥐어봅니다. "그게, - 그가 말하기를, 뜨거워요". 흑연. 조각들은 - 크기도 작아 손에 쥘 수 있을 정도로 다양합니다.

Ili estis ĵetitaj sur vojeton, tie ĉiuj sur ili paŝis.
그것들은 소도로에 던져져있고, 거기에 오가는 사람들이 밟고 지나갔습니다.

Poste mi vidas - kuras Pravik, la leŭtenanto, kiu pereis.
그후 나는 - 뛰어가는 중위 프라빅이 죽는 것을 목격했습니다.

Mi konis lin. Mi laboris kune kun li dum du jaroj.
Kaj mia filo, Petro Grigorjević Àmel, estas brigadestro, same kiel Pravik.
나는 그와는 아는 사이였습니다. 나는 2년 동안 그와 함께 일했습니다. 그리고 내 아들 페트로 그리고리예비치 오멜Petro

Grigorjević Àmel은 프라빅과 마찬가지로 여단 사령관입니다.

Leŭtenanto Pravik estis estro de la tria brigado, kaj Petro - estro de la unua brigado. Li kune kun Pravik finis faklernejon... Kaj mia dua filo — Ivan Amel estas ĉefo de la kontraŭincendia inspekcio de Ĉernobila distrikto.
프라빅 중위는 제3여단 사령관이었고, 그리고 페트로는 제1여단 사령관이었습니다. 프라빅과 함께 전문학교를 마쳤습니다. 그리고 나의 둘째 아들 - 이반 아멜Ivan Amel은 체르노빌 지역의 화재 예방 검사 책임자입니다.

Do, kuras Pravik. Mi demandas: "Kio, Volodja?"
그래서 프라빅이 달려갔습니다. 내가 묻기를: "뭐야, 볼로디야?"

Kaj li diras: "Starigu la aŭtojn al sektuboj. Venu ĉi tien". Kaj jen venas la aŭtoj de la dua kaj de la sesa taĉmentoj, revenas al ni.
그리고 그는 "차를 세크투보sektuboj에 주차하시고요. 이리 오세요." 그리고 제3분대 및 제6분대의 자동차가 오는데, 우리에게 올것입니다.

Niaj du kaj iliaj tri - cisternoj kaj mekanika eskalo. Kvin aŭtoj de tiu ĉi flanko. Ni tuje - ek!
우리 둘과 그들 셋 - 물탱크와 기계 사다리. 이쪽에서 자동차 5대 . 우리는 즉시 - 개시합니다!

Venigas la aŭtojn ĝis muro al sektuboj.
자동차를 세크투보에 닿게 벽까지 가게 합니다.

Ĉu vi scias, kio estas sektuboj? Ĉu ne? Tio estas malplenaj tuboj, en kiujn necesas alkonduki akvon kaj treni ilin eĉ sur la tegmenton, kaj ni devas preni branĉtubojn, alligi branĉtubojn kaj devas estingi la flamon.
세크투보가 무엇인지 아십니까? 모르시지요? 그것은 비어있는 튜브를 일컸는데, 거기다가 물을 주입해 지붕위에까지 끌고가서는, 튜브지선을 잡아서 지선튜브에 연결해서 불을 끄야하는겁니다.

Ni aranĝas la aŭton por sektuboj, tuje proksime ĝin venigas - ĝi estas nia plej forta aŭto, de Petja Pivovar el la sesa taĉmento, la apudajn ni ligas al hidranto[21], jam ne estas kien la mian starigi, loko ne estas.
우리는 세크투보 설치를 위해 자동차를 정리하고는, 바로 가까이에 끌고 옵니다. 제6분대 중 페티야 피보바르Petja Pivovar에서 가장 강력한 자동차로 바로옆 소화전에 연결합니다. 그러다보니 우리 차를 어디에 주차할지. 마땅한 공간이 없습니다.

Tiam mi kun Boris kaj Kolja Titenok diras: "Do, al hidranto!" Nu, tien-reen, la hidranton ni trovis, noktas, estas malfacile trovi.
그때 나는 보리스Boris와 콜야 티테녹Kolya Titenok과 함께 "그

21) hidranto en tok 급수전 소화전

렇다면 소화전으로!" 라고 말합니다. 자, 이리-저리 다시 이리, 찾긴했지만 밤이라 소화전을 찾기가 어렵습니다.

Kiam ekzercadoj estis, ni sciis, ke nia hidranto estas ĉe la alia flanko laŭ plano, sed evidentiĝis de tiu ĉi.
훈련할때 우리는 우리 소화전이 계획대로 반대편에 있다는 것을 알았지만, 이것으로 분명해졌습니다.

Ni trovis la hidranton, venigas la aŭton, elprenas rapide la branĉtubojn kaj jen - Titenok kaj, ŝajnas, Boris, mi ne memoras - ektiris ilin ĝis la aŭto de Miŝa.
Tri branĉtuboj po dudek metroj estas sesdek metroj.
우리는 소화전을 발견하고 차를 가져 와서 신속하게 지관支管을 꺼냈고 여기 - 티테녹Titenok과 보리스Boris 인지, 기억이 나지 않음 - 미샤의 차로 끌어 올렸습니다. 각 20미터씩 세 개의 파이프는 60미터가 됩니다.

Pri la radiado ni sciis nenion ĝustan. Kaj tiuj, kiuj laboris - ili sciis nenion.
우리는 방사선에 대해 아무것도 몰랐습니다. 그리고 일하는 사람들은 아무것도 몰랐습니다.

La aŭtoj fluigis akvon, Miŝa plenigas per la akvo la cisternon, la akvo fluas supren – kaj jen tiam tiuj - knaboj, kiuj pereis, iris supren, - Kolja Vaŝĉuk kaj aliaj, kaj ankaŭ Volodja Pravik.
차가 물을 흘려보냈고, 미샤가 물탱크를 채우고 물이 위로 뿜습니다. 그리고 그 때 죽은 소년들이 올라갔습니다. 콜야 바쉬척과 다른 아이들, 볼로디야 프라빅도 역시.

Mi ne vidis tiam nur Kibenok. Ili laŭ la eskalo, kiu estas almetebla, ekgrimpis tien supren.
그때 나는 키베녹을 보지 못했습니다. 그들은 붙일 수 있는 사다리를 타고 거기 윗쪽으로 기어올라갔습니다.

Mi helpis ĝin aranĝi, rapide ĉio fariĝis, jen ĉio ĉi estis farita, kaj mi ne plu ilin vidis.
나는 그것을 정리하는 일을 도왔고, 모든 것이 빨리 끝났고, 이것이 모두 끝났는데, 그러고는 다시는 그들을 보지 못했습니다.

Nu laboras ni. La flamo videblas - ĝi brulis arde, kvazaŭ nubo. Tie estas la tubo – mi ne scias ĝian mekanismon, io kvadrata - ankaŭ de tie plue brulas.
글쎄, 우리들은 일하고 있습니다. 불꽃이 보입니다. 구름처럼 강열하게 타올랐습니다. 거기 튜브가 있습니다. - 나는 그것에 대한 메커니즘을 모릅니다. 정사각형 모양. - 거기서 불이 더 짙게 타오릅니다

Poste ni vidas - la flamo ne brulas, sed jam fajreroj ekflugas. Mi diras: "Knaboj, tio jam estingiĝas".
그 후에 불꽃이 일지는 않고 이미 불똥이 휘날리고 있는 것을 목격하였습니다. 나는 "애들아, 불이 벌써 꺼졌어" 라고 말했습니다.

Venas Leonenko, vicestro de la dua taĉmento.

Ni scias, ke oni jam forveturigis Pravik, forveturigis Teljatnikov - jen tiam ni komprenis, ke estas radiado.
제2분대 부분대장 레오넨코가 왔습니다. 우리는 프라빅이 벌써 떠나보냈다는 것, 텔랴트니코프가 죽었다는 것을 알고 있습니다. 그때 우리는 방사선이 있다는 것을 깨달았습니다.

Oni diras al ni - venu tien ĉi en la manĝejon, ricevu pulvorojn.
우리에게 말합니다 - 여기 식당에 와서 가루분말을 받으라고 말했습니다.

Tuj post kiam mi eniris, mi demandas:
"Ĉu Petja ne estas?" Petja devis alterni post Pravik je la 8-a matene.
들어가자마자 이렇게 물었습니다.: "페티야Petja 아닌가?" 페티야 Petja는 아침 8시 후에 프라빅과 교대하게 돼있었는데.

Oni diras: "Ne estas". Sed li estis vokita alarme. Tuj post kiam mi eliris, la knaboj diras: "Avo, Petja Amel veturas tien alterni". Mi pensas ĉio. Fino.
그들은 "없어요"라고 말합니다. 그러나 그는 경보로 불렸습니다. 내가 떠난 직후, 소년들은 "할아버지, 페티야 아멜이 거기에서 교대로 운전하고 있습니다."라고 말합니다. 모든 것을 생각합니다. 끝.

Venis multe da aŭtoj, nia estraro venis, "Volga" de administracio venis, venis, alveturis al ni la aŭtoj el

Rozvaĵev, Dimer.
수많은 자동차가 왔고 우리 이사회가 왔고, 행정부의 "볼가 Volga" 가 왔고 로즈바제프Rozvaĵev의 자동차, 디메르Dimer가 우리에게 왔습니다.

Mi rigardas, estas Jakubĉik el Dimer, ni estas konataj, li estas ŝoforo. "Ĉu vi, Pavlo?" — "Mi". Ni enaŭtiĝis, ekveturis al la unua konstruaĵo, tie oni venigis nin en iun ĉambron kaj komencis kontroli pri radioaktiveco.
내가 보니, 디메르에서 온 야쿠브치크입니다. 우리는 이는 사이입니다. 그는 운전사입니다. "그래 당신은, 파블로?" - "나". 우리는 차를 타고 첫 번째 건물로 갔고, 그곳에서 그들은 우리를 어느 방으로 데려가 방사능 검사를 시작했습니다.

Ĉiuj venas, kaj li skribas: "Malpura, malpura, malpura, malpura".
모두가 와서 "더러워, 더러워, 더티, 더티" 라고 씁니다.

Sed nenion diras. Tio okazis nokte. Oni venigis nin en la banejon - baniĝi. Oni diras: "Po dek malvestiĝu, la vestaĵojn ĉi tie ĵetu".
하지만 아무 말도 하지 않습니다. 그 일은 밤에 일어났습니다. 우리는 목욕하기 위해 목욕탕으로 데려왔습니다. "열사람씩 옷을 벗고, 여기에 옷을 던져넣어십시오" 라고 말합니다.

Mi havis ledajn botojn, pantalonon, - rezintolaĵon mi kiel ŝoforo ricevas, - vatjakon, laborjakon, kakian

ĉemizon.
나는 가죽 부츠, 바지, - 운전사로서 받는 수지 천, - 면 재킷, 작업 재킷, 카키색 셔츠를 입고 있었습니다.

Li diras: "Prenu kun vi dokumentojn, ŝlosiletojn, kaj rekte en duŝejon".
그는 "서류와 열쇠를 가지고 바로 샤워실에 들어가십시오" 라고 말합니다.

Bone. Ni nin banis, eliras tra alia pordo, tie oni distribuis al ni vestaĵojn, botegojn. Ĉio seriozas.
좋아요 우리는 목욕을 하고 다른 문으로 나가고 그곳에서 옷과 대형병을 나누어 주었습니다. 모든 것이 심각합니다.

Mi eliris eksteren - ekrigardis, jam ĉio videblis, helis, mi vidas - mia Petja iras en uniformo, en mantelo, fajrista zono, kaskedo[22], ledaj botoj.
나는 바깥으로 나갔습니다 - 쳐다보았습니다, 이미 모든 것이 보였습니다. 밝았고, 나는 보았습니다 - 나의 페티야는 유니폼, 코트, 소방관 벨트, 모자, 가죽 부츠를 착용했습니다.

"Ho, ĉu vi, fileto, ankaŭ tien?" diras mi.
"아하, 너도 거기 있었니, 아들아?" 내가 말했습니다

Tuje oni lin mallaŭdis, ĉar li eniris tien, kie ni estis jam lavitaj, kaj forprenis, forkondukis lin, ne lasis, kurte dirante.

---

22) kasked-o [G9] 모자(유니폼을 입은 학생이나 일반인이 쓰는 챙 달린).

사람들은 곧바로 그를 꾸짖었습니다, 왜냐면 우리들이 이미 목욕한 그곳을 그가 들어갔기 때문입니다, 그러고 그를 끌고 다른 데로 데려가 거친 말투로 그냥 두지않았습니다.

Li nur diris: “Ĉu vi ĉi tie estas, paĉjo?” - kaj oni lin forkondukis.
“아빠, 여기 있었어?” - 그리고는 그를 데려가 버렸습니다.

Poste oni kondukis nin al la kelo de civila defendo.
그런 다음 그들은 우리를 민방위 지하실로 데려갔습니다.

Tie estas silento, litoj, tio okazis ĉirkaŭ la sepa horo.
Jam okas, jam naŭas, kiam mi vidas - Petja venas. Revestita. Nu, la filo venas, eksidas, parolas kun mi, pri niaj hejmaj demandoj, sed pri tio ĉi eĉ nenion.
거기는 조용하고, 침대들이 있습니다. 7시경에 일어났습니다. 내가 볼 때 벌써 8시, 9시, - 페티야Petja가 옵니다. 옷을 갈아 입었습니다 글쎄, 아들이 와서 앉아 있고 우리 가정 문제에 대해서는 아무 말도 하지 않습니다.

Diras li: “Mi ne scias, - paĉjo, kion hejme fari, ial al mi naŭze estas".
그는 “아빠, 집에서 무엇을 해야할지 모르겠습니다 라며 무슨 이유에서인지 메스꺼움을 느낍니다.” 고 말합니다.

Poste: “Mi, pacjo, verŝajne iros en la sanigejon”.
“Do, iru”. Kaj li foriris.

그런 다음 : “아빠, 아마 요양소에 갈 것입니다.”
“그럼 가.” 그리고는 떠났습니다.

Mi lin eĉ ne demandis, kion li tie supre faris - ne estis tempo demandi.
나는 그에게 그가 위에서 무엇을 하고 있는지 묻지 않았습니다. - 물어볼 시간이 없었습니다.

Kaj ankaŭ Ivan, mia alia filo, estis vokita alarme. Li subiĝis al la Ĉernobila distrikta fako.
그리고 또 다른 아들 이반Ivan도 알람으로 호출을 받았습니다. 그는 체르노빌 지역 부서에 속했습니다.

Li estis vokita proksimume je la sesa matene. Oni sendis lin patroli aŭ ien, li havas aŭteton UAZ, kaj li veturadis tien-reen.
그는 아침 6시경에 전화를 받았습니다. 그는 순찰이나 또는 어딘가에 보내졌고, 그는 우아즈UAZ 자동차를 가지고 있었고 그는 거기서 다시 거기로 오갔습니다.

Mi dekomence kvazaŭ ne malbone fartis, Sed mi, unue, ne dormis, krome maltrankviliĝis, krome mi ektimis, kaj estis tia konsterno, vi komprenas, jen ĉio ĉi..."
나는 처음부터 건강이 나쁘지 않은 것 같았습니다, 그런데 나는 우선 잠이 안 오고 걱정도 되고, 겁도 나고 그런 당혹감이 있었어, 너도 알잖아, 그게 다야.”

Heroo de Soveta Unio leŭtenanto Vladimir Pavlovic Pravik.
소련 중위의 영웅 블라디미르 파블로비치 프라빅.

Heroo de Soveta Unio leŭtenanto Viktor Nikolajević Kibenok.
소련 중령 Viktor Nikolajević Kibenok의 영웅.
Serĝento Nikolaj Vasiljević Vaŝĉuk. 중사
Supera serĝento Vasilij Ivanovic Ignatenko. 상사
Supera serĝento Nikolaj Ivanovic Titenok. 상사
Serĝento Vladimir Ivanović Tiscura. 중사

... Ses portretoj kun nigra kadro, ses bonegaj junuloj rigardas al ni de la muro de la kontraŭincendia taĉmento de Ĉernobil, kaj ŝajnas, ke iliaj rigardoj estas malĝojaj, ke rigidiĝis en ili kaj amareco, kaj riproĉo, kaj muta demando: kiel tio povis okazi?
... 검은 색 액자에 든 초상화 여섯, 체르노빌 소방대 벽에서 6 명의 우수한 젊은이가 우리를 바라보고 있으며 그들의 시선은 슬픈 것 같습니다. 그 괴로움과 비난, 그리고 멍청한 질문이 그들 안에 굳어졌습니다. 어떻게 이런 일이 일어날 수 있습니까?

Sed tio jam nun ŝajnas. Sed dum tiu aprila nokto, en la kaoso kaj maltrankvilo de la incendio, en iliaj rigardoj estis nek malĝojo, nek riproĉo.
그러나 그것은 이미 그렇게 보일뿐입니다. 그러나 그 4월의 밤, 화재속의 혼돈과 불안 속에서 그들의 모습에는 슬픔도 책망도 없었습니다.

Ne estis tempo. Ili laboris. Ili savadis la atomcentralon, savadis Pripjatj, Ĉernobil, Kiev, nin ĉiujn.
시간이 없었습니다. 그들은 일했습니다. 그들은 원자력 발전소를 구했고 프리피야트Pripjatj, 체르노빌, 키이우, 그리고 우리 모두를 구했습니다.

Estis junio de 1986, kiam mi venis tien ĉi, en la sanktejon de Ministerio pri internaj aferoj de Ukraina SSR en kontraŭincendian taĉmenton de Ĉernobil, kiu iĝis la centro de la tuta kontraŭincendia laboro en la Zono.
1986년 6월, 내가 이곳에 온 것은 우크라이나 SSR 내무부 성소에서 체르노빌 소방대 소속으로 존Zono의 모든 소방 작업의 중심이 된 곳이었습니다.

Treege varmega junio, kiam surĉiele furioze brilegis la suno kaj ne estis eĉ eta aludo pri nubeto - ĉio ĉi okazis ne pro la dia volo, sed pro la homa: aviadistoj senkompate neniigis nubojn en la zono de AEC, uzante specialajn metodojn de kemia aviada prilaboro de la ĉielo.
유난히도 더웠던 6월, 태양이 하늘에서 맹렬하게 내리쬐고 구름 한 점 없이 - 이 모든 일이 일어난 것은 신의 뜻이 아니었습니다, 그러나 인간 때문에: 비행사는 하늘의 화학 항공 처리의 특별한 방법을 사용하여 원전 존AEC zono에서 무자비하게 구름을 없애버렸습니다.

Bela, preskaŭ vilaotipa konstruaĵo de incendia taĉmento.
빌라타입에 가깝도록 아름다운 대화재 분대의 건물

Mi rigardis al tiuj pordoj, kiujn tiel zorgeme fermis post si "avo" Amel, elveturante al la incendio.
나는 "할아버지" 아멜이 그의 뒤에서 아주 조심스럽게 닫은 문을 바라보며 차를 몰고 화재현장으로 향했습니다.

La vitro konserviĝis. Du fajrobrigadanoj kun kaŭĉukaj tuboj en manoj lavis asfaltitan korton, super kiu pigre[23] leviĝis vapora ondo de varmega aero.
유리는 보존되었습니다. 고무호스를 손에 든 소방관 두 명이 아스팔트 마당을 세척하고 있었는데, 그 위로 뜨거운 공기가 스물스물 솟아올랐습니다.

Staris pretaj por veturo, ĝisbrile lavitaj ruĝa-blankaj incendiaj aŭtoj kun numeroj de Ĉerkasia, Dnepropetrovska, Poltava provincoj.
번쩍거리도록 세차한 폴타바Poltava주 드네프르페트로프스크Dnepropetrovska, 체르카시Ĉerkasia의 번호판을 단 빨간색-흰색의 소이燒夷 자동차들이 출동준비를 하고 서 있습니다.

Apud la reaktoro estis aranĝita tutdiurna[24] deĵorado

23) pigr-a =maldiligenta, mallaborema.
24) diurn-o <천문> 한 주야

de fajrobrigadanoj estis atendebla io ajn.
원자로 옆에는 소방관의 24시간 근무가 배치되어 있어 무엇이든 예상할 수 있었습니다.

Krom tio, la unuigita kontraŭincendia taĉmento deĵoranta dum tiuj varmegaj tagoj en Ĉernobil, devis partopreni la batalon kontraŭ "ordinaraj" incendioj, kiuj ne maloftas en tiuj arbaroriĉaj, marĉaj lokoj, precipe dum senpluvaj jaroj: en la Zono brulis torfejoj.
그 외에도 체르노빌의 더운 날 근무 중인 통합 소방대는 특히 비가 오지 않는 해에 숲이 우거진 늪지대에서 드문 일이 아닌 "일반" 화재와의 싸움에 참여해야 했습니다. 존Zono에서 불타버린 이탄습지.

Kaj samkiel ĉio en la Zono, tiuj "ordinaraj" incendioj ankaŭ estis neordinaraj: kune kun la fumo en la aeron leviĝis radioaktivaj aerosoloj, kion nenikaze eblis allasi...
그리고 존Zono지대의 모든 것과 마찬가지로 그들 "일반" 화재도 특별했습니다: 연기와 함께 방사성 에어로졸이 공기 중으로 올라갔고 어떤 상황에서도 그냥 둘 수 없었습니다...

Mi konatiĝis tie kun estro de departemento de kontraŭincendia servo de Ministerio pri internaj aferoj de Ukraina SSR general-majoro de interna servo Filipp Nikolajević Desjatnikov kaj estro de incendia taĉmento kolonelo Evgenij Efimović

Kirjuhancev.
나는 그곳에서 우크라이나 SSR 내무부 방화부서장, 필립 니콜라예비치 데자트니코프Filipp Nikolajević Desjatnikov 내무부 소령, 방화대장 예브게니 에피모비치 키류한체프Evgenij Efimović Kirjuhancev 대령과 알게 되었습니다.

Kolonelo Kirjuhancev estas moskvano, tipa armea intelektulo: ordema, bela, ekzaktema. Li rakontis al mi, ke komence de junio en ilia taĉmento okazis tre stranga, sed ankaŭ tre rimarkinda kamarada juĝproceso.
키류한체프 대령은 모스크바출신으로, 전형적인 군사 지식인 : 정연하고 잘생기고 엄격합니다. 그는 6월 초 그들의 분대에서 매우 이상하지만 매우 놀라운 동지 재판이 있었다고 말했습니다.

Oni juĝis pro tio, ke du fajrobrigadanoj... "kaptis je du rentgenoj pli, ol havis je tio "rajton", plenumante konkretan operacion (ĉiuj agoj antaŭ la plenumo estis skrupule planataj kaj plurfoje provfarataj kun kronometro).
2명의 소방관이… "구체적인 작전을 수행하던 중 '권리'보다 2개 더 많은 엑스레이를 찍었습니다 (수행 전의 모든 행동은 세심하게 계획되었고 크로노미터로 반복 시행).

Nur imagu! Ankoraŭ maje oni eble ilin laŭdus, deklaros herooj. Kaj junie oni jam punis.
상상 해봐! 5월에도 영웅으로 선언된 그들은 칭찬받을 수 있습니다. 그리고 6월에 그들은 이미 처벌을 받았습니다.

Tiom impete ŝanĝiĝis la realkoncepto en la Zono, ŝanĝiĝis la rilato mem al la multenhava nocio "heroeco".
존Zone의 현실 개념이 너무 빠르게 변화하여 "영웅주의"라는 다중 콘텐츠 개념과의 관계 자체가 변경되었습니다.

Nur la rilato al tiuj, kies portretoj en nigraj kadroj pendis sur la muro de Ĉernobila kontraŭincendia taĉmento, ne ŝanĝiĝis kaj ŝanĝiĝos neniam.
체르노빌 방화반의 벽에 검은 액자속의 초상화가 걸려있는 사람들과의 관계 만이 변하지 않았으며 앞으로도 변하지 않을 것입니다.

BELOKONJ DE AMBULANCO
응급실의 벨로코니

Valentin Petrović Belokonj, 28-jaraĝa; kuracisto de ambulanco de medicin-sanitara servo de la urbo Pripjatj: "La 25-an de aprilo je la 20-a horo mi ekdeĵoris. En Pripjatj laboras unu brigado de ambulanco - kuracisto kaj helpkuracisto. Kaj ni havas entute ses ambulancojn.
발렌틴 페트로비치 벨로코니,Valentin Petrović Belokonj, 28세; 프리피야트시의 의료 위생 서비스의 응급실 의사 : "4월 25일 저녁 8시부터 당직근무를 시작했습니다. 정규의사와 보조 의사가 프리피야트 한 구급차 여단에서 일합니다. 그리고 우리는 총 6대의 구급차를 가지고 있습니다.

Kiam ni havis multe da vokoj, ni disdiviĝis: la helpkuracisto veturadis laŭ la vokoj al kronikmalsanuloj - se necesas fari injekton, kaj la kuracisto - por malfacilaj kazoj kaj por la infanaj.
진료요청이 많을 때 우리는 각기 분산해서 진료합니다 : 보조 의사는 만성 질환 환자 진료요청이나 - 주사를 맞아야 하는 경우나 - 그리고 의사는 어려운 경우와 어린이환자 진료에 임합니다.

Dum tiu deĵoro ni laboris dise, kvazaŭ en du brigadoj: helpkuracisto Saŝa Skaĉok kaj mi.
그 임무시간 동안 우리는 마치 두 개의 여단에서 처럼 보조 의사인 사샤 스카초크와 저 따로따로 진료했습니다.

La deĵoranto estis Masnecova. Kaj jen ekde tiu oka horo vespere ĉio ekimpetis, ekflugis kun mirinda rapido.
당직의사는 마스네조바였습니다. 그리고 저녁 8시부터 모든 것이 격렬하기 시작했고 놀라운 속도로 날기시작했습니다.

Ne, komence ĉio estis trankvila en la atoma centralo, sed maltrankvila en la urbo.
아니, 처음에는 원자력 발전소에서 모든 것이 조용했지만 도시 시가지에서는 불안했습니다.

Mi veturadis tutan tempon, preskaŭ ne elirante el la aŭto.
나는 내내 운전을 했고, 거의 차에서 내리지 않았습니다.

Dekomence estis ia diboĉo, tie iu sin ĵetis el fenestro, ne, ne pereis, estis absolute sana, sed ebriega...
처음부터 약간의 무절제한 분위기였고, 거기에 누군가가 창 밖으로 몸을 던졌습니다. 아니, 그는 죽지는 않았습니다. 그는 전혀 건강이상은 없지만 술에 만취했습니다...

Poste estis porinfanaj vokoj, unu oldulinon ni vizitis, kaj poste vespere, proksimume je ia dekdua - mi bone fiksmemoris, ĉar la nokto estis ĥaosa - estis voko: dektrijara knabo kun bronka[25] astmo[26],

---

25) bronk-o 〈解〉 기관지(氣管支).

longiĝinta atako.
그후 아이들 진료 전화가 있었고 우리는 한 노파를 방문. 밤 저녁 12시 경 - 밤시간에 혼란스러웠기 때문에 잘 기억 - 또 전화 : 기관지 천식을 앓고있는 13 세 소년, 장기화된 병세

Ĝi longiĝis pro tio, ke telefonis najbaro kaj ne diris numeron de la loĝejo.
Mi ekveturis al la avenuo Stroitelej, sed jam estis meznokto kaj la domego estis granda.
이웃이 전화를 걸어 집 전화 번호를 알려주지 않아 시간이 더 걸렸습니다. 나는 스트로이텔레Stroitelej 거리로 운전해갔지만, 이미 자정이었고 저택이 컸습니다.

Mi rigardis, iris tien-reen neniu estas. Kion fari? Ja mi ne povas veki ĉiujn. Mi forveturis.
나는 쳐다보았습니다, 갔다왔다했으나 아무도 없었습니다. 어째야하나? 결코, 모두를 깨울 수 없었습니다. 나는 차를 몰고 나와 버렸습니다.

Mi revenas, Masnecova diras: "Oni telefonis, jam diris la numeron de la loĝejo". Mi denove reen, venas, la najbaro min ekinsultis, ke mi malfrue venis. Mi diras: "Mi ja ne sciis la numeron".
나는 다시 돌아왔습니다. 마스네조바의 말 : "누군가 전화로 주택 번지호수를 이미 알려 주었습니다." 나는 다시 왔는데 이웃이 늦게 왔다고 욕을 했습니다. 나는 "나는 그 번호를 몰랐다." 라고 말했습니다.

---

26) astm-o 〈醫〉 천식(喘息

Sed li: "Sed vi devas scii". Sed mi efektive ne sciis, mi unuafoje al tiu knabo venis.
그러나 그는 "하지만 당신은 알았어야 해" 그런데 사실 몰랐어요. 그 아이에게 처음 와봤어요.

Hejme tiu najbaro tiom malhelpis min, apenaŭ batis, do mi portis la knabon en la ambulancon kaj injektis eŭfilinon envejnen. Kaj la najbaro daŭre minacis plendi pri mi...
집에서 그는 나를 심하게 방해했고 거의 때리다시피했습니다. 그러고 나는 그 아이를 구급차에 태우고 유필린eŭfilino을 정맥주사했습니다. 그리고 그는 나에 대해 계속해서 불만을 토로했고 계속해서 위협까지도…

Kiam ni reveturis al nia hospitalo, - ni veturis kun ŝoforo Anatolij Gumarov, li estas oseto, havas ĉirkaŭ tridek jarojn, - ni ekvidis TION.
우리가 병원으로 돌아갔을 때 - 우리는 운전사 아나톨리 구마로프Anatoly Gumarov가 운전, 그는 약 30세의 오세티아 사람이다 - 우리는 그것을 보았습니다.

Kiel tio okazis? Ni veturas nokte, la urbo malplenas, dormas, mi estas apud la ŝoforo.
어떻게 된거야? 우리는 밤에 운행했고, 도시는 비어 있고, 나는 운전사 옆자리에서 - 잤습니다.

Mi vidas du fulmojn en la flanko de Pripjatj,

komence ni ne komprenis, ke tio estas de la atoma centralo.
나는 프리피야트의 한쪽에서 섬광 두 개를 보았습니다. 처음에 우리는 그것이 원자력 발전소에서 온 것인지 짐작하지 못했습니다.

Ni veturis laŭ la strato "Kurĉatov", kiam ni ekvidis ekflamojn. Ni opiniis, ke tio estas fulmoj. Ĉar ĉirkaŭe estis domoj, ni ne vidis la atoman centralon. Nur ekflamojn. Samekiel fulmo, eble, iom pli grandaj ol fulmo. La bruegon ni ne aŭdis la motoro funkciis. Poste ĉe la bloko oni diris al ni, ke bruego estis granda.
우리가 "쿠르차토프Kurĉatov" 거리를 따라 운행하고 있을 때, 번쩍이는 빛을 보았습니다. 번개인 줄 알았습니다. 주변에 집들이 있어서 원자력 발전소는 보지 못했습니다. 번쩍일 뿐이었습니다. 번개처럼, 번개보다 조금 더 클 수도 있습니다. 포효 우리는 엔진 가동 소리를 듣지 못했습니다. 나중에 블록에서 우리는 큰 소음이 있었다고 들었습니다.

Kaj nia deĵorantino aŭdis la eksplodon. Unu, poste tuje la dua. Tolja diris: "Ĉu fulmorebriloj – ne; mi ne komprenas". Li estas ĉasisto, tial li estis iom embarasita. La nokto estis trankvila, stelplena, nenio similis...
그리고 우리 당직녀는 폭발음을 들었습니다. 하나, 그 다음 즉시 두 번째. 톨야Tolja는 다음과 같이 말했습니다. "깜박임 - 아니요; 모르겠어요". 그는 사냥꾼이라 조금 당황해했습니다. 밤은 고요하고 별이 총총했습니다.

Kiam ni venis la medicin-sanitaran servon, la deĵorantino diris, ke estis voko. Mi venis je la unua kaj tridek kvin minutoj. Estis voko al la atoma centralo kaj helpkuracisto Saŝa Skaĉok forveturis al AEC.
의료위생소에 가니 당직원이 전화가 왔다고 합니다. 1시 35분에 왔습니다. 원자력 발전소에 대한 호출이 있었고 보조 의사 사샤 스카초크는 원전으로 떠났습니다.

Mi demandis la deĵorantinon: "Kiu telefonis, kia incendio?" Ŝi nenion ĝustan diris - ĉu mi devas veturi, ĉu ne. Ni decidis atendi informojn de Saŝa.
나는 당직 여직원에게 물었습니다: "누가 전화했어 어떤 화재야?" 그녀는 정확하게 말을 하지 않았습니다. - 내가 출동해야 하나 말아야 하나. 우리는 사샤의 정보를 기다리기로 결정했습니다.

Je la unua kaj kvardek - kvardek du minutoj Saŝa telefonis, diris, ke estas incendio, estas brulvunditoj, estas bezonata kuracisto.
1시 40~42분에 사샤가 전화를 걸어와 말하기를 불이 났고 화상을 입은 사람들이 있고 의사가 필요하다고 말했습니다.

Li estis ekscitita, diris neniajn detalojn kaj demetis aŭskultilon. Mi prenis sakon, narkotikojn, ĉar estas brulvunditoj, diris al la deĵorantino, ke ŝi komuniku

al la estro de la medicin-sanitara servo. Mi kunprenis ankoraŭ du malplenajn aŭtojn, kaj mem veturis kun Gumarov.
그는 흥분했고 자세한 내용은 말하지 않고 전화를 끊었습니다. 나는 가방, 마약, 화상피해자가 있기 때문에 수행원에게 의료 위생 서비스의 책임자에게 연락하라고 말했습니다. 나는 빈 차 두 대를 더 가지고 구마로프와 함께 출동했습니다.

De tie veturi per aŭto ĝis la atoma centralo necesas proksimume sep - dek minutojn laŭ rekta vojo.
거기에서 자동차로 원전까지는 직선 도로로 7~10분 정도 걸립니다.

Ni ekveturis laŭ tiu vojo, kiu direktiĝas al Kiev, kaj poste ni turnas maldekstren al la centralo.
우리는 키이우로 가는 그 길을 따라 운행한 다음 발전소 방향으로 좌회전했습니다.

Ĝuste tie mi renkontis Saŝa Skaĉok - li veturis renkonte al ni en la medicin-sanitaran servon, sed lia aŭto estis kun ŝaltita lumsignalo, kaj mi ilin ne haltigis, ĉar se kun la lumsignalo - do la kazo estas neordinara. Ni veturis pluen al la centralo.
그곳에서 나는 사샤 스카초크를 만났습니다. 그는 의료 위생 서비스에서 우리를 만나려고 운행하고 있었지만 그의 차는 신호등이 켜져 있었고 나는 그들을 멈추지 않았습니다. 그런 경우는 이례적이라서. 우리는 발전소로 차를 더 몰았습니다.

Pordegoj, gardistoj staras, oni nin demandas: "Kien vi veturas?" – "Al incendio". "Kial do sen speciala vesto?" – "Sed mi de kie scius, ke speciala vesto estos bezonata?"
출입문, 경비원은 서 있었습니다. "어디로 가십니까?" – "화재 지역에" "왜 특수복장을 않고?" – "하지만 특별한 옷이 필요하다는 것을 어떻게 알 수 있습니까?"

Mi ne havis informojn. Mi estis nur en kitelo, – ĉar estis aprila vespero, nokte varmas, eĉ sen kufo, sen io. Ni enveturis, mi renkontiĝis kun Kibenok.
나는 특수복장에 대해 정보가 없었습니다. 나는 작업코트만 입고 있었습니다. – 4월 저녁이라 밤에는 덥고, 비록 두건없이, 아무것도 없이. 우리는 차를 몰고 들어가 키베녹을 만났습니다.

Kiam mi kun Kibenok interparolis, mi demandis lin: "Ĉu estas brulvunditoj?" Li diras: "Brulvunditoj ne estas. Sed la situacio ne estas tute klara. Ial miaj knaboj iom naŭzas".
키베녹과 이야기할 때 나는 그에게 "화상 피해자가 없습니까?" 라고 물었습니다. 그는 "화상 피해자는 없습니다. 그러나 상황은 완전히 명확하지 않습니다. 어쩐지 우리 애들이 구역질을 좀 하네요."

La incendio fakte jam ne estis videbla, ĝi iel grimpis laŭ tubo. La tegaĵo falis, la tegmento...
불은 실제로 더 이상 보이지 않았고, 어떻게든 파이프를 타고 올라갔습니다. 덮게가 떨어지고, 지붕이...

Mi kaj Kibenok interparolis ĉe la energibloko, kie estis la fajrobrigadanoj. Pravik, Kibenok ili tiam en du aŭtoj venis.
나와 키베녹은 소방관들이 있는 파워블럭에서 대화를 나눴습니다. 프라빅, 키베녹 그들은 차 두 대로 왔습니다.

Pravik elsaltis, sed al mi ne venis, kaj Kibenok estis iom ekscitita, agitiĝinta.
프라빅은 뛰어내렸지만, 내게는 오지 않았고, 키베녹은 조금 흥분하고 덜떠있었습니다.

Saŝa Skaĉok jam prenis de la centralo Ŝaŝenok. Lin la knaboj elportis, brulvunditan. Sur lin trabo falis. Li mortis en reanimejo la dudek sesan matene.
사샤 스카초크는 이미 발전소에서 샤세녹을 데려왔습니다. 소년들이 화상자를 데리고 나왔습니다. 빔이 그에게 떨어졌습니다. 그는 26일 아침 중환자실에서 사망했습니다.

Dozometrojn ni ne havis. Oni diris, ke estas gasmaskoj, estas protektkompletoj, sed nenio estis, ne estis aranĝita...
우리에게는 계측기가 없었습니다. 방독면도 있고 방호복도 있다고 하는데 아무 것도 없고 정리도 안되어있고..

Mi devis telefoni, Kibenok diris, ke ankaŭ li devas interkomunikiĝi kun estraro, kaj mi veturis al administr-mastruma konstruaĵo proksimume je 80

metroj for de la bloko.
나는 전화를 걸어야 했고, 키베녹도 이사회와 소통해야 한다고 해서 블록에서 80m 정도 떨어진 행정동으로 차를 몰았습니다.

Mi parkis la aŭtojn en ringo, unu aŭto lokiĝis iom pli proksime al la bloko. Al la knaboj mi diris: "Se estas bezonata helpo - mi estas ĉi tie".
나는 둥근 원 안에 차를 주차했고, 차 한대는 블록에 조금 더 가까이 위치해 있었습니다. 소년들에게 나는 "도움이 필요하다면 - 내가 여기 있을테니" 라고 말했습니다.

Mi eksentis la alarmon reale, kiam mi ekvidis Kibenok, kaj poste apud la administra konstruaĵo - la knabojn de ekspluatejo.
나는 키베녹을 보았을 때 실제로 경보를 감지했습니다. 그리고 관리 건물 옆에 있는 - 발굴 현장의 소년들을 보았습니다.

Ili elsaltis el la tria bloko kaj kuris al la administra konstruaĵo - de neniu eblis ion certan ekscii.
그들은 세 번째 블록에서 뛰어 나와 관리 건물로 달려갔습니다. - 아무도 확실한 것을 알아낼 수 없었습니다.

La pordoj de la sanigejo estis fermitaj...
요양원 문은 닫혀 있었습니다...

Mi telefonis al la centra manipulpanelejo.
Demandis: "Kia estas la situacio?" - "La situacio estas neklara, restu surloke, helpu, se necesas".

나는 중앙 제어반에 전화를 걸었습니다.
질문: "상황이 어떻습니까?" - "상황이 불명확합니다. 제자리에 머물고, 필요한 경우 도움을 주세요."

Poste mi telefonis al mia medicinsanitara servo.
Tie jam estis vicestro Vladimir Aleksandroviĉ Peĉerica.
그런 다음 건강 관리서비스센타에 전화를 걸었습니다.
부대표 블라디미르 알렉산드로비치 페체리카가 이미 그곳에 와 있었습니다.

Mi diris al Peĉerica, ke mi vidis incendion, vidis falintan tegmenton sur la kvara energibloko. Tio okazis proksimume je la dua horo nokte.
나는 페체리카에게 화재를 보았다고 말했고 제4 에너지 블록에서 무너진 지붕을 보았다고 말했습니다. 새벽 2시경에 일어난 일입니다.

Mi diris, ke mi maltrankvilas - venis ĉi tien, nenian laboron dume faras, sed ja pri la tuta urbo mi devas zorgi.
나는 걱정스럽다고 말했습니다 - 여기까지 왔는데, 그동안 일을 안 하고 있는데 도시 전체를 걱정해야 할 지경이라고 했습니다.

Ja povas veni urĝaj vokoj. Ankoraŭ mi diris al Pecerica, ke dume malsanuloj ne estas, sed la fajrobrigadanoj diras, ke ili naŭzetas.
긴급 전화가 올 수도 있습니다. 나는 여전히 페체리카에게 현재 아픈 사람이 없다고 말했지만 소방관들은 구역질을 낸다고 말했습니다.

Mi komencis rememori militan higienon, rememori instituton.
나는 전시 중의 위생을 기억해야하고 학회를 기억하기 시작했습니다.

Riveliĝis iuj scioj, kvankam ŝajnis, ke mi ĉion forgesis. Ja kiel oni ĉe ni opiniis? Al kiu necesas ĝi - radioaktiveca - higieno? Hiroŝima, Nagasaki - ĉio ĉi tiom malproksimas de ni.
모든 것을 잊어버린 것 같았지만 약간의 지식이 드러났습니다. 결국 그들은 우리를 어떻게 생각했을까요? 누가 그것을 필요로 합니까 - 방사능 - 위생? 히로시마, 나가사키 - 이 모든 것이 우리에게서 멀리 떨어져 있습니다.

Peĉerica diris: "Dume restu surloke, proksimume post 15-20 minutoj retelefonu, ni diros al vi, kion fari. Ne maltrankvilu, ni por la urbo alian kuraciston elvokos".
페체리카는 다음과 같이 말했습니다: "한 동안은 제자리에 머물고 약 15~20분 후에 다시 전화하면 어떻게 해야 하는지 알려 드리겠습니다. 걱정하지 마십시오. 도시의 다른 의사를 부를 것입니다."

Kaj ĝuste tuje al mi venis triopo, ŝajne, oficvojaĝantoj, alkondukis knabon ĉirkaŭ dekok

jaran. La knabo plendis je naŭzeco, akra kapdoloro, li ekvomis.
그리고 바로 그때 비즈니스 여행자 3인조組가 18 세 정도의 소년을 데려 왔습니다. 그 소년은 메스꺼움, 날카로운 두통을 호소하고 구토하기 시작했습니다.

Ili laboris en la tria bloko kaj, ŝajne, vizitis la kvaran... Mi demandis - kion li manĝis, kiam, kiel pasigis la vesperon, ja pro diversaj kaŭzoj povis naŭzi.
그들은 제3 블록에서 일했고, 아마도 제4 블록을 방문한 것 같습니다 ... 나는 그가 무엇을 먹었는지. 언제, 어떻게 저녁시간을 보냈는지, 메스꺼움을 느낄 수 있는 이유는 여러 가지가 있거든요.

Mi mezuris la sangopremon, estis 140 aŭ 150 je 90, iom tro alta, plialtiĝis, kaj la knabo estis iom malnormala, iom tia...
혈압을 측정해보니 90에 140이나 150이었는데 조금 너무 높았고, 점점 올라갔고, 그 아이는 좀 비정상적이었고 좀 그랬어요...

Mi kondukis lin en la salonon de ambulanco. En la vestiblo estis nenio, nur du aŭtomatoj de gasakvo, kaj la medicina ĉambro estas fermita.
나는 그를 구급차실로 데려갔습니다. 로비에는 아무것도 없고 가스 정수기 2개만 있고 진료실은 폐쇄되어 있습니다.

Mi venigis lin en la aŭton. Kaj li eksvenas antaŭ

miaj okuloj, kvankam li estas ekscitita, estas samtempe jenaj simptomoj - malorda psiko, ne povas paroli, komencis iel lamparoli, kvazaŭ trinkis grandan dozon de alkoholaĵo, sed odoro ne estas, estas nenio...
나는 그를 차에 태웠습니다. 그리고 그는 내 눈앞에서 기절합니다. 흥분했지만 동시에 다음과 같은 증상이 나타났습니다. - 정신 장애, 그는 말을 할 수 없습니다, 그는 마치 많은 양의 술을 마신 것처럼 어떻게든 중얼거리기 시작했지만 냄새도 없고 아무것도 없습니다...

Pala.
파리해지고.

Kaj tiuj, kiuj elkuris el la bloko, nur eksklamis: "Teruro, teruro", - ilia psiko jam estis malordigita. Poste la knaboj diris, ke la mezuriloj paneas. Sed tio jam pli poste okazis.
그리고 블록에서 뛰쳐나온 사람들은 "무서워, 무서워"라고 외쳤습니다. - 그들의 정신은 이미 엉망이었습니다. 나중에 소년들은 계측기가 고장났다고 말했습니다. 그러나 고장은 나중에사 일어났습니다.

Al tiu knabo mi faris injektojn kaj post kiam mi lin injektis, ankoraŭ tri personoj venis al la ambulanco.
나는 그 소년에게 주사를 놓았고 그러고는 내가 주사놓은 후에. 세 명이 더 구급차에 왔습니다.

Tri aŭ kvar el ekspluatejo. Ĉio okazis kvazaŭ laŭ parkerigita teksto: kapdoloro kun la samaj simptomoj, streĉo en gorĝo, sekeco, naŭzo, vomemo.
개발실에서 3 또는 4 에서. 동일한 증상의 두통, 인후의 압박감, 건조, 메스꺼움, 구토와 같은 모든 증싱이 기왕의 텍스트 처럼 발생했습니다.

Mi injektis al ili kuracilon, mi estis sola, sen helpkuracisto, kaj – tuje sidigis ilin en la aŭton kaj sendis en Pripjatj kun Tolja Gumarov.
나는 그들에게 약을 주사했고, 보조 의사 없이 혼자, 즉시 차에 태워 톨야 구마로프와 함께 프리피야트로 보냈습니다.

Kaj mem mi denove telefonas al Peĉerica, diras - jen tiel. Tia simptomaro.
그리고 나는 다시 페체리카에게 전화를 걸어 - 그게 다야. 이러한 일련의 증상.

- Ĉu li ne diris, ke li tuje sendos al vi helpantojn?
- 즉시 조력자를 보내겠다고 하지 않았습니까?

- Ne. Ne diris li... Tuj post kiam mi ilin forsendis, knaboj kondukis al mi fajrobrigadanojn. En manteloj. Kelkajn personojn. Ili apenaŭ surpiede staris. Mi aplikis pure simptoman kuracadon por iome "ordigi" la psikon, forigi dolorojn...
- 아니요. 그는 말하지 않았습니다... 내가 그들을 보낸 직후에, 소년들은 나에게 소방관들을 데려왔습니다. 코트를 입은, 몇몇

사람들을. 그들은 맨발로 겨우 서 있었습니다. 나는 정신을 “진정시키고” 통증을 제거하기 위해 순전히 대증요법을 적용했습니다.

Kiam Tolja Gumarov revenis el la medicinsanitara servo, li alportis al mi amason da narkotaĵoj. Mi telefonis kaj diris, ke mi ilin ne injektos. Ja brulvunditoj ne estis. Sed oni ial ŝovis al mi tiujn narkotaſojn.
톨야 구마로프가 의료 위생소에서 돌아왔을 때 그는 나에게 마약 더미를 가져 왔습니다. 전화를 걸어 주사를 놓지 않겠다고 했습니다. 실제로 화상 피해자는 없었습니다. 그러나 어떤 이유에서인지 그들은 나에게 그 마약을 밀어 넣었습니다.

Poste, kiam mi revenis matene al la medicin-sanitara servo, neniu volis repreni ilin de mi, ĉar kiam oni dozometris min – la fono estis tre granda.
그 후, 아침에 의료-위생서비스로 돌아 왔을 때 아무도 나에게서 그들을 되찾고 싶어하지 않았습니다. 왜냐하면 그들이 내 상태를 계측했을 때 - 상황이 매우 높았기 때문입니다.

Mi la narkotaĵojn redonas, sed ili ne prenas. Tiam mi elprenis la narkotaĵojn, metis kaj diras: "Kion vi volas, tion faru".
마약을 돌려주었는데, 받지 않았습니다. 그런 다음 마약을 꺼내서 넣고 말했습니다. “당신 원하는 대로 하십시오.”

Forsendinte la fajrobrigadanojn, mi jam petis, ke oni sendu al mi kalian jodon[27], tablojdojn[28], kvankam en la sanigejo de AEC jodo, verŝajne, estis.
소방관을 보낸 후 원전 요양소에 요오드가 있을지 모르지만 나는 이미 요오드 칼륨, 정제를 보내달라고 요청했습니다.

Dekomence Pecerica demandis: "Sed kial, sed por kio?", - sed poste, verŝajne, kiam ili malsanulojn ekvidis, oni ne plu demandis. Kolektis kalian jodon kaj sendis. Mi komencis doni ĝin al la homoj.
처음부터 페체리카는 "그런데 왜, 그런데 무엇을 위해?" 라고 물었지만, 나중에 아픈 사람들을 보면 묻지 않고 요오드 칼륨을 모아 보냈습니다. 사람들에게 주기 시작했습니다.

La konstruaĵo estis malfermita, sed la homoj eliradis eksteren. Ili vomis, ili sin ĝenis. Hontis. Mi ilin ĉiujn enpelas en la konstruaĵon, kaj ili – eksteren. Mi al ili klarigas, ke necesas enaŭtiĝi kaj veturi en medicinejon por esploro.
건물은 개방되었지만 사람들은 밖으로 나갔습니다. 그들은 토했고, 괴로워했습니다. 부끄러웠습니다. 나는 그들을 모두 건물 안으로 몰아넣고보니, 그들은 - 밖으로. 나는 그들에게 조사를 위해 차에 타고 의료 센터로 가야한다고 일러주었습니다.

Sed ili diras: "Mi trofumis, simple troekscitiĝis, tie ĉi estas eksplodo, tie ĉi estas tio..." Kaj forkuras de

27) kalian jodo 칼륨요도
28) tablojd-o 정제(錠劑), 알약, 환약(丸藥); 한 번 먹을 분량.

mi. Ja la homoj ne plene konsciis pri tio.
하지만 그들이 말하기를 : "나는 담배를 너무 많이 피웠고, 간단히 과다 흥분상태가 되었습니다, 여기 폭발이 일어났고, 저기..."라고 말했습니다. 그리고 그들은 나에게서 달아났습니다. 결국 사람들은 그것에 대해 완전히 알지 못했습니다.

Poste, en Moskvo, en la 6-a kliniko, mi kuŝis en la sama ĉambro kun unu dozometristo.
나중에 모스크바의 6번 진료소에서 나는 계측기사 한 사람과 같은 방에 누워 있었습니다.

Li rakontis, ke tuj post la eksplodo plene paneis iliaj centralaj mezuriloj. Ili telefonis ĉu al ĉefinĝeniero, ĉu al inĝeniero pri sekurigrimedoj, kaj tiu inĝeniero respondis: "Kial do paniko? Kie estas deĵoranta alternestro? Kiam la alternestro venos, li telefonu al mi. Sed vi ne paniku. La raporto ne estas laŭ ordo".
그는 폭발 직후 중앙 미터기가 완전히 고장났다고 말했습니다. 그들은 수석 엔지니어나 안전 엔지니어를 불렀고 그 엔지니어는 "왜 공황상태입니까? 근무 중인 교대 관리자는 어디에 있습니까? 관리자가 오면 전화해 주세요. 그러나 당황하지 마십시오. 그 보고는 정상이 아닙니다."

Li respondis kaj metis la aŭskultilon. Li estis en Pripjatj, hejme.
그는 대답하고는 전화를 끊었습니다. 그는 프리피야트Pripjatj 집에 있었습니다.

Kaj poste ili elkuris kun tiuj dozometriloj, sed kun ili al la kvara bloko ne eblis aliri.
그리고 나서 그들은 그 계측기를 가지고 뛰어나갔지만 그것들을 가지고 제4블록에 접근하는 것은 불가능했습니다.

Miaj tri aŭtoj konstante cirkulis. Kontraŭincendiaj aŭtoj tre multis, tial la niaj komencis lumsignali, por ke oni cedu la vojon, signali - pi-pi, pap-pa.
나의 세 대의 자동차는 끊임없이 순행시켰습니다. 소방차가 많았기 때문에 우리들 차들은 주행로를 양보해달라는 신호등을 깜박이기 시작했습니다. 삐삐 빠빠.

Mi ne elveturigis Pravik kaj Kibenok. Mi memoras estis Pjotr Amel, nigrahara knabo. Kun Pjotr mi kuŝis en hospitalo dekomence en Pripjatj, litoj apudis, poste en Moskvo.
나는 프라빅Pravik과 키베녹Kibenok을 내보내지 않았습니다. 나는 검은 머리 소년 표트르 아멜Pjotr Amel이 있었음을 기억합니다. 나는 프리피야트에서 처음부터 표트르와 함께 병원에 있었고, 침대는 서로 옆에 있었으며, 그 다음에는 모스크바에 있었습니다.

Je la sesa horo ankaŭ mi eksentis raspadon en la gorĝo, kapdoloron.
6시에 목이 따끔거리고 두통을 느끼기 시작했습니다.

Ĉu mi konsciis pri la danĝero, ĉu timis? Konsciis. Timis. Sed kiam la homoj vidas, ke apudas la homo

en blanka kitelo, - tio ilin trankviligas. Mi staris, samkiel ĉiuj, sen enspiratoro, sen protektrimedoj.
나는 위험을 인식하고 있었는지, 두려웠는지? 인식하고 있었습니다. 두려워했습니다. 그러나 사람들은 흰 작업복을 입은 남자가 옆에 있는 것을 보고는 - 그것은 그들의 마음을 진정시켜 주었습니다. 나는 다른 사람들과 마찬가지로 흡입기 없이, 보호 장비도 없이 서 있었습니다.

- Sed kial do sen enspiratoro?
- 그런데 흡입기가 왜 없지요?

- Sed kie ĝin preni? Mi provis - nenie io estas. Mi telefonas la medicin-sanitaran servon:
- 하지만 어디에서 그것을 구해야 할까요? 나는 시도해보았습니다 - 어디에도 없습니다. 의료-위생 서비스에 전화를 겁니다.

“Ĉu ni havas “petalojn?" - "Ni ne havas "petalojn”. Do ĉio. Ĉu en gaza masko labori? Gi neniom helpas. En tiu situacio simple ne eblis retroiri.
“우리에게 “패탈”이 있습니까?” - “우리에게는 “패탈”이 없습니다. 그게 전부입니다. 거즈 마스크로 작업? 조금도 도움이 되지 않습니다. 그 상황에서 단순히 돌아갈 수 없었습니다.

Ĉe la bloko, kiam mateniĝis, jam ne videblis fajrobriloj. Nigra fumo kaj nigra fulgo. La reaktoro kraĉadis - ne konstante, sed jene: : fumo, fumo, poste – buh! Elĵeto. Ĝi fumis, sed - flamo ne estis.
아침이 되자 블록에 더 이상 불꽃이 보이지 않았습니다. 검은 연기와 검은 그을음. 원자로는 뱉어냈습니다 - 지속적이지는 않지만 다음과 같습니다. : 연기, 연기, 그후 – 야! 방출. 그것은 연기였지만 - 불꽃은 없었습니다.

Tiutempe la fajrobrigadanoj malsupreniĝis de tie, kaj unu knabo diris: "Brulu ĝi en blua flamo, ni tien ne plu grimpos". Jam ĉiuj , komprenis, ke kun la reaktoro io okazas, kvankam la manipulpanelo ĝis tiam donis neniajn konkretajn informojn.
그때 그곳에서 소방관들이 내려왔습니다, 그러고는 한 소년이 " 푸른 불꽃에 태워버려, 우리는 더 이상 거기 올라가지 않겠다"고 말했습니다. 지금쯤이면 제어반에도 불구하고 원자로에 무슨 일이 일어나고 있다는 것을 모두가 알게 되었습니다. 그때까지 구체적인 어떠한 정보를 제공하지 않았습니다.

Komence de la sesa horo per la kontraŭincendia aŭto venis dozometristo - mi ne memoras, kiu kaj de kie.
6시 시작 시점에 소방차에 계측기사가 들어왔습니다. - 누가, 어디서 왔는지 기억나지 않습니다.

Li venis kun fajrobrigadanoj, ili havis hakiletojn kaj hakis iun pordon en la administr-mastruma konstruaĵo, prenis ion en kestoj.
그는 소방관들과 함께 와서, 작은 도끼를 가지고 있었는데 관리 건물의 문을 도끼질하고는 상자에 무언가를 가져갔습니다.

Mi ne scias - ĉu protektan superveston, ĉu

instalajojn, ŝarĝis en kontraŭincendian aŭton. La dozometristo havis grandan neporteblan mezurilon.
보호용 겉옷인지, 소방차에 실는 설치물인지 모르겠습니다. 계측 기사는 휴대할 수 없는 대형 계측기를 가지고 있었습니다.

Li diras: "Kiel, kial vi ĉi tie staras sen protektiloj? Tie ĉi estas frenza nivelo, kion vi faras". Mi diras: "Laboras mi ĉi tie".
그의 말인즉슨 : "어째서, 왜 보호 장비도 없이 여기 서 있습니까? 여기 미친 수준이야, 당신 뭐하는거야." 나는 "여기서 일합니다"라고 말했습니다.

Mi eliris el la administr-mastruma konstruaĵo, miaj aŭtoj jam ne estis.
내가 관리 건물에서 나와보니, 내 차들은 사라졌습니다.

Mi ankoraŭ demandis la dozometriston: "Kien moviĝas tiu nubo? Ĉu al la urbo?" "Ne, li diras, en la direkton de Janov, iomete flanke nian regionon trafis".
나는 여전히 계측기사에게 물었습니다 : "그 구름은 어디로 이동했나요? 시쪽으로?" 그가 말하기를, "아니요, 그 구름은 Janov 방향으로요, 우리 지역 조금 옆쪽으로 관통했습니다."

Li havis proksimume kvindek jarojn, li forveturis en kontraŭincendia aŭto.
그는 약 50세 정도였는데 소방차를 타고 가버렸습니다.

Kaj mi ekfartis malbone.
그리고 나는 건강상태가 나빠지기 시작했습니다.

Poste tamen venis Tolja Gumarov, pro kio mi al li estas danka. Tiutempe mi jam moviĝis al elirejo, pensis - almenaŭ petos, ke oni min veturigu per kontraŭincendia aŭto, dum mi ankoraŭ povas moviĝi.
그러나 나중에 톨야 구마로프가 와주었는데 그에게 감사했습니다. 그 당시 나는 이미 출구로 이동하고 있었고, 생각하기를 - 내가 아직 움직일 수 있을때 최소한 소방차에 태워달라고 요청할 것이라고 생각했습니다.

Komenca eŭforio (sento de ĝoja ekscitiĝo) pasis, la gamboj malfortis.
초기 행복감 (즐거운 흥분감)이 지나고, 다리에 힘이 빠졌습니다.

Dum mi laboris - mi ne rimarkis tion, kaj poste komenciĝis.
내가 일하는 동안 - 나는 그것을 눈치 채지 못했습니다. 그리고 후에 시작되었습니다.

Malfortiĝo, io premas, distordas, deprimo kaj nur sola penso: kaŝiĝi ie en truon.
Nek pri parencoj, pri nenio remomoris, estis deziro nur iel izoliĝi, kaj nenio plu. Foriĝi de ĉio.
힘빠짐, 무언가 압박, 뒤틀림, 그리고 생기소진 및 단 하나의 생각 : 어딘가 구멍속에 숨기. 친척에 대한 기억도 없고, 어떻게든 자신을 고립시키고 싶은 욕망만 있을 뿐 그 이상은 아니었습니다. 모든것에서 사라져버림.

Mi kaj Tolja Gumarov staris ankoraŭ dum kvin-sep minutoj - atendis, eble, iu petos helpon, sed neniu sin turnis. Mi diris al la fajrobrigadanoj, ke mi veturas al la bazejo, en medicinsanitaran servon. Se estos bezono, do oni voku nin. Tie pli ol deko da kontraŭincendiaj aŭtoj estis.
나와 톨야 구마로프는 5분~7분 동안 가만히 서 있었습니다. 아마도 누군가가 도움을 요청할지 모르지만 아무도 돌아보지 않았습니다. 나는 소방관들에게 의료 및 위생 서비스를 위해 기지로 이동해가고 있다고 말했습니다. 필요하면 전화주세요. 10대가 넘는 소방차가 있었거든요.

Kiam mi venis en la medicin-sanitaran servon, tie estis multe da homoj. Knaboj alportis glason de alkoholo, eltrinku, necesas, ili diras, oni donis tian instrukcion, ĝi helpas.
보건소에 가보니 사람들이 정말 많았습니다. 소년들은 술 잔을 가져 와서는 다 마셔버리고, 그럴 필요있어, 그들은 그런 지시를 받았다고 말합니다. 도움이 되었습니다.

Sed mi ne povas, mi naŭzegas. Mi petis la knabojn, ke ili al miaj parencoj en komunloĝejon portu kalian jodon.
하지만 그럴 수 없어, 속이 메스꺼워. 나는 소년들에게 공동 주택에 있는 친척들에게 요오드 칼륨을 가져오라고 부탁했습니다.

Sed iu estis ebria, alia kuradis kaj senĉese delaviĝis.
그러나 어느 애는 술에 취해 있었고 다른 애는 달려가서는 몸을 씻고 있었습니다.

Do mi prenis aŭton "Moskvić" - la ŝoforo estis ne nia - kaj veturis hejmen. Antaŭ tio mi lavis min, revestiĝis.
그래서 나는 "모스크비치Moskvić"차를 잡아 - 운전수는 우리 소속이 아니었음 - 타고 집으로 갔습니다. 그 전에 나는 몸을 씻고 옷을 갈아 입었습니다.

Mi forportis al mia familio en komunloĝejon kalian jodon. Diris, ke ili fermu la fenestrojn, ne ellasu la infanojn, diris ĉion, kion povis. Al la najbaroj disdonis tablojdojn.
나는 공동주택의 나의 가족에게 요오드 칼륨을 가져갔습니다. 창문을 닫고 아이들을 밖으로 내보내지 말라고 말하면서 내가 할 수 있는 모든 것을 말했습니다. 정제는 이웃에게 배포했습니다.

Kaj tuje por mi venis Djakonov, nia kuracisto, kaj prenis min. Oni enhospitaligis min terapiejon, tuje kun pogutigilo. Mi "eksinkis". Mi ekfartis pli malbone kaj sufiĉe malklare ĉion memoras. Poste mi jam nenion memoras..."
그리고 즉시 우리 의사인 디아코노프Djakonov가 저를 찾아와 저를 데려갔습니다. 나는 즉시 인공호흡기를 갖춘 치료실에 입원했습니다. 나는 “체력이 가라앉기 시작했습니다”. 기운이 더 빠지기 시작했고 모든 것이 아주 희미하게 기억이 났습니다. 그 후로는 더 이상 아무것도 기억나지 않습니다.”

... Tiu somere mi ricevis leteron el Doneck de mia malnova amiko, dekano de pediatria fakultato de Donecka medicina instituto “M. Gorjkij”, docento Vladimir Vasiljevic Gaĵiev.
...그해 여름 나는 오랜 친구인, 도네크Donecka 의료기관의 소아과 학장 “고리키M. Gorjkij”, 동대학 전임강사 블라디미르 바실예비치 가지예프로부터 편지를 받았습니다.

Iam, en la kvindekaj jaroj, mi kune kun Gaĵiev faris satiran gazeton de la Kieva medicina instituto “Krokodilo en kitelo”, kiu estis populara inter la studentoj kaj instruistoj: desegnis karikaturojn, verkis akrajn tekstojn...
언젠가, 50년대에 가지에프와 함께 키이우 의료기관의 풍자잡지 “작업복을 입은 악어”를 만들었습니다. 이 잡지는 학생들과 교사들 사이에서 인기가 많았습니다. 캐리커처를 그리고 날카로운 글을 썼습니다.

En sia letero V.V. Gaĵiev rakontis al mi pri kursfininto de la pediatria fakultato Valentin Belokonj: “Dum la jaroj de studado en la instituto li estis ĝenerale mezkapabla, ordinara studento... Neniam li penadis fari avantaĝan impreson al ĉirkaŭantoj, instruistoj, administrantoj ka. Li

plenumis la komisiitajn al li aferojn modeste, digne, kvalite.
그의 편지에서 가지에프는 소아과 학부를 졸업한 발렌틴 벨로코니Valentin Belokonj에 대해 이렇게 이야기했습니다.
"학원에서 공부하는 동안 그는 일반적으로 중간치로 평범한 학생이었습니다. 그는 주변 사람들, 교사, 관리자 등에게 좋은 인상을 주려고 한 적이 없습니다. 그는 자신에게 맡겨진 일을 겸손하게, 품위있게, 충실하게 수행했습니다.

En li senteblis fidindeco. Dum studado li superis malfacilaĵojn memstare, fiaskoj ne estis.
Li iris al planita celo (volis esti infana kirurgo) digne, plenumante ĉion necesan.
그에게는 신뢰감을 느낄 수 있었습니다. 공부하면서 스스로 어려움을 이겨냈고 실패 또한 없었습니다. 그는 계획된 목표(소아외과 의사가 되고 싶었음)를 위엄있게, 필요한 모든 것을 수행했습니다.

Liaj naturaj honesteco, bonkaraktero gajnis por li stabilan profundan respekton unuavice de liaj samgrupanoj kaj samkursanoj, kaj ankaŭ de instruistoj.
그의 타고난 정직성과 좋은 성품은 무엇보다도 그의 그룹 구성원들과 동료 학생들, 그리고 교사들로부터 확고하고 속내깊은 존경을 받았습니다.

Kiam junie ni eksciis pri lia digna konduto en la dudek sesa de aprilo en Ĉernobil, la unuan, kion

oni diris, estis, ke li, Valik, alimaniere ne povis agi.
6월에 우리가 4월 26일 체르노빌에서 그의 품위 있는 행동에 대해 알았을 때 가장 먼저 말한 것은 그, 발릭Valik은 다른 방식으로 행동할 수 없다는 것이었습니다.

Li estas vera homo, fidinda, honesta, li altiras la homojn".
그는 진실된 사람이었고, 신뢰할 수 있고, 정직하며 사람들을 매료시키는 그런 사람이었습니다."

... Kun Valentin Belokonj mi renkontiĝis aŭtune en Kievo, kiam en pasinto restis hospitalo, restado en sanatorio, maltrankvilo lige kun ricevo de loĝejo kaj laboro en Doneck, diversaj burokratismaj turmentiĝoj (kiom da fortoj li devis elspezi por ricevi la disponigendan al li salajron... por aprilo, ne menciante jam pri ricevo de materiala rekompenso, disponata al ĉiu loĝanto, evakuita el Pripjatj).
... 가을에 나는 키이우에서 발렌틴 벨로코니를 만났습니다. 과거에는 병원 입원, 요양원 체류, 도넥Doneck에서 살 집 및 취업과 관련한 불안, 다양한 관료주의에 따른 고통 (프리피야트Pripjatj에서 철수한 모든 주민이 받을 수 있는 물질적 보상은 말할 것도 없고 4월에 지급되어야했던 급여를 받기 위해 그가 얼마나 많은 노력을 기울여야 했는지).

Antaŭ mi sidis svelta, larĝŝultra, sinĝena knabo, en ĉiu gesto kaj vorto de kiu estis diskretemo kaj profunda sento de propra respekto kuracista kaj

homa.
내 앞에는 날씬하고 어깨가 넓고 자의식이 강한 소년이 앉았는데, 모든 몸짓과 말에는 신중함과 의학적, 인간적 개인적 존경심이 깊은 느낌이 있었습니다.

Nur en la tria tago mi eksciis hazarde, ke li suferas pro spirafekcio, kvankam antaŭ la akcidento li okupiĝis pri sporto - peza atletiko - kaj eltenis grandajn streĉojn. Mi veturis kun li al profesoro L.P. Kindzelskij por konsulto...
사고 전 - 과격한 운동을 하며 - 엄청난 스트레스를 견뎌냈지만 호흡기 감염을 앓고 있다는 것을 우연히 알게 된 것은 사흘 만에 였습니다. 나는 킨젤스키 교수에게서 자문을 구하기 위해 차를 몰았습니다.

Valentin rakontis al mi pri siaj infanoj (li estas patro de du knabinoj kvinjara Tanja kaj tute eta Katja, kiu dum la momento de la akcidento havis unu monaton kaj duono), ĝojis, ke finfine li laboros laŭ specialeco, kiun li konscie elektis por si en la vivo: infana kirurgo.
발렌틴 자신의 아이들에 대해 이야기했고 (그는 사고 당시 1개월 반이었던 두 소녀, 5세 타냐Tanja와 아직 작은 카탸Katja의 아버지입니다) 마침내 일을 하게 되어 기뻤습니다. 그가 의식적으로 자신의 인생을 위해 선택한 전문 분야: 소아과 외과의사.

Kaj mi pensis pri tio, kiel tiunokte li, la unua kuracisto en la mondo, laboranta en la loko de

tiaskala katastrofo, savadis damaĝitojn, 'teruriĝintajn, suferantajn pro radiado homojn, kiel li esperigis ilin, ĉar tiunokte tio estis lia sola kuracilo, pli forta ol relaniumo, aminasino kaj ĉiuj narkotikoj de la mondo.
그리고 나는 그날 밤 세계 최초의 의사인 그가 그런 규모의 재난 현장에서 일하면서 피해를 입고 '겁에 질린 방사선으로 고통받는 사람들을 어떻게 구하고 어떻게 희망을 주었는가'를 생각했습니다. 렐라늄, 아미나진, 그리고 세상의 모든 마약보다 더 강력한 그의 유일한 치료법.

KOLONO KUN SPECIALA CELO
특별한 목적을 가진 칼럼

Aleksandr Jurjević Esaulov, 34-jaraĝa, vicprezidanto de la urba plenumkomitato de Pripjatj:
알렉산드르 유르예비치 에사울로프Aleksandr Jurjević Esaulov, 34세, 프리피야트시 집행 위원회 부의장:

"Oni vekis min nokte la 26-an, ĉirkaŭ la kvara horo. Telefonis Maria Grigorjevna, nia sekretario, ŝi diris: "Akcidento en la atomcentralo". Iu ŝia konato laboris en la centralo, li venis nokte, vekis ĝin kaj rakontis.
"저는 26일 밤 4시쯤에 잠에서 깼습니다. 우리 비서인 마리아 그리고리예프나Maria Grigorjevna가 전화를 걸어 "원자력 발전소 사고"라고 말했습니다. 그녀의 어느 발전소에서 일하는 누군가가 밤에 왔습니다. 그를 깨우고는 말했습니다.

Je dek minutoj antaŭ la kvara mi jam estis en la plenumkomitatejo. La prezidanton oni jam informis kaj li forveturis al la atomcentralo. Mi tuje telefonis al nia ĉefo de stabo de civila defendo, vokis lin alarme. Li loĝis en komunloĝejo.
4시 10분 전 나는 이미 집행위원회 방에 있었습니다. 대통령은 이미 통보를 받고 원자력 발전소로 떠났습니다. 나는 즉시 민방위 참모장에게 전화를 걸어 경보를 울렸습니다. 그는 공유주택에 살았습니다.

Li tuje venis. Poste venis prezidanto de la

plenumkomitato Vladimir Pavlovic Volosko. Ni kunvenis ĉiuj kune kaj komencis pensi, kion fari.
그는 그 즉시로 왔습니다. 그리고 집행위원회 위원장인 블라디미르 파블로비치 볼로스코Vladimir Pavlovic Volosko가 왔습니다. 우리는 모두 모여 무엇을 해야 할지 생각하기 시작했습니다.

Ni, certe, ne bone sciis, kion fari. Tio estas, kiel oni diras, ĝis rostita koko la nukon bekos.
우리는 확실히 무엇을 해야할지 몰랐습니다. 즉 말하자면, 튀긴 치킨이 목을 쫄 때까지 말입니다.

En la plenumkomitato mi estis prezidanto de la plana komisiono, okupiĝis pri trafiko, medicino, komunikado, vojoj, buroo de enlaborigo, pri distribuo de konstrumaterialoj, pri pensiuloj.
상임실행위원회에서 나는 기획위원회 위원장이었고 교통, 의료, 통신, 도로, 고용국, 건축 자재 유통, 연금 수급자에 관여했습니다.

Ĝenerale mi estas nova vicprezidanto de la plenumkomitato, oni elektis min nur la 18-an de novembro 1985.
일반적으로 나는 집행위원회의 새로운 부회장이며 1985년 11월 18일에 선출되었습니다.

En mia naskiĝtago. Mi loĝis en duĉambra loĝejo. La edzino kun la infanoj dum la momento de la akcidento ne estis en Pripjatj - ŝi forveturis al siaj

gepatroj, ĉar ŝi havis postnaskan forpermeson. Mia filo naskiĝis novembre de 1985. La filino havas ses jarojn.
내 생일 날. 나는 방 두개의 주택에 살았습니다. 사고 당시 아내와 아이들은 프리피야트에 없었습니다. - 그녀는 출산 휴가 중이었기 때문에 부모님에게 갔습니다. 제 아들은 1985년 11월에 태어났습니다. 딸은 6살입니다.

Nu do. Mi veturis al nia aŭtotransporta entrepreno, mi decidis aranĝi lavadon de la urbo. Mi telefonis al la plenumkomitato al Kononiĥin, petis sendi akvummaŝinon. Ĝi venis. Tio ja estas kanto! Por la tuta urbo ni havis - oni ne kredos...
그럼. 나는 우리 자동차 운송회사로 운전하여 도시 세척을 준비하기로 결정했습니다. 나는 실행위원회 코노니힌Kononiĥin에게 전화를 걸어 살수기를 보내달라고 요청했습니다. 그게 왔습니다. 정말 노래입니다! 우리가 가진 도시 전체에 대해 - 누구도 믿지 않을 것입니다.

Kvar akvumaŭtojn! Por kvindek mil loĝantoj! Tio estis malgraŭ tio, ke nia plenumkomitato kaj urba partia komitato estis fakte batalemaj, kaj tiu kaj alia organoj sin turnis al la ministerio, petis aŭtojn. Ne antaŭvidante la akcidenton, sed simple por subteni purecon en la urbo.
4대의 살수차! 5만명의 주민을 위한! 우리 집행위원회와 시당위원회가 실제로 호전적이었고 이들과 다른 단체들이 부처에 차를 요청했음에도 불구하고 말입니다. 사고를 예상하는 것이 아니라 단순히 도시의 청결을 유지하기 위한 것입니다.

Venis la aŭto kun cisterno, kie ili ĝin eltrovis - mi ne scias. La ŝoforo estis ne ĝia propra, kaj li ne sciis kiel ŝalti la pumpilon. La akvo el kaŭĉuktubo fluis nur memflue.
차는 물탱크와 함께 왔고 그들이 그것을 발견한 곳에서 - 나는 모릅니다. 운전사는 자신의 것이 아니었고, 그리고 펌프작동 방법을 몰랐습니다. 고무 튜브의 물은 저절로 흘러나왔습니다.

Mi sendis lin reen, li revenis proksimume post dudek minutoj, li jam elstudis ŝalti tiun pumpilon. Ni komencis lavi la vojon apud la benzenstacio. Jam nun mi komprenas postfakte, ke tio estis unu el la unuaj proceduroj de polvoprevento. La akvo estis kun sapa solvaĵo. Poste evidentiĝis, ke ĝuste tio estis tre poluciita loko.
나는 그를 다시 돌려보냈고, 그는 약 20분 후에 돌아왔습니다. 그는 이미 펌프작동법을 배웠습니다. 우리는 주유소 옆 길을 닦기 시작했습니다. 이것이 최초의 먼지 방지 절차 중 하나라는 사실을 이제야 이해합니다. 물은 비눗물이었습니다. 나중에 이곳이 매우 오염된 곳이라는 것이 분명해졌습니다.

Je la 10-a matene okazis konsiliĝo en la urba partia komitato, tre mallonga, proksimume por 10–20 minutoj. Ne estis ebleco por babilado. Post la konsiliĝo[29] mi tuj iris al la medicin-sanitara servo.

29) konsiliĝi 의견을 청취하다, 상의하다.

오전 10시, 시당위원회에서 약 10~20분간 매우 짧은 협의가 있었습니다. 잡담 가능성은 없었습니다. 상담 후 바로 보건소로 향했습니다.

Mi sidas en la medicin-sanitara servo. Kvazaŭ estas nuntempe, mi memoras: videblas la bloko kiel sur manplato. Apude, rekte antaŭ ni. Tri kilometrojn for de ni.
나는 의료 위생 서비스에 앉아 있습니다. 마치 지금처럼, 기억합니다. 마치 손바닥 위에 있는 것처럼 블록을 볼 수 있습니다. 옆집, 우리 바로 앞. 우리에게서 3km 떨어져 있습니다.

El la bloko fluis fumo. Ĝi ne estis nigra... eta strifluo de fumo. Kvazaŭ el estingiĝinta lignofajro, sed el estingiĝinta lignofajro estas violgriza, kaj tiu estis ia malhela. Kaj poste ekbrulis grafito. Tio okazis jam pli proksime al la vespero, la flamo estis, certe, grandega. Tie estas tiom da grafito... Ne estas ŝerca afero.
블록에서 연기가 피어오르고 있었습니다. 그것은 검은색이 아니었습니다. 작은 줄무늬처럼 약간의 연기가 났습니다. 마치 꺼진 장작불에서 나온 것 같지만 꺼진 장작불은 자줏빛이 도는 회색이었고, 그것은 어두컴컴했습니다. 그리고 흑연에 불이 붙었습니다. 이것은 이미 저녁에 더 가까워졌고 불꽃은 - 확실히 거대했습니다. 거기 흑연이 너무 많아... 농담할 일이 아니야.

Post la tagmezo min invitis la dua sekretario de Kieva provinca partia komitato. V. Malomuĵ kaj

komisiis al mi organizi evakuadon de la plej gravaj malsanuloj al Kiev, en flughavenon, por sendi ilin al Moskvo.
오후에 키이우 지방당 위원회 제2서기가 나를 초청했습니다. V. 말로무즈Malomuĵ는 가장 심각한 환자를 키이우 공항으로 대피시켜 모스크바로 보내는 조직을 구성하도록 위임했습니다.

De la stabo de la civila defendo de la lando estis Heroo de Soveta Unio general-kolonelo Ivanov.
국가 민방위 스탭 중 소련의 영웅 이바노프 대령이 있었습니다.

Li alflugis per aviadilo.
그는 비행기를 타고 왔습니다.

Li fordonis tiun aviadilon por transportado. ĉio ĉi okazis iam post la 17.00 sabate, la 26-an de aprilo.
그는 운송을 위해 그 비행기를 주었습니다. 이 모든 일이 4월 26일 토요일 17시 이후에 일어났습니다.

Evidentiĝis, ke formi la kolonon ne estis simple.
주기둥을 잡는 일이 간단하지 않다는 것이 분명해졌습니다.

Tio estis ne simple enbusigi la homojn. Necesis prepari por ĉiu dokumentojn, historiojn de malsanoj, rezultojn de analizoj.
그것은 단순히 사람들을 버스에 태우는 것이 아닙니다. 질병 이력, 분석 결과에 대한 서류 준비가 필요했습니다.

La pleja prokrasto okazis ĝuste pro aranĝo de tiuj personaj dokumentoj. Estis eĉ tiaj kazoj estis bezonata stampo, sed la stampilo estis en la atomcentralo. Oni neglektis tion, sendis sen stampo.
가장 큰 지체가 있게 된 것은 바로 이러한 개인 문서의 준비 때문에 발생했습니다. 확인스템프가 필요한 경우도 있었지만 확인스탬프는 원자력 발전소에 있었습니다. 소홀히 해서 스탬프도 없이 보냈습니다.

Ni veturigis 26 personojn - tio estis unu buso, ruĝa interarba "Ikarus". Sed mi diris, ke oni donu du busojn. Ajno povas okazi. Dio gardu, se estos ia prokrasto... Kaj estis ambulanco, ĉar estis du gravaj malsanuloj, sur brankardoj, kun 30-procentaj brulvundoj.
우리는 26명을 수송했습니다. - 그것은 한 대의 버스로 빨간색 나무간 "이카루스Ikarus" 였습니다. 그러나 나는 두 대의 버스가 있어야 한다고 말했습니다. 어떤 일이든 일어날 수 있습니다. 지연사태가 일어나면 맙소사... 그리고 앰뷸런스가 있었는데 들것에 화상 30%인 2명의 중환자가 있었기 때문입니다.

Mi petis ne veturi tra la centro de Kiev. ĉar tiuj knaboj en la busoj estis ĉiuj vestitaj en piĵamoj. La vidaĵo, certe, estas terura. Sed oni veturis ial tra Kreŝĉatik, poste maldekstren laŭ aleo Petrovskaja - kaj ekveturis al Borispol, kie situas flughaveno.
나는 키이우의 가운데를 통해 운송하지 말라고 요청했습니다. 버스에 탄 소년들은 모두 잠옷을 입고 있었기 때문입니다. 그

광경은, 확실히, 끔찍합니다. 그러나 어떤 이유에서인지 그들은 크레쉬차틱Kreŝĉatik를 지나 페트로프스카야Petrovskaja 샛길로 따라 떠났고 - 공항이 있는 보리스폴Borispol까지 운행을 시작했습니다.

Ni venis. La pordego estis fermita. Tio okazis nokte, proksimume je la tria horo, komence de la kvara. Ni sirenas, fine estas la vidaĵo, inda al dioj.
우리가 왔는데, 대문이 닫혀 있었습니다. 이는 4시가 시작되는 밤 3시경에 일어났습니다. 우리는 사이렌을 울렸고, 마침내 신에게 합당한 광경이 있습니다.

Eliras iu ulo en pantofloj, Galliffet-pantalono, sen zono, kaj malfermas la pordegon.
슬리퍼를 신고 갈리펫Galliffet 바지를 입은 남자가 허리띠도 안 차고 나와 문을 열어주었습니다.

Ni veturis rekte sur la kampon, al la aviadilo. Tie la flugbrigado jam varmigis la motoron.
우리는 들판으로 곧장 차를 몰고 비행기가 있는 곳으로 갔습니다. 그곳에서 비행대는 이미 엔진을 예열하고 있었습니다.

Kaj ankoraŭ unu epizodo batis min rekte en la koron. Al mi venis la piloto. Kaj li diras: “Kiom da tiuj knaboj kaptis?” Mi demandas: "Da kio?" - "Da rentgenoj”.
그리고 또 하나의 에피소드가 제 마음을 찔렀습니다. 조종사가 나에게 와서는, 그리고 말합니다. “그 소년들은 몇이나 잡았습니까?" 나는 묻습니다. "몇?" - "엑스레이"

Mi diras: "Sufiĉe multe. Sed fakte — pri kio temas?" Kaj li al mi: "Ja ankaŭ mi vivi volas, mi ne volas kapti superfluajn rentgenojn, mi havas edzinon, mi havas infanojn".
저는 "상당히 많습니다. 하지만 실제로는 - 무엇에 관한 것입니까?" 라고 말합니다. 그리고 그는 나에게 "결국 나도 살고 싶습니다. 초과량의 엑스레이 피폭자는 원치않습니다. 나는 아내가 있고, 아이가 있다" 고 말했습니다.

Ĉu vi imagas?
당신은 상상할 수 있습니까?

Ili forflugis. Mi adiaŭis, deziris plej baldaŭan resaniĝon...
그들은 날아갔습니다. 작별인사를 하고 빠른 쾌유를 빕니다...

Ni ekveturegis al Pripjatj. Jam komenciĝis la dua diurno, kiam mi ne dormis - kaj la dormo ne venis al mi.
Nokte, kiam ni veturis ankoraŭ al Borispol, mi vidis kolonojn da busoj, kiuj veturis al Pripjatj. Al ni renkonten. Jam estis preparata la evakuado de la urbo.
우리는 프리피야트로 출발했습니다. 내가 잠을 자지 않았을 때 둘째 날은 이미 시작되었고 내게 잠은 오지 않았습니다.
밤에, 우리가 여전히 보리스폴Borispol로 운행하고 있을 때 나는 프리피야트로 가는 버스의 대열을 보았습니다. 우리 만나자. 도시의 대피는 이미 준비되었습니다.

Estis jam mateno de la dudek sepa de aprilo, dimanĉo.
벌써 4월 27일 일요일 아침이 되었습니다.

Ni venis, mi matenmanĝis kaj iris al Malomuĵ.
Mi raportis. Li diris: "Necesas evakui ĉiujn, kiuj estas en hospitaligitaj".
우리는 와서 아침을 먹고 말로무즈Malomuĵ에게 갔습니다. 나는 보고했습니다. 그는 말했습니다 "입원한 사람들을 모두 대피시켜야 한다"

La unuan fojon mi forveturigis la plej gravajn malsanulojn, kaj nun necesis ĉiujn.
처음으로 가장 심한 중환자들을 내보냈지만 이제는 모두를 그래야했습니다.

Dum la tempo, kiam mi forestis, estis en hospitaligitaj pliaj homoj. Malomuĵ diris, ke je la dek dua horo tage mi estu en Borispol.
내가 없는 동안 더 많은 사람들이 입원했습니다. 말로무즈는 말하기를 내가 낮 12시에 보리스폴에 있어야 한다고.

Kaj ni parolis proksimume je la 10-a matene. Tio estis evidente malreala. Necesis prepari ĉiujn homojn, aranĝi ĉiujn dokumentojn. Krome, la unuan

fojon mi veturigis 26 personojn, kaj nun necesis elveturigi 106.
그리고 우리는 아침 10시 경에 이야기를 나눴습니다. 그것은 분명히 현실성이 없습니다. 모든 사람들은 준비가 필요하고, 모든 문서를 정리해야 했습니다. 게다가 처음에는 26명을 보냈고 지금은 106명을 보내야 했습니다.

Ni kolektis la tutan tiun "delegitaron", ĉion aranĝis kaj ekveturis eĉ je la dek dua horo tage. Estis tri busoj, la kvara estis rezerva. "Ikarusoj". Tie staras la edzinoj, adiaŭas, ploras, la knaboj, ĉiuj iropovaj, estas en piĵamoj, mi petegas: "Knaboj, ne disiru, por ke mi vin ne serĉu".
우리는 전체 "대의원단" 을 모으고, 모든 것을 정리하고 그리고 낮 12시에 출발했습니다. 버스 세 대, 네 번째 버스 "이카루스" 는 예비용. 아내들이 거기 서서 작별 인사를 하며 울고, 소년들은 모두 잠옷을 입고 있습니다. 저는 간청합니다 : 소년들은 나중에 찾지 못할 수도 있으니 흩어져있지 말라고.

Unu buson mi plenigis, la duan, la trian, jen jam ĉiuj sidiĝas, mi kuras al la akompana aŭto, enaŭtiĝas, atendas dum 5 minutoj, dum 10, 15 — ne estas la tria buso!
나는 버스 한 대는 채웠고, 두 번째, 세 번째, 이제 모두가 자리를 차지하고 앉아 있습니다. 동반 차량으로 달려가 타서, 10, 15 분 동안 기다립니다. 세 번째 버스는 없습니다!

Evidentiĝis, ke estis ricevitaj ankoraŭ tri - vunditoj,

poste ankoraŭ...
부상자 3명이 더 접수된 것으로 나중에 밝혀졌습니다.

Finfine ni ekveturis. Estis halto en Zalesje. Ni interkonsentis, ke se io okazos - signalu per reflektoroj. Ni veturas laŭ Zalesje jen! La ŝoforo abrupte bremsas. La busoj haltis. La lasta buso distancas de la unuaj proksimume je okdek aŭ naŭdek metroj. La lasta buso haltis. De tie elsaltis la flegistino kaj ekkuregis al la unua buso.
마침내 우리는 출발했습니다. 잘레셰Zalesje에 정류장이 있었습니다. 우리는 어떤 일이 발생하면 반사경으로 신호를 보내는 데 동의했습니다. 우리는 여기에서 잘레셰를 따라 운행하고 있습니다! 운전자가 급제동합니다. 버스가 멈췄습니다. 마지막 버스는 첫 번째 버스에서 약 80~90미터 떨어져 있습니다. 마지막 버스가 멈췄습니다. 거기에서 간호사가 뛰쳐나와 첫 번째 버스를 향해 달리기 시작했습니다.

Okazis tiel, ke medicinistoj estis en ĉiuj busoj, sed medikamentoj estis portataj en la unua. Ŝi alkuras: "Malsanulo malbonfartas!" Kaj tio estis sola fojo, kiam mi vidis Belokonj.
모든 버스에 의료진이 있었지만 첫 번째 버스에 약이 실렸습니다. 그녀는 뛰어가서는 : "환자 상태가 좋지않아요!" 그리고 그것이 내가 벨로코니를 본 유일한 기회였습니다.

Fakte, tiam mi ankoraŭ ne sciis lian familinomon. Oni poste al mi diris, ke tio estas Belokonj. Mem en

piĵamo, li ekkuris kun sako por fari helpon".
사실, 나는 그때도 그의 성씨를 알지 못했습니다. 나는 나중에 누가 말해줬는데, 그가 벨로코니라고 했습니다. 잠옷바람에, 그는 가방을 메고 달리기 시작했다"고 말했습니다.

V. Belokonj: "La unua parto de malsanuloj forveturis la 26-an vespere, ĉirkaŭ la 11-a vespere, rekte al Kiev.
벨로코니: "환자들의 첫 파트는 26일 저녁, 저녁 11시경에 바로 키이우를 향해 떠났습니다.

Oni forveturigis operatorojn, Pravik, Kibenok, Teljatnikov.
오퍼레이터들, 프라빅, 키베녹, 텔랴트니코프를 떠나보냈습니다.

Kaj ni s noktumi. La 27-an matene mia kuracisto diras: "Vi ne maltrankvilu, vi flugos al Moskvo.
그리고 우리는 밤을 보냈습니다. 27일 아침에 의사가 말했습니다. "당신네들 걱정들 하지마세요, 비행기편으로 모스크바로 갈 것입니다.

Oni ricevis direktivon ĝis tagmezo forveturigi".
정오까지 떠나라는 지시를 받았다."고 말했습니다.

Kiam oni veturigis nin per busoj, mi fartis pli-malpli. Oni eĉ haltis ie post Ĉernobil, iu ekfartis malbone, mi elkuris kaj provis helpi al flegistino".
그들이 우리를 버스에 태웠을 때, 나는 다소 괜찮아졌습니다. 체르노빌 사고 이후 어딘가에 멈춰서서 누군가 기분이 나빠지기 시작했고, 나는 달려가 간호사를 도우려고 했습니다."

A. Esaulov: Belokonj ekkuris, oni lin je manoj kaptadis. "Kien vi, vi ja estas malsana". Ja ankaŭ li estis malsanulo...
에사울로프: 벨로코니가 뛰기 시작했고, 사람들이 그의 손을 붙잡았습니다. "어디 가는거야, 너 정말 아프구나." 그 역시 환자였습니다...

Li ekkuregis kun sako. Krome, estas la plej interesa, ke kiam oni komencis serĉadi en tiu sako, oni neniel povis trovi amoniakon.
그는 가방을 들고 뛰기 시작했습니다. 더욱이 그 가방안을 뒤지기 시작했을 때, 암모니아수를 찾을 수 없다는 것이 가장 흥미로왔습니다.

Mi demandis la aŭto-inspekcianojn de akompanantaro: "Ĉu vi havas amoniakon en la medikamentujo?" - "Jes". Ni turnis, alveturegas al la buso,
나는 동행자팀의 자동차 검사관에게 "약품 캐비닛에 암모니아가 있습니까?" 라고 물었습니다. - "네" 우리는 돌아서서 버스로 향했습니다.

Belokonj ŝovas nazon la ampolon sub la nazon al tiu knabo. Al li pliboniĝis.
벨로코니는 그 소년의 코 안으로 앰플을 밀어 넣었습니다. 그는 좋아졌습니다.

Kaj ankoraŭ unu momento en Zalesje fiksmemoriĝis. La malsanuloj eliris el la busoj - kiu fumi, kiu malstreĉiĝi, jen do, kaj subite kuras la virino kun krio, bruo.
그리고 잘레셰에서의 또 한 순간이 확실하게 기억났습니다.
환자들은 버스에서 내렸습니다. - 담배를 피우고, 긴장을 풀고, 그게 다입니다. 갑자기 여자가 비명과 소음을 트뜨리며 뛰어달립니다.

En tiu buso veturis ŝia filo. Jen kio okazas! Jen kia koincido... ĉu vi komprenas?.. De kie ŝi aperis, mi neniam komprenis. Li al ŝi diras "panjo", "panjo", trankviligas ŝin.
그녀의 아들이 그 버스에 타고 있었습니다. 자 무슨 일이 일어났는지! 무슨 우연의 일치인지... 알겠어?.. 그녀가 어디에서 나타났는지, 나는 결코 이해하지 못했습니다. 그는 그녀에게 "엄마", "엄마" 라고 말하고 그녀를 진정시킵니다.

En Borispola flughaveno nin jam atendis aviadilo. Estis ĉefo de la flughaveno Polivanov. Ni ekveturis al la kampo, por veni rekte al la aviadilo, ja knaboj estas en piĵamoj, sed estas aprilo, ne varmas.
보리스폴 공항에는 이미 비행기가 우리를 기다리고 있었습니다. 폴리바노프Polivanov는 공항장이었습니다. 우리는 비행기로 곧장 가기 위해 현장으로 출발했습니다. 실제로 소년들은 잠옷을 입고 있었지만 4월입니다. 덥지 않습니다.

Ni transveturis la pordegon, al la kampo, kaj nin flava aŭteto postkuras, insultas, ke ni senpermese enveturis. Ni dekomence ĝenerale al alia aviadilo venis. La aŭteto nin kondukis.
우리는 대형문을 지나 들판으로 차를 몰고 가는데 노란 밴이 우리를 쫓고, 무단으로 쫓아와서는 우리에게 욕지거리를 해댔습니다. 처음부터 우리는 보통 다른 비행기로 왔습니다. 소형자동차가 우리를 데려갔습니다.

Kaj estis ankoraŭ jena epizodo. Mi sidas komforte kun Polivanov, estas amaso da telefonoj, ni aranĝas dokumentojn por transporto de la malsanuloj.
그리고 또 다른 에피소드가 있습니다. 나는 폴리바노프와 편안하게 앉아 있는데, 전화가 많이 왔으며, 병자 수송을 위한 문서를 준비하고 있습니다.

Mi donis al ili kvitancon de la nomo de Ĉernobila atoma centralo, garantian leteron, ke la centralo pripagos la flugon - tio estis aviadilo TU-154.
나는 그들에게 체르노빌Ĉernobil 원자력 발전소 명의로 된 영수증, 발전소가 비행 비용을 지불할 것이라는 보증서를 주었습니다. 그 비행기는 TU-154 비행기였습니다.

Eniras beleta virino, proponas kafon. Kaj ŝi havas la okulojn kiel Jesuo Kristo, ŝi, verŝajne, jam sciis, kio okazis... Ŝi rigardas al mi, kiel al veninto el infero de Dante.

예쁜 여인이 들어와서 커피를 내밉니다. 그리고 그녀는 예수 그리스도와 같은 눈을 가지고 있습니다. 그녀는 이미 무슨 일이 일어났는지 알고 있었습니다... 그녀는 나를 단테의 지옥에서 온 사람처럼 봅니다.

Estis jam la dua diurno, mi dormis, laciĝis terurege... Ŝi alportas kafon. Tian etan taseton. Mi tiun taseteton eltrinkis per unu gluto. Ŝi alportas la duan. La kafo estas mirinda. Ni ĉiujn aferojn solvis, mi leviĝis, kaj ŝi diras: "Bonvolu pagi kvindek ses kopekojn".
벌써 둘째 날이 되었고, 잠을 잤습니다, 몹시 피곤했습니다... 그녀는 커피를 가져왔습니다. 그런 작은 컵. 나는 그 작은 컵의 커피를 단숨에 마셨습니다. 그녀는 두 번째 잔을 가져옵니다. 커피는 좋았습니다. 우리는 모든 문제를 해결했고, 나는 일어났습니다, 그러고는 그녀는 "56코펙을 지불하세요." 라고 말했습니다.

Mi rigardas al ŝi nenion kompreni. Ŝi diras: "Pardonu, ni tiajn aferojn kontraŭ mono faras". Mi tiom fremdiĝis, de mono, de ĉio ĉi...
나는 아무것도 이해하지 못한 채 그녀를 바라보았습니다. 그녀는 말합니다: "미안해요, 우리는 돈을 위해 그런 일을 합니다." 나는 돈에, 모든 것들에 낯섭니다.

Kvazaŭ el alia mondo mi venis.
마치 다른 세계에서 온 것같습니다.

Ni denove lavis la busojn, duŝis nin - kaj al Pripjatj.

Ni forveturis el Borispol ĉirkaŭ 16.00. Laŭvoje ni jam renkontis busojn...
우리는 버스를 다시 세차하고, 샤워를 했습니다 - 그리고 프리피야트에. 우리는 16시경에 보리스폴Borispol에서 떠났습니다. 도중에 우리는 이미 버스를 만났습니다.

Oni forveturigis pri pjatjanojn.
피야트인들을 떠나보냈습니다.

Ni venis al Pripjatj — jam estis malplena urbo".
우리는 프리피야트에 왔습니다 - 이미 텅 빈 도시였습니다."

Tio estis la 27-an de aprilo 1986, dimanĉe.
그때는 1986년 4월 27일 일요일이었습니다.

ANTAU EVAKUADO
대피 전

L. Kovalevskaja: "Mi loĝis en la tria mikrodistrikto. Mi ofte havas sendormecon, mi uzis dormigilon. La dudek kvinan de aprilo, vendrede, mi ĝuste finis la poemon "Paganini".
코발레프스카야 : "저는 제3 소구역에 살았습니다. 나는 종종 불면증이 있어 수면제를 복용했습니다. 4월 25일 금요일, 저는 "파가니니Paganini" 시詩를 막 끝냈습니다.

Dum tri monatoj mi sidis kun ĝi ĉiunokte. Kaj tiunokte mi decidis ripozi. Mi uzis dormigilon. Kaj mi firme ekdormis.
3개월 동안 저는 매일 밤 그것과 함께 앉아 있었습니다. 그리고 그날 밤 저는 쉬기로 했습니다. 수면제를 복용했습니다. 그리고 저는 별일없이 잠들었습니다.

La eksplodojn mi ne aŭdis. Kiam estas gaselĵetoj, ĉe ni estas aŭdeble. Eĉ fenestroj tintas. Matene la panjo diras: "Aŭ en la centralo io bruegis, aŭ reakciaj aviadiloj flugadis tutan nokton".
저는 폭발을 듣지 못했습니다. 가스분출이 있어났을 때 우리는 그것들을 들을 수 있었습니다. 창문조차 삐걱삐걱. 아침에 어머니는 "발전소에서 시끄러운 소리가 났거나 제트기가 밤새 비행 중이었나봐."라고 말합니다.

Mi ne atentis tion. Estis ĝuste sabato. Mi intencis iri

al kunveno de literatura unuiĝo. Mi antaŭe ĝin gvidis, ĝi nomiĝas "Prometeo". Ĝin vizitadis kaj energetikistoj de la atomcentralo, kaj konstruistoj...
저는 그것에 주의를 기울이지 않았습니다. 정확히 토요일이었습니다. 문학협회 모임에 가려고 했어요. 문협은 한때 내가 이끌곤 했는데 이름이 "프로메테오Prometeo"입니다. 원자력 발전소의 에너지 작업자와 건축업자 모두가 자주 방문했습니다.

Mi eliras eksteren, rigardas - ĉiuj vojoj estas priverŝitaj per akvo kaj ia blanka solvaĵo, ĉio estas blanka, ŝaŭmita, ĉiuj vojrandoj.
저는 밖으로 나가 쳐다보았습니다. 모든 길은 물과 일종의 흰색 용액으로 덮여 있습니다. 모든 것이 흰색이고 거품이며 모두들 길가에.

Sed mi scias, ke kiam estas akcidenta elĵeto... La koro iel malbone tremetis. Mi iras pluen. Mi rigardas - tie estas milicisto, tie estas militisto - mi neniam vidis en la urbo tiom da milicistoj.
하지만 사고로 인한 배출이라는 것을 알았습니다 ... 심장이 어쩐지 안좋게 떨렸습니다. 저는 계속 갔습니다. 저는 봅니다 - 거기 민병대가 있었고, 군인들이 있었습니다 - 저는 도시에서 그렇게 많은 민병대를 본 적이 없습니다.

Ili nenion faras, nur sidas ĉe objektoj – poŝtejo, Kulturpalaco. Kvazaŭ milita situacio.
Tio tuje frapis. Kaj la homoj promenas, ĉie estas infanoj, varmego estis.

그들은 아무 일도 하지 않고, 그저 우체국이나 문화궁전 같은 데에 앉아 있을 뿐입니다. 마치 전쟁때 상황처럼.
그것은 즉시 두드리는 소릭를 쳤습니다. 사람들이 서성이고 있었습니다, 도처에 아이들이 있고, 더웠습니다.

La homoj veturas al plago, al vilaoj, al fiŝkaptado, multaj jam estis en vilaoj, sidis ĉe riveroj, ĉe akvujo-malvarmigilo - tio estas artefarita akvujo apud AEC...
사람들은 재난현장쪽으로, 빌라로, 낚시를 하러 갑니다. 많은 사람들이 이미 빌라에 있고, 강가에 앉아 있기도, 수조 냉각기에 있기도 - 그것은 바로 원전 옆에 있는 인공 수조입니다...

Mi ne ĝisiris ĝis la literatura unuiĝo. Jana, filino mia, al lernejo foriris. Mi revenis hejmen kaj diras: "Panjo, mi ne scias, kio okazis, sed vi ne lasu eksteren Nataŝa nevinon, kaj kiam Jana venos el lernejo lasu ŝin tuj hejme". Sed la giĉetojn mi ne petis fermi. Mi ne konjektis. Varmego estis. Mi diras: "Kaj mem ne eliru, kaj la knabinojn ne ellasu hodiaŭ".
나는 문학협회까지는 가지 못했습니다. 내 딸 야나Jana는 학교에 갔습니다. 나는 집에 돌아와 다짐말을 했습니다. "엄마, 밖에 무슨 일이 있었는지 모르겠지만 조카딸 나타샤Nataŝa를 밖으로 내보내지 마세요. 그리고 야나Jana가 학교에서 돌아오면 곧장 집에 있도록 하세요." 그러나 나는 매표소를 폐쇄해 달라고 요청하지 않았습니다. 나는 추측하지 않았습니다. 뜨거운 기운이 있었습니다. 나는 말합니다. "스스로들 나가지 말고, 오늘 소녀들을 내보내지 마십시오."

"Sed kio okazis?" ŝi diras. "Mi nenion scias, mi tiel sentas". Mi iris reen, al la centra placo. Iras niaj literaturstudianoj, mi ilin renkontis.
"근데 무슨 일이 있는거야?" 그녀는 말했습니다. "나 아무것도 모르겠어, 그런 느낌이야." 나는 중앙 광장으로 되돌아갔습니다. 우리 문학 학생들이 가는데, 나는 그들을 만났습니다.

La reaktoro estis bone videbla, estis videble, ke ĝi brulas kaj ke la muro estas detruita. La flamo estis super la truo. La tubo, jen tiu ĉi, kiu estas inter la tria kaj la kvara blokoj, estis ardiĝinta, estis impreso de flama stara fosto.
원자로는 분명히 보였고, 불타고 있는 것을 볼 수 있었고, 벽이 파괴된 것이 보였습니다. 불꽃은 구멍 위에 있었습니다. 세 번째 블록과 네 번째 블록 사이에 있는 이 파이프에 불이 붙었는데, 이는 서있는 기둥이 타오르는 듯한 인상이었습니다.

La flamo tiel ne povas stari, ne moviĝante, sed tiu flama fosto staras. Aŭ tio estis flamo el fendo - mi ne scias.
따라서 불꽃은 움직이지 않고 곧곧이 서 있을 수 없지만, 그 불기둥은 서 있습니다. 아니면 내가 모르는 - 균열에서 나온 불꽃인지.

La tutan tagon ni nenion sciis, nenie iu ion diris.
Nu, estas incendio. Sed pri la radiado - ke estas

radioaktivigo - estis nenio dirita.
하루 종일 우리는 아무 것도 몰랐고 누구도 아무 말도 하지 않았습니다. 글쎄요, 불이 났어요. 그러나 방사선에 대해서는 아무 말도 하지 않았습니다. 그것이 -방사능-이라는 것입니다.

Kaj Jana venis de lernejo kaj diras: "Panjo, estis gimnastiko preskaŭ tutan horon ekstere". Frenezaĵo..."
그리고 야나Jana는 학교에서 집으로 돌아와서 말했습니다. "엄마, 거의 한 시간 동안 밖에 흔들림이 있었어요." "미친 것…"

Anelia Romanovna Perkovskaja, sekretario de urba komsomola komitato de Pripjatj: "Jam dematene al la urba komitato venadis la knaboj kaj proponis helpon. Sed ni mem ne sciis, kion fari. Estis neniaj informoj.
프리피야트의 시 콤소몰Komsomol 위원회의 비서 아넬리아 로마노브나 페르코프스카야Anelia Romanovna Perkovskaya: "이미 아침에 소년들이 마을 위원회에 와서 도움을 요청했습니다. 그러나 우리 스스로는 무엇을 해야 할지 몰랐습니다. 정보가 없었습니다.

Ekrampis onidiroj...
소문이 나돌기 시작했습니다...

Oni estingis la incendion. Sed kio okazis al la reaktoro?
불은 꺼졌습니다. 그러나 원자로에는 무슨 일이 일어났는지?

Eĉ estis disputoj pri tio — ĉu malfermiĝis la reaktoro aŭ ne. Neniu kredis, ke la reaktoro malfermiĝis. Ni parolis kun knaboj, kiuj studis tiujn reaktorojn. Ja la reaktoro mem estas planita tiel bone, ke eĉ se vi volus ĝin eksplodigi, do vi ne povus tion fari. Tial estis malfacile kredi, ke ĝi malfermiĝis".
원자로가 열렸는지, 아닌지 그 여부에 대한 논쟁도 있었습니다. 아무도 원자로가 열렸다고 믿지 않았습니다. 우리는 그 원자로를 연구한 사람들과 이야기를 나눴습니다. 결국 원자로 자체는 잘 설계되어 있어서 폭파시키고 싶어도 폭파할 수 없답니다. 그래서 열렸다는 게 믿기지 않았다"고 말했습니다.

Jurij Vitaljević Dobrenko, 27-jaraĝa, instruktoro de urba komsomola komitato de Pripjatj: "Najbare de mi, en la komunloĝejo de la uzino "Jupitero", loĝis kuracisto,
유리 비탈예비치 도브렌코Jurij Vitaljević Dobrenko, 27세, 프리피야트 시 콤소몰 위원회 강사 : "내 이웃에 야금冶金공장의 공동주택 "유피테로Jupitero"에, 의사 발렌틴 벨로코니Valentin Belokonj가 살고 있었습니다.

Li laboris en ambulanco. Mi kun li fiŝkaptadis, li estas bona knabo. Kiam okazis tiu akcidento, li deĵoris, kaj poste li venis en la komunloĝejon, sen supervesto, nur en blanka kitelo, - Valentin Belokonj, li venis ĉirkaŭ la sesa matene, vekis la

najbarojn en la loĝejbloko, disdonis jodon, E tablojdojn. Li diris: "Glutu por ajna okazo", kaj tuje venis por li ambulanco, kaj oni lin forveturigis.
그는 구급차에서 일했습니다. 나는 그와 함께 낚시를 가기도 했는데 그는 착실한 청년이었습니다. 그 사고가 났을 때 그는 근무 중이었고 외투도 없이 흰 작업복만 입고 공동주택으로 들어왔습니다. - 그는 아침 6시쯤에 와서 주택 단지에 있는 이웃들을 깨우고 요오드 정제를 나누어 주었습니다. 그는 "어떤 경우든 삼키라"고 말했고 즉시 구급차가 와서 그를 태우고 갔습니다.

Min veki li ne sukcesis. Ĉion ĉi oni al mi matene rakontis.
그는 나를 깨우지 못했습니다. 나는 이 모든 것을 아침에 말했습니다.

La tutan tagon en la urba komitato ni havis ian malcertecon. Sed post la sesa vespere ni ĉiuj denove kunvenis - aperis konkreta tasko..."
하루 종일 시 위원회에서 우리는 무언가 불확실성을 느끼고 있었습니다. 그러나 저녁 6시가 넘어서 우리는 모두 다시 모였습니다. 구체적인 과제가 나타났습니다."

A. Perkovskaja: "Proksimume al la kvara horo sabate, la 26-an de aprilo, komencis alveni membroj de la Registara komisiono. Aperis la ideo — ŝarĝi sablon en helikopterojn kaj priŝuti la reaktoron per sablo. Kies estis tiu ideo - mi ne povas diri.
페르코프스카야Perkovskaja: "4월 26일 토요일 4시경, 정부 위원회 위원들이 도착하기 시작했습니다. 아이디어가 나왔습니다 - 모래를 헬리콥터에 실어 원자로에 모래를 뿌리는 것입니다. 누구의 아이디어였는지 - 말할 수 없습니다.

Tie longe okazis debatoj. Ĉu estas bezonata plumb – ĉu ne? Ĉu estas bezonata borata acido ĉu ne? Ĉu estas bezonata sablo - Ĉu ne?
그곳에서 오랫동안 논쟁이 벌어졌습니다. 납이 필요합니까? 아닌가요? 붕산이 필요한가요? 모래가 필요하지 않습니까?

La komandoj estis tre rapide donataj kaj abolataj.30) Kompreneble, ĉar simila situacio antaŭe ne okazis. Endis serĉi ion principe novan.
명령은 매우 빠르게 내려왔고 취소되었습니다. 물론 비슷한 상황이 이전에는 발생하지 않았기 때문입니다. 근본적인 새로운 것을 찾아봐야했습니다.

Finfine estis decidite ŝarĝi sablon. Ni havas kafejon "Pripjatj", apud la rivera stacidomo. Tie oni prenadis sablon por la 6-a kaj la 7-a mikrodistriktoj. La sablo estis perfekta, pura, sen almiksaĵoj. Oni ŝarĝis la sablon en sakojn.
마침내 모래를 쌓기로 결정했습니다. 강둑옆에 카페 "프리피야트" 가 있습니다. 거기에서 그들은 6번과 7번 소구역용 모래를 가져갔습니다. 모래는 불순물 없이 완벽하고 깨끗했습니다. 모래를 부대자루에 넣었습니다.

30) abol/i Per oficiala akto nuligi aŭ forigi aranĝon aŭ kutimon

En nia urbo estis multe da oficvojaĝantoj. Alkuris la knaboj el Ivano-Frankovsk. Kaj ili diras: "Bezonatas agitisto!"[31]
우리 도시에는 비즈니스 여행객이 많았습니다. 이바노-프란코프스크Ivano-Frankovsk에서 온 소년들이 달려왔습니다. 그리고 그들은 "선동가가 필요합니다!"라고 말합니다.

Tio kvazaŭ milite sonis. "Bezonatas agitisto, tie la knaboj jam senfortiĝas". La knaboj tie jam longe laboris... Estis bezonataj ŝnuroj por ligi tiujn sakojn. Ili finiĝis. Mi memoras - ni prenis ruĝan tolaĵon, ruĝkatunon, kiun ni preparis por festoj, komencis disŝiri ĝin..." - Ju. Dobrenko: "Do, vespere ni ĉiuj kunvenis en la urba komitato, kaj al mi oni donis la unuan taskon: en la regionon de la kafejo "Pripjatj" estis alportitaj fosiloj, necesis iri kaj ricevi tiujn fosilojn, ĉirkaŭ cent kvindek ekzemplerojn, kaj aliaj niaj knaboj iris laŭ komunloĝejoj - kolekti junularon.
그것은 전쟁때 같은 소리가 났습니다. "선발대가 필요해요. 거기 애들 피곤해요." 그곳의 소년들은 오랫동안 일해 왔고... 그 부대 자루를 묶을 줄이 필요했습니다. 다 끝났습니다. 기억합니다. - 우리는 빨간 아마포, 빨간 천을 가져갔습니다. 우리가 파티를 위해 준비한 천이 찢기 시작했습니다." - 도브렌코Dobrenko: "그래서, 저녁에 우리 모두는 시 위원회에 모여서 첫 번째 임무를 받았습니다. "프리피야트" 카페 구역에 삽을 운반하였습니다,

31) agiti 1 Varbi por politika, sociala, religia ks celo, ekscitante la sentojn:
2 Naski en animo sinsekvajn sentojn, kiuj ĝin malkvietigas:
3 Ⓚ Skui likvon, ne movante la ujon.

150개, 우리 다른 소년들은 공동 주택을 따라 젊은이를 모으러 갔습니다.

Junularo venis. Ĉirkaŭ la dek unua vespere venis kamiono kun malplenaj sakoj, kaj ni komencis ŝuti sablon en la sakojn. - Kiel unu el la unuaj venis Sergej Umanskij, sekretario de komsomola organizo de muntoficejo de Pripjatj.
젊은이들이 왔습니다. 저녁 10시 경에 빈 자루를 실은 트럭이 왔고, 우리는 부대자루에 모래를 넣기 시작했습니다. 가장 먼저 온 사람 중 하나는 프리피야트 의회 사무실의 콤소몰Komsomol 조직의 비서 세르게이 우만스키Sergej Umanskij였습니다.

Li laboris sen dozometro, sen io ajn, mi klare memoras, ke oni donis al li blankan kostumon, kaj li laboris nokte, poste oni lasis lin dormi, kaj matene mi ree lin vidis en la urba komsomola komitato: “Kio estas, Sereĵa ?” "Mi laboras, li diras, ni la sakojn plenigas”.
그는 측정기없이 아무것도 없이 일했고 나는 그가 흰 옷을 입었던 것을 분명히 기억합니다. 그는 밤에 일하고는, 그러고 잠을 자게 했습니다. 아침에 나는 도시 콤소몰 위원회에서 그를 다시 보았습니다. “무슨 일입니까, 세레자” “나는 일하고, 우리는 자루를 채웁니다” 고 그는 말합니다.

Ju. Badaev: “La tutan deĵoron, nokte al la 26-a ni estis en la centralo. Ĉirkaŭ la oka horo estis la komando: ĉiuj lasu la laborlokojn. Ni foriris en la

ejon de civila defendo. Poste oni forveturigis nin hejmen.
바다예프Badaev: “전체 근무시간을 26일 밤 발전소에서 보냈습니다. 8시 경에 명령이 하달되었습니다. 모두들은 직장을 떠나야 합니다. 우리는 민방위 현장으로 떠났습니다. 그런 다음 그들은 우리를 집으로 데려갔습니다.

Mi diris al la edzino, ke okazis io eksterordinare malbona - el nia fenestro estis videbla la detruita bloko.
나는 아내에게 매우 안 좋은 일이 일어났다고 말했습니다. - 우리집 창문에서 파괴된 블록을 볼수 있었습니다.

Mi diris: “Dezirindas la infanojn nenien lasi. Kaj fermi la fenestrojn".
나는 “아이들을 아무데나 두지 않는 것이 좋아요. 그리고 창문을 닫으세요.” 라고 일렀습니다.

Bedaŭrinde, la edzino ne plenumis mian peton - ŝi ekkompatis, ke mi tiom superstreĉiĝis. Mi enlitiĝis, kaj ŝi lasis la infanojn eksteren, por ke ili ne kriu. Ŝi donis al mi eblecon ripozi... Prefere mi ne dormus...
유감스럽게도 아내는 내 요청에 응하지 않았습니다. - 그녀는 내가 너무 스트레스를 받는다면서 나를 측은하게 여겼습니다. 나는 잠자리에 들었고, 아내는 아이들이 비명을 지르지 않도록 바깥에 내버려 두었습니다. 그녀는 나에게 쉴 수 있는 기회를 주고자 함이었습니다... 차라리 잠 안 자는게...

La komando, ke oni ne lasu la infanojn eksteren, sabate ne estis. Ĝi estis dimanĉe. Proksimume je la deka kuris virino kaj diras, ke oni ne ellasu infanojn, ne eliru el hejmo kaj aŭskultu radion. Je la dua horo komenciĝis evakuado".
아이들을 밖에 나가게 하지 말라는 명령은 토요일이 아닌 일요일이었습니다. 10시쯤에 한 여자가 달려와서 아이들을 보내지 말고 집에서 라디오를 들으라고 했습니다. 2시에 대피가 시작되었습니다."

Kaj post kelkaj monatoj frumatene, ankoraŭ en mallumo, kiam super la mondo pendis infera nebulo, mi kaj Saŝa Esaulov veturis en la Zonon.
그리고 몇 개월 후 어느 날 이른 아침, 여전히 어둠 속에서 지옥 같은 안개가 온 세상을 뒤덮었을 때 사샤 에사울로프Saŝa Esaulov와 나는 차를 몰고 존Zono으로 들어갔습니다.

Ni veturis per la aŭto "Ĵiguli-008". Esaulov estas bonega ŝoforo, kaj nia vojaĝo similis aŭtoralion.
우리는 "지굴리-008" 자동차로 운행했습니다. 에사울로프는 훌륭한 운전사이며 우리의 여정은 자동차 랠리와 비슷했습니다.

Fora lumo de reflektoroj kontraŭbati ĝis de la netrapentreblaj nebulaj nuboj kaj blindigis nin mem, kun la proksima lumo preskaŭ nenio estis videbla, precipe tie, kie ne estis desegnita la divida marklinio sur la asfalto, kaj de tempo al tempo la

vojo forglitis de ni, sed iel nenio okazis. La aŭto kondutis perfekte.
반사경의 먼 빛은 꿰뚫을 수 없는 안개 구름에서 반사되어 우리를 눈멀게 했으며, 가까운 빛으로는 거의 아무것도 볼 수 없었습니다. 특히 아스팔트에 차선이 그려지지 않은 곳, 그리고 때때로 길이 우리에게서 멀어지기는 했지만, 어떻게든 아무 일도 일어나지 않았습니다. 자동차는 탈없이 잘 작동했습니다.

("Jen kion signifas la antaŭaj veturigaj radoj!" - entuziasme diradis Saŝa, malhelokula ruĝvanga fortikulo).
("이것이 전륜구동을 의미하는 것입니다!" - 흐릿한 눈의 붉은 뺨 집게벌레 사샤가 열심히 말했습니다.)

Sur miaj genuoj estis kaseta magnetofono, kaj la tutan tiun streĉan kaj danĝeran vojon, subtenante nin kaj donante certecon, kantis en la aŭto la knaboj el Liverpolo, la famaj "Beatles".
내 무릎에는 카세트 테이프 녹음기가 있었고, 유명한 "비틀즈"인 리버풀의 소년들은 그 모든 스트레스와 위험한 길을 차 안에서 노래하며 우리에게 확신을 주었습니다.

Iel mirinde kombinis ilia muziko kun la impeta vojaĝo laŭ la Zono.
어떻게든 놀랍게도 그들의 음악은 존Zono을 따라 달리게 된 성급한 여행과 어울렸습니다.

Nia aŭto ne havis kutimajn numerplatojn, nur sur la

kapoto[32] kaj sur la flanko videblis grandaj ciferoj: 002 - kiel ĉe konkuraj aŭtoj.
우리 차에는 일상적인 번호판이 없었습니다. 보닛과 측면에서만 큰 숫자를 볼 수 있게 해놓았습니다: 경주차량처럼 - 002.

Fojfoje ni renkontis laŭvoje kirastransportaŭtojn kun lumigitaj reflektoroj kaj kelkloke laboris tacmentoj de kontraŭkemia defendo: soldatoj en nigraj kombineoj kaj specialaj akre-verdaj botegoj.
때때로 우리는 조명경을 장착한 장갑차수송차와, 일부 장소에서는 화학 방어 부대가 작업하는 도중에 만났습니다. 검은색 작업복과 특별히 선명한 녹색 장화를 신은 병사들.

Jam rekte apud la eniro al Pripjatj ni subite ekvidis laŭ ambaŭ flankoj de la vojo la detranĉitajn per buldozoj sablejojn, elgrundigitajn arbostumpojn, kaj poste - rufan, kvazaŭ brulintan pinarbaron.
프리피야트 입구 바로 옆에 갑자기 불도저가 잘라낸 모래톱, 뿌리가 뽑힌 나무 그루터기, 그리고 그 다음 - 불타는 것처럼 붉은 소나무 숲이 길 양쪽에 보였습니다.

Tiun malĝoje faman arbaron, kiu jam eniris la legendon de la Zono sub la nomo "Rufa arbaro". Tien ĉi falis parto de elĵeto de la kvara reaktoro.
이미 '적황색 숲'이라는 이름으로 존Zono의 전설이 된 안타까운 그 유명한 숲. 여기로 4호 원자로에서 분출물의 일부가 떨어진 곳입니다.

---

32) kapot-o ①두건 달린 외투. ②<자동차> 보닛.

Post tiu arbaro komenciĝas la urbo, kaj apud ĝi situis regiono de la tiel nomata "Arogantejo", de la senpermese konstruitaj "vilaoj" - mizeraj tabulaj ka". banetoj, malgrandaj ĝardenetoj. Tiudimanĉe tie ĉi ripozis la homoj.
그 숲을 지나면 도시가 시작되고, 그 옆에는 무허가 건설 "빌라" - 비참한 판자집 등이 있는 소위 "안하무인촌/Arogantejo"의 영역이 있습니다. 작은 욕실, 작은 정원. 그런 일요일에 사람들은 이곳에서 쉬었습니다.

A. Perkovskaja: "Sabate en la 3-a lernejo estis planita kunveno de la lerneja pionira taĉmento, la lernejo estis granda, kun du mil kaj duono da lernantoj, kaj la lerneja pionira taĉmento tie estis mil kaj duono da geknaboj.
페르코프스카야Perkovskaja: "3일 토요일에 학생수 2,500명의 큰 학교에서 학교 선구자 분대 회의가 계획되었고, 그리고 그곳의 학교 선구자부대는 남녀 1,500명이었습니다.

Oni devis aranĝi ĝin en la Kulturpalaco. Nu do, oni faris tiun demandon en la konsiliĝo matene la dudek sesan, kaj V. Malomuĵ - la dua sekretario de la provinca partia komitato diris jene: ĉion, kio ĉe vi estas planita, aranĝu.
문화궁전에서 그 행사를 마련해야 했습니다. 그렇다면 26일 오전 협의에서 그 질문을 받았고, 도당 위원회 제2서기인 말로무즈는 다음과 같이 말했습니다.

La direktoro de la lernejo, kiam ni eliris post tiu konsiliĝo, demandas: "Kion do mi faru?" Mi diras: "Aranĝu en la lernejo, kaj ne nepras, ke ĉiuj infanoj estu". Kaj la kunveno tamen okazis, sed en la lerneja sporta halo.
상담을 마치고 학교를 떠날 때, 교장은 "그럼 어떻게 해야 하나요?"라고 물었습니다. 나는 "학교에서 준비하고 모든 아이들이 있을 필요는 없습니다"라고 말합니다. 그리고 회의는 학교 체육관에서 열렸습니다.

Sabate okazis ĉiuj lecionoj, nenio estis nuligita. Sed ekstere estis neniaj konkuroj.
토요일에는 모든 수업이 진행되었으며 취소된 것은 없습니다. 그러나 외부에는 레이스행사가 없었습니다.

En la unua kaj en la dua lernejoj, tie, kie mi estis, la fenestroj estis fermitaj.
내가 있던 1, 2학교는 창문이 닫혀 있었습니다.

Kuŝis malsekaj ĉifonoj, staris deĵorantoj ĉeporde, neniun enlasis kaj ellasis.
젖은 헝겊이 놓여 있었고 당직자들이 문 앞에 서 있었으며 아무도 들어오거나 나가는 사람이 없었습니다.

Pri aliaj lernejoj mi ne scias.
다른데 학교 사정은 모릅니다.

Por la dimanĉo estis planita vetkuro "Sano". La pedagogoj ne sciis, ĉu ĝi okazos aŭ ne. Unu el instruistinoj telefonis al la urba komitato:
“건강” 레이스가 일요일에 계획되었습니다. 교직자들은 그것이 개최될 것인지 아닌지 알지 못했습니다. 여교사들 중 한 명이 시 위원회에 전화를 걸었습니다.

“Matene mi kolektas ĉiujn infanojn en la lernejo”. Kaj kiam oni diris al ŝi, ke jam pri evakuado ĉiuj krias, ŝi eksklamis: “Kia evakuado, geknaboj? Ja hodiaŭ ni havas la vetkuron “Sano”!...”
“아침에 나는 학교에 있는 모든 아이들을 모았습니다.” 그리고 그녀는 모든 사람들이 이미 대피에 대해 외치고 있다는 말을 들었을 때 외쳤습니다. 어떤 대피?, 오늘은 경주가 있습니다!” “건강!”

Imagu: ĝis evakuado restas horo kaj duono. Nia infana kafejo, en granda vendeja centro, plenas de gepatroj kun gefiloj, ili manĝas glaciaĵon.
상상해봐요.: 대피까지 한 시간 반 남았습니다. 대형 쇼핑센터에 있는 우리 어린이 카페는 아이들를 동반한 부모들로 북적이며 아이스크림을 먹고 있습니다.

Estas ripoztago, ĉio bonas, ĉio trankvilas. Kun hundetoj la homoj promenis laŭ la urbo. Kaj kiam ni aliradis kaj klarigis al la homoj — la reago estis malpacienca kaj malkonfida:
휴식날. 모든 것이 잘돼가고 천지가 잠잠합니다. 사람들은 강아지를 데리고 시내를 돌아다녔습니다. 그리고 우리가 사람들에게 다가가 설명을 했을 때 반응은 참을성이 없었고 불신했습니다.

“Tio vin ne koncernas, ke mi iradas. Mi volas - do promenas”. Kaj ĉio. La homoj tiel perceptis.
내가 걸어다니는 거 무슨 상관이야. 그래서 나는 걷습니다. 나는 산책하기 원해요” - 그리고 그게 전부입니다. 사람들은 그렇게 인식했습니다.

- Mi ne scias, ĉu oni kredis al ni, ĉu ne kredis.
En la vendejoj multas diversaj manĝaĵoj, la festoj proksimas, la homoj aĉetas manĝaĵojn por festoj, ĉiu havas proprajn planojn - unu al vilao veturas, alia - aliloken...
- 그들이 우릴 믿었는지 안 믿었는지 모르겠어.
상점에는 다양한 음식들이 즐비하고, 명절이 다가오고 있고, 사람들은 파티를 위해 음식을 사고, 모두 각자의 계획이 있습니다. 하나는 별장에 가고, 다른 하나는 다른 곳으로...

Mi memoras, Saŝa Sergienko, nia dua sekretario, indignis: “Mi ĵus vidis - infano sidas sur sablo, kaj lia patro estas SIMR - supera inĝeniero pri manipulado de la reaktoro. Kiel do li, sciante, ke estas akcidento en la centralo, povis permesi al la infano sidi, fosi la sablon? Kaj la strato najbaras al tiu arbareto". Li la “Rufan arbaron” konsideris...” - 〉 나는 우리의 두 번째 비서인 사샤 세르기엔코Saŝa Sergienko가 분개한 것을 기억합니다. 그렇다면 어떻게 발전소에서 사고

가 난 것을 알면서도 아이가 앉아서 모래를 파는 것을 허락할 수 있었을까요? 그리고 거리는 그 숲과 인접해 있습니다." 그는 "적황색 숲"이라고 생각했습니다."

EVAKUADO
대피

Kvardek kvin jarojn post komenco de la Granda Patria Milito en nia lando denove eksonis tiu terura vorto: evakuado.
우리 나라에서 위대한 애국 전쟁이 시작된 지 45년이 지난 후, 그 끔찍한 단어가 다시 울려 퍼졌습니다. 대피.

Mi memoras Kiev de la kvardek unua jaro, kaptitan de maltrankvilo, tumulto en la stacidomo - ni loĝis proksime de la stacio. Iu forveturis, iu restis, iu ne kredis, ke la germanoj venos en Kiev
나는 41년 전의 키이우를 기억합니다. 불안에 사로 잡혀, 역에서 일어난 소요. 우리는 역 근처에 살았습니다. 일부는 떠났고 일부는 남아 있었고 일부는 독일인이 키이우에 올 것이라고 믿지 않았습니다.

(mia patro en la unua tago de la milito diris, ke post du semajnoj ni estos en Berlino),
iu jam aĉetadis mangaĵojn, prepariĝante por okupacio.
(전쟁 첫날 아버지는 2주 후에 베를린에 있을 것이라고 말했습니다). 누군가는 이미 음식을 사서 점령을 준비하고 있었습니다.

Neniu ion certe sciis, pro kio malcerteco nur kreskis. Kaj la germaniaj aviadiloj aroge flugadis super Kiev, kaj sub la glacaj kloŝoj videblis kapoj de

pafistoj-radiistoj, triumfe observantaj desupre la antikvan ĉefurbon de Rusujo, ĝiajn orbrilantajn kupolojn de katedraloj.
무엇 때문에 불확실성이 커졌는지 누구도 확실히 아는 것이 없었습니다. 그리고 독일 비행기는 키이우 상공을 오만하게 날아다녔고 유리 덮개 아래에서 무선조종 저격수들의 머리를 볼 수 있었고, 러시아의 고대 수도 위에서 대성당의 황금 돔을 의기양양하게 쳐다보았습니다.

Tra la urbo rampis malbonaŭguraj onidiroj pri ĉirkaŭumoj, pri sabotantoj, pri paraŝutistaj descendoj kaj tankaj germaniaj trarompoj, - kaj ni kondamnite restis hejme, nenien moviĝante, ĉar la patro forveturis al la ĉefronta zono kaj neniaj komunikoj estis de li.
포위, 방해 공작, 낙하산병 하강, 독일 전차 돌파에 대한 불길한 소문이 도시를 휩쓸었습니다. - 아버지는 최전선 지역에 가셨고 그에게서 연락이 없었기 때문에 우리는 아무데도 움직이지 않고 집에 머물기로 확정했습니다.

La patro estis inĝeniero-aŭtovojisto - li laboris en administracio de ŝoseaj vojoj de Popol-komisario pri internaj aferoj (NKVD), li estis partiano, kaj ni povis nur konjekti pri tio, kio atendas en okupacio la familion de "nokovodoano" kaj bolŝeviko.
아버지는 고속도로 엔지니어였습니다. - 아버지는 내무 인민위원회의 고속도로 관리부에서 일했으며 당원이었고, 그리고 우리는 점령중인 "내부인민위원회원"과 볼셰비키 가족을 기다리고 있다고 추정할 수 있었습니다.

Sed en unu maltrankvila varmega tago de la julio de 1941 al nia malnova duetaĝa domo en Solomenka-strato venis 1,5-tuna kamiono, el ĝi elsaltis la patro kaj donis al ni duonhoron por prepariĝi.
그러나 1941년 7월의 거칠게 무더운 어느 날, 1.5톤 트럭이 솔로멘카 거리에 있는 우리의 오래된 2층 집에 왔고, 아버지는 그곳에서 뛰어내리더니 우리들에게 준비하는 데 30분 시간을 주었습니다.

Panjo kuradis laŭ loĝejo, ne sciante, kion preni kun si. La patro diris, ke tio estas pornelonge, por monato maksimume, por du, ĝis aŭtuno,
kaj tial la varmajn vestaĵojn ni ne prenis, en hasto forgesinte ankaŭ la plej bezonatan...
엄마는 무엇을 가져갈지 집안을 여기저기 헤매었습니다. 아버지는 말씀하시기를, 가을까지 두 달 동안이다 라고. 그래서 우리는 서두르다가 가장 필요한 것을 챙기지 못한터라, 따뜻한 옷을 빠트리게 되었습니다.

Poste, en rusa frostego, en Saratov, ni rememoris tiun optimismon de la patro, edukitan per ĵurnaloj, radioelsendoj kaj kinofilmoj: antaŭ la milito estis demonstrata la belega filmo “Se morgaŭos milit".
나중에, 러시아의 혹한에, 사라토프Saratov에서, 우리는 신문, 라디오 방송 및 영화에 몰두하다 길들여진 아버지의 낙관주의를

기억했습니다 : 전쟁 전에 멋진 작품으로 입증되었던 영화 “전쟁이 내일 온다면”을 기억합니다.

Ekde tiu tempo mi perceptas evakuadon - de ajna skalo - kiel enorman malfeliĉon, ĉiam neatenditan, ĉiam ŝokigan kaj embarasigan, sendepende de tio, ĉu bone, ĉu malbone ĝi estas organizita.
그 이후부터 나는 -규모에 상관없이 - 대피가 잘 진행되었는지 여부에 관계없이 항상 예상치 못한, 항상 충격적이고 당혹스러운 거대한 불행으로 인식했습니다.

Ia historia uragano elŝiras la homon kun radikoj el hejma grundo, kaj tre malfacile estas restarigi la vivon en ĝiaj kutimaj formoj.
어느 희대의 허리케인이 고향 땅에 뿌리를 내린 사람을 뿌리 채 뽑아버리고, 그리고 일상상태로 생활을 회복하는 것은 매우 어렵습니다.

A. Perkovskaja: "Unuafoje oni ekparolis pri ebleco de evakuado sabate vespere, ĉirkaŭ la 11-a.
페르코프스카야 : “처음으로 그들은 토요일 저녁 11시경 대피 가능성에 대해 이야기하기 시작했습니다.

Kaj je la unua nokte oni jam donis al ni la taskon - dum du horoj kompleti dokumentojn por forveturigo.
그리고 첫날밤에 우리에게 미리 과제를 주었는데 - 이는 출발을 위한 서류 작성에 2시간.

Oni lasis min kaj diris, ke mi preparu dokumentojn por fordono. Tio forte vundis la nervojn - tre memorigis - la militon.
그들은 나를 보내주고 넘겨줄 서류를 준비하라고 했습니다. 그것은 정말로 신경을 상하게 했고 - 나에게 전쟁을 많이 생각하게 했습니다.

Kaj ĉe ni, ĉe ĉiuj geknaboj el la urba komitato, ĝis nun restis la divido: ĝis la milito kaj post la milito.
그리고 우리에게, 시 위원회의 모든 소년 소녀들에게, 지금까지 분단으로 남은 것 : 전쟁까지 그리고 전쟁이 끝난 후.

Ni ĝuste tiel diras: tio okazis antaŭ la milito. Ni scias ĝuste, ke tio okazis antaŭ la 26-a de aprilo, kaj tio ĉi post tio. Se necesas ion restarigi en la memoro.
우리가 그렇게 확실히 말하는 것 : 그것은 전쟁 전에 일어났습니다. 우리는 이것이 4월 26일 이전에 일어났다는 사실을 알고 있습니다. 그리고 이 후. 기억에서 무언가를 찾아내야 할 필요가 있다면.

Mi komencis pensi: kion necesas elveturigi? Kompreneble, ke standardojn, sigelojn, registrajn kartojn.
나는 생각하기 시작했습니다. 내보내는 데 필요한 것은 무엇인지? 물론 그 배너, 인장, 등록 카드.

Kaj ankoraŭ kion? En la instrukcio simple ne estas la vorto "evakuado". Sed ni havas ankoraŭ tri komitatojn kun la rajtoj de distrikta komitato.
그리고 또 뭐? 지침에 "대피"라는 단어는 단순히 거기에 없지만 우리는 여전히 지구 위원회의 권한을 가진 3개의 위원회가 있습니다.

Kio okazos al ilia dokumentaro? La komsomola komitato de la konstruejo de AEC situas kontraŭ la 4-a bloko en la konstruaĵo de administracio.
그들의 서류에 무슨일이 일어나는지요? 원전 건물 부지의 콤소몰 위원회는 관리 건물의 4호 블록 맞은편에 있습니다.

Kaj la komitato de la atoma centralo - iom malpli proksime. Ankaŭ tien ne eblis veni. - Mi vokis sektorestron pri registrado, statistikiston. Tio okazis nokte. Ili baldaŭ venis, kaj ni komencis pensi - kion fari?
그리고 원자력 발전소 위원회 - 조금 덜 가깝습니다. 거기까지 가는 것도 불가능했습니다. 나는 등록관련 섹터장에게 전화를 걸었습니다. 그것은 밤에 일어났습니다. 그들은 곧 왔고 우리는 생각하기 시작했습니다. - 무엇을 해야할지?

Ni kolektis la tutan dokumentaron. Tempo por kalkuli ne estis. Ni metis ĉion en sakojn kaj sigelis. En la sektoro laboris Sveta, Maŝa, geknaboj helpis al ili.
우리는 모든 서류를 모았습니다. 분량확인 시간이 없었습니다.

우리는 모든 것을 가방에 넣고 밀봉합니다. 스베타Sveta, 마샤Maŝa는 이 섹터에서 일했고 소년소녀들이 그들을 도왔습니다.

Kaj ni helpis en la urba partia komitato.
Tie laboris la Registara komisiono, ĉe ili aperis certaj demandoj, en kiuj ili ne orientiĝis kaj estis bezonata lokano.
그리고 우리는 시당 위원회에서 일을 도왔습니다. 정부 위원회가 그곳에서 일하고 있었고, 그들에게는 방향이 정리되지 않고, 지역인이 필요했다는 확실한 의문이 그들에게서 제시되었습니다.

Por voki iun, al iu telefoni. Poste ni iris en la plenumkomitaton, kaj oni donis al mi la planon de la 5-a mikrodistrikto. Mi devis efektivigi tie la evakuadon".
누군가를 부르려고 전화를 겁니다. 그런 다음 우리는 실행위원회에 갔고, 그들은 나에게 5 소구역의 계획을 건내주었습니다. 그곳에서 대피를 실행해야 했습니다."

L. Kovalevskaja: "Nokte de la sabato al dimanĉo ni enlitiĝis, subite oni sonoras ĉe la pordo. Ĉirkaŭ la tria nokte.
코발레프스카야: "토요일부터 일요일까지 밤에 우리는 자려고 했는데 갑자기 문에 소리가 있었습니다. 밤 3시경

Najbara knabino alkuregas: "Onjo Luba, veku ĉiujn, kolektiĝu, estos evakuado". Mi ŝaltas lumon, aŭdas - la homoj en la enirejo ploras, kuradas, la najbaroj

ellitiĝis.
이웃 소녀가 뛰어왔습니다. “루바Luba아저씨, 모두 깨워서 모이라고 하세요, 대피가 있을 것입니다.” 나는 불을 켜고 들었습니다. - 입구에 있는 사람들이 울고, 뛰고, 이웃 사람들이 잠에서 깨어났습니다.

La patrino vestiĝis. Ŝi tremas.
Mi diras: “Vidu, mi radion ŝaltis - nenio estas. Se io okazus - oni brodkastus”.
엄마는 옷을 입었습니다. 떨고 있었습니다. 나는 “이봐요, 내가 라디오를 켰는데 - 아무 일도 없어요. 무슨 일이 생기면 방송할 거요”라고 말했습니다.

-“Ne, mi atendu". Ŝi atendas duonhoron - estas nenio, horon - nenio. 'Panjo, - mi diras, - enlitiĝu. Vi vidas, nenio estos”. Sed la homoj ellitiĝis, ploras, iu nokte forveturis al Ĉernigov, la trajno al Ĉernigov estas je la 4-a matene, de la stacio Janov”.
-“아니요, 나 기다릴게요” 그녀는 반시간 동안 기다립니다 - 아무것도 없습니다, 한 시간 - 아무것도 아닙니다. '엄마,' 자러 가세요 라고 말했습니다. 알다시피, 아무 일도 일어나지 않을 거예요' 하지만 사람들은 일어났습니다 , 그들은 울고 있습니다 밤에 누군가가 체르니고프Ĉernigov를 향해 떠났고, 체르니고프까지 가는 기차는 야노프Janov역에서 새벽 4시에 있습니다.”

A. Perkovskaja: “Je la kvina matene la dudek sepan oni lasis nin kolekti havaĵojn. Mi venis hejmen. La frato sidas en fotelo ne dormas. Mi diris al la frato,

ke li almenaŭ ion kolektu.
페르코프스카야: "27일 아침 5시에 그들은 우리가 소지품을 챙길수 있게 해주었습니다. 나는 집에 왔습니다. 동생은 잠을 자지 않고 안락의자에 앉아 있습니다. 나는 동생에게 적어도 무엇인가를 챙기라고 말했습니다.

Nu, li kolektis la dokumentojn. Mi ja sciis pri la evakuado pli frue kaj diris al la frato. Sed kredu min - li prenis kun si la dokumentojn, rezervan ĉemizon kaj jakon. Nenion plu.
글쎄, 그는 서류들을 챙겼습니다. 나는 대피에 대해 미리 알고 동생에게 말했습니다. 하지만 나를 믿어. 그는 서류와 여분의 셔츠와 재킷을 가지고 갔습니다. 더 이상 아무것도.

Kaj mi prenis la samon. Mi forveturis kun malgranda sako. Mi prenis la dokumentojn, kaj nenion plu. Kaj poste evidentiĝis... Kiam dozometristoj mezuris niajn vestojn, ilin endis ŝanĝi, evidentiĝis, ke ni ne havas, kion revesti. Al mi donis vestaĵon la knabinoj el Ivankova distrikta komitato.
그리고 나도 같은 것을 챙겼습니다. 나는 작은 가방을 가지고 떠났습니다. 나는 서류를 가져갔고 그 이상은 다른 것은 아무것도. 그랬더니... 측정기사가 우리 옷을 측정해보고는 옷을 갈아입는게 좋겠다고 했고 더 이상 입을 옷이 없다는 것이 분명해졌습니다. 이반코바 지역위원회 여자애들이 나에게 옷을 주었습니다

Ĝenerale en hasto ni nenion kunprenis. Des pli, ni kutimiĝis kredi. Oni diris al ni - por tri tagoj.

Kvankam oni bonege komprenis, ke tio estos por tri tagoj, sed por pli longa tempo.
일반적으로 서두르는 바람에 우리는 아무것도 가져 가지 못했습니다. 더욱이, 우리는 믿는 데 익숙해졌습니다. 우리에게 - 3일 동안 이라고 말했습니다. 비록 이것이 3일 동안임을 잘 이해했지만 그것은 더 긴 시간이었습니다.

Mi opinias, ke estas tre korekte, ke ĝuste tiel oni diris. Alikaze ni ne sukcesus efektivigi evakuadon tiom rapide kaj precize.
이 말이 딱 맞다고 생각합니다. 그렇지 않았다면 우리는 그렇게 신속하고 정확하게 대피하지 못했을 것입니다.

Kiam matene mi venis hejmen, post duonhoro komencis venadi najbaroj. Mi trankviligis ilin kiel mi povis. Mi ne diris, ke ne estos evakuado. Kaj mi ne diris, ke ĝi okazos.
아침에 집에 오니 30분쯤 지나자 이웃들이 오기 시작했다. 나는 그들을 최대한 진정시켰습니다. 나는 대피가 없을 것이라고 말하지 않았습니다. 그리고 나는 그 일이 일어날 것이라고도 말하지 않았습니다.

Mi diris: “Prepariĝu kaj atendu komunikojn”. Mi sukcesis trinki kafon kaj ĉirkaŭ la sesa horo foriris, denove al la laborejo. Tie jam pli konkrete sonis la vorto "evakuado”. Oni konsultis nin rilate la tekston de la komuniko al la pripjatjanoj. Laŭ memoro mi povas ĝin proksimume restarigi: "Kamaradoj, lige

kun la akcidento en Ĉernobila AEC estas anoncata evakuado de la urbo. Havu kun vi dokumentojn, bezonatajn aĵojn kaj laŭ ebleco manĝaĵon por tri tagoj. Komenco de la evakuado estas je 14.00" brodkastis”.
나는 “준비하고 알림을 기다립시다.”라고 말했습니다. 나는 그럭저럭 커피를 마시고 6시경에 근부처 직장으로 갔습니다. 거기에서 “피난”이라는 단어가 더 구체적으로 들렸습니다. 우리는 프리피야티아인들에게 보낸 통신문에 관해 상담을 받았습니다. 기억에 따르면 대략적으로 복원할 수 있습니다.
“동지 여러분, 체르노빌 원전Ĉernobil AEC 사고와 관련하여 도시의 대피가 발표되었습니다. 서류나, 필요한 물건들과 가능한 경우 3일 동안의 식량을 준비하십시오. 대피 시작은 14:00입니다.”가 방송되었습니다.

Kvar fojojn oni brodkastis.
네 번이나 방송을 했습니다

L. Kovalevskaja: "Mi diras al panjo: "Se estas evakuado, do ne por tri tagoj. Tiel ne okazas”. Por la infanoj mi prenis ĉion varman. Du sakojn, manĝaĵojn. La fridujoj estis plenigitaj, tiom da mono ni elspezegis, pension de la patrino, mian salajron.
코발레프스카야 : “나는 어머니에게 말했습니다. “대피가 있으면 3일 동안이 아닙니다. 그렇게 되는 것이 아닙니다.” 아이들을 위해 나는 모든 것을 따뜻한 옷가지들을 챙겼습니다. 가방 두 개에 먹을것들, 냉장고는 가득 채워놓았고, 어머니의 연금, 내 봉급을 다 썼습니다.

Ja proksimiĝis la Unua de majo, la Naŭa de majo. Mi ĉion elprenis - kaj en rubujon, ĉiujn manĝaĵojn, la fridujon malŝaltis, ĉion malŝaltis, tion, kion mi kuiris por la infanoj, metis en la sakojn.
5월 1일, 5월 9일이 다가오고 있었습니다. 나는 모든 것을 꺼냈고 - 쓰레기통에 모든 음식을, 냉장고를 끄고, 모든 기기전원을 끄고 아이들을 위해 요리한 것을 가방에 넣었습니다.

Duoncento da rubloj ĉe ni restis. - mi kunprenis. Por panjo mi prenis varman ŝalon. Por mi – jakon, pantalonon kaj nenion plu.
내게 반백 루블이 남았습니다. - 챙겨가졌습니다. 엄마를 위해 나는 따뜻한 숄을 챙겼습니다. 나를 위해 - 재킷, 바지 그리고 더 이상 없음.

Dum panjo sidis kaj ploris, mi diris: "Atendu, vi min ne tuŝu, dekomence mi kolektos ĉiujn dokumentojn". Kaj ankaŭ miajn versaĵojn mi prenis.
엄마가 앉아 우는 동안 나는 "기다리세요, 만지지 마세요. 처음부터 모든 서류를 챙겨놓겠습니다."라고 말했고 나는 또한 내 시집詩集을 챙겼습니다.

Ĉiujn malnetaĵojn ili estis en notlibretoj – kolektis kaj metis. Mi havis "ataŝean"[33] tekon kun miaj havaĵoj.

---

33) ataŝe-o ①(大使 · 公使의) 수행원. ②대사관에 근무하는 직원(외교관이 아닌).

모든 원고는 수첩에 있음 - 모으고 보관되었습니다. 나는 내 소지품과 함께 “외교행낭” 가방을 가지고 있었습니다.

"Kaj nun, - mi diris, - mi nenion bezonas".
“그리고 지금” 나는 말했습니다. “나는 아무것도 필요하지 않습니다.”

A. Perkovskaja: “Ni kuris en la kvinan mikrodistrikton efektivigi evakuadon. La urban partian komitaton reprezentis Aleksandr Fjodorović Marinic, la urban komsomolan komitaton - mi.
페르코프스카야 : “우리는 대피하기 위해 다섯 번째 소구역으로 달려갔습니다. 시 당 위원회는 콤소몰Komsomol 시 위원회인 알렉산드르 표도로비치 마리닉Aleksandr Fjodorović Marinic이 대표했습니다. - 나.

Lige kun tio mi volas rakonti pri unu interesa knabino. Ĉe ni laboris kiel pionirgvidanto Marina Berezina, studentino de biologia fakultato.
이와 관련하여 흥미로운 여자에 대해 이야기하고 싶습니다. 생물학과 학생인 마리나 마리나 베레지나Marina Berezina는 우리와 함께 개발자 리더로 일했습니다.

Ŝia edzo laboris en la kvara bloko ĝuste en tiu alterno. Sabate ṣi ne sciis ĝe-e-enerale - kie estas ŝia edzo, kio al li okazis. Lia familinomo estas ankaŭ Berezin.
그녀의 남편은 바로 교대로 4호 블록에서 일했습니다. 토요일에 그녀는 일반적으로 남편이 어디에 있는지, 그에게 무슨 일이 일어났는지 알지 못했습니다. 그의 성姓은 베레진Berezin입니다.

Kaj jen dimanĉe mi ŝin renkontis. Ŝi kuras, mi diras: "Marina, ĉu vi eksciis ion pri la edzo?" Ŝi diras: "Mi jam scias, ke li estas viva, sed konkrete mi ankoraŭ nenion scias". - Kaj ŝi diras: "Ĉu al vi necesas helpi?" Ŝi loĝis ne en mia mikrodistrikto. Mi al ŝi rakontis, kion necesas fari, kaj tiu knabino efektivigis kun ni la tutan plejpartan evakuadon, ec mem ne forveturis.
그리고 일요일에 나는 그녀를 만났습니다. 그녀는 훌쩍뛰기도 합니다. "마리나, 남편에 대해 알아낸 것이 있습니까?" 그녀는 " 나는 그가 살아 있다는 것을 이미 알고 있지만 구체적으로 나는 여전히 아무것도 모릅니다"고 말합니다. - 그리고 그녀는 "도움이 필요합니까?"라고 말했습니다. 그녀는 제 소구역에 살지 않았습니다. 나는 그녀에게 해야 할 일을 말했고, 그 녀는 대부분의 대피를 우리와 함께 했고, 그녀는 떠나지도 않았습니다.

Ŝi diris: "Nelja Romanovna, se necesos helpi, mi estos hejme kaj venos al vi en la urban komitaton".
그녀는 말했습니다. "넬야 로마노브나Nelja Romanovna, 도움이 필요할때면, 저는 집에 있다가 그리고 시 위원회로 당신에게 갈게요."

Poste, kiam ni efektivigis plejpartan evakuadon, ni komencis serĉadi kaj elveturigi tiujn, kiuj kaŝiĝis kaj ne volis forveturi.

나중에, 우리가 대부분의 사람들을 대피시켰을 때, 우리는 숨어 있는 사람들이나 떠나고 싶지 않은 사람들을 찾아 내보내기 시작했습니다.

Marina telefonas al mi kaj diras: "Oni venis por mi. Ĉu mi povas jam forveturi aŭ ne?" Jen kia knabino estas!"
마리나Marina는 저에게 전화를 걸어 이렇게 말했습니다. 사람들이 나를 위해 왔습니다. 내가 가도 되나 안 가도 되는지요?" 뭐 저런 여자가 있남!"

Ju. Dobrenko: "Mi respondecis pri evakuado de mikrodistrikto. Mi koordinis laboron de milico, de loĝej-ekspluata kontoro kaj de transporto. Kion ni timis? Se ie aperos ŝtopiĝo aŭ paniko. Mi diros al vi jene: la evakuado pasis tre kaj tre organizite.
도브렌코 : "나는 소구역 대피를 담당했습니다. 나는 민병대, 주택 개발 사무소 및 운송 업무를 조정했습니다. 우리는 무엇을 두려워 했습니까? 어딘가에 교통 체증이나 공황 상태가 있는 경우. 나는 이것을 말할 것입니다 : 대피는 매우 조직적이었다고.

La homoj trankvile eliris kun negrandaj sakoj, kiel estis anoncite laŭ radio, kolektiĝis antaŭ enirejo, la busoj estis venigataj rapide al ĉiu enirejo, milicisto registras, homoj enbusiĝas kaj forveturas.
사람들은 라디오에서 알려준 대로 작은 가방들을 메고 조용히 나와 입구 앞에 모여들었으며, 버스를 모든 입구로 재빨리 주차하고는, 민병대원이 점검기록하고, 사람들은 버스를 타고 출발했습니다.

En mia distrikto estis proksimume dek kvin mil loĝantoj, ni finis evakuadon dum horo kaj dek kvin minutoj.
우리 지역에는 약 15,000명의 주민들이 있었고 1시간 15분 만에 대피를 완료했습니다.

Kiaj estis problemoj? Ni persvadis, petis la homojn ne preni infanĉaretojn, sed oni portis la ĉaretojn, ĉar estas malgranda infano - kaj neniu volis nin aŭskulti. Grandampleksajn ajojn neniu portis. Averaĝe oni prenis po du sakojn por persono.
어떤 문제가 있었나요? 우리는 사람들에게 유모차를 가져 가지 말라고 종용했지만 어린 아이가 있다며 유모차를 가져갔습니다. - 아무도 우리의 말을 들을려고하지 않았습니다. 부피가 큰 옷을 입은 사람은 아무도 없었습니다. 평균 1인당 가방 2개 정도였습니다.

Ankaŭ la junularo kondutis organizite.
청년들도 조직적으로 행동했습니다

Kiun problemon mi havis ankoraŭ? Tri horojn antaŭ la evakuado en mia mikrodistrikto mortis homo.
나는 아직 어떤 문제를 챙겨야할지? 대피 3시간 전에 내가 살고 있는 소구역에서 한 사람이 사망했습니다.

Maljunulo, li longe malsanis. Vivis juna familio, kun

du infanoj, tiu avo loĝis kun ili. Kaj ili devis evakuiĝi. Oni solvis la problemon – forprenis lin en kadavrejon. En la medicin-sanitara servo restis deĵorantoj, ili helpis, entombigis lin".
노인인데, 그는 오랫동안 앓았습니다. 젊은 가족이 살았습니다. 그 할아버지는 두 자녀와 함께 살고 있었습니다. 그런데 그들은 대피해야 했습니다. 문제는 해결되었습니다. 그 노인은 영안실로 옮겨졌습니다. 의료 위생 서비스에 근무자가 있었고, 그들은 그를 도와 노인을 매장했습니다."

A. Perkovskaja: "Ni elveturigis nian, kvinan mikrodistrikton la lasta. Kiom da tempo la homoj estis ekstere... Estis tre varme. Kaj la nivelo de radiado altiĝas. Mi petis: "Kamaradoj, konduku la infanojn en enirejojn". Ili obeis, kondukis.
페르코프스카야 : "우리는 다섯 번째 소구 주민들을 마지막으로 실어보냈습니다. 밖에 사람들이 얼마나 있었는지... 너무 더웠어요. 그리고 방사능 수치가 높아지고 있습니다. 나는 "동지들, 아이들을 입구로 데려가십시오"라고 했습니다. 그들은 따랐고, 인도했습니다.

Mi foriris, post du domoj mi rigardas - denove infanoj estas ekstere. Oni diras al mi: "En la enirejo estas varmege. Provu dum horoj stari en enirejo".
나는 두 집 뒤에 - 다시 아이들이 밖에 있다는 것을 보고는 - 떠났습니다. 그들은 나에게 "입구는 덥습니다. 몇 시간 동안 입구에 서 있어보십시오."

Evakuado.
대피

En tiu suna dimanĉo la dudek sepan de aprilo miloj da kievanoj planis veturi eksterurben – iu al vilao, alia al fiŝkaptado, iu viziti parencojn aŭ amikojn en apudurbaj vilaĝoj.
4월 27일의 화창한 일요일에 수천 명의 키이우인들이 도시를 떠나기로 계획했습니다. - 어떤 사람은 별장으로, 어떤 사람은 낚시하러, 어떤 사람은 이웃 마을의 친척이나 친구를 방문하러.

Sed io, verŝajne, rompiĝis en la ordigita transporta mastrumo de la urbo, ĉar pluraj itineroj estis nuligitaj, kaj en aliaj kursadis unu-du busoj. Ĉe haltejoj tumultis homamasoj, la homoj blasfemis, insultis malpenemajn gvidantojn de aŭtoparkoj.
그러나 아마도 도시의 질서 정연한 운송 시스템에 무언가가 고장이 났습니다. 여러 노선이 취소되었고 다른 노선에서는 한 두 대의 버스가 운행되고 있었기 때문입니다. 군중들은 버스 정류장에서 소요를 일으켰고, 사람들은 욕설을 퍼붓고, 열심히 일하는 주차장 관리자에게 욕지꺼리를 해댔습니다.

En Kiev tiutage ankoraŭ tre malmultaj sciis pri la plago, kiu okazis je 148 kilometroj norden.
그날 키이우에서는 북쪽으로 148km 떨어진 곳에서 발생한 재난에 대해 아는 사람이 거의 없었습니다.

Plimulto de kievanoj ne sciis, ke sabate laŭ alarmo

estis mobilizitaj la aŭtotransportaj entreprenoj kaj nokte en la direkton de Pripjatj ekmoviĝis kolonoj da busoj el Kiev kaj Kieva provinco.
키이우 사람들 대부분은 토요일에 자동차 운송 회사가 경보에 따라 동원되었다는 것을 몰랐습니다. 그리고 밤에 프리피야트Pripjatj 방향으로 버스 대열들이 키이우 시와 키이우 지방에서 움직이기 시작했습니다.

Tio estis ordinaraj urbaj aŭ apudurbaj itineraj busoj, multaj flavaj "Ikarusoj" kun kuplopartoj kaj "harmonikoj".
이들은 시내일반 또는 교외 노선 버스, 연결 부품 및 "하르모니코harmoniko"가 있는 많은 노란색 "이카루스Icarus"였습니다.

Evakuado.
대피

Imagu kolonon el mil busoj kun lumantaj reflektoroj, veturantan laŭ ŝoseo en du vicoj kaj elveturigantan el la poluciita zono la multmilan loĝantaron de Pripjatj — virinojn, maljunulojn, plenkreskulojn kaj ĵusnaskitajn bebojn, "ordinarajn" malsanulojn kaj tiujn, kiuj estis damaĝitaj pro radiumado.
자동차헤트라이트에서 빛을 내보내는 천 대의 버스 대열을 상상해 보십시오. 고속도로를 두 줄로 따라 운행하고 오염된 지역을 빠져나와 프리피야트Pripjatj의 수천 명 주민들 - 여성, 노인, 성인 및 신생아, "일반" 병자 및 방사선에 오염된 이들.

Imagu tiujn, kiuj lasis sian puran, junan, belegan urbon, pri kiu ili fieris, en kiu jam havis radikojn, naskis infanojn.
이미 뿌리를 내리고 아이들을 낳고 했던, 그들이 자랑스러워하던 깨끗하고 청순하고 아름다운 도시를 떠난다는 것을, 상상해 보십시오.

Por preparo ili havis strikte limigitan tempon, ili lasis siajn hejmojn (kiel evidentiĝis poste - por ĉiam) kaj foriris kun tio, kion surhavis, somere vestitaj, preninte nur la plej bezonatan.
그들에게 준비 시간이 빠듯하게 제한되어 있었고 (나중에 영원히 밝혀진 것처럼) 집을 떠나 여름옷만 입고, 가장 필요한 것들만 가져갔습니다.

Sed evidentiĝis, ke ĝuste la plej bezonataj aĵoj - plej ofte estis forgesitaj. La kompreno de tio, kio por la homo estas la plej bezonata, plej grava, venis poste.
그러나 가장 필요한 물건이 - 가장 자주 잊혀지는 것이 분명해졌습니다. 인간에게 가장 필요하고, 가장 중요한 것이 무엇인지에 대한 지각은 나중에 왔습니다.

Kaj poste, kiam aperis la ebleco reveni en siajn loĝejojn kaj preni kelkajn aĵojn, submetatajn al strikta dozometra kontrolo, la homoj, kvazaŭ malblindiĝinte, sin ĵetis ne al "prestiĝaj" tapiŝoj (vilaĵo de tapiŝoj "kolektis" tre multe da radiado), ne al kristalaĵoj, sed al tiuj aĵoj, kiuj konsistigis spiritan

valoron, - al fotaĵoj de parencoj, ŝatataj libroj, malnovaj leteroj, iaj ridindaj, sed memorindaj bagatelaĵoj al tio, kio konsistigas profunde personan kaj tre fragilan mondon de la homo, vivanta ne nur per la nuntempo, sed la pasinto kaj estonto. kaj kuracistoj, Ĉiuj unuvoće – kaj evakuitoj, kun kiuj mi baldaŭ post la evakuado renkontiĝis, - asertis, ke paniko ne estis.
La homoj estis silentemaj, koncentriĝintaj, foje estis en ŝoko kaj bremsiteco, ankoraŭ ne komprenante, kio okazis, kaj pro tio sentante strangan senzorgemon.
그리고 이후에, 그들의 집으로 돌아갈 가능성이 나타났을 때 그리고 계측기로 철저히 검사한 몇 가지를 가질 뿐, 사람들은 마치 눈 먼 장님처럼 "명품"카펫 (많은 방사선이 "집중"된 카펫)에도, 수정水晶에도 관심을 가지지 않았습니다.
그러나 마음속에 유념한 것들, - 친척의 사진, 좋아하는 책, 오래된 편지, 약간의 우스꽝스러운 것들, 그러나 현재에 의해서만 사는 것이 아니라 매우 개인적이고 매우 연약한 인간의 세계를 구성하는 것에 대한 기억에 남는 사소한 일, 그러나 과거와 미래. 그리고 의사들, 대피 직후 만났던 대피자들은 모두 한 목소리로 공황 상태가 아님을 확인했습니다. 사람들은 침묵에 젖고, 집중해진, 때로는 충격과 정체에 빠져 아직도 무슨 일이 일어났는지 이해하지 못하고 이상하게도 버려진 마음마저 느꼈습니다.

Mi renkontis tiajn. Preskaŭ ne estis larmoj, bagatelemaj konfliktoj, neniu ion postulis. Nur en la

okuloj rigidiĝis doloro kaj maltrankvilo.
나는 그런 사람들을 만났습니다. 눈물도, 시답잖은 갈등도, 그 무엇도 바라는 사람은 거의 없었습니다. 고통과 불안만이 눈에 굳어져 있었습니다.

La kolonoj de evakuitoj moviĝis al okcidento, al la vilaĝoj de distriktoj Polesskij kaj Ivankovskij, najbaraj al la terenoj de Ĉernobila distrikto.
소개민들의 버스대열은 체르노빌 지역에 인접한 폴레스키 Polessky 및 이반코브스키 지역의 마을로 이동했습니다.

Vilaĝanoj de Ĉernobila distrikto estis evakuitaj poste - la kvaran-kvinan de majo.
체르노빌 지역 주민들은 나중에 5월 4~5일에 대피됐습니다.

Evakuado.
대피

Amasa foriro de miloj da homoj de la kutimaj lokoj starigis multajn komplikegajn problemojn - organizajn, mastrumajn, moralajn.
늘 살던 곳에서 수천 명의 사람들이 대거 떠나면서 조직, 관리, 도덕적 문제와 같은 많은 복잡한 문제가 발생했습니다.

Ĉio okazis malsimple, kaj nur per rozkolora farbo tiujn eventojn pentri ne eblas.
모든 것이 복잡하게 발생했습니다, 그리고 그 사건들을 분홍색 물감으로만 그리는 것은 불가능합니다.

Certe, la tiutagaj ĵurnaloj, elokventante pri la gastamo, kun kiu la lokaj loĝantoj akceptis la evakuitojn, ne mensogis.
확실한 것은, 지역 주민들의 대피민들에 대한 환대를 감동적으로 전하는 일일日日신문들은 거짓말을 하지 않았습니다.

Tio estis, tio estas fakto. Ukraina Polesje, kies loĝantoj nomiĝas "poleŝĉuki", manifestis siajn eternajn tradiciajn popolajn trajtojn - molecon kaj bonkorecon, gastamon kaj kompatemon, deziron helpi al homo, trafinta en plagon.
즉, 그것은 사실이었습니다. 주민들이 "폴레슈추키poleŝĉuki"라고 불리는 우크라이나 폴레셰Ukraina Polesje는 부드러움과 친절, 환대와 동정심, 대재앙을 접한 사람들을 도우려는 열망과 같은 영원한 전통 민속 특성을 나타냅니다.

Sed tio estas nur duono de la vero. Ĉar por ĉiu devas esti kompreneble, kiaj malordo kaj tumulto ekregis en distriktoj Polesskij kaj Ivankovskij komence de majo.
그러나 그것은 진실의 절반에 불과합니다. 5월 초에 폴레스키Polesskj와 이반코브스키 지역에 어떠한 무질서와 소란이 만연했는지 모든 사람에게 분명히 알게 해야 하기 때문입니다.

Ĝepatroj serĉis gefilojn, edzinoj - edzojn, laborintajn en la atoma centralo dum la tago de la evakuado, de ĉiuj flankoj de Soveta Unio flugis maltrankvilaj

telegramoj de parencoj kaj amikoj en la jam neekzistantan poŝtejon de la urbo Pripjat...
대피 당일 부모들은 아이들을 찾아나섰고, 대피하던날 아내들은 종일 원자력 발전소에서 일했던 남편들을, 친척과 친구들의 불안한 전보는 소련 전역에서 이미 존재하지 않는 도시 프리피야트의 우체국으로 날아갔습니다.

Mi memoras, kiel dum tiuj tagoj mi vizitis Ivankovan kulturdomon kaj denove dolore estas pikita koro, denove rememoriĝis militaj tagoj: en la ĉambroj kuŝis montoj da specialaj vestaĵoj blankaj kaj grizaj, la homoj amasiĝis ĉe la informtabulo, oni okupis vicon en informcentron, pridemandis unu la alian pri konatoj, avide aŭskultis anoncojn de la loka radio.
그 당시 나는 이반코바Ivankova 문화센터를 방문하고 내 마음이 다시 한 번 고통스럽게 찔렸던 것을 기억합니다. 나는 전쟁 당시를 다시 생각했습니다. 방에는 특별한 흰색과 회색 옷이 산더미로 흩어져 있었고, 안내판앞에 모인 사람들은 안내소에 줄을 서서 서로 지인들에 대해 묻고 지역 라디오 방송을 애써 청취하고 있었습니다.

Informoj valoris kiel oro.
Deankriĝis tia prizorgita, trankvila, ŝajninta nedetruebla paca vivo, ĝin forportis la fluo en nekonatan direkton...
정보는 금과 같은 가치가 있었습니다.
잘 유지되고 평온하며 파괴될 것 같지 않은 평화로운 삶이 닻을 내리고 조류에 의해 알 수 없는 방향으로 휩쓸려갔습니다...

La samo okazis ankaŭ en urbo Polesskoje.
La muroj de la distrikta partia komitato estis transformitaj je specifa informburoo, tie oni povis trovi adresojn de organizoj, evakuitaj el Pripjatj, adresojn de konatoj, ekscii lastajn novaĵojn.
폴레스코예Polesskoje시에서도 같은 일이 일어났습니다. 지구당 위원회의 벽에는 프리피야트에서 대피한 조직의 주소, 지인의 주소를 찾아내고, 최신 뉴스를 접할 수 있는 특정 정보국으로 탈바꿈했습니다.

L. Kovalevskaja: "Nia buso ne ĝisiris ĝis Polesskoje. Oni dislokigis nin en Maksimoviĉi. Kaj poste, kiam ni venis al Maksimovići, dozometristoj kontrolis - tie estis tro alta radiado.
코발레프스카야L. Kovalevskaya: "우리 버스는 폴레스코예까지 가지 않았습니다. 우리는 막시모비치에 흩어져 주둔했습니다. 그리고 우리가 막시모비치에 왔을 때 측정기사들이 검사를 했습니다. - 거기 방사선 수치는 너무 높았습니다.

Oni komencis urĝe elveturigi la homojn de tie. Estis tia alvoko - dekomence gravedajn virinojn kaj infanojn.
사람들을 신속하게 그곳에서 내보내기 시작했습니다. 그런 대상은 - 제일 먼저 임산부와 어린이였습니다.

Imagu staton de patrino, kiu venis al dozometristo,

kaj tiu kontrolas ŝuetojn de infano: "Poluciitaj". Pantaloneto poluciita, haroj - poluciitaj...
Kiam mi forsendis mian panjon kun infanoj al Siberio, tiam mi iom trankviliĝis.
측정기사가 와서 "오염된" 아이의 신발을 확인하는 어머니의 심정을 상상해 보십시오. 오염된 반바지, 오염투성이 머리칼...
나는 어머니를 아이들과 함께 시베리아로 보내고 나니, 조금 진정이 됐습니다.

Kaj la okan de majo, kiam mi venis al Kiev, kaj Sereĵa Kiselev, korespondento de "Literaturnaja gazeta" en Ukarainio, invitis min al si tranokti, mi banis min, ŝaltis akvon kaj ploregis.
그리고 5월 8일, 내가 키이우에 왔을 때, 우크라이나의 "리테라투르나야 가제타" 특파원인 세레자 키셀레프가 나를 초대하여 하룻밤을 보내고, 목욕을 하고 물을 틀어놓고는 대성통곡을 했습니다.

Kaj ĉetable mi ploris. Mi estis tiom ofendiĝinta pro la homoj, pro la malvero. La ĵurnaloj publikigis malveron.
그리고 책상에서 울었습니다. 나는 사람들에게, 그 거짓에 너무 화가 났습니다. 신문은 거짓말을 썼습니다.

Eble, la unuan fojon mi propraokule kunpuŝiĝis[34] kun tio... Scii realan esencon kaj legi tiajn bravismajn[35] artikolojn - tio estas terura konsterno,

---

34) kunpuŝiĝi kun ···와 맞부딪치다. ···와 마주치다.

tio la animon renversis..."
아마도, 나는 처음으로 이런 일을 접하게 된 것 같아요.. 진정한 본질을 알고 그런 용감한 기사를 읽는다는 것은, - 영혼을 뒤집어 놓는, 끔찍한 경악입니다."

A. Perkovskaja: "Post la evakuado mi ankoraŭ restis en Pripjatj. Nokte, kiam ĉiuj jam forveturis, mi eliris el la urba komitato – la urbo estis mallumigita. Ĝi ĝenerale estis simple nigra, ĉu vi komprenas?
페르코프스카야 : "대피후에도 나는 여전히 프리피야트에 머물렀습니다. 밤에, 모든 사람들이 이미 떠났을 때, 나는 시 위원회에서 나왔습니다. - 시가지는 어두워졌습니다. 대개 검은 색깔이었습니다. 이해가 되는가요?

Estis nenia lumo, fenestroj ne lumis... Ĉe ĉiu paŝo staras armitaj milicistoj, kontrolas dokumentojn. Tuj post kiam mi eliris el la urba komitato, mi elprenis la mandaton, kaj tiel venis al mia enirejo.
조명도 없었고, 창문에 빛도 없었습니다... 무장한 민병대가 모든 걸음걸음마다 서서 증명서를 확인했습니다. 나는 시의회를 나온 직후 위임장을 꺼내 입구까지 왔습니다.

Mi venis - en la enirejo ankaŭ ne estas lumo, mi eniris en obskuran[36] nokton sur la kvaran etaĝon.
나는 오긴했는데 - 입구에 불이 들어오지 않았는데, 4층의 어두

---

35) bravism-e =bravege! tute brave!
36) obskur-a 어두운, 어두컴컴한, 깜깜한, 어둠의; 흐린, 몽롱(朦朧)한; (빛깔이) 거무칙칙한, 텁텁한; 분명하지 않은, 불명료한; 해석하기 어려운, 모호(模糊)한.

컴컴한 밤 속으로 들어갔습니다.

Mi havis komfortan loĝejon - sed jam la loĝejo kvazaŭ ne estas la mia. Tiom terure tio batas.
나는 편안한 집을 지니고 있었지만 - 이미 집은 마치 내 것이 아닌 것 같습니다. 그것이 너무 무섭게 나를 짓이겼습니다.

Lunde, la dudek okan, ni veturis al Varoviĉi - organizi partian kunvenon. Ni pasigis tie la tutan nokton.
월요일, 28일에 우리는 바로비치로 가서 - 당黨 모임을 조직했습니다. 우리는 밤새 그곳에서 지냈습니다.

Tuj post kiam mi venis, ni komencis reregistri la homojn laŭ vilaĝaj sovetoj. Malklaraĵoj amasas. Finfine ni kolektis komunistojn, kaj poste - komsomolanojn.
내가 돌아오자마자, 우리는 마을 소비에트평의회에 사람들을 다시 등록하기 시작했습니다. 불확실한 것들이 무더기로 나왔습니다. 마침내 우리는 공산당원들을 집합시키고는 잇따라 청년공산당원들을 모았습니다.

Kaj sekvatage mi veturis al Polesskoje, revenis al Varovići, poste oni prenis min en Ivankov - tie oni organizis stabon, tie estis niaj homoj: la urban partian komitaton reprezentis Trjanova, Antropov, Gorbatenko, la plenumkomitaton - Esaulov, la urban komsomolan komitaton - mi.

그리고 다음날 나는 폴레스코예로 차를 몰고 바로비치로 돌아온 다음 이반코프로 갔습니다. - 거기에 참모부가 구성됐습니다.
거기에 우리네 주민들이 있었습니다 : 도시 당위원회는 트랴노바, 안트로포프, 고르바텐코, 집행위원회 - 에사울로프시 청년위원회 - 내가 대표가 되었습니다.

Tie mi laboris de la oka matene ĝis la dek dua nokte - kaj en la stabejo, kaj tra la vilaĝoj veturis. Estas homamasoj, iuj serĉas siajn gefilojn, aliaj - genepojn...
그곳에서 나는 아침 8시부터 밤 12시까지 참모본부에서, 그리고 마을을 돌아다니면서 일했습니다. 사람들이 많았는데, 그들 중 일부는 자녀들을 찾고, 다른 일부는 손주들을 찾고 있었습니다.

La kaŭzo estis en tio, ke estis nenia skemo de evakuado, kaj ni ne sciis, en kiuj vilaĝoj estis dislokitaj la domoj kaj mikrodistriktoj de Pripjatj.
그 이유는 대피 계획이란 전혀 없었고, 프리피야트의 집과 소구역이 어느 마을에 있는지 조차 알지 못했기 때문입니다.

Mi ĝis nun ne komprenas: konforme al kiu skemo estis veturigataj la homoj, kiu kien veturis?
내가 아직도 이해하지 못하는 것은 : 사람들은 어떤 계획에 따라 움직였으며, 누가 어디로 갔는지를?

En Polesskoje ni havis listeton da infanoj. Do mi telefonas al vilaĝa soveto kaj demandas: "Ĉu vi havas tiujn kaj tiujn gepatrojn?

폴레스코예에는 어린이 명단이 있었습니다. 그래서 나는 마을 의회에 전화를 걸어 문의했습니다. : "당신들에게 아이들이나 부모들이 있는지?

Ilin serĉas la infanoj". Kaj ili al mi povas diri: "Ni havas tiujn kaj tiujn infanojn, kiuj estas sen gepatroj.
아이들이 그들을 찾고 있습니다." 그리고 그들은 나에게 이렇게 말할 수 있습니다. : "우리에게는 부모가 없는 그런 아이들이 있다고요.

Ni ĝenerale ne scias, de kie estas tiuj infanoj". Mi sidas kaj telefonas al ĉiuj vilaĝaj sovetoj. Fojfoje evidentiĝis, ke en iu vilaĝo bona avino zorgis pri fremda infano kaj al neniu ion diris...
우리는 대체적으로 이 아이들이 어디에서 왔는지 모릅니다." 나는 앉아서 모든 마을 소비에트에 전화를 걸었습니다. 때로는 어떤 마을에서 착한 할머니가 낯선 아이를 돌보고 있고 아무에게도 아무 말도 하지 않는다는 것이 밝혀지기도 했습니다.

Necesis veturigi la infanojn al pioniraj tendaroj, poste la virinojn kun antaŭlernejaj infanoj kaj gravedajn virinojn.
개척 캠프에 아이들을 이동시켜야 할 필요가 있었고, 그후 미취학 아동이 있는 여성과 임산부를 이동시켜야 했습니다.

Necesis determini ilian nombron, kien ilin veturigi. Ni okazigis komsomolajn kunvenojn, instalis

komsomolajn gvidantojn, por ke almenaŭ reale estu la homo, je kiu eblas esperi, kun kiu eblas subteni ligon.
그들의 인원 수, 어디로 이동시켜야 할지를 결정해야 했습니다. 우리는 콤소몰 회의를 열고 콤소몰 지휘팀을 설치하여 적어도 실질적으로 희망을 가질 수 있고 유대를 유지할 수 있는 인력이 있도록 했습니다.

Diversaĵoj okazis dum tiuj tagoj. Mi fiksmemoris unu homon. Mi volus, ke tiu homo tralegu tiujn ĉi miajn vortojn, por ke lia konscienco lin riproĉu.
그 동안 다양한 일들이 있었습니다. 한 사람이 생각났습니다. 나는 그 사람이 나의 이 말을 읽어서 그의 양심이 그를 책망하게 되기를 바랍니다.

Tio okazis la Unuan de majo. Matene mi venis en la informcentron. Ankoraŭ neniu el la niaj estis.
5월 1일에 있었던 일입니다. 아침에 나는 홍보센터에 갔습니다. 우리팀에는 아무도 없었습니다.

La viro proksimume kvardekokjara staras kaj diras: "Aĥ, do ĉu vi reprezentas la urban partian komitaton de Pripjatj?" - "Jes, mi". — "Donu al mi listojn " " de pereintoj".
48세쯤 된 남자가 일어서서 말했습니다: "아하, 그래서 당신은 프리피야트 시의 당 위원회를 대표합니까?" - "네, 그렇습니다." - "죽은 사람들의 인명록을 주시지요."

Mi diras: “Pereis du personoj. Saŝenok kaj Ĥodemĉuk”. — “Malvero". Mi diras: “Pro kiu kaŭzo vi kun mi tiel parolas?”
나는 말했습니다. “두 사람이 죽었습니다. 사셰녹과 호뎀칙” - “거짓말” “무슨 이유로 나에게 그런 말을 하는건가요?”

Kaj li krias: "Certe, vi estas ĉi tie bela, prosperanta (sed mi estas en fremdaj vestoj), vi estas tia trankvila, ĉar vi ĉion elportis el Pripjatj. Ĉu vi opinias, ke ni ne scias? Ni scias ĉion!" - Mi tiumomente ekvolis unu aferon: enaŭtigi tiun homon, veturigi en mian loĝejon kaj kun li paroli...
그리고 그는 외쳤습니다. “물론 당신은 여기에서 침착하고 혈기 왕성하군요. (그러나 나는 외국 옷을 입고 있습니다). 당신이 프리피야트에서 모든 것을 가져온 것을 보니 당신은 극히 철저합니다. 당신은 우리가 모른다고 생각합니까? 우리는 모든 것을 알고 있습니다!” - 그 순간 나는 한 가지가 떠올랐습니다. 그 사람을 차에 태우고, 우리 집으로 가서, 그와 이야기하는 것입니다.

Lia filo laboris en la atoma centralo. Tial mi diras: "Supozeble, li troviĝas en la pionira tendaro “Fabela”.
그의 아들은 원자력 발전소에서 일했습니다. 그래서 내가 “아마도 그는 개척자 캠프 “동화童話”에서 보였다고 말했습니다.

Kaj li denove krias: “Kiel vi kun mi parolas, mi estas ministo, meritita homo ĉiuflanke”. Mi lin demandas: “De kie vi venis?” Li respondas: “El

Odeso".
그리고 그는 다시 소리지릅니다: "당신이 나에게 말하는 것 처럼, 나는 광부입니다. 모든 면에서 자격이 있는 사람입니다." 나는 그에게 묻기를 : "어디서 왔습니까?" 그는 "오데사에서"라고 대답합니다.

Ni donis al li aŭton, li veturis al la "Fabela", trovis tie la filon, kiel mi al li diris, poste li multe dankegis, sed tio jam ne perceptiĝis.
우리는 그에게 자동차를 건내주었고, 그는 "동화Fabelo"로 가서 거기에서 아들을 찾았습니다. 내가 그에게 말했듯이 그는 나에게 많이 감사했지만, 더 이상 느껴지지 않았습니다.

Tio fiksmemoriĝis porlonge. Lia konduto tiel elreligis min, ke dum du horoj mi ne povis rekonsciiĝi.
그것은 오랫동안 내 기억에 남아있게 되었습니다. 그의 행동은 나를 일탈시키는 바람에 두 시간 동안 정신을 차릴 수 없었습니다.

Kompreneble, ke estis multaj suferoj kaj malfacilaĵoj, sed mi dirus, ke la niaj, el Pripjatj, plejparte kondutis digne".
물론, 많은 고난과 어려움이 있었지만 프리피야트Pripjatj 출신 우리들 대부분은 품위 있게 행동했다고 말하고 싶습니다."

Evakuado...
대피

Estas vero, ke ĝi estis efektivigita organizite kaj precize. Estas vero, ke kuraĝon kaj firmecon manifestis plimulto de la evakuitoj. Ĉio ĉi veras.
체계적이고 꼼꼼하게 진행되었던 것은 사실입니다. 대부분의 소개민들이 용기와 결단력을 보인 것은 사실입니다. 이 모든 것은 사실입니다.

Sed ĉu nur per tio limiĝas la lecionoj de la evakuado?
그러나 대피의 교훈은 그것에 국한될까요?

Ĉu efektive ni denove nin kontentigu kaj trankviligu per duonvero, fermante la okulojn kontraŭ amaraj veraĵoj, malfermiĝintaj dum tiuj tagoj?
그 시대에 드러난 쓰라린 진실에 눈을 감고 반쪽짜리 진실로 정말 만족하고 안심해야 했는지?

Ĉu per organiziteco kaj disciplino oni sukcesos fermi, senvoĉigi amarajn demandojn de miloj da homoj?
조직과 규율이 수천 명의 쓰라린 의문을 잠재우고 폐쇄하는 데 성공할 것입니까?

La demandojn, turnitajn al tiuj, kiuj devis sin bazi ne sur frida indiferenta kalkulo de timema burokrato, sed sur varmega koro de civitano, patrioto, komunisto, respondeca pri la vivo kaj sano de sia popolo, pri ĝia estonto – la infanoj. - Post

publikigo de unu el miaj “ĉernobilaj” artikoloj en “Literaturnaja gazeta" la redakcio resendis al mi leteron.
그들에게 던진 질문들을 소심한 관료의 냉담하고 무감각한 계산에 기댈 것이 아니라, 국민의 생명과 건강을 뜨거운 마음으로 걱정하는 시민, 애국자, 공산주의자, 그리고 - 어린이들의 - 미래에 기저를 두었어야 했습니다.
“리테라투르나야 가제타”에 나의 “체르노빌” 기사 중 하나가 게시된 후 편집자들은 저에게 편지를 보냈습니다.

Jen estas ĝi:
여기 그게 있어요:

"Al vi skribas la laboristoj el la urbo Pripjatj (nun ni loĝas en Kiev).
“프리피야트 (지금 우리는 키이우에 살고 있음) 시의 노동자들이 당신에게 편지를 쓰고 있습니다.

Tiu ĉi letero estas ne plendo, sed nur apartaj faktoj, el kiuj ni petas tiri konkludojn.
이 편지는 불만이 아니라 결론을 내리도록 요청하는 특정 사실일 뿐입니다.

Ni faru ekzemplojn de krima senrespondeco de oficialuloj de la urboj Pripjatj kaj Kiev.
프리피야트와 키이우시 공무원들의 위법적인 무책임의 사례들를 들어 보겠습니다.

Unuavice la senrespondeco estis manifestita rilate al ĉiuj infanoj (en tridekkilometra zono), kiam dum la tuta diurno ĝis evakuado oni nenion anoncis, oni ne malpermesis al la infanoj kuradi kaj ludi ekstere.
우선, 대피가 될 때까지 하루 종일 발표되지 않은 모든 어린이 (30킬로미터 영역)와 관련하여 무책임이 나타났습니다. 어린이들은 밖에서 뛰고 노는 것이 금지되지 않았습니다.

Ni, sciante la nivelon de radiado pro nia laborokupo, telefonis al la stabejo de civila defendo de la urbo kaj demandis: "Kial ne estas direktivoj pri konduto de la infanoj ekstere, pri la neceso de ilia restado en domoj ktp"?
우리는, 우리들의 작업을 통해 방사선 수치를 알고는, 시 민방위 본부에 전화를 걸어 "어린이들의 실외 행동, 실내에 있어야 하는 필요성 등에 대한 지침이 없는 이유는 무엇인지?" 물었습니다.

Oni respondis al ni: "Tio ne estas via afero... La decidojn akceptos Moskvo..."
"그건 당신에들이 상관할 일이 아니야... 결정은 모스크바에서 받아들일 것이다."라는 말을 들었습니다.

Kaj nur poste (la 7-an de majo 1986) ĉiuj eksciis, ke la decidon elporti, sendi al Krimeo la infanojn (siajn genepojn kaj iliajn avinojn) la Alta Gvidantaro akceptis senprokraste, kaj la "elektitaj" infanoj estis senditaj al krimeaj sanatorioj la 1-an de majo.

그리고 나중에(1986년 5월 7일) 아이들(손자 손녀와 할머니)을 크림 반도에 보내기로 한 결정이 고위 지도부에 의해 지체 없이 받아들여졌다는 것을 모두들 알게 되었습니다.
그리고 "선정選定된" 아이들은 5월 1일 크림 요양원으로 보내졌습니다.

Alia ekzemplo de senrespondeco estas, kiam en malfacila momento necesis urĝe uzi necesajn instalaĵojn, instrumentojn por kontrolo.
La necesaj instalaĵoj evidentiĝis netaŭgaj por uzado.
무책임의 또 다른 예는 어려운 순간에 필요한 시설, 통제 수단을 긴급히 사용해야 할 때 필요 시설들이 사용에 부적합한 것으로 판명되었습니다.

Kiel tion taksi? Kial la gvidantoj, okupante altajn postenojn kaj dum kelkaj jaroj seninterrompe ricevante salajron (neprilaboritan), sciis la veran aferstaton - de tiuj instalaĵoj de civila defendo, de aliaj malordaĵoj?
그것을 어떻게 평가할 것인가? 왜 지도자들은 높은 지위를 차지하고 몇 년 동안 간단間斷없이 봉급을 받고 있으면서도(처리되지 않은), 민방위 시설, 기타 무질서한 사항들의 정확한 상태를 파악하고나 있었는지?

Kial ili ne kontrolis, sed kontentiĝis per paperetoj-raportoj pri "plena bonstato"?
왜 그들은 확인하지 않고서도 "충분한 웰빙"에 대한 서면-보고서에 만족했는지?

Ni petas kontroli far la Ŝtata komisiono ĉion kaj apliki bezonatajn rimedojn, speciale pri tiuj doloraj demandoj, kie estas la kulpo de malhonesteco kaj ofica netaŭgeco de "grandaj gvidantoj".
우리는 국무위원회가 모든 것을 점검하고 필요한 조치를 취하기를 요청하며, 특히 "위대한 지도자들"의 부정직과 부적절한 업무처리로 야기된 아픈 문제들에 대해 그러합니다.

Nia adreso: Kiev, Ĉefpoŝtejo, postrestante (la letero estas skribita julie de 1986, kiam la evakuitaj pripjatjanoj ankoraŭ ne havis konstantajn adresojn. — Ju. Ŝc.).
우리들의 주소: 키이우, 중앙 우체국, 남겨놓음 (서신은 1986년 7월에 작성되었으며, 대피한 프리피야티아인들은 여전히 영구적인 주소가 없었음).

Subskriboj: Nikulnikov S. V., Kolesnik D. V., Pavlenko A. M., Radĉuk N. N."
서명: 니쿨니코프, 콜레스니크, 파블렌코, 라드추크"

La aŭtoroj de la letero tuŝis kune kun la aliaj unu el la plej doloraj demandoj de la tuta ĉernobila epopeo: pri ĝustatempeco kaj kvalito de rimedoj por protekti la homojn kontraŭ postsekvoj de la akcidento.
편지 작성자들은 체르노빌 서사시 전체에서 가장 고통스러운 질문 중 하나인 사고의 결과로부터 사람들을 보호하기 위한 조치의 적시성과 적정성 수준에 관해 다른 사람들과 함께 이야기했습니다.

Tiu demando daŭre maltrankviligas multajn milojn da homoj, ĝi ĝis nun sonas en konfidaj konversacioj en malvasta rondo, en familioj, sed ial honteme mankas en malfermitaj elpaŝoj de la gvidantoj de la urba, provinca, respublika niveloj.
그 질문은 수천 명의 사람들을 계속해서 걱정하게 하고, 가족과 좁은 범위의 비밀 대화에서 여전히 들리지만, 어떤 이유에서인지 그것은 도시, 지방, 공화당 수준의 지도자들의 공개 단계에서 부끄럽게도 빠져 있습니다.

Mi opinias, ke interesoj de la publikeco - tiu gravega faktoro de la rekonstruo de nia socio en la spirito de la 27-a Kongreso de la partio - postulas principeman kaj apertan pridiskuton de tiu problemo. Tempas demeti de ĝi la kovrilon de mistero.
제 27차 당 대회의 정신으로 우리 사회를 재건하는데 매우 중요한 요소인 홍보의 이익은 이 문제에 대한 원칙적이고 열린 토론이 필요하다고 생각합니다. 신비의 덮개를 벗어던질 때입니다.

Se la aŭtoroj de la letero kaj tiuj, kiuj konsentas kun ili (kaj tiaj estas dekmiloj) estas en io malpravaj, se ĉio estis farita ideale, do necesas konvinke pruvi kaj klarigi tion.
편지 작성자와 그들에게 동의하는 사람들 (그리고 그런 사람이 수만 명)이 뭔가 잘못 된 경우, 모든 것이 이상적으로 이루어지면 이것을 설득력있게 증명하고 설명해야합니다.

Mi timas, tamen, ke fari tion estas malfacile, se ne maleble.
내가 두려워하는 것은, 그렇게 하는 것이 불가능하지는 않더라도, 어렵다는 것입니다.

Mi ne prenas al mi la rolon de juĝanto aŭ akuzanto - nun, multajn monatojn post la akcidento estas facile svingi per pugnoj.
저는 판사나 고소인의 역할을 하지 않습니다. 사고가 난 지 몇 개월이 지난 지금은 주먹을 휘두르기 쉽습니다.

Mi ne volas akcepti la pozon de ĉioscianta prokuroro. Sed mi volas tamen kompreni - kio okazis?
전지전능한 검사의 태도를 받아드리고 싶지 않습니다. 그러나 나는 여전히 이해하고 싶습니다 - 무슨 일이 있었는지를?

Multaj pripjatjanoj (ni rememoru la rakonton de A. Perkovskaja) neniam forgesos la konsultiĝon, okazigitan matene la dudek sesan de aprilo en Pripjatj far la dua sekretario de Kieva provinca partia komitato V. Malomuĵ, kiu donis direktivon fari ĉion por tio, ke daŭriĝu la kutima vivo de la urbo, kvazaŭ nenio okazis: la lernejanoj devis lerni, la vendejoj funkcii, la gejunulaj nuptofestoj, planitaj

por la vespero, devis okazi.
많은 프리피야트Pripjatj인들은 (페르코프스카야의 이야기를 기억하자) 4월 26일 아침에 프리피야트에서 키이우 지방 당 위원회 말로무즈의 제2 서기가 다음과 같이 지시한 것을 결코 잊지 못할 것입니다. 마치 아무 일도 없었던 것처럼 도시의 일상적인 삶을 이어가기 위한 모든 것: 학교 아이들은 공부해야 하고, 가게는 문을 열어야 하고, 저녁에 계획한, 청춘남녀의 결혼식 파티는 해야 했습니다.

Al ĉiuj nekomprenemaj demandoj estis donita la respondo: tiel necesas.
모든 이해할 수 없는 질문에 대한 답이 주어졌습니다. : 그렇게 필요한 것.

Al kiu - "necesas"? Por kio - "necesas"? Ni trankvile pridiskutu. De kiu necesis kaŝi la plagon? Sur kiuj juraj aŭ etikaj konsideroj sin bazis tiuj, kiuj akceptis tiun pli ol dubindan decidon?
누구에게 - "필요한 건가?" 무엇을 위해 - "필요하긴 한 건가?" 침착하게 의논합시다. 누구에게 대재앙을 숨길 필요가 있습니까? 그 결정을 의심스러운 것 이상으로 받아들인 사람들은 어떤 법적 또는 윤리적 고려 사항을 근거로 삼았습니까?

Ĉu ili sciis la veran skalon de la katastrofo? Se ili sciis, do kiel ili povis doni similan direktivon?
그들은 재난의 진정한 규모를 알고 있었습니까? 그들이 알았다면 어떻게 그런 비슷한 지시를 내릴 수 있었겠습니까?

Kaj se ili ne sciis - kial do ili hastis akcepti tian gravan respondecon? Ĉu matene la dudek sesan ankoraŭ ne estis sciataj la niveloj de radiado, abrupte kreskantaj rezulte de elĵeto de la hejtaĵo el AEC?
그리고 그들이 몰랐다면 - 왜 그들은 그렇게 중요한 책무를 서두르지 않았습니까? 26일 아침, 원전에서 열 방출로 인해 갑자기 증가하는 방사선 수준이 아직 알려지지 않았습니까?

Mi rememoras, kiel en unu el kievaj hospitaloj dum majaj tagoj mi ekvidis la virinon, loĝantinon de Pripjatj, kiu dum la fatala sabato, samkiel miloj de aliaj urbanoj, laboris en apuddoma ĝardeno proksime de la "Rufa arbaro" - pri ĝi mi jam rakontis.
나는 5월 동안 키이우의 한 병원에서 운명의 토요일에 수천 명의 다른 마을 사람들과 마찬가지로 "적황색 숲Rufa arbaro" 근처의 정원에서 일하고 있던 프리피야트 거주 여성을 본 것을 기억합니다. - 그녀에 대해서는 이미 이야기 한바 있습니다.

Ĉe ŝi estis diagnozitaj radiadaj brulvundoj sur piedoj. Kiu klarigos al ŝi, pro kio ŝi suferis tion?
그녀는 발에 방사선 화상 진단을 받았습니다. 그녀가 왜 이런 고통을 겪었는지 누가 설명해줄건가요?

Kaj la lernejanoj, kiuj, nenion sciante, ludis sabate dum interrompoj?
그리고 아무것도 모르고 토요일에 중간 휴식시간에 놀던 학생?

Ĉu ne eblis kaŝi ilin, malpermesi troviĝi ekstere?
그것을 숨기고 밖에 있는 것을 금할 수 없었습니까?

Ĉu iu kulpigus la gvidantojn pro tia "trosekuremo", eĉ se ĝi estus superflua?
그것이 불필요하더라도, 그러한 "과도한 안전"에 대해 지도자들을 비난할 사람이 있습니까?

Sed tiuj rimedoj ne estis superfluaj, ili estis ekstreme necesaj.
그러나 그러한 방법은 불필요한 것이 아니라 매우 필요했습니다.

Pro ironio de sorto tri tagojn antaŭ la akcidento en la lernejoj de Pripjatj estis aranĝitaj ekzercadoj pri civila defendo.
운명의 아이러니로 사고 3일 전에 프리피야트 학교에서 민방위 훈련이 실시되었습니다.

Oni instruis la infanojn, kiel uzi la rimedojn de individua protekto-vat-gazajn maskojn, gasmaskojn, fari desradioaktivigon.
아이들은 개인 보호 수단인 솜-가제 마스크, 방독면 사용으로 방열하는 방법을 배웠습니다.

Dum la tago de akcidento neniaj – eĉ la plej simplaj – rimedoj estis akceptitaj.
사고 당일에는 -가장 간단한- 조치도 취해지지 않았습니다.

Pro la situacio de sekreteco, ekreginta en Pripjatj tuj post la akcidento, estis tiel, ke eĉ respondecaj laborantoj de urbaj plenumkomitato kaj komsomola komitato ne sciis veran nive!on de radiado dum du diurnoj.
사고 직후 프리피야트에 만연한 비밀 상황으로 인해 시 집행위원회와 콤소몰 위원회의 담당자들조차 이틀 동안 실제 방사능 수치를 알지 못할 정도였습니다.

Oni kontentiĝis per onidiroj, rampantaj laŭ la urbo, per neklaraj aludoj de konatoj, per multsignifaj rigardoj de dozometristoj...
도시내에 확산하는, 지인의 막연한 추정과, 측정기사의 모호한 표정...등으로 사람들은 소문에 만족했습니다.

Sed ja la urba aktivularo devis labori en tiaj lokoj, kie la nivelo de radiado estis jam neallaseble alta.
그럼에도 도시 활동가들은 방사선 수준이 이미 수용할 수 없을 정도로 높은 장소에서 일해야 했습니다.

Ĉu estas mirinde, ke en tia situacio de plena"ŝtopo" de informoj pluraj homoj, cedinte al la onidiroj, komencis foriri laŭ tiu vojo, kiu iris tra la "Rufa arbaro".
이런 정보 '차단' 상황에서 여러 사람들이 소문에 의존하고 '적황색 숲Rufa arbaro'을 지나는 그 길을 따라 떠나기 시작한 것은 이상한 일이 아닙니다.

Atestantoj rakontas, kiel laŭ tiu vojo, jam plenforte radiumanta, iris virinoj kun infanĉaretoj...
증언자들은, 이미 충분히 방사선에 피폭된 그 길을 유모차를 끌고 걸어갔다고 말합니다...

Ĉu eble, konsiderante neordinarecon kaj neatenditecon de la situacio, ne eblis agi alimaniere?
상황의 이례성과 의외성을 감안할 때 달리 행동할 수 없는 것은 아닐까요?

Ne.
그래요 아닙니다.

Specialistoj diras, ke eblis kaj endis agi alimaniere: necesis nur anonci en la urbo laŭ la loka radio pri ebleco de danĝero, mobilizi la urban aktivularon por efektivigo de limigaj rimedoj, ne lasi eksteren tiujn, kiuj ne estis okupitaj en la laboroj pri likvido de la akcidento, fermi fenestrojn, aranĝi senprokrastan jodan profilaktikon de la loĝantaro.
전문가들은 그것이 가능했고 다르게 행동했어야 한다고 말합니다 : 위험 가능성에 대해 지역 라디오를 통해 당국이 발표하는 것이 필요했습니다. 제한 조치의 시행을 위해 도시 활동가를 동원하기 위해, 사고 청산 작업에 참여하지 않은 사람들을 제외하지 않고, 창을 닫고 인구의 즉각적인 요오드 예방을 준비해야했습니다.

Kial do tio ne estis farita?
왜 그렇게 하지 않았는지요?

Verŝajne, tial, ke la doktrino de totala bonstato kaj certaj kaj tutnepraj triumfoj, ĝojo kaj sukcesoj, penetrinta dum la lastaj jardekoj la sangon kaj karnon de pluraj gvidantoj, ludis ankaŭ tie ĉi fatalan rolon, silentigis iliajn voĉon de konscienco, postulon de profesia, partia civitana devo: savi la homojn, fari ĉion, kio estas en homaj fortoj, por preventi la plagon.
따라서 아마도 지난 수십 년 동안 여러 지도자들의 피와 살에 침투한 완전한 웰빙과 확실하고 절대적으로 필요한 승리, 기쁨, 성공의 교리가 여기에서도 치명적인 역할을 하여 양심의 목소리를 침묵시켰을 것입니다. 전문적인 정당의 시민 의무 요구:

재앙을 비껴가기 위해, 인간의 위력속에 있는 모든 능력을 동원해서 사람들을 구조하는 일.

Malbelas en tiu situacio la rolo de la eksa direktoro de AEC Brjuhanov, kiu pli frue ol aliaj kaj pli bone ol aliaj komprenis, KIO efektive okazis en la centralo kaj ĉirkaŭ ĝi.
그런 상황에서 추악한 것은 원전 브류하노프AEC Brjuhanov의 전 이사의 역할입니다. 그는 다른 사람들보다 더 일찍, 발전소와 그 주변에서 실제로 일어난 일을 다른 사람들보다 잘 알고 있었습니다.

La gradon de lia kulpo determinas la jurorganoj. Sed ne eblas solan Brjuhanov kulpigi pri la pekoj de aliaj oficialuloj.
그의 죄질 정도는 사법 당국에 의해 결정됩니다. 그러나 다른 관리들의 죄에 대해 브류하노프만을 탓할 수는 없습니다.

Ja ekzistas ankaŭ morala justico: kiel povis okazi, ke la kuracistoj de Pripjatj, la gvidantoj de la medicinsanitara servo V.Leonenko kaj V.Peĉerica, unu el la unuaj eksciintaj pri la ekstreme malfavora radioaktiva situacio (ja ĝis la mateno estis enhospitaligitaj jam dekoj da homoj kun danĝera formo de radiada malsano), ne komencis alarmigi ĉiujn, krii de la tribuno de la konsultiĝo sabate matene pri la venanta plago?
실제로 도덕적 정의도 있습니다. 어떻게 프리피야트의 의사들이, 의료 및 위생 서비스의 지도자 레오넨코V.Leonenko 그리고 극도로 불리한 방사능 상황에 대해 처음으로 알게 된 사람들 중 한 사람 페체리짜V.Peĉerica가 모두에게 알람을 누르고 (아침까지 수십 명의 사람들이 이미 위험한 형태의 방사선 질환으로 입원), 다가오는 재앙에 대해 토요일 아침 자문 트리뷴에서 소리를 지르며 모두를 놀라게 하겠습니까?

Ĉu la malĝuste konceptitaj konsideroj de subordiĝo, senkondiĉa kaj senpensa plenumo de la "direktivoj desupre", sekvado de malperfektaj kaj kompatindaj oficaj instrukcioj ŝtopis en iliaj animoj fidelecon al

la ĵuro de Hipokrato — la ĵuro, kiu estas por la kuracisto la supera morala leĝo?
“위로부터의 지시”에 대한 종속, 무조건적이고 생각없는 준수에 대한 잘못된 생각은 무엇입니까? 불완전하고 측은가련한 공식 지시에 따라 그들의 영혼에 박힌 히포크라테스의 맹세, 즉 의사를 위한 최고의 도덕률에 대한 충성?

Cetere, la dirita koncernas ne nur tiujn, fakte, ordinarajn kuracistojn, sed ankaŭ al multaj pli supraj medicinistoj - ni menciu almenaŭ la eksan vicministron pri sanprotekto de USSR E.Vorobjov.
더욱이, 위에 말한 바는 사실 일반 의사들뿐만 아니라 더 많은 고위 의료 전문가들에 관한 것입니다. 적어도 전 소련 건강 보호 차관 보로비요프Vorobjov를 언급합시다.

Kiel ajn estu, sed hodiaŭ klaras, ke la mekanismo de akcepto de respondecaj decidoj, ligitaj kun sanprotekto de la homoj, ne eltenis seriozan ekzamenon.
그것이 가능하지만 오늘날 사람들의 건강 보호와 관련된 책임있는 결정을 받아들이는 메커니즘이 진지한 검토를 거치지 않았다는 것이 분명합니다.

Ĝi estas komplika, multŝtupa, trocentraligita, malrapida, burokrateca kaj neefika ĉe impete disvolviĝantaj eventoj.
그것은 복잡하고, 다단계적이며, 지나치게 중앙 집중화되고, 느리고, 관료적이며 빠르게 전개되는 이벤트(사안)에서는 비효율적입니다.

Multnombraj akordigoj kaj kunordigoj sekvigis tion, ke preskaŭ diurno estis bezonata por akcepti memkompreneblan decidon pri evakuado de Pripjatj.
프리피야트 대피에 대한 자명한 결정을 받아들이는 데 거의 하루가 필요하다는 사실에 따라 수많은 화해와 조정이 이루어졌습니다.

Evakuado de Ĉernobil kaj vilaĝoj de la distrikto estis prokrastita je ankoraŭ pli longa periodo - ok tagoj.
체르노빌과 지역 마을의 대피는 8일이라는 더 긴 기간이나 지연되었습니다.

Ĝis la dua de majo neniu el la plej altaj gvidantoj de la respubliko vizitis la lokon de la akcidento.
5월 2일까지 공화국의 최고 지도자들은 사고 현장을 방문하지 않았습니다.

Kial do la homoj, havantaj grandan potencon, grandajn privilegiojn, sed ankoraŭ pli grandan moralan respondecon, alkutimiĝintaj dum la tagoj de solenado kaj jubileoj esti videblaj, - kial do ili ne dividis kun sia popolo ĝian plagon, kial tiaj nesupereblaj iĝis por ili tiuj malmultaj kilometroj, kiuj distancigas Kiev de Ĉernobil?
그러면 큰 권세와 큰 특권을 가진 백성이 어찌하여 대축일과 희년에 익숙해진 도덕적 책임이 더 크겠습니까? - 왜 그들은 그

재앙을 자신의 인민들과 공유하지 않았습니까? 왜 키이우와 체르노빌을 분리하는 몇 킬로미터가 그들에게 넘을 수 없게 되었습니까?

De kie estas tia morala senkompato rilate al siaj samlandanoj? - Multe pli poste ol la akcidento de Ĉernobil okazis malfeliĉo en unu el minejoj de Donecka baseno.
동족에 대한 그러한 도덕적 무자비함은 어디에서 연유하는지? - 체르노빌Ĉernobil 사고보다 훨씬 나중에 돈네크 분지의 광산 중 한 군데서 사고가 발생했습니다.

Kaj la gvidanto de respublika nivelo, veninta tien, elpasante en la Centra televido, ne trovis en si simplajn homajn kunsentajn vortojn pri la granda malfeliĉo, sed komunikis, ke la minejo funkcias en "normala laborritmo"...
그리고 공화당 수준의 지도자는, 거기에 와서, 중앙 텔레비전에 출연하여, 큰 불행에 대한 인간의 이해의 단순한 말을 찾지 못했습니다. 그러나 광산이 "정상적인 작업"으로 가동하고 있음을 알렸습니다...

Kio okazis al ni? Kiam do ni denove iĝos homoj?
우리에게 무슨 일이 일어났는가요? 우리는 언제 다시 인간이 될까요?

Kiel ajn estu, sed en Moskvo pli rapide, ol en la ĉefurbo de Ukrainio, oni ekkonsciis, ke en Ĉernobil

okazas io tre maltrankviliga kaj eksterordinara, kaj entreprenis rezolutajn, tiom necesajn agojn.
그럴 수도 있겠지만, 우크라이나의 수도보다 모스크바에서 더 빨리 사람들은 체르노빌에서 매우 혼란스럽고 비범한 일이 일어나고 있다는 것을 알게 되었고 단호하고 필요한 조치가 취해졌습니다.

Nur la vizito de la regiono de Ĉernobil far E.K.Ligaĉov kaj N.I.Riĵkov la duan de majo ludis decidan rolon en disvolvo de aldonaj rimedoj por limigo kaj supero de la skalo de la akcidento.
5월 2일 리가초프E.K.Ligaĉov와 리즈코프N.I.Riĵkov의 체르노빌 지역 방문만이 사고 규모의 제한과 극복을 위한 추가 조치 전개에 결정적인 역할을 했습니다.

Ni hodiaŭ multe parolas pri la nova pensmaniero.
우리는 오늘 새로운 사고思考방식에 대해 많이 이야기합니다.

Ĝin devas ekposedi ne nur la elektitaj homoj, kreantaj internacian politikon, sed ankaŭ tiuj, kiuj estas en la denso de la ciutaga popola vivo - kaj ĉefuloj de ĉiuj niveloj, kaj ordinaraj civitanoj.
그것은 국제정치를 조성해가는 선택된 사람들의 소유여야 할 뿐만 아니라, 각급의 지도자들과 일반 시민들의 일상생활에 깊숙이 박혀 있는 사람들의 소유여야 합니다.

Eduki tiun novan pensmanieron endas de la lerneja tempo.

새로운 사고 방식을 교육하는 것은 학교에서 해야할 일입니다.

Kaj en ĝia fundamento devas esti metitaj kiel profundaj specialaj scioj, kapablo rapide taksi situacion kaj rapide reagi al ĝiaj ŝanĝoj, samtiel firmaj moralaj principoj, kapablo defendi siajn opiniojn, ne timante koleron de la “pli supraj”.
그리고 그 기초에는 깊은 특수 지식, 상황을 신속하게 평가하고 변화에 신속하게 대응하는 능력, 확고한 도덕 원칙, “상위층”의 분노를 두려워하지 않는 자신의 의견을 방어하는 능력이 있어야 합니다.

UNU EL "MALGRANDA FUTBALA TEAMO"
"작은 축구팀" 중 하나

"Sur la fotaĵo nia teamo "All Stars" aspektas, kiel skemo de kvanta kresko de la homaro ekde la tempo de Malthus ĝis niaj tagoj.
"사진에서 우리 팀 "올 스타즈All Stars"는 말투스Malthus 시대부터 우리 시대까지 인류의 양적 성장 계획처럼 보입니다.

Ni staras sur ponteto super maro, preninte je manoj unu la alian, la tuta teamo, de la plej malgranda ĝis la plej granda.
우리는 작은 것부터 큰 것까지 팀 전체가 서로의 손을 잡고 바다 위의 작은 다리 위에 서 있습니다.

La unua estas Maksim, la dua - Bondi, la tria - Jurek, la kvara - Slavko, la kvina Iljko, la sesa - Ljonja, la - sepa - la patro de Ljonja, kiu ial trafis en nian kompanion, la oka kaj la lasta estas mi (180 centimetrojn alta, 95 kilogramojn peza).
첫 번째는 막심Maksim, 두 번째는 본디Bondi, 세 번째는 유렉 Jurek, 네 번째는 슬라브코Slavko, 다섯 번째는 일리코Iljko, 여섯 번째는 료냐Ljonja, 일곱 번째는 료냐Ljonja의 아버지입니다. 어떤 이유에서인지 우리 회사에 있었고 여덟 번째와 마지막은 나 (키 180cm, 몸무게 95kg).

Ni firme tenas nin je manoj, kvazaŭ viva ĉeno de generacioj, kaj, ŝajnas, nenia forto povos disŝiri kaj

disigi nin.
우리는 마치 살아있는 세대의 사슬처럼 손으로 서로를 단단히 잡고 있으며, 우리의 어떤 힘도 우리를 찢고 갈라놓을 수 없을 것 같습니다.

La unua staras malgranda Maksim, kaj mi miras, kial sur la fotaĵo li ne havas anĝelajn flugilojn?
막심 꼬마가 먼저 섰는데 왜 사진에 천사 날개가 없는지 놀랍니다.

Mi mem vidis tiujn blankajn kun oro flugilojn, ili pendas en lia hejmo sur la muro; eble, lia patro, timante, ke Maksim ne trafu inter elektrodratoj, kiuj tiom multas en la urbo, malpermesas al Maksim uzi tiujn flugilojn.
나는 금으로 된 흰 날개를 보았고, 그들은 그의 집 벽에 걸려 있습니다.: 아마도 그의 아버지는 막심이 도시에 너무 많은 전선 사이에 떨어질 것을 두려워하여 막심이 그 날개를 사용하는 것을 금지했을 것입니다.

Kaj eble, ekzistas ankoraŭ iu nekonata por mi kaŭzo.
그리고 어쩌면 아직까지도 나에게 알려지지 않은 이유가 있을지도 모릅니다.

Ajnakaze, mi ne havas dubojn pri la anĝela deveno de Maksim. Fragilan korpon kaj maldikan koleton kronas granda altfrunta kapo; hararo estas ronde

tondita. Sur la vizaĝo brilas grandegaj bluaj okuloj - brilas ĉiam bonvoleme al ĉio, kio ĉirkaŭas Maksim".
어쨌든 나는 막심의 천사 혈통에 대해 의심의 여지가 없습니다. 연약한 몸과 얇은 목 위에는 큰 눈썹이 달린 머리가 있습니다.: 머리카락은 둥글게 잘랐고. 거대한 푸른 눈이 그의 얼굴에 빛나고, 항상 막심을 둘러싸고 있는 모든 것에 자비롭게 빛나고 있습니다."

Mi petas pardonon de la leganto pro la memcitaĵo, sed ĝi estas simple necesa: tio estas eltiraĵo el mia rakonto "Malgranda futbala teamo", verkita en 1970.
자기 인용에 대해 독자에게 사과를 요청하는 바입니다. 그러나 그것은 단순히 필요한 것입니다. 이것은 1970년에 작성된 제 이야기 "작은 축구 팀"에서 발췌한 것입니다.

La rakonto estis dediĉita al la memoro de la juna kieva poeto Leonid Kiselev, mortinta pro akuta leŭkozo.
이 이야기는 급성 백혈병으로 사망한 젊은 키이우 시인 레오니드 키셀레프Leonid Kiselev를 기리기 위해 만들어졌습니다.

Preskaŭ ĉiuj herooj de tiu rakonto estas realaj homoj, kvankam ĝi estas verkita en groteske-fantastika maniero.
그 이야기의 거의 모든 영웅은 그로테스크하고 환상적인 방식으로 작성되었지만 실제 인물들입니다.

Kaj la malgranda futbala teamo ekzistis, estis Jurek,

Bondi, Slavko, Iljko kaj, certe, Maksim.
그리고 작은 축구 팀이 실존했고, 유렉, 본디, 슬라브코, 일리코 그리고 물론 막심이 있었습니다.

Maksim Draĉ. Filo de la granda poeto de Ukrainio Ivan Draĉ.
막심 드라치Maksim Draĉ. 우크라이나의 위대한 시인 이반 드라치Ivan Draĉ의 아들.

Mi delonge konas kaj amas Maksim kaj aŭdacas certigi la leganton, ke mi neniom troigis, kiam mi priskribis lian anĝelan aspekton kaj trajtojn de la karaktero.
나는 오랫동안 막심을 알고 사랑했으며 그의 천사 같은 외모와 성격을 설명 할 때 내가 과장하지 않았다는 것을 독자들에게 확신시켰습니다.

Mi devas diri, ke Maksim restis tia, malgraŭ ĉiuj ŝanĝiĝoj de voĉo kaj tio, ke li kreskis je maldika kaj svelta kiel stango knabo: li restis tre bonkora kaj tre hela knabo, kvankam ĉu li hodiaŭ estas knabo?
나는 목소리의 모든 변화와 폴 보이처럼 왜소하고 날씬한 성장에도 불구하고 막심이 그대로 남아 있다고 말해야 합니다. 그는 여전히 매우 친절하고 매우 밝은 소년이었습니다. 비록 그가 오늘날도 소년일지 모르지만?

En 1974 Ivan Draĉ publikigis la libron "Radiko kaj krono", enhavantan ciklon de poemoj, dediĉitaj al la

konstruistoj de Ĉernobila atoma elektrocentralo kaj la urbo Pripjatj.
1974년 이반 드라치Ivan Draĉ는 체르노빌 원자력 발전소와 프리피야트 시의 건설자들에게 헌정된 시의 순환이 포함된 "뿌리와 왕관"이라는 책을 출판했습니다.

La ĉefmelodio de tiuj poemoj estis optimisma, kaj tio estas natura: ja ĝuste Ivan Draĉ eniris - ne, ne eniris, sed rakete enflugis en la ukrainan poezion kiel heroldo de novaj tempoj, de novaj potencaj ritmoj de la epoko de la scienc-teknika revolucio.
그 시들의 주요 멜로디는 낙관적이었고, 그것은 자연스러운 것이었습니다. 결국 이반 드라치가 들어갔습니다. - 아니요, 그는 들어가지 않았습니다. 그러나 과학-기술 혁명 시대의 새롭고 강력한 리듬의 새로운 시대의 전령으로서 우크라이나 시詩로 급부상했습니다.

Li havas versaĵojn pri genetiko, cibernetiko, pri fizikistoj-atomistoj; la profundaj folkloraj, kantaj principoj de la ukraina poezio en mirinda maniero kombiniĝas ĉe li kun la akra percepto de tiu "stranga mondo", al kiu impete alkuris la civilizo de la 20-a jarcento.
그는 유전학, 사이버네틱스, 물리학자-원자학자에 관한 글을 가지고 있습니다. 깊은 민속, 우크라이나 시의 노래 원리는 20세기 문명이 달려온 "이상한 세계"에 대한 날카로운 인식과 놀라운 방식으로 결합됩니다.

En la versaĵo "Legendo de Polesje" la rivero Pripjatj dialogis kun la birdoj kaj fiŝoj, alarmiĝintaj pro la atoma najbareco.
"폴레셰의 전설"이라는 구절에서 프리피야트 강은 원자의 근접성에 놀란 새와 물고기와 대화를 주고 받았습니다.

La rivero klarigis, ke por Atomo oni "palacon el ŝtalo konstruas - kaj post deko da jaroj laŭ la tuta mondo oni kreos por ĝi neŝanceleblajn atomajn tronojn".
그 강은 아톰을 위해 "강철 궁전이 건설되고 있으며 10년 후에는 전 세계에 흔들리지 않는 원자 왕좌가 만들어질 것"이라고 설명했습니다.

Jam en tiu, sufiĉe romantika percepto de konstruado de Ĉernobila AEC, tra la braveca versa toneco traglitis la apenaŭ kaŝata maltrankvilo pri la sorto de la naturo de Polesje, impresinta la poeton per sia praa pureco.
체르노빌 원전 건설에 대한 다소 낭만적인 인식에서 용감한 운문 조성은 고대 순수성으로 시인에게 깊은 인상을 준 폴레셰 자연의 운명에 대한 간신히 숨겨진 불안을 통과했습니다.

Ankoraŭ pli maltrankvila, intue[37] aŭgura iĝis alia versaĵo de Draĉ el la sama ciklo:
같은 주기의 드라치의 또 다른 구절은 훨씬 더 불안하고 직관적으로 불길해졌습니다.

---

37) intu-o → intuicio. <철학> 직감(直感), 직관, 예감.

“Maria el Ukrainio - n-ro 62276: de Oświęcim ĝis la Ĉernobila atoma”, en kiu la poeto rakontis pri Maria Jaremovna Serdjuk, konstruistino de Pripjatj, la homo de mirinda sorto, simpla ukraina virino, trairinta la inferon de Oświęcim kaj restinta neŝancelita en sia bonkoreco kaj amo al la homoj.
“우크라이나의 마리아 - 번호 62276: 오시비엥침Oświęcim에서 체르노빌 핵까지”, 시인은 오시비엥침의 지옥을 통과하고 남은 단순한 우크라이나 여성인 놀라운 운명의 사람인 프리피야트의 건축가 마리아 야레모브나 세르듀크Maria Jaremovna Serdjuk에 대해 이야기했습니다. 그의 친절과 사람들에 대한 사랑에 흔들리지 않습니다.

“Malgranda virina sorto, fenikse vi super Oświęcim flugis kaj brilis por lumigi la Atomurbon apud Pripjatj”, - tiel finis tiun versaĵon la poeto.
“작은 여자의 운명은, 불사조처럼 오시비엥침 위로 날아가 프리피야트 근처의 원자도시를 밝히기 위해 빛났습니다” - 시인은 이 구절을 이렇게 끝맺었습니다.

Kiaj neklaraj, maltrankvilaj bruoj naskiĝis en lia animo dum tiuj tagoj, kiam en la lando de riveretoj, sablejoj kaj pinoj nur skiziĝis la unuaj konturoj de la atomcentralo, ombrumanta[38] la Kievan maron kaj Kiev?
개울, 모래톱과 소나무가 드리운 그 대지大地에서 키이우 바다

38) ombrumi <他> (그림) 그림자를 그리다.

와 키이우의 그림자를 그늘지게하는 원자력 발전소의 첫 번째 윤곽만 스케치되었을 때, 그 당시 그의 영혼에서 얼마나 막연하고 불안한 소음이 일었을지?

Ĉu povis pensi Ivan Draĉ, ke lia filo, Maksim, devos iri por batalo kontraŭ la atoma plago de Ĉernobil?
이반 드라치는 그의 아들 막심이 체르노빌의 원전 재앙에 맞서 싸워야 한다고 생각했을까요?

Maksim Ivanović Draĉ. 22-jaraĝa, studento de la sesa jaro de la kuraca fakultato de Kieva medicina instituto: "Pri la akcidento mi unuafoje ekaŭdis matene dimanĉe, la dudek sepan de aprilo.
막심 이바노비치 드라치. 22세, 키이우 의과대학 6학년 학생: "4월 27일 일요일 아침에 사고 소식을 처음 들었습니다.

Mi laboras en la reanimeja[39] bloko de kardiologia[40] centro de la hospitalo "Oktobra Revolucio".
나는 "10월혁명" 병원의 심장 센터의 중환자 재생실에서 일합니다.

Mi laboras kiel helpkuracisto.
Kiel la ĉefa, tie, kien oni sendas.
의사 조수로 일하고 있습니다.
그 병원에 가면 의례껏 일하게 되는 분야입니다.

---

39) reanimi . Redoni movojn al haltinta koro aŭ spiraparato.
40) kardiologio . Parto de la medicino pri la kormalsanoj.

Mi venis matene je la naŭa horo por deĵoro.
Je duono antaŭ la deka unu virino (ŝia edzo estas majoro de interna servo) diris: "Oni ien prenis mian edzon, ŝajne iu atomcentralo eksplodis, sed mi pensas, ke tio estas ŝerco".
나는 근무로 아침 9시에 출근했습니다. 11시 반에 한 여성 (남편은 내부 서비스 전공자)은 "남편을 어딘가로 데려갔고, 원자력 발전소가 폭발한 것 같지만 농담인 것 같아요."라고 말했습니다.

Sed je la dek dua tage oni telefonis al ni kaj diris, ke lige kun la akcidento en Ĉernobila AEC ni kune kun la fako de ĝenerala reanimado devas aranĝi kvardek litojn sur la kvara etaĝo.
그러나 아침 12시에 그들은 우리에게 전화를 걸어 체르노빌 원전 사고와 관련하여 일반 소생술 부서와 함께 4층에 40개의 침대를 배치해야한다고 말했습니다.

Nia bloko estas sur la dua etaĝo. Mi iris sur la kvaran prepari la fakon. La malsanulojn oni transportis en aliajn fakojn, ŝanĝis littolaĵojn, preparis ĉiujn medikamentojn, - sangoanstataŭaĵojn kaj alion. Neniu sciis, kion ni frontos.
우리 블록은 2층에 있습니다. 학과를 준비하기 위해 4층으로 갔습니다. 환자들은 다른 부서로 이송되었고 침대 시트가 바뀌었고 모든 약이 준비되었습니다 - 대용혈액 및 기타. 우리가 어떤 상황에 직면할지 아무도 몰랐습니다.

Je la sesa vespere oni diris al ni, ke en la akceptejo

jam estas la unuaj malsanuloj el Pripjatj.
저녁 6시에 프리피야트의 첫 번째 환자가 이미 접수부에 있다는 소식을 들었습니다.

Ni iris ilin akcepti - niaj deĵorantaj kuracistoj, kuracistoj el la fako de radioizotopa diagnozado kaj ĝenerala reanimado.
근무 중인 의사, 방사성 동위원소 진단 및 일반 소생술 부서의 의사를 데리러 갔습니다.

Ni ekvidis ilin. Tio estis plejparte junaj knaboj - fajrobrigadanoj kaj laborantoj de AEC.
우리는 그들을 찾았습니다. 이들은 소방관과 원전 직원 등 대부분 어린 소년들이었습니다.

Dekomence ili iris supren kun siaj aĵoj, sed poste alkuris timigita kuracisto-dozometristo kaj kriis:
"Kion vi faras? Ja ili "radias[41]"!"
처음서부터 그들은 용품을 가지고 위층으로 갔지만, 겁에 질린 의사-방사능측정기사가 달려 와서 소리쳤습니다.
"뭐하세요? "방사선이 방출" 되고 있습니다!"

Oni malsuprenigis ĉiujn, kontrolis kaj kondukis ilin bani ne al la enirejo, sed al la fako de radioizotopa diagnozado, en kiu la tuta akvo estas kolektata en

41) radii ①[자] 빛을 내다, 방사(복사)하다. ②(문화 따위가)사방으로 퍼지다(전파되다), 멀리 영향을 미치다. ③(길 따위가)방사상으로(사방팔방으로) 뻗다.

kontenerojn kaj elportata.
그들은 전원全員을 아래로 집합시켜, 검진하고 그리고는 출입구가 아닌 목욕실로 안내하였습니다. 그러나 모든 물을 용기에 모아서 방사성 동위 원소 진단 부서에 보내고 그리고는 다른데로 실어보냈습니다.

Tio estis saĝe, ĉar la akceptejo ne estis poluciita.
Oni donis al ili niajn operaciajn piĵamojn kaj en tia aspekto kondukis supren.
입구는 오염되지 않았기 때문에 현명한 조치였습니다.
그들에게 우리의 수술용 병원복을 나누어주고 그리고 그런 상태로 위층으로 인도되었습니다.

La unuaj estis dudek ses personoj. Mi vizitis ilin supre.
첫 번째 팀은 스물여섯 명이었습니다. 나는 그들을 위층으로 방문했습니다.

Ni ne tro ilin pridemandis, ni ne havis eblecon. Ĉiuj ili plendis je kapdoloroj, malforteco.
우리는 그들에게 너무 많은 질문을 하지 않았고 할 수 도 없었습니다. 그들 모두는 두통을 호소하며, 기력이 떨어진다고 불평들했습니다.

Estis tia kapdoloro, ke jen staras grandega dumetra knabo, batiĝas per kapo kontraŭ malvarma muro, diras: “Tiel al mi estas pli bone, tiel malpli doloras la kapo”.

키가 2미터나 되는 덩치 큰 소년이 서서 차가운 벽에 머리를 부딪치며 말했습니다. : “이렇게라도 해야 기분이 좋아지고 머리가 덜 아프다니까요.”

Ni tuj komencis kuraci ilin, transfuzi[42] glukozon.
우리는 즉시 포도당을 수혈하고는 곧바로 치료를 시작했습니다.

Oni tuj aranĝis por ĉiuj pogutigilojn, oni organizis tion bone.
모든 수혈액 조절기를 잘 정리했고, 그런것들을 잘 처리하도록 단련돼 있었습니다.

Mi kuradis inter la bloko kaj fako. Ĉar mi laboras en la hospitalo jam tri jarojn, mi ĉiujn konas, scias, kie kion preni, mi iris por sistemoj, por diversaj teknikaj aferoj, por tio kaj alia.
나는 블록과 부서 사이를 뛰어다녔습니다. 3년 동안 병원에서 일해왔기 때문에, 나는 모두를 알고, 이것 저것을 위한 시스템과 다양한 기술 문제를 위해 무엇을 해야 하는지 파악하고 있었습니다,

Tie estis mia samkursano, Andrej Savran.
Ankaŭ li laboras en la reanimejo, nur en la ĝenerala. Li fakte tiutage ne laboris, li simple venis al la katedrejo forpreni siajn fotoinstalaĵojn.
같은 반 친구인 안드레이 사브란Andrej Savran이 있었습니다. 그는 또한 회생병원에서 일하고 있는데, 단지 일반 치료실에서만.

42) transfuz-i [타] <의학> 수혈(輸血)하다. ˜o 수혈(輸血).

그는 그날 실제로 일은 하지 않았고, 단순히 자신의 사진설치기구들을 가져가기 위해 강당에 왔습니다.

Kaj li restis labori. Se necesas - do necesas. Tie estis tre multe da kuracistoj kaj personaro.
그리고 그는 계속 일했습니다. 필요한 경우 - 필요하다면. 그곳에는 아주 많은 의사와 직원들이 있었습니다.

La malsanuloj rakontis al ni, ke brulas, ke eksplodis la reaktoro, ke oni ŝarĝis sablon, sed pri tio, kio okazis konkrete, ni ne havis tempon paroli, kaj ilia stato estis ne por konversacioj.
환자들은 우리에게, 원자로폭발로 불이 붙었고, 모래를 쌓고 있다는 이야기들을 했습니다. 그러나 우리는 실제로 일어난 사건에 대해 이야기 할 시간이 없었고, 그들은 대화를 할수있는 상태가 아니었습니다.

Mi deĵoris ĝis mateno. Sekvatage mi iris, kiel kutime, al la lekcioj en la medicinan instituton.
나는 아침까지 근무했습니다. 다음날 나는 평소와 같이 의료학회에 강의를 들으러 갔습니다.

La unuan de majo mi denove deĵoris, sed jam en la kardiologia bloko. Mi sciis, ke estas jam pli multe da malsanuloj, kaj ke oni intencas liberigi por ili ankoraŭ unu etaĝon. La okan.
5월 1일에 다시 근무했지만, 벌써 심장병동에 있었습니다. 나는 이미 더 많은 병자들이 있다는 것을 알고 있었고, 그것은 그들을 위해 한 개 층을 더 비워두기 위한 것이었습니다. 여덟 번째.

La duan de majo oni komunikis laŭ televido, ke en la regionon de Ĉernobil venis E.K.Ligaĉov kaj N.I.Riĵkov, kaj mi pensis, ke nin, studentojn-medicinistojn, oni ne malbezonos, se jam sur tia nivelo estas la afero.
5월 2일, 텔레비전에서 리가초프와 리즈코프가 체르노빌 지역에 왔다고 발표했는데, 이미 그런 수준이라면 의대생인 우리는 필요하지 않을 것이라고 생각했습니다.

Pure analize mi kalkulis, ke multe pli facile estas kolekti organizitajn studentojn, ol la kuracistojn tra la hospitaloj.
순수하게 분석해서, 나는 병원을 통해 의사보다 조직적인 학생들을 모으는 것이 훨씬 쉽다고 봤습니다.

Kaj la kvaran de majo matene, dum la unua lekcio, venis nia vicdekano kaj diris, ke la knaboj prepariĝu, ke je la dek unua horo ni forveturos.
그리고 5월 4일 아침, 첫 수업 시간에 우리 부학장이 와서 소년들에게 11시에 떠날 준비를 하라고 말했습니다.

Mi iris hejmen, prenis jakon, sveteron, pantalonon, sportŝuojn, dorsosakon, ĉapon, ion por manĝi...
집에 가서 재킷, 스웨터, 바지, 운동화, 배낭, 모자, 먹을 것...들을 챙겼습니다.

Oni enbusigis nin en luksan buson, kiu veturigas eksterlandajn turistojn.
우리는 외국인 관광객을 태우는 호화 버스에 탔습니다.

Tien ni veturis bone. Sed ni revenis de tie kvardekpersone en la buso por dek ok lokoj. Ne gravas. Ni travivos.
그곳으로 우리는 잘 갔습니다. 그러나 우리는 40명씩 버스를 타고 18곳에 다녀서 돌아 왔습니다. 그것은 중요하지 않습니다. 우리는 살아남을 것입니다.

Antaŭ la forveturo ni kunvenis en la medicina instituto apud la katedro de radiologio, tie oni nin ĉiujn kontrolis.
떠나기 전 방사선과課 강당 옆 의료학회에 모여 모두 검진을 받았습니다.

La amplekso de laboro dekomence ne estis sciata.
Oni diris pri la laboro en malsanulejoj, hospitaloj - kaj eĉ tion, ke necesos teron ŝarĝi kaj tranĉeojn fosi.
작업 범위는 처음부터 알려지지 않았습니다. 그들은 환자실, 병원에서의 작업에 대해 말했습니다. - 심지어 흙을 쌓고 참호를 파야 할지도 모른다고 했습니다.

Mi kunprenis du operaciajn kostumojn kaj maskojn por ajna okazo.
만일을 대비하여 수술복 두 벌과 마스크를 가지고 갔습니다.

Ni enbusiĝis, la humoro estis gaja, ni ŝercis. Antaŭ la forveturo oni donis al ni kalian jodon.
우리는 버스에 탔습니다. 분위기는 쾌활했고, 농담도 했습니다. 출발 전에 요오드 칼륨을 받았습니다.

Tie unu ulo al ni kriis:"Kiam tiuj nenifaruloj fine forveturos?" - tiam iu sur lian kapon tra la fenestro verŝis el mezurilo tiun kalian jodon, kiam la buso estis startanta. Oni ridegis terure.
그곳에서 한 남자가 우리에게 소리쳤습니다. : - "그 못된 놈들이 마침내 언제 내보낼겁니까?" - 그때 버스가 출발할 때 누군가가 창문을 통해 미터기에서 그 요오드 칼륨을 그의 머리에 부었습니다. 그들은 허허잡고 웃었습니다.

Ni venis al Borodjanka, en la distriktan hospitalon. Oni distribuis nin laŭ vilaĝoj, laŭ hospitaloj.
Al ni venis unu tre grava medicina ĉefo el Moskvo, iom ebrieta. Li rakontis, pri kio ni okupiĝos, li diris, ke hodiaŭ komenciĝas evakuado de la 30-kilometra zono.
우리는 지역 병원인 보로얀키Borodjanka에 왔습니다. 우리는 병원별로 마을별로 배속되었습니다. 모스크바에서 매우 중요한 의료 국장이 약간 취한 상태로 우리에게 왔습니다. 그는 우리가 무엇을 할 것인지 말했고 오늘 30킬로미터 구역의 대피가 시작된다고 말했습니다.

Iu el la niaj demandis: "Kaj kio estas pri la seka

leĝo?"
Li diris: "Knaboj! Seka leĝo en la apudaj regionoj ne estas.
우리들 중에 누군가 질문을 했습니다. "그리고 마른 규칙은 무엇인지요?"
그는 말했습니다. 청년들! 옆나라에서는 그런게 없다네요.

Drinku, kiom da fordrinkos. Nur povu labori.
Nur memoru, ke vi estas studentoj-medicinistoj kaj ne trafu per la vizaĝo en la koton, ĉar ĝi estas radioaktiva".
많은 사람들이 마실 만큼 마셔. 그냥 일할 수 있는 만큼. 당신이 의대생이고 방사능이 있기 때문에 진흙에 얼굴을 부딪히지 않아야 한는다는 것을 기억하십시오."

Oni veturigis nin tra la vilaĝoj. Oni veturigis nin el vilaĝo en vilaĝon, lasadis por fortigo de medicina personaro.
그들은 우리를 마을로 보냈습니다. 의료 인력을 강화하기 위해 마을에서 마을로 돌아다니게 내버려두었습니다.

Mi trafis en Klavdievo. Ni dislokiĝis en la hospitalo, en la ĉambro por malsanuloj.
나는 클라브디에보Klavdievo에서 우연히 조우했습니다. 우리는 병원에서, 환자용 병실로 흩어졌습니다.

Ni estis duope kun la amiko Mikola Mihalević el Drogobić. Ni metis la havaĵojn, tio estis jam nokte,

kaj veturis al la vojo.
우리는 드로고비치Drogobić에서 온 친구 미콜라 미할레비치 Mikola Mihalević와 함께 2인1조가 되었습니다. 우리는 소지품을 정리해고, 이미 밤이 되어, 찻길로 차를 몰았습니다.

Ni tie haltis por kontroli la aŭtojn, kiuj veturis el Ĉernobila distrikto. Ni havis unu netransporteblan dozometron, kun kablo, ĝi funkciis de la aŭta energio, kaj du dozometrojn DP-5 kun piloj.
우리는 체르노빌 지구에서 운행하는 차를 확인하기 위해 거기에 멈췄습니다. 우리는 케이블이 있는 비휴대용 측정계 하나와 자동차 에너지로 작동하는 측정계와, 배터리가 있는 DP-5 측정계 두개를 가지고 있었습니다.

Nokte proksimume ĝis la dua horo ni staris, poste la ĉefkuracisto nin forveturigis kaj mi dormis ĝis la sesa horo.
밤에 우리는 약 2시까지 대기하다가, 주치의가 우리를 돌려보내 나는 6시까지 잤습니다.

Kaj je la sesa horo li diras: "Knaboj, iu unu, iru kun mi".
그리고 6시에 그는 “얘들아, 누가 한 사람 나와 함께 가자”라고 말합니다.

Mi alkutimiĝis en la laborejo tiel abrupte ellitiĝi kaj mi diris: “Mi veturos”. Ni veturis ien malproksimen, al la vojo.

너무 일터에서 갑작스럽게 일어나는 것이 익숙해져서 "내가 운전할게"라고 말했습니다. 우리는 길을 향해 멀리 어딘가로 운전해 갔습니다.

Mi memoras - estas kampo, kaj en la kampo estas desinfektaj kameroj, incendia aŭto, tablo, sur la tablo estas glasoj kaj pano.
나는 기억합니다 - 현장이 있고 현장에는 소독실, 소이 자동차, 테이블이 있으며 테이블에는 안경과 빵이 있습니다.

Kaj estas ambulancoj el Poltava kaj el Jitomir.
그리고 폴타바Poltava와 지토미르Jitomir에서 온 구급차가 있습니다.

Tie ni faris dozometran kontrolon - kontrolis la fonon en la busoj, sur vestaĵoj de la homoj.
그곳에서 우리는 방사선측정검사를 했습니다. - 버스에서, 사람들의 옷에서 확인했습니다.

Mi laboris tie de la sepa matene la kvinan de majo ĝis la deka matene la sesan de majo.
나는 그곳에서 5월 5일 아침 7시부터 5월 6일 아침 10시까지 일했습니다.

Tutan diurnon kun aldonaĵo.
과외로 온종일.

Dekomence trafiko ne multis. Super ni flugis grandaj

militaj helikopteroj, kamuflitaj[43], ili tre rapide flugas.
처음부터 교통량이 많지 않았습니다. 위장한 대형 군용 헬리콥터가 우리 위를 매우 빠르게 날아다닙니다.

Maskis militobjekton, donante al ĝi la aspekton, koloron aŭ formon de la ĉirkaŭaĵoj
주변 물체의 외관과 색깔과 형태를 만들어 전쟁 물체를 위장했습니다.

Ili flugis malalte super la kapoj, oreloj doloris.
그들은 머리위에 낮게 떠서, 귀를 아프게도 했고요.

La trafiko sur la vojo iel pulsis. Granda ondo ekiris de la deka matene ĝis la unua tage. Iris la kievaj busoj, plejparte "Ikarusoj", en kolono po dek sep – dudek busoj", estis la busoj el Obuĥov, el Novoukrainka - estas ĉiuj konataj lokoj, tial mi ilin fiksmemoris.
도로의 교통량이 어쩐지 요동쳤습니다. 오전 10시부터 오후 1시까지 큰 파도가 일었습니다. 키이우에서 오는 버스는 대부분 "이카루스Ikarus"로, 각각 17~20대의 버스로 구성되어 있으며 오부코프Obuĥov에서, 노보우크라인카Novoukrainka에서 오는 버스가 있습니다. 모두 잘 알려진 곳이므로 외웠습니다.

En la busoj sidis homoj. Plejparte el la vilaĝo

---

43) kamufl-i [타] ①<군사> 위장하다, 변장시키다, (작전을)숨기다. ②<비유> (어떤 사실이나 감정 따위를)숨기다. ˜aĵo 위장한 것, 변장

Zalesje. Tio estas dudek kilometrojn for de Ĉernobil. Tiam ankoraŭ ne ĉiuj forveturis, ĉar parto de la homoj restis en la vilaĝo - ŝarĝi brutojn..."
버스 안에는 사람들이 앉아 있었습니다. 대부분 잘레셰Zalesje 마을에서. 그곳은 체르노빌에서 20킬로미터 떨어져 있습니다. 사람들 중 일부가 소를 싣기 위해 마을에 남아 있었기 때문에 모두가 아직 떠나지 않았습니다."

Mi memoras, kiel dum tiuj tagoj per seninterrompa vico renkonten al tiuj, kiuj veturis en la regionon de la akcidento, veturis kamionoj, ŝarĝitaj per bovinoj.
당시 사고현장으로 차를 몰고 온 사람들을 만나기 위해 소를 싣고 다니는 트럭들이 쉴 새 없이 줄을 서던 모습이 떠오릅니다.

La bestoj apatie staris en la kamionoj, malgaje rigardante al florantaj arboj, kalkitaj por festo hatoj kaj bariloj, al heleverda herbaro kaj printempa inundo de riveretoj.
동물들은 트럭에 무심히 서서 꽃이 만발한 나무, 새하얗게 칠한 파티 모자와 울타리, 밝은 녹색 풀과 봄에 범람하는 개울을 울적하게 바라보고 있었습니다.

Aperis tre komplikaj problemoj pri desradioaktivigo de la grandaj kornohavaj brutoj, ĉar ilia hararo "kolektis" sufiĉe multe da radioaktiva polvo.
큰 뿔이 있는 소의 머리털에 상당히 많은 방사성 먼지가 "모여 있기" 때문에 방사능저감작업에 매우 복잡한 문제가 발생했습니다.

Sed tiuj bovinoj, kiuj sukcesis sin paŝti sur la herbejo kaj frandi freŝan herbetaron, ankoraŭ internen akceptis radioaktivan jodon kaj cezion.
그러나 초원에서 풀을 뜯고 신선한 풀을 먹을 수 있었던 소들은 여전히 내부로 방사성 요오드와 세슘을 받아들였습니다.

Tiajn bestojn oni buĉis en la viandkombinumoj, kaj la viandon kolektis en speciale rezervitaj por tio deponejoj-fridujoj, kie ĝi devis poiome liberiĝi de radioaktiveco, determinata per jodo-131-izotopo[44] kun mallonga periodo de duondiseriĝo.[45]
그러한 동물은 육류 공장에서 도살되고, 고기는 특별히 보존된 저장 냉장고에 모아서 반감기가 짧은 요오드-131 동위원소에 의해 결정되는 방사능으로부터 점차적으로 제거되어야 했습니다.

M. Draĉ : "En niaj brigadoj estis ankoraŭ knabinoj — laboratoriaj helpantinoj, ili tuje analizis la sangon de la homoj por leŭkocitoj.[46] Multaj aĵoj estis en la busoj, kaj ni per dozometroj kontrolis tiujn aĵojn.
드라치 : "우리 여단에는 여전히 소녀들이 있었습니다. - 실험실 조교는 즉시 사람들의 혈액에서 백혈구를 분석했습니다. 버스 안에는 많은 물건들이 있었고 우리는 그것을 측정기로 확인했습니다.

---

44) izotop-oj 〈화학〉 동위원소
45) diseriĝo 분해, 와해(瓦解), 소멸(消滅), 사망(死亡); 〈접미〉 물체를 구성하는 입자,요소,성분 등을 나타냄.
46) leŭkocit-o〈醫〉백혈구(白血球), 임파구(淋巴球). leŭkocitozo〈醫〉백혈구 증가증(增加症).

Dekomence fariĝis vojŝtopiĝoj, poste ni adaptiĝis en tri vicoj tralasi la busojn por ke ne estu tumulto.
처음부터 교통 체증이 있었는데, 버스가 3열로 지나가도록 하여 방해가 되지 않도록 했습니다.

Unu persono kontrolas la buson mem, kaj du - la homojn. La homoj eliris el buso, enviciĝis kaj po unu venis al mi.
한 명이 버스 차체를 검사하고 두 명이 승객을 검사합니다. 사람들이 버스에서 내려서 줄을 서서 하나둘씩 내게로 왔습니다.

Ĝis iu nivelo ni ankoraŭ tralasis. Tiujn, kiuj havis pli altan nivelon, ni sendis por lavado, por ke ili deskuu polvon de la havaĵoj.
어느 정도까지 우리는 여전히 놔뒀습니다. 더 높은 등급의 사람들은, 우리가 씻도록, 그들의 소지품에 묻은 먼지를 털어낼 수 있도록 했습니다.

Estis okazo, kiam la botoj de unu maljunulo “indikis” tre multe.
"Mi ja lavis la botojn, knaboj", - li diras.
"Iru, avĉjo, ankoraŭ lavi necesas”.
노인의 부츠가 많은 량이 “지적되는”경우가 있었습니다.
“나는 장화를 씻었습니다, 이 사람들아.” 그가 말합니다.
“할아버지, 아직 더 씻으셔야 해요.”

Li iris, lavis la botojn - kaj li havis jam multe

malplian nivelon. Ni sendis lin lavi tri aŭ kvar fojojn.
그는 가서 부츠를 씻었습니다. 그리고 그는 이미 훨씬 낮은 수준에 있었습니다. 우리는 그에게 서너 번 씻으라고 보냈습니다.

Preskaŭ ne estis la homoj en la aĝo de dudek ĝis kvindek jaroj.
스무 살에서 오십 사이의 사람들은 거의 없었습니다.

Kial? Oni diris al ni, ke ili aŭ fuĝis - okazis, ke kaj infanojn, kaj gepatrojn siajn ili lasis, aŭ ili restis tie labori.
왜요? 우리는 그들이 도망쳤다는 말을 들었습니다. - 그들은 자녀와 부모를 남겨두고, 또는 일을 하기 위해 그곳에 머물렀습니다.

Tial iris plejparte maljunaj, kurbiĝintaj maljunuloj kaj maljunulinoj kaj malgrandaj infanoj.
그래서 대부분 늙고 허리구부정한 노인들과 어린 아이들이 갔습니다.

Ĉe la infanoj ni kontrolis ankoraŭ tiroidon.
Ni havis instrukcion, ke se la tiroido havas duoble plian fonon, do tiun infanon necesas en hospitaligi.
Mi tiajn ne vidis.
우리는 여전히 어린이의 갑상선을 확인했습니다.
갑상선이 두 배의 기저를 갖고 있다면 그 아이는 입원해야 한다는 지시를 받았습니다. 나는 그런 것을 보지 못했습니다.

Trapasinte la kontrolon, la homoj denove enbusiĝis. Estis opiniate, ke ili estas lavitaj. Oni efektive lavis ilin. Fakte, mi renkontis busojn kun alta nivelo.
검사를 통과한 후 사람들은 버스에 다시 탔습니다. 씻은 것으로 생각되었습니다. 그들은 실제로 씻었습니다. 실제로, 높은 수준의 버스를 만났습니다.

Niaj knaboj kaptis kamionon "Kamaz" - estas terure, kion ĝi surhavis. Ĝi estis el Pripjatj. Tiun "Kamaz" oni tuj veturigis en kampon, proksimume je sescent metroj, kaj lasis.
우리 아이들은 "카마즈Kamaz" 트럭을 탔습니다 - 그 차는 무엇을 뒤집어썼는지 끔찍했습니다. 그 차는 프리피야트에서 온 것이었습니다. 그 "카마즈"는 즉시 약 600미터의 들판으로 몰고 가서는 그냥 둬버리고 떠났습니다.

Kaj tiel la tutan tagon iris la kolonoj.
그래서 하루 종일 그 대열들이 갔습니다.

Antaŭvespere oni komencis veturigi havaĵojn de la homoj.
사람들의 소지품을 싣고 가기 시작하기 전날 밤.

Oni aparte veturigis grandampleksajn aĵojn.
큰 물건들은 따로 운송했습니다.

Per la traktoroj "Kovrovec" kun kuploĉaroj.

연결차(커플링)가 달린 "코브로벡Kovrovec" 트랙터로.

Ni kaptis dekon de tre poluciitaj – kun polvumitaj aĵoj - kuploĉaroj. Ni sendis ilin por lavado.
우리는 매우 오염된 10마리를 잡았습니다. - 커플링 이륜차로 먼지를 뒤집어 쓴 물건들의 세척을 위해 보냈습니다.

Nokte ni starigis lanternon sur tablon kaj sidis en kiteloj. Iris apartaj busoj kun homoj, atingante siajn kolonojn.
밤에는 테이블에 등불을 켜놓고 작업복을 입고 앉았습니다.
별도의 버스가 사람들과 함께 대열에 도달했습니다.

Mi fiksmemoris: iras la traktoro "Belarusj", kaj en la kajuto apud la traktoristo sidas maljuna avo, lia patro, verŝajne.
나는 "벨라루스Belarusj"트랙터가 가고 있고, 트랙터 운전사 옆의 오두막에 늙은 할아버지, 아마도 그의 아버지가 앉아 있다는 것을 확실히 기억했습니다.

La avo portas kokinon kaj hundon. Kaj li diras ankoraŭ: "La hundon mian kontrolu".
할아버지는 암탉과 개를 안고 있습니다. 그리고 그는 다시 "내 개를 확인해 주십시오"라고 말합니다.

Mi diras: "Avĉjo, depolvigu bone la hundon, kiam vi venos surloken".
나는 "할아버지, 거기에 도착하면 개 먼지를 잘 털어주세요"라고 말합니다.

Estis ankoraŭ unu milicisto, juna knabo, en aŭteto.
Li diras: "Amiko, kontrolu ĉe mi radiadon".
Mi diras: "Elaŭtiĝu, amiko".
소형차 안에는 또 한 명의 민병대원, 어린 소년이 있었습니다.
그는 "동무, 내 방사선을 확인해 주십시오"라고 말합니다.
나는 "동무, 차에서 내리십시오"라고 말합니다.

Kaj li: "Amiko, mi ne povas elaŭtiĝi. Mi tiom da veturadis, tiom da tiun radiadon veturigis, ke mi ne povas eliri el la kajuto.
그리고 그는 "동무, 나는 차에서 내릴 수 없습니다." 나는 너무 오래 운전했고, 너무 많은 방사선을 뒤집어써서 캐빈에서 나갈 수 없습니다.

Mi al vi piedojn donu"... Li malsuprenigis la piedojn, mi kontrolis multe! kaj mi diras: "Amiko, necesas la botojn lavi".
네게 발을 내줄게"... 발을 낮추고, 많이 측정했습니다! 그리고 나는 "동무, 부츠를 씻어야합니다."라고 말합니다.

Poste, kiam finiĝis la evakuado, ni efektivigis medicinan observadon, komparis rezultojn de sanganalizoj kun aliaj donitaĵoj. Ni prenis por esploro - en hospitalon - tiujn, kiuj malbone fartis. Mi transportis tiujn homojn.
이어 대피가 끝나면 의료 관찰을 하고, 혈액 검사 결과를 다른 데이터와 비교했습니다. 우리는 몸이 좋지 않은 사람들을 병원으로 데려갔습니다. 나는 그 사람들을 운송했습니다.

La sesan de majo oni alportis al ni protektajn vestojn: nigrajn kombineojn, ĉapetojn, botojn, enspiratorojn. Oni diris, ke ĵurnalistoj veturas.
5월 6일에 그들은 우리에게 검은색 작업복, 모자, 장화, 인공 호흡기와 같은 보호복을 가져왔습니다. 기자들이 운전을 한다고 합니다.

Kaj la okan de majo oni resendis nin al Kiev. Venis niaj anstataŭantoj - la knaboj de la stomatologia fakultato.
그리고 5월 8일 그들은 우리를 키이우Kiev로 다시 돌려보냈습니다. 우리의 대행자가 왔습니다 - 구강 학부의 소년들.

La dekan de majo mi iris al lecionoj, kiel kutime, kaj revenis al laboro en la hospitalo "Oktobra Revolucio". Maje estis multaj niaj malsanuloj, infarktaj – verŝajne, la streso influis, ni multe laboris en la bloko.
5월 10일 나는 여느 때처럼 수업을 듣고 "10월 혁명" 병원에서 일하러 돌아왔습니다. 5월에는 많은 혈액경색환자들이 있었습니다. - 아마도 스트레스가 영향을 미쳤을 것입니다. 우리는 블록에서 많은 일을 했습니다.

Proksimume la dek unuan - dek duan de majo mi rimarkis, ke mi tre multe dormas kaj ne satdormas.

Mi kutime dormas kvin-ses horojn kaj plene satdormas.
5월 11일 - 12일 즈음에 나는 내가 많이 자고도 수면이 충분하지 못한다는 것을 알아차렸습니다. 나는 보통 5~6시간을 자고도 잠이 충분했었습니다.

Kaj jen - mi dormas po ok - dek du, po dek kvar horoj - kaj ne satdormas. Kaj mi iĝis ia malrapidema, pigra.
Oni faris al mi sanganalizon kaj enhospitaligis sur la oka etaĝo ĝuste en nia fako".
그리고 보자 - 나는 8시간씩 - 12시간씩, 14시간씩 - 그리고도 잠이 모자랍니다. 그리고 느려지고 게으른 사람이 되었습니다. 혈액검사를 받고 바로 우리 과 8층에 입원했다"고 말했습니다.

Mi memoras tiun ĉambron sur la oka etaĝo de la kardiologia departemento, en kiu estis observataj la studentoj de Kieva medicina instituto, kiuj laboris en likvidado de postsekvoj de la akcidento:
나는 키이우 의료 기관의 학생들이 사고의 결과를 청산하는 데 일했던 심장학 부서의 8 층에 있는 방을 기억합니다.

Maksim Draĉ, Dima Pjatak, Kost ja Lisovoj, Kostja Dahno kaj Volodja Bulda.
막심 드라치, 디마 퍄탁, 코스트 야 리소보이, 코스티아 다노와 볼로디아 불다.

Mi venis en la fakon kun profesoro Leonid Petrović

Kindzelskij – la profesoro konsultis la studentojn, rigardis iliajn historiojn de malsano, studis la rezultojn de sangoanalizoj.
나는 레오니드 페트로비치 킨젤스키Leonid Petrović Kindzelskij 교수와 함께 부서에 왔습니다. 교수는 학생들과 상담하고, 병력病歷을 살펴보고, 혈액 검사 결과를 살폈습니다.

Poste Maksim Draĉ konatiĝis kun doktoro Gail, kiu komence de junio vizitis Kiev.
그런 다음 막심 드라치는 6월 초에 키이우를 방문한 가일 박사님을 알게 되었습니다.

Nun Maksim Draĉ kaj liaj amikoj estas sanaj, al ili nenio minacas. Antaŭe estas finaj ekzamenoj.
이제 막심 드라치와 그의 친구들은 건강하며, 그들을 위협하는 것은 없습니다. 기말고사가 코 앞입니다.

En la rakonto "Malgranda futbala teamo" mi profetis al la malgranda Maksim Draĉ tian estonton: "Mi pensas, ke li kreskos vaganta filozofo, Skovoroda de la 20-a jarcento".
"작은 축구팀" 이야기에서 나는 어린 막심 드라치에게 그런 미래를 예언했습니다. "나는 그가 20세기의 방랑 철학자, 스코보로다Skovoroda로 성장할 것이라고 생각한다."고

Mi eraris.
내가 틀렸어.

Maksim, mi ne dubas, iĝos bonega kuracisto-kardiologo, delikata kaj bonkora, kiu, samkiel Skovoroda, portos bonon al la homoj,
sed la bonon, plifirmigitan per la plej novaj atingoj de medicino de la 20-a jarcento.
막심, 나는 의심치 않아, 스코보로다와 같이 사람들에게 좋은 것을 가져다 줄 섬세하고 친절한 훌륭한 심장 전문의가 될 것이라는 것을. 그러나 20세기의 최신 의학적 성취에 의해 더한층 확고하게 될 좋은 것입니다.

Kaj Maksim jam en la pleja komenco de sia medicina agado estos instruita de la unika sperto, akirita dum la tagoj de granda popola plago, kiam li ekvidis, kiel ĉio malsimplas kaj kontraŭecas, kiel la alta kaj malalta apudas en la fluo de maltrankviligaj eventoj.
그리고 막심은 이미 의료 활동의 맨 처음에 모든 것이 얼마나 복잡한지 알기 시작했을 때 대중적인 대형 재앙의 시대에 얻은 독특한 경험으로 가르칠 것입니다.
그리고 불안한 사건의 흐름 속에서 높고 낮음이 나란히 있기 때문에 모순되는 것입니다.

...Post kuracista konsiliĝo mi kun Maksim eliris sur vastan terason-balkonon de kardiologia departemento, situanta sur monto.
...의학적 상담을 마친 후 막심과 나는 산중에 있는 심장내과의 넓은 테라스-발코니로 갔습니다.

De tie malfermiĝis la eposa pejzaĝo de Kiev – eterna urbo, senmoviĝinta sur la apudnepraj printempaj montetoj.
거기에서 키이우의 장엄한 풍경이 펼쳐졌습니다. 영원한 도시, 가까운 봄 언덕에 여전히 움직임없이 서 있습니다.

Ni staris, rigardis, meditis.
우리는 서서 바라보고 명상했습니다.

Kio do okazis dum tiuj tagoj en Kiev?
그렇다면 키이우에서 그 시간에 무슨 일이 일어났습니까?

PEJZAĜO DE KIEV
키이우의 풍경

Varmega majo de 1986 metis siajn novajn signojn en Kiev: la kutime pura urbo en tiuj tagoj estis lavita, lekita ĝis neimagebla grado.
1986년 5월의 뜨거운 5월은 키이우에 새로운 징후를 남겼습니다. 그 당시에는 일반적으로 깨끗했던 도시가 상상할 수 없을 정도로 씻겨지고 핥켜 나갔습니다.

Senĉese, dum tutaj tagoj iradis laŭ la urbo akvumaŭtoj, movante per akvaj antenoj, delavante de la varmega asfalto polvon, entenantan radionukleonojn.
쉴새없이, 하루 종일 살수트럭이 도시를 오가고 물 안테나로 움직이며, 뜨거운 아스팔트에서 방사성핵자를 머금은 먼지를 씻어 냅니다.

Ĉie ĉe enirejoj de la domoj, oficejoj, vendejoj kaj eĉ preĝejoj troviĝis malsekaj ĉifonoj, kaj senĉesa viŝado de ŝuoj iĝis nepra eco de bontono.
주택, 사무실, 상점, 심지어 교회의 입구 도처에 젖은 헝겊이 보였고 신발을 끊임없이 닦는 것은 예절의 필수 요건이 돼버렸습니다.

Same homabundaj restis la stratoj de la urbo, sed se rigardi pli atente – eblis rimarki, ke en Kiev abrupte malgrandiĝis kvanto de infanoj: en la unuaj majaj

tagoj oni komencis elveturigi siajn infanojn ĉiurimede – organizite kaj neorganizite, en trajnoj, aviadiloj, busoj kaj leĝeraŭtoj Ĵiguli".
도시의 거리는 여전히 혼잡했지만, 더 자세히 살펴보면 - 키이우의 어린이 수가 갑자기 감소한 것을 알 수 있습니다.:
5월 첫 몇일 간, 그들은 기차, 비행기, 버스 및 경차 "지굴리"를 통해 조직적이든 비조직적이든 모든 수단을 동원해 아이들을 보내기 시작했습니다.

Okcidenten, suden kaj orienten ekmoviĝis grandegaj kolonoj da leĝeraj aŭtoj kun havaĵoj sur tegmentoj.
서쪽, 남쪽 및 동쪽으로, 차 지붕에 소지품을 실은 경차의 거대한 대열이 옮기기 시작했습니다.

Veturis gepatroj, forveturigante infanojn, avojn kaj avinojn, veturis al parencoj kaj konatoj, kaj multaj – ie ajn, nur for de la radiado.
부모들은 차로, 어린이, 할아버지 및 할머니를 멀리 떠나보내고 친척과 지인, 그리고 많은 사람들에게 차를 몰고 - 어디든 방사선에서 멀리 떨어진 곳으로

En tiutagaj komunikoj de gazetaro estis substrekate, ke Kiev kaj Kieva provinco vivas per normala vivo.
그러던 나날 잡지들 보도에서는 키이우와 키이우주는 정상적인 생활을 하고 있다고 했습니다.

Jes, la homoj ne ŝanceliĝis antaŭ la plago, la homoj batalis kontraŭ la akcidento kaj ĝiaj postsekvoj —

kaj interna, la plej ekstera aspekto de la urbo ne multe ŝanĝiĝis, la plej vivkapabla esenco ĝia konserviĝis, ĉar en ĝi normale funkciis entreprenoj, trafiko, magazenoj, institutoj, oficejoj, funkciis (fakte, kun eta malreguleco) komunikado, aperadis ĵurnaloj.
예, 사람들은 대재앙 앞에서 흔들리지 않았고, 사람들은 사고와 그 결과에 맞서 싸웠습니다. 그리고 기업, 교통, 창고, 연구소 때문에 도시의 내부, 가장 바깥쪽 모습은 많이 바뀌지 않았고 가장 실용적인 본질은 보존되었습니다. , 사무실, 통신이 작동했습니다 (실제로, 약간의 불규칙성을 안고 있음), 신문들이 발간되고요.

...Sajnis dum tiuj tagoj, ke neniam estis en la urbo tiom da belaj knabinoj, ke neniam estis tiom rava printempo en ĝia historio.
...그 몇 일 간에는 도시에 이렇게 아름다운 소녀가 많았던 적이 없었고, 역사상 이렇게 기분 좋은 봄도 없을 것처럼 보였습니다.

Mi neniam forgesos, kiel, revenante el Ĉernobil, mi trafis en vesperan krepuskon, descendantan al Kiev.
나는 체르노빌에서 돌아와서 저녁 황혼에 빠져 키이우를 향해 내려간 것을 결코 잊지 못할 것입니다.

Ĉio estis tia kutima: super la metrostacio "Le vobereĵnaja" malhelis silueto de nefinkonstruita nubskrapanta hotelo.
모든 것이 의례적이었습니다.: "르 보베레즈나야Le voberejnaja" 지하철역 위의 구름을 스치도록 높은 미완성 고층 호텔의 실루

엣은 어두웠습니다.

Kontraŭe, en la parkejo, briletis tegmentoj de leĝeraj aŭtoj – kvazaŭ aro da diverskoloraj fiŝoj venis noktumi ĉe tiu sabloza tero. La metrovagonaro impete proksimiĝis al ponto, por plonĝi en denson de kievaj montoj kaj trabrui al Kreŝĉatik.
한편, 주차장에는 경차의 지붕이 반짝거렸는데, - 마치 그 모래 땅에 형형색색의 물고기 무리가 밤을 보내기 위해 온 것 같았습니다. 지하철열차는 키이우 산맥의 두꺼운 속으로 뛰어들어 크레쉬차틱Kreŝĉatik을 통해 우르르 달려가기 위해 다리에 빠르게 접근하고 있었습니다.

Dnepro sub la metroponto ŝvelis pro superakviĝo, ĝiaj impetantaj en obskuron vastaĵoj estis kiel ĉe Gogol enormaj kaj patosaj.[47]
지하철 다리 아래의 드네프르Dnepro는 홍수로 인해 부풀어 오르고, 어둠 속으로 돌진하는 그 넓이는 고골Gogol의 것처럼 거대하고 측은한 느낌감을 주었습니다.

Sur la kajo interkisiĝis geamantoj, lacaj homoj revenadis en siajn hejmojn kaj ĉiuj ĉi kutime ne kortuŝantaj nin bildoj de la vivo de multmiliona urbo subite skuis min ĝis animprofundo, kvazaŭ

---

47) patos-o 파토스, (언어 · 음악 · 인생사로) 슬픔을 자아내는 힘[것 · 느낌 · 정상]; 가엾음, 측은한 느낌; 비장(悲壯), 비통(悲痛). afektita patoso 감상(感傷). impeto 돌진, 비약obskur-a 어두운, 어두컴컴한, 깜깜한, 어둠의; 흐린, 몽롱(朦朧)한; (빛깔이)거무칙칙한, 텁텁한; 분명하지 않은, 불명료한; 해석하기 어려운, 모호(模糊)한.

venis ekkompreno, ekkoncepto de iu tre grava moviĝo, okazinta en konscio dum la lastaj tagoj.
연인들은 부두에서 키스를 교환하고, 지친 사람들은 집으로 돌아가고 있었고, 일반적으로 우리를 움직이지 않는 수백만 도시의 삶에 대한 이러한 모든 이미지는 지난 며칠 동안 마치 의식에서 일어난 매우 중요한 움직임에 대한 깨달음이 온 것처럼 갑자기 내 영혼의 깊은 곳까지 저를 흔들었습니다.

Tiu paca vespero ŝajnis al mi akre belega, kvazaŭ mi por ĉiam adiaŭis printempon, la urbon kaj la vivon mem,
그 평화로운 저녁은 내게 자극적으로 아름다와 보였고, 이는 마치 도시와 삶 자체를 봄과 영원히 작별인사를 한 것처럼 보였습니다.

kaj la nekonataj homoj iĝis por mi proksimaj, kaj ĉiutageco de Kiev aperis en nova lumo.
그리고 낯선 사람들이 나에게 가까워졌고 키이우의 일상은 새로운 빛으로 나타났습니다.

En maltrankvila lumo de la akcidento, kiu okazis tre proksime - nur je du horoj de veturo en aŭto - en la tagoj, kiam la sento de danĝero estis ekstreme akriĝinta.
- 자동차로 불과 2시간 거리에 있는 - 아주 가까운 곳에서 일어난 사고라는 불안한 빛 속에서, 위험한 느낌이 극도로 날카로와진 그 날.

Poste ĉio pasis.
모든 것이 지나가 버렸습니다

Dnepro, montoj, domoj kaj homoj - ĉio ĉiutaga ŝajnis al mi tiam neordinara, kvazaŭ veninta de la ekrano de scienc-fikcia filmo.
드네프르, 산山, 집 그리고 사람들 - 그 당시에는 일상의 모든 것이 공상 과학 영화의 화면에서 나온 것처럼 특별하게 보였습니다.

Precipe ofte dum tiuj tagoj mi rememoris la filmon de Stanley Kramer "Sur la lasta bordo" - pri tio, kiel post la tria kaj lasta en la historio de la homaro atoma milito Australio kondamnite atendas venon de la radioaktiva nubo.
특히 그 당시 나는 스탠리 크레이머Stanley Kramer의 영화 "마지막 강변에서"를 기억했습니다. 인류 역사상 세 번째이자 마지막 핵 전쟁이 끝난 후 호주가 방사성 구름의 도착을 기다려야 하는 운명에 대해 설명한 것입니다.

La plej stranga kaj neversimila en la filmo ŝajnis tio, ke en la kriza situacio la homoj vivas kiel antaŭe, ne ŝanĝante siajn kutimojn, konservante eksteran trankvilon, ekzistante kvazaŭ inercie.[48)]
영화에서 가장 기이하고 믿기지 않는 것은 위기 상황에서 사람들이 습관을 바꾸지 않고 겉으로는 평온을 유지하며 마치 관성처럼 존재한다는 점입니다.

---

48) inerci-o 〈理〉 관성(慣性), 타성(惰性) . inerci forto 관성저항(抵抗)

Evidentiĝis, ke tio estas vero. La kutimoj de kievanoj restis samaj.
그것은 사실로 밝혀졌습니다. 키이우인들의 관습이 그대로 똑같이 유지되었습니다.

Tamen la patriarka, antikva urbo kun oraj kupoloj de katedraloj, konservantaj memoron pri jarcentoj, nur dum duonmonato transformiĝis neimageble, firme integriĝinte kun la aspekto de la nova, atoma epoko.
그러나 수세기의 기억을 보존하는 대성당의 황금 돔이 있는 가부장적 고대 도시는 반 달 동안에 상상할 수 없을 정도로 변형되어 새로운 원자 시대의 출현과 확고하게 통합되었습니다.

El laŭta metaforo, senpripense ripetata de ni antaŭ la akcidento, tiu vortkombino ("atoma epoko") transformiĝis je severa realo: la vortoj "dozometra kontrolo", "radiado", "desradioaktivigo", ĉiuj ĉi "milirentgenoj", "ber'oj"[49], "rad'oj"[50] kaj similaj firme eniris leksikonon de kievanoj, kaj figuro de la homo en kombineo, kun enspiratoro survizaĝe kaj Geiger-mezurilo enmane ekaperadis ĉie, iĝis kutima, same kiel aroj da aŭtoj antaŭ eniroj al Kiev: ĉe ĉiuj kontrolaj punktoj estis aranĝita dozometra kontrolo

49) ber'o (biológia ekvivalento de rentgeno) - mezurunuo de ekvivalenta dozo de radiado; rad' o - mezurunuo de ensorbita dozo de ionizita radiado. (Red.) * ber'o(X선의 생물학적 등가물) - 방사선량 등가의 측정 단위.
50) rad' - 이온화된 방사선의 흡수선량 측정 단위. (에드.)

de aŭtoj. "
사고 이전에 우리가 무심코 반복된 큰소리의 은유에서 단어의 조합 ("원자시대")은 가혹한 현실로 변형되었습니다.
"계측기검사", "방사선", "방사능저감"이라는 단어, 이 모든 "엑스레이milirentgenoj", "말린 씨앗ber'oj", "바퀴rad'oj" 등은 키이우인의 사전에 확고하게 들어가고 작업복을 입은 남자의 모습, 얼굴에 흡입기가 있고 손에 가이거 미터가 도처에 나타난 것이 키이우 입구 앞에 자동차 무리처럼 : 모든 제어 지점에서 자동차의 방사능측정 제어가 일반화 되었습니다. "

En la kievaj bazaroj de la vendotabloj malaperis lakto kaj laktaĵoj, estis malpermesite vendi laktukon, okzalon, spinacon.
키이우 시장에서는 우유 및 유제품이 카운터에서 사라졌고 상추, 소, 시금치 판매가 금지되었습니다.

Aliaj produktoj de ukraina tero - rafanetoj kaj fragoj, / novaj terpomoj kaj cepoj - estis submetataj al dozometra kontrolo.
우크라이나 땅의 다른 생산품들 - 무와 딸기, / 새로운 감자와 양파 -는 방사능측정기사의 검사를 받았습니다.

"Je dio, ja ne estas radiado", - ĵuris kamparaninoj en Bessarabka-bazaro, vendante fragojn kontraŭ fabele malaltaj prezoj. Sed nemultaj ilin aĉetis.
"신에 맹세코, 정말로 방사선은 없습니다." - 베사랍카 Bessarabka 시장에서 농부 여성들이 맹세코 딸기를 엄청나게 저렴한 가격에 판매했지만 많은 사람들이 그 딸기를 사지 않았습니다.

Kaj, kiel kutime okazas, la nekompreneblan vivon de plenkreskuloj komencis kopii la infanoj.
그리고 언제나 그렇듯이 이해할 수 없는 어른들의 삶은 아이들에게 모방되기 시작했습니다.

En distrikto Rusanovka mi vidis, kiel infanoj kun bastoneto enmane kuradas inter arbustoj, kvazaŭ per dozometro mezurante fonon.
나는 루사노브카Rusanovka 지역에서 손에 막대기를 든 아이들이 마치 방사선측정기사가 주위를 측정하는 것처럼 덤불 사이를 달리는 것을 보았습니다.

Ili ludas radiadon.
그들은 방사선 놀이를 하고 있습니다.

Kaj unu knabino, vindiĝinte en littuko, iradis laŭ doma enirejo kaj, farinte "terurajn" okulojn, diradis per transtomba voĉo: "U-u, mi estas radiado, kaŝiĝu ĉiuj de mi. Mi estas furioza kaj horora..."
그리고 한 소녀는 침대시트를 뒤집어쓰고는 집 입구를 따라 걸으며 "끔찍한" 눈을 하고 무거운 목소리로 말했습니다. : 우-우, 나는 방사선이다, 모두들 내게서 떨어져 숨어라. 나는 화가 나고 무섭다."

"En Kiev estas afereca, labora situacio", asertis la ĵurnaloj, radio kaj televido, kaj tio estis vero.

"키이우에는 비즈니스와 같은 근무 환경이 있습니다."라고 신문, 라디오 및 텔레비전이 주장했으며 그것은 사실이었습니다.

La antikva Kiev konservis sian vizaĝon, sian dignon kaj antaŭ si mem, kaj antaŭ nia lando, antaŭ la tuta mondo tion plurfoje substrekis kun miro kaj respekto la gastoj de la ĉefurbo de Ukrainio.
고대 키이우는 자신의 얼굴과 위엄을 지켰습니다. 그리고 우리 나라 앞에서, 전 세계 앞에서 이것은 우크라이나 수도의 손님들에 의해 경이로움과 존경심이 반복적으로 강조되었습니다.

Estis tiel.
그랬습니다.

Sed ekzistis tiutage ankaŭ alia Kiev, kaŝita de fremdaj rigardoj, ne altiranta atenton de ĵurnaloj kaj televido, kaj ne mencii ĝin signifus kaŝi parton de vero, deformi komplikan aspekton de eventoj.
그러나 그날 또 다른 키이우가 있었고, 외국의 눈에 숨겨져 신문과 텔레비전의 관심을 끌지 못했고, 그것을 언급하지 않으면 진실의 일부를 숨기고 사건의 복잡한 측면을 왜곡하는 것을 의미했습니다.

Ekzistis la urbo de ekscitiĝintaj amasoj antaŭ la biletaj kasejoj de fervojo kaj "Aeroflot".
철도 앞과 "아에로플로트Aeroflot" 매표소 앞에는 흥분한 인파로 북적이는 도시가 존재하게 되었습니다.

Estis tagoj, kiam estis malfacile trafi al la stacidomo eĉ por tiuj, kiuj jam havis biletojn, - la milico devis interveni.
이미 티켓을 소지한 사람들도 역까지 가기 힘든 날들이 있었는데, 민병대가 개입해야 했습니다.

En kvarlokaj kupeoj veturis po ok - dek personoj; kontraŭ bileto al Moskvo kun prezo de dek kvin rubloj la spekulantoj[51)] postulis ĝis cent rubloj.
각각 8-10명이 4구획으로 여행했습니다. 모스크바행 티켓 가격이 15루블인데 투기꾼들은 최대 100루블까지 요구했습니다.

Preskaŭ ĝislarme min kortuŝis, kvankam mi ne estas tre sentimentala, kandidato de medicinaj sciencoj, scienclaboranto de kieva instituto de onkologiaj problemoj Evgenij Lvović Ierusalimskij, la homo, kun kiu mi konatiĝis nur tri tagojn antaŭ tiu okazaĵo.
키이우 종양학 문제 연구소의 연구원으로 의과학 후보자인 나 예브게니 르보비치 레루살림스키Evgenij Lvović Ierusalimskij는 그리 감상적이지는 않은 사람이지만 눈물겹도록 나를 감동시켰습니다. 나는 그를 그 사건이 있기 3일 전에 만나 알게 된 사람입니다

Li venis al mi kaj proponis bileton al Moskvo por mia filino. Kaj kvankam la bileto ne estis bezonata, tiutage tia propono estis signo de la plej fidela amikeco...

---

51) spekulanto, ˜isto 투기꾼, 투기업자.

그는 나에게 와서 내 딸을 위해 모스크바 티켓을 제공했습니다. 그리고 티켓은 필요 없었지만, 그날 그런 제안은 가장 충실한 우정의 표시였습니다.

Dum tiuj tagoj, samkiel dum la milito, momente ŝanĝiĝis pluraj kutimaj konceptoj.
그 당시, 전쟁 중에처럼 몇 가지 습관화된 감성이 순간적으로 바뀌게 되었습니다.

Specialan signifon kaj valoron reakiris tiaj eternaj konceptoj kiel fideleco, honesteco, devo.
충직, 정직, 의무와 같은 영원한 개념은 특별한 의미와 가치를 되찾게 해주었습니다.

En multaj kievaj loĝejoj maje sonis telefonvokoj el diversaj urboj de Soveta Unio.
5월에 소비에트 연방의 여러 도시에서 많은 키이우 주택으로 전화호출 소리가 이어졌습니다.

Telefonis amikoj, parencoj, konatoj - invitis gaste.
친구, 친척, 지인들이 전화를 걸었습니다 - 손님으로 초대했습니다.

Sed estis ankaŭ tiaj, kiuj ne telefonis, kvankam, sajnus, laŭ ĉiuj antaŭĉernobilaj leĝoj de amikeco devus fari tion.
그러나 전화를 걸지 않은 사람들도 있었지만 체르노빌 이전의 모든 우정友情 법칙에 따르면 그렇게 했어야 했습니다.

Mi longe tutan monaton atendis telefonvokon el Moskvo de unu homo, kiun mi opiniis vera amiko, kiu longe, plurfoje, gastis ĉe mi.
길고 긴 한 달 동안, 나는 오랫동안, 여러번, 내집에 묵었던 진정한 친구라고 생각했던 한 사람, 그에게서 모스크바에서의 전화를 기다렸습니다.

Li ne telefonis.
그는 전화하지 않았습니다.

Sed kompense tute neatendite telefonis el Baku armena verkisto Gevorg Mihajlović Agaĝanjan, loĝanta en la ĉefurbo de Azerbajĝanio, kun kiu mi nur foje en la vivo hazarde renkontiĝis en Kiev, — li proponis sendi al li mian filinon por somero... -
그러나 이에 대한 보상으로 아제르바이잔의 수도에 살고 있는 아르메니아 작가 게보르그 미하일로비치 아가자냔Gevorg Mihajlović Agaĝanjan, 키이우에서 내 인생에서 우연히 단 한 번 만난 사람, 그는 전혀 예기치 않게 바쿠Baku에서 전화를 걸어왔습니다.
- 그는 여름 동안 내 딸을 그에게 보내면 좋겠다고 제안했습니다 ...

Multajn strangajn kaj neatenditajn aĵojn oni devis koncepti dum tiuj tagoj.
수많은 기이하고 예상하지 못한 일들을 그 기간 동안 품어야 했습니다.

Kiel vi opinias, por kio estiĝis vicoj komence de majo en la universala magazeno?
5월 초에 무슨 일로 백화점에 줄이 서 있었던 것에 대해 어떻게 생각하는가요?

Ĉu por finnaj kostumoj, okcidentgermaniaj ŝuoj "Salamandra" aŭ jugoslaviaj ledpeltoj? Ne. Por valizoj kaj sakoj.
핀란드제 의상, 서독제 "살라만드라" 구두 아니면 유고제의 가죽 모피 때문인가요? 아니면. 여행 가방과 지갑 때문에.

Kievaj loĝejoj dum tiuj tagoj rektasence ŝvelis pro paroloj kaj onidiroj, pro disputoj kaj klaĉoj, pro fiinterpretoj kaj realaj faktoj.
그 당시 키이우 주택가에는 말 그대로 소문과 유언비어, 논쟁과 가십, 엉터리 번안물들이, 여과없이 실제 사실로 둔갑해 있었습니다.

Estis akceptataj kaj senprokraste malakceptataj la decidoj, estis proponataj la fantastaj projektoj, estis rerakontataj la anekdotoj kaj veraj okazaĵoj.
결정이 받아들여졌다가 돌아서서 바로 거부되었고, 환상적인 프로젝트가 제안되었는가하면, 기담과 실제 사건들이 다시 이야기 되곤 했습니다.

Laŭ la urbo marŝis persistaj paroloj pri nigraj aŭtoj "Volga", venantaj al stacidoma placo, pri longaj vicoj

por aviadilbiletoj en la kasejoj, situantaj en kelkaj plej rimarkeblaj konstruaĵoj de la ĉefurbo...
도시 전역에 걸쳐 검은색 "볼가Volga" 자동차가 역 광장으로 오고 있다는 소문이 있었고, 수도의 가장 유명한 건물 중 일부에 위치한 매표소에서 비행기표를 사기 위해 긴 대기열이 있다는 소문이 있었습니다...

Jes, paniko en Kiev ne estis. Sed ekzistis grandega maltrankvilo pri la sano kaj de infanoj, kaj de plenkreskuloj, kaj tiun maltrankvilon ankaŭ indis atenti.
예, 키이우에는 패닉이 없었습니다.
그러나 어린이와 성인 모두의 건강에 대한 큰 우려가 있었고 그 우려에는 주의를 기울일 가치가 있었습니다.

Ĉiuj memoras la fotaĵojn de la detruita reaktoro, publikigitajn en nia gazetaro.
우리 언론에 게시된 파괴된 원자로의 사진을 모두가 기억합니다.

Eĉ la homoj, nenion komprenantaj pri atoma energetiko, estis konsternitaj de la kontraŭnatura aspekto de la reaktoro.
원자력에 대해 전혀 모르는 사람들도 원자로의 부자연스러운 모습에 경악을 금치 못했습니다.

Sed por specialistoj estis klare, ke okazis io senprecedenca laŭ sia skalo.
그러나 전문가들에게는 그 규모에서 전례가 없는 일이 발생했음이 분명했습니다.

La unuaj elĵetoj direktiĝis al nord-okcidento kaj al okcidento.
첫 번째 분출은 북서쪽과 서쪽으로 향했습니다.

La 30-an de aprilo la vento ŝanĝis la direkton kaj ekblovis direkten al Kiev.
4월 30일, 바람은 방향을 바꾸어 키이우를 향해 불기 시작했습니다.

Radioaktivaj aerosoloj estis portataj en la direkton de la multmiliona urbo.
방사성 에어로졸이 수백만명의 도시 방향으로 운반되었습니다.

Mi klare memoras tiun tagon - mi estis en Ministerio pri sanprotekto de Ukrainio.
나는 그 날을 분명히 기억합니다. - 나는 우크라이나 보건부에 있었습니다.

Mi memoras, kiel ĉe la kuracistoj kreskis maltrankvilo kaj streĉo, kiel en la konversacioj en ministeriaj kabinetoj kaj koridoroj temis pri apliko de urĝaj preventaj rimedoj.
나는 의사들 사이에 불안과 긴장이 얼마나 고조되었는지, 장관 사무실과 복도에서 대화에서 긴급 예방 조치의 적용에 대해 어떻게 했는지 기억합니다.

Aŭdiĝis la proponoj sin turni al la loĝantaro kun speciala alvoko pri rimedoj de singardo.
예방 조치에 대한 특별 요청과 함께 주민들에게로 돌아가자는 제안이 들렸습니다.

Sed ĝis la 6-a de majo tiujn proponojn neniu konsideris.
그러나 5월 6일까지 아무도 이러한 제안을 고려하지 않았습니다.

Multaj, tre multaj kulpigas nun la medicinistojn: kial ne avertis, kial ne elpaŝis pli frue?
많은 사람들이 지금 의사들을 몰아세웁니다. : 왜 경고하지 않았는지, 왜 더 일찍 나오지 않았는지?

Mi ne volas senkulpigi miajn kolegojn - ankau sur ilia konscienco estas multaj pekoj.
저도 양심적으로 죄가 많은 동료들을 변명하고 싶지 않습니다.

Sed por la justeco mi ŝatus substreki, ke ne estas medicinistoj, kiuj komandas la kanalojn de amasa komunikado.
그러나 정의를 위해 대중 커뮤니케이션 채널을 지휘하는 것은 의사가 아니라는 점을 강조하고 싶습니다.

Kaj ankaŭ ne estas medicinistoj, kiuj akceptas la plej gravajn decidojn.
그리고 가장 중요한 결정을 내리는 것도 의사가 아닙니다.

Sed estis necesaj la decidoj.
그러나 결정은 필요했습니다.

Jam fine de aprilo oni devis funde konsideri la celkonformecon de la aranĝo de la unuamajaj manifestacioj en Kiev kaj en najbarantaj kun la Zono regionoj - speciale pri partopreno de infanoj en ili.
이미 4월 말에 키이우Kiev와 지역 인근 지역에서 5.1. 노동절 시위 조직의 적절성을 철저히 고려해야 했습니다. 특히 어린이의 그들에 참여와 관련하여 그렇습니다.

Mi certas, ke la amo de la sovetiaj homoj al la unuamaja festo, iliaj patriotismaj sentoj neniom reduktiĝus pro neokazigo de la manifestacio.
노동절에 대한 소비에트 인민의 애착이나, 그들의 애국심은 시위가 일어나지 않는다고 해서 어떤 식으로든 줄어들지 않을 것이라고 확신합니다.

Oni rakontis al mi, kiel estis nuligita en Belorusio unu el la unuaj postmilitaj unuamajaj manifestacioj... pro la pluvo.
나는 벨로루시오Belorusio에서 전쟁 후 최초의 노동절 시위 중 하나가 어떻게 비 때문에 취소되었다는 말을 들었습니다.

Kaj kio okazis? Ĝuste same en 1986 la popolo korekte komprenus la neceson de proakcidentaj limigoj kaj portempa neesto de infanoj ekstere.

그리고 무슨 일이 일어났는지요? 1986년과 같은 방식으로 사람들은 사고가 발생하기 쉬운 제한의 필요성과 외부에 어린이의 일시적인 부재를 올바르게 이해하게 될 것입니다.

Ĝi aprezus dankeme. Ĉar ne kongrueblas la fotaĵoj de la detruita reaktoro kaj ridetantaj infanoj kun floroj en festaj kolonoj.
감사하게 생각합니다. 파괴된 원자로의 사진과 축제 대열에 꽃을 들고 웃고 있는 아이들의 사진이 일치할 수 없기 때문입니다.

Kaj ĉu oni ne povis dum la festaj tagoj peti la homojn, kiuj inundis parkojn, strandojn kaj apudurbajn arbarojn, kiuj veturis al vilaoj, portempe sin deteni de tiuj printempaj plezuroj?
La homoj komprenus tion.
그리고 축제 기간 동안 공원, 해변, 교외 숲을 넘치도록 메운 사람들, 별장으로 차를 몰고 온 사람들에게 봄날의 즐거움을 일시적으로 삼가도록 요청할 수 없었습니까?
사람들은 그것을 이해할 것입니다.

Oni povas refuti: la niveloj de radioaktiveco en Kiev ne superis la limajn allaseblajn normojn, pro kio do, iliaopinie, rezoni?
반론할 수 있습니다. : 키이우Kiev의 방사능 수준이 허용 기준을 초과하지 않았는데, 그들의 의견으로는 이유가 무엇입니까?

Sed ekzistas ankoraŭ limaj allaseblaj normoj de maltrankvilo, superintaj dum tiuj tagoj ĉiujn

imageblajn nivelojn.
그러나 그 당시에는 상상할 수 있는 모든 수준을 초과한 경계선의 허용 가능한 불안 기준이 여전히 존재합니다.

Ne eblis, malkorektis dum tiuj tagoj ignori la timon, kaŭzitan de radiado, kaj lukti kontraŭ ĝi ĉu per prisilento, ĉu per brave-optimismaj deklaroj.
불가능했던 것은, 그 당시에 방사선으로 인한 공포를 무시하는 것을 그냥 두는 것이나 침묵하든 또는 용감하게 낙관적인 진술을 통하든 그에 맞서 싸우든 어느것도 불가능했습니다.

Ja dum jardekoj la ĵurnaloj, radio, televido, scienc-popularaj revuoj mem kaŭzis, edukis tiun timon, bildigante la terurojn de atoma milito, ĉiujn ĝiajn somatajn (korpajn) kaj genetikajn postsekvojn.
결국 수십 년 동안 신문, 라디오, 텔레비전, 과학 잡지 자체가 핵전쟁의 공포와 그 모든 신체(육신) 및 유전적 결과를 묘사하면서 그 공포를 유발하고 교육했습니다.

Kaj kvankam la skalo de la ĉernobila akcidento kaj tiu de atoma eksplodo estas simple nekompareblaj, tamen la timo antaŭ la radiado evidentiĝis esti tre forta.
그리고 체르노빌 사고의 규모와 원자 폭발의 규모는 단순히 비교할 수 없지만 방사선에 대한 두려움은 매우 강한 것으로 판명되었습니다.

Kaj redukti ĝin, moligi psikologiajn postsekvojn de

la akcidento eblis per plej urĝa anonco pri simplaj profilaktikaj rimedoj - ne la 6-an de majo, sed pli frue.
그리고 그것을 줄이기 위해 사고의 심리적 결과를 완화하기 위해 5월 6일이 아니라 그 이전에 간단한 예방 조치를 가장 시급하게 발표하는 것이 가능했습니다.

Kiel diras la popola proverbo - "la singardeman dio gardas".
대중 속담에 말하듯이 - "조심한 신神만이 지켜준다"

Mi skribis en tiuj tagoj kaj nun povas ripeti kun ankoraŭ plia akreco kaj certeco: unu el la plej severaj lecionoj de la unua (kaj ankaŭ de la sekvaj) monato de la "ĉernobila erao" estis instruita al niaj amasinformiloj, ne sukcesintaj rekonstrui sian laboron konforme al la decidoj de la 27-a Kongreso de la partio.
나는 그 당시에 글을 썼고 이제 더 선명하고 확실하게 반복할 수 있는 것 : "체르노빌 시대"의 첫 달(그리고 다음 달)의 가장 가혹한 교훈 중 하나가 당 27차 대회의 결정에 따라 작업을 재건하는 데 실패한 우리 대중 매체에 알려졌습니다.

Impeta evoluo de la eventoj strikte reduktis la tempon, necesan por ekagi, por diversspecaj akordigoj kaj konformigoj.
사건의 성급한 변화는 다양한 종류의 화해와 일치를 위해 조치를 취하는 데 필요한 시간을 엄격하게 단축시켰습니다.

Fiksmemoriĝis kelkaj malfacilegaj tagoj en nia vivo – de la 26-a de aprilo ĝis la 6-a de majo, - kiam evidentis manko de patrolanda informaro, sed kompense ekvastumis sur la eteraj ondoj la fremdlandaj radiostacioj, rektasence torturantaj la animon de tiuj, kiuj sin ĵetis al la radioaparatoj.
4월 26일부터 5월 6일까지 우리 삶의 힘든 날들이 많이 기록되었습니다. - 본토정보가 부족한 것이 판명되었을 때, 그러나 보상으로 외국 라디오 방송국은 전파에 전파되기 시작하여 문자 그대로 라디오에 몸을 던진 사람들의 영혼을 괴롭혔습니다.

Ni ne ĝuigu nin per mensogo - ili estis multaj, ĉar la naturo ne toleras malplenon, inkluzive la informan.
우리는 거짓말에 탐닉하지 말자. - 자연은 정보 제공을 포함하여 공허함을 용납하지 않기 때문에 그들은 많이들 그랬습니다.

Ĉe tio estis farita ne nur ideologia, sed ankaŭ pure medicina damaĝo.
이에 이념적 피해는 물론 순전히 의학적 피해도 입었습니다.

Nun estas jam malfacile kalkuli, kiom da homoj troviĝis dum tiuj tagoj en la stato de fortega streso, en nescio kaj timo pri la vivo de siaj infanoj kaj parencoj, pri sia sano.
그 당시 얼마나 많은 사람들이 극도의 스트레스, 무지와 두려움 속에서 자신의 자녀와 친척의 생명과 건강을 걱정했는지 셀 수 없습니다.

En Kiev aperis kaj “katastrofistoj" - disvastigantoj de diversspecaj panikaj onidiroj, kaj kuraĝuloj - "optimistoj", ripetantaj nur solan: “ĉio en ord', ho moŝta markizino”.
키이우에는 “재앙주의자” - 다양한 종류의 공포스러운 소문을 퍼뜨리는 사람과 용감한 사람들 - “모든 것 정상, 오 고귀한 후작부인” 이라고만 반복하는 “낙관주의자” 가 모두 나타났습니다.

En la urbo, "en maja varmego, oni povis renkonti strangajn figurojn, envolvitajn de kapoj ĝis piedoj en malnovaj vestaĵoj, kun kaskedoj, ĉapeloj aŭ kaptukoj, kovrantaj preskaŭ dounon de vizaĝo, kun gantoj kaj ŝtrumpoj...
도회지 시내에서 “5월의 무더위에도 머리부터 발끝까지 낡은 옷을 입고 창모자, 테모자 또는 머리 스카프로 얼굴의 거의 절반을 덮고 장갑과 스타킹으로 덮은 이상한 인물을 만날 수 있습니다.

Tio estis "katastrofistoj", mobilizintaj ĉiujn rimedojn de individua protekto.
이는 개인 보호의 모든 수단을 동원한 “재앙주의자”였습니다.

Mi ilin ne malaprobas, sed post la Zono kun ĝiaj problemoj ĉiuj kievaj timoj ŝajnis simple ridindaj.
나는 그들을 굳이 반대하지는 않지만, 문제가 있는 존Zono 이후에 키이우의 모든 두려움은 단순히 우스꽝스러워 보였습니다.

Post la unuaj tagoj de silento, kiam la informoj estis tro malabundaj, aperis finfine multnombraj artikoloj en ĵurnaloj, la televido komencis elsendi la elpaŝojn de specialistoj. Sed...
침묵의 첫날이 지나고, 정보가 너무 부족했을 때 마침내 신문에 수많은 기사가 실렸고 텔레비전은 전문가의 진술을 방송하기 시작했습니다. 그러나...

En pluraj publikaĵoj kaj televidelsendoj aperis iaspecaj false-bravecaj, fanfaronecaj nuancoj, kvazaŭ temus ne pri la granda tuthomara tragedio, ne pri unu el ĉagrenigaj eventoj de la 20-a jarcento, sed pri trejna alarmo aŭ pri konkuro de fajrobrigadanoj surbaze de modeloj...
여러 출판물과 텔레비전 방송에서 일종의 거짓 허세, 자랑스러운 뉘앙스, 마치 20세기의 혼란스러운 사건 중 하나가 아닌 위대한 인간의 비극에 관한 것이 아닌 것처럼, 하지만 훈련 경보나 모델을 기반으로 한 소방관 대회에 대해...

Influis la kutimo labori konforme al malnovaj skemoj, hereditaj de la epoko de totala tropermesemo, influis la deziro doni nur luletrankviligan, ĝojan informaron; sentiĝis la timo vastigi publikecon pri kelkaj tiklaj kaj malagrablaj demandoj, unu el kiuj iĝis la akcidento en Ĉernobil.
완전히 방임적인 시대로부터 물려받은 오래된 계획에 따라 일하는 습관은 마음을 달래고 즐거운 정보만을 제공하려는 열망에 영향을 받았습니다. 몇 가지 간지럽고 불쾌한 질문에 대한 홍보

확산에 대한 두려움을 느꼈습니다. 그 중 하나는 체르노빌 Ĉernobil 사고였습니다.

Certe, estus maljuste ne rimarki ankaŭ tion novan, kio aperis dum tiuj tagoj en la laboro de la amasinformiloj.
물론 당시 매스미디어의 작업에서 나타난 새로운 것들도 주목하지 않는 것은 불공평할 것입니다.

Ekzemple, ni prenu interesan sperton de la ukrainia televido: ĉiutage ekde majo la redaktoroj kaj kinooperatoroj de la populara informa programo - "Aktuala kamero", la homoj, ne nur talentaj, sed ankaŭ kuraĝaj (konsentu - estas malsimple filmi suĝetojn en la Zono, sub pripafo de la radiado), detale konigis la televidspektantojn de Ukrainio kun la okazanta en AEC kaj ĉirkaŭ ĝi.
예를 들어, 우크라이나 텔레비전의 흥미로운 경험을 봅시다. :
5월부터 매일 인기 뉴스 프로그램의 편집자와 촬영 감독 - "현장 카메라", 사람들은 재능이 있을 뿐만 아니라 용감하기도 합니다 (동의요망 - 주제를 촬영하는 것은 어렵습니다. 방사선으로 인한 화재 아래 지역에서), 우크라이나의 TV시청자에게 원전과 그 주변에서 무슨 일이 일어나고 있는지 자세히 알았습니다.

Sed ĉio ĉi okazis pli poste.
그러나 이 모든 일은 훨씬 후에 일어났습니다.

Sed inter la tria kaj sesa de majo laŭ Kiev rampis

nigraj onidiroj: oni diris, ke jen-jen en la centralo okazos eksplodo, ĉar la temperaturo en la reaktoro altiĝis ĝis ekstrema limo kaj la kerno de la reaktoro, trairinte la betonan kovrilon, povas kontakti kun la akvo, akumuliĝinta sub la kvara bloko, kaj tiam...
그러나 5월 3일과 6일 사이에 키이우 주변에 검은 소문이 돌고 있었습니다. 발전소 여기 저기에서 폭발이 일어난다고 하더군요. 원자로의 온도가 극한까지 올라갔기 때문에, 그리고 원자로의 코어는 콘크리트 덮개를 통과한 후 4호 블록 아래에 축적된 물과 접촉할 수 있으며, 그리고 그 때...

Iuj certigis (tio estis "katastrofistoj"), ke okazos hidrogena eksplodo (fizikistoj tion plene refutis), la aliaj ("optimistoj") — ke nur la vapora.
일부는 (이들은 "재앙론자"였음), 수소 폭발이 있을 것이라고 확신했고 (물리학자들은 이를 완전히 반박), 다른 사람들("낙관주의자")은 증기 폭발만 있을 것이라고 확신했습니다.

Kaj en unu, kaj en la alia varianto estis malmulto gaja.
그리고 하나안에서, 그리고 다른 변형안에서 기쁨이 거의 없었습니다.

Oni diris, ke estas preparata evakuado de Kiev, kaj ankoraŭ la multan, diversan oni diris...
키이우에서 대피를 준비 중이라고 했고, 그 밖에도 많은 여러 가지 얘기가 나오기도..

“DANĜERO DE EKSPLODO ESTAS LIKVIDITA”
"폭발의 위험이 제거되었습니다”

La plej mirinda estas tio, ke ĉi-foje la onidiroj havis argumentitan bazon.
가장 놀라운 것은 이번 이 소문에 타당한 근거가 있었다는 것입니다.

El informoj de gazetaro: “Akademiano E.Veliĥov rakontis:
언론 정보에서: “학자 벨리코프E.Veliĥov는 다음과 같이 말했습니다.

La reaktoro estas difektita. Ĝia koro estas ardega aktiva zono, ĝi kvazaŭ "pendas". La reaktoro estas supre tegita per tavolo de sablo, plumbo, boro, argilo, kaj tio estas aldona sarĝo por konstruaĵoj.
반응기가 손상되었습니다. 그 심장부는 불타는 활성 영역이며 “매달린”것 같습니다. 원자로는 맨 위에 모래, 납, 붕소, 점토 층으로 덮여 있으며 이것은 건물의 추가 층입니다.

Malsupre, en speciala rezervujo, povas esti akvo... Kiel agos la ardega kristalo de la reaktoro? Ĉu oni sukcesos reteni ĝin aŭ ĝi eniĝos en grundon?
아래 특수 저수조에 물이 있을 수 있습니다... 원자로의 빛나는 수정水晶은 어떻게 작용할까요? 그들이 그것을 억제할 수 있습니까? 아니면 땅에 가라앉을 것입니까?

Neniu kaj neniam en la mondo troviĝis en tia komplika situacio: endas tre ekzakte taksi la situacion kaj ne fari eĉ unu eraron...
전 세계에서 아무도 그런 복잡한 상황에 처한 적이 없습니다.: 상황을 매우 정확하게 평가하고 단 한 번의 실수도 하지 않아야 합니다.

Posta evoluo de la eventoj montris, ke la direkto de la batalo kontraŭ la furioziĝinta reaktoro estis elektita korekte". ("Pravda", la 13-an de majo 1986)
사건의 후속 전개는 격렬한 원자로와의 분쟁방향이 올바르게 선택되었음을 보여주었습니다." ("프라우다", 1986년 5월 13일)

El la artikolo de V.F. Arapov, generalleŭtenanto, membro de Milita konsilio, ĉefo de Politika departemento de Ruĝstandarda Kieva armea regiono: "... Reprezentanto de la Registara komisiono starigis la taskon antaŭ la komandanto de la distingita mekanizita roto[52]), komunisto - kapitano Pjotr Pavlović Zborovskij: Ĉe la akcidenta reaktoro kreiĝis kriza situacio. En la speciala rezervujo sub ĝi, eble, estas akvo.
V.F.의 기사에서 아라포프Arapov, 중장, 군사 평의회 위원, 붉은 깃발 키이우Kiev 군사 지역 정치 부서장 : "... 정부 위원회의 대표는 저명한 공산주의 기계화 부대 대위 표트르 파블로비치 즈

52) 1 Taĉmento el soldatoj, pli-malpli regule organizitaj:
2 Aro el kune irantaj homoj aŭ bestoj:
3 (evi) = skipo.

보로프스키Pjotr Pavlović Zborovskij의 사령관 앞에 과제를 설정했습니다. : 사고 원자로에서 비상 사태가 발생했습니다. 그 밑의 특수 저수조에는 아마도 물이 있을 것입니다.

Se ne eltenos la betona fundamento, povas okazi la neriparebla. Vi devos dum kurtega periodo trovi korektan solvon kaj aranĝi depumpadon de la akvo.
콘크리트 기초가 무너지면 돌이킬 수 없는 일이 일어날 수 있습니다. 짧은 시간 동안 올바른 솔루션을 찾고 물 밖으로 펌핑 처리를 해야 합니다.

... Kirastransportaŭto veturigis kapitanon Zborovskij kaj du volontulojn – subserĝenton P. Avdeev kaj ĉefsoldaton Ju. Korŝunov al la loko, kie estis planate eniĝi la ejon, kondukantan al la rezervujo.
... 장갑차 운반대가 즈보로프스키Zborovskij 대위와 두 명의 자원 봉사자를 태워갔습니다 - 아브데예프Avdeev 상사 그리고 코르슈노프Korŝunov는 저수조로 이어지는 사이트에 들여보낼 계획이었습니다.

Indikiloj de la radiada esploro montris, ke sekura restado ĉe la betona muro povas daŭri ne pli ol dudek minutojn. La kuraĝuloj eklaboris, alternante unu post la alia.
방사선 조사의 지표에 따르면 콘크리트 벽안에서의 안전한 체류는 20분 이상 지속될 수 없습니다. 용감한 사람들은 차례로 교대로 일하기 시작했습니다.

Kaj jen la aperturo estis farita, kaj kapitano Zborovskij paŝis renkonten al nesciateco.
그리고 이제 틈새가 만들어졌고, 즈보로프스키 대위는 알지 못하는 상태를 점검하기 위해 발걸음을 옮겼습니다.

Baldaŭ li proponis al la Registara komisiono fidindan varianton por depumpado de la akvo, kiu estis konfirmita". (Revuo "Raduga", n-ro 10, 1986)
그는 곧 정부 위원회에 물을 퍼올리기 위한 신뢰할만한 변형을 제안했으며, 이는 확인되었습니다." (잡지 "라두가Raduga", 1986년 10호)

Nikolaj Miĵajlović Akimov, 30-jaraĝa, kapitano: "Evidentiĝis, ke ni devos labori en la zono de tre alta radiado. Tial kune kun kapitano Zborovskij (kun li estis ankoraŭ leŭtenanto Zlobin) ni decidis unuavice preni volontulojn.
니콜라이 미자일로비치 아키모프Nikolaj Miĵajlović Akimov, 30세, 대위: "우리는 매우 높은 방사선 영역에서 작업해야 한다는 것이 분명해졌습니다. 따라서 즈보로프스키 대위 (그와 함께 여전히 즐로빈Zlobin 중위) 와 함께 우리는 먼저 자원 봉사자를 모집하기로 결정했습니다.

Kiam ni anoncis, ke estas bezonataj ok volontuloj, la tuta personaro, staranta en linio, ĉiuj faris paŝon antaŭen.
8명의 자원봉사자가 필요하다고 발표했을 때, 모두가 줄을 서서 앞으로 나섰습니다.

Estis elektitaj ok personoj. Inter ili estis superaj serĝentoj Nanava kaj Olejnik.
8명이 선발되었습니다. 그들 중에는 특무상사 나나바Nanava와 올레이닉Olejnik도 있었습니다.

Ni laboris nokte, kun lumo de lanternoj. Ni laboris en protektaj kostumoj. Estis, fakte, ne tute oportune, sed alian solvon ni ne havis. Vi vidis tiujn kostumojn – iom verdkoloraj, ili nomiĝas ĝenerala armea protekta kostumo.
우리는 등불을 켜고 밤에 일했습니다. 우리는 보호복을 입고 일했습니다. 사실 완전히 편리한 것은 아니었지만 다른 해결책이 없었습니다. 당신은 그 옷을 보았을 것입니다 - 일종의 녹색, 그것들은 일반 군용 보호복이라고 불립니다.

La situacio, kiu formiĝis en la centralo, postulis agi rapide kaj rezolute. La personaro akceptis la starigitan taskon, kiel endas, kaj jam en la centralo ne estis superfluaj direktivoj, aldonoj, estis nur la laboro.
발전소에서 전개된 상황은 신속하고 단호한 조치를 요구했습니다. 직원은 할당 된 작업을 당연하게 수락했으며 이미 중앙 사무실에는 불필요한 지시, 다른추가는 없었고 작업만 있었습니다.

Ni laboris en la Zono nur dum dudek kvar minutoj. Dum tiu tempo estis instalitaj ĉirkaŭ unu kilometro kaj duono de la duktotuboj, instalita la pumpilo kaj

komencita la depumpado de la akvo.
우리는 단지 24분 동안만 존Zono에서 일했습니다. 이 시간 동안 약 1.5킬로미터의 파이프 라인이 설치되었고 이어 물 펌핑이 시작되었습니다.

Kvazaŭ ĉio estas bona, ni depumpas la akvon. Sed, kiel oni diras, malfeliĉo ne venas sola.
모든 알이 잘된 것처럼 보였고, 우리는 물을 퍼냅니다. 그러나 누가 말했듯이 불행은 혼자 오지 않습니다.

Ni ĵus sukcesis instali la duktotubojn kaj komenci la akvodepumpadon, kaj jen en la nokta obskuro[53] ies raŭpoaŭto dispremis niajn tubobranĉojn.
우리는 방금 파이프라인을 설치하고 물을 퍼올리기 시작했는데, 한밤중 어둠속에 어떤 이의 무한궤도차가 우리 파이프 지선을 짓밟았습니다.

Ili faris ian mezuradon kaj en la obskuro ne rimarkis la tubobranĉojn. Tia malakordo okazis. ĉio ĉi okazis en la zono de altaj niveloj de radiado. Kion do fari.
그들은 어떤 측정을 했고 그리고 어둠 속에서 그들은 파이프 지선支線이 있다는 것을 알지 못했습니다. 그런 불화가 생겼습니다. 이 모든 것은 높은 수준의 방사선 영역에서 발생했습니다. 이를 어쩌지 뭘 어떻게 해야.

---

53) obskur/a
1 Malluma, ne ebliganta klaran vidon: ~a ĉambro; (f) ~a intrigo.
2 Nekonata, senfama: ~a sciencisto, akademiano.

Ni vestiĝis kaj reiris tien. Ni iris kun la alia konsisto de soldatoj-volontuloj de nia roto.
우리는 옷을 입고 그곳으로 되돌아갔습니다. 우리는 우리 중대의 자원 군대-봉사자 구성원과 함께 갔습니다.

La akvo fluis kun premo, kaj la tuboj ne eltenis altan premon, eklikis. Kaj la akvo estis radioaktiva.
물은 압력이 세게 흘러, 파이프는 높은 압력을 견딜 수 없어 물이 새기 시작했습니다. 그 물은 방사성 물질이었습니다.

Tiu disfluo de la akvo sur itineroj de la laboro kreis kromajn danĝerojn. Endis urĝe forigi likadon, premi la tubobranĉojn tie, kie la akvo fontas.
작업 경로에 물이 엎질러진 것은 추가적인 위험을 초래했습니다. 누출을 긴급히 제거하고 물이 솟는 파이프 지선을 눌러야 했습니다.

Entute estis forigitaj multaj liktruoj de la tubobranĉoj.
파이프 지선에서 많은 누출이 대거 제거되었습니다.

Kion mi volas diri pri la knaboj? En nia vivo okazas diversaĵoj.
소년들에 대해 내가 무엇을 말하겠습니까? 우리 삶에는 다양한 일들이 일어납니다.

Kiel oni diras, armeservo sen malobservo ne ekzistas.

누군가 일렀듯이 규칙위반이 전무한 군대는 존재하지 않습니다.

Sed kiam ni venis tien, rigardis... Ne, komence estis nenia timo: ni venis - nenio. Eĉ birdoj flugas.
그러나 우리가 거기 도착했을 때, 보니... 아니, 처음에는 두려움이 없었습니다. 우리는 아무것도 하지 않았습니다. 새들 마저 날아다닙니다.

Sed poste, kiam komenciĝis mezurado de radiumado – ni ĉiuj havis individuan dozometron, kiam ni komprenis, ke niaj organismoj komencis akcepti rentgenojn, jam tiam la soldatoj montris tute alian rilaton.
그러나 나중에, 방사선 측정이 시작되었을 때 - 우리 모두는 개인 측정기를 가지고 있었고, 우리 유기체가 엑스레이를 받아들이기 시작했다는 것을 깨달았을 때에, 군인들은 완전히 다른 관계를 보였습니다.

Mi ne kaŝu: kiam la dozometroj komencis kalkuladon, aperis timo.
나는 숨길 수 없습니다: 측정기가 계산을 시작했을 때 두려움이 있었습니다.

Tamen unu soldato, troviĝanta en la centralo, manifestis signojn de malforteco, ĉiuj plenumis la taskon kuraĝe, kun alta profesia majstreco.
그러나 발전소에 있던 한 병사는 허약한 기색을 보였고, 모두 고도의 전문성으로 용감하게 임무를 수행했습니다.

Malkuraĝuloj inter ni ne troviĝis.
우리 중에 겁쟁이는 보이지 않았습니다.

La tasko estis starigata ekster la Zono.
과제는 존Zono 바깥에 설치되었습니다.

Kiam oni eniris en la Zonon, tie ne estis tempo por komandi: unue, maloportune - ni surhavas - enspiratorojn, kaj due, ne tempas komandi - necesas la aferon fari rapide.
존에 들어갔을 때 명령할 시간이 없었습니다. 첫째, 불편함 - 우리는 - 흡입기를 착용하고 있습니다, 둘째, 명령할 시간이 없습니다 - 신속하게 과제를 수행해야 합니다.

La knaboj ne havis hezitojn, mi ne rimarkis. Ĉiuj sciis, ke ili jam ricevis rentgenojn, sed ĉiu plenumadis sian taskon.
소년들은 망설임이 없었고, 나는 주목하지 않았습니다. 모두가 이미 엑스레이를 받았다는 것을 알고 있었지만 모두가 할 일을 하고 있었습니다.

Krome, la tekniko estas tekniko. La pumpilo situis en la Zono de tre altaj niveloj de radiado, funkciis en fermita ejo, kaj restadi tie estis preskaŭ neeble.
그외에도, 기술은 기술이다. 펌프는 매우 높은 수준의 방사선이 방출되는 존Zono에 설치되어 있었고 폐쇄된 공간에서 가동되었기에, 그곳에 머무르는 것은 거의 불가능했습니다.

Sed pro manko de aero kaj trogaseco la maŝino paneis.
그러나 공기부족과 가스가 너무 많아 기계가 고장났습니다.

Tial de tempo al tempo, kaj tiu tempo estis proksimume 25-30 minutoj, ni eniradis la Zonon, ventumadis la ejon, funkciigadis la maŝinon kaj ĉio ripetiĝadis dekomence.
그렇게 이따금, 그 시간이 대략 25~30분 정도였고, 우리는 존 Zone에 들어가 현장에 통풍을 시키고, 기계를 가동시키는 등, 모든 것이 처음부터 반복되었습니다.

Kaj tiel okazis dumdiurne. Tiun tutan laboron ni plenumis dum la nokto de la 6-a al la 7-a de majo.
그런 일이 그렇게 진종일 일어났습니다. 우리는 모든 작업을 5월 6일부터 7일까지 실행했습니다.

Poste la pumpilo estis ŝanĝita. Ĉu vi komprenis, ke tio estis unu el la plej gravaj operacioj en la tuta ĉernobila epopeo?
나중에 펌프가 교체되었습니다. 이것이 체르노빌 전체 역사에서 가장 중요한 작전 중 하나라는 것을 이해했을런지요?

– Jes, ni komprenis. Precipe la oficiroj. Ni komprenis, ke se la akvo trafos en la bolantan substancon - okazos aŭ eksplodo, aŭ minimume elvaporiĝo... Ni ĉiuj komprenis. Tio estis tute

konsciaj agoj, ni sciis, kion ni entreprenis.
- 네, 이해했습니다. 특히 장교들. 우리는 물이 끓는 물질에 닿으면 폭발이 일어나거나 최소한 증발이 일어난다는 것을 이해했습니다. 우리 모두는 이해했습니다. 이것들은 완전히 의식적인 행동이었고 우리는 우리가 무엇을 하고 있는지 알고 있었습니다.

- Ĉu vi ne bedaŭras, ke vi elektis la profesion de fajrobrigadano?
- 소방관 직업을 선택한 것을 후회하지 않으세요?

- Ne. Mi devenas el Rostova provinco, loĝloko Orlovskij, tio estas patrujo de Budennij. Salskaj stepoj.
- 아니. 나는 부데니의 고향인 로스토프 지방 오를로프스키 주거지에서 왔습니다. 살스키Salska 대초원.

Mi finis Ĥarjkovan kontraŭincendi-teknikan faklernejon de Ministerio pri internaj aferoj, estis perfekta lernanto. Mi rekrutiĝis en armeon, militservas en Kiev jam dum ses jaroj. Do, konsideru, ke mi estas kievano. Pri mia profesio mi ne bedaŭras, mi ĝin konscie elektis.
나는 내무부의 하리코프Ĥarjkov 소방 기술 학교를 졸업한 좋은 학생이었습니다. 저는 군대에 입대하여 키이우에서 6년 동안 복무했습니다. 그러니 내가 키이우인이라고 생각하십시오. 나는 내 직업을 후회하지 않고, 의식적으로 선택했습니다.

- La tuta Kiev vivis dum tiuj tagoj per teruraj

onidiroj. Ĉu vi havis la senton, ke vi faris ion eksterordinaran?
- 그 당시 키이우 전체는 끔찍한 소문으로 살았습니다. 뭔가 비범한 일을 했다는 느낌이 들었나요?

- Vidu, estis senpeziĝo, ke ni plenumis la laboron.
- 이봐, 우리가 일을 끝내서 다행이었어.

Kiam ni povis raporti: "Danĝero de eksplodo estas likvidita". Sed ni ne havis eĉ penson, ke oni poste intervjuos nin.
"폭발의 위험이 제거되었습니다."라고 보도할 수 있었을 때 그러나 나중에 인터뷰하게 될 줄은 몰랐습니다.

Ni pensis pri la alia: "Tiu soldato havas tiom da rentgenoj. Li atendu. Komence iros tiuj ĉi. Ili havas malpli".
우리는 다른 사람에 대해 생각했습니다 : "저 군인은 엑스레이를 너무 많이 조사照射했습니다. 기다리게 하세요. 이들이 먼저 갈 것입니다. 그들은 덜 가지고 있습니다."

Ni gardis unu la alian.
우리는 서로를 지켜보았습니다.

Kaj poste subite evidentiĝis, ke ni kvazaŭ estas herooj. Mi opinias, ke ĉiuj, kiuj laboras en Ĉernobil, faras necesan aferon. Ĉiuj senescepte. Se ni ne estus, iu alia estus sur nia loko. Ni iris tien simple

kiel specialistoj".
그리고 갑자기 우리가 영웅이라는 것이 분명해졌습니다. 체르노빌에서 일하는 모든 사람들이 필요한 일을 하고 있다고 생각합니다. 예외 없이 모두 우리가 아니었다면 다른 누군가가 우리 자리에 있었을 것입니다. 우리는 단순히 전문가로서 거기에 갔던 것입니다."

Besik Davidović Nanava, 19-jaraĝa, supera serĝento; "Mi naskiĝis en Kartvelio, en la urbo Chakaja, kreskis samloke. Mia patro estas inĝeniero, la patrino - librotenisto. Mi militservas dum jaro kaj duono.
베식 다비도비치 나나바Besik Davidović Nanava, 19세, 상급 상사; "저는 차카야Chakaja시 카르트벨리오Kartvelio에서 태어나 거기에서 자랐습니다. 아버지는 엔지니어이고 어머니는 회계사입니다. 저는 군복무한지 1년 반 되었습니다.

Kiel ĉio okazis? Ni sidas en la klubo, spektas filmon.
어떻게 된거야? 우리는 클럽에 앉아 영화를 봅니다.

Estas la komando: "Alarmo por kontraŭincendia roto!" Tuj ĉiuj kolektiĝis, kaj komandanto de la roto, kapitano Akimov, diras: "Knaboj, kolektiĝu kaj akordiĝu por laboro". Li instrukciis pri la sekurigrimedoj.
명령입니다. "소화반대 경보!" 순식간에 모두 모였습니다.
그리고 중대장인 아키모프Akimov 대위는 말합니다. 귀관들 모여서 그리고 작업을 위해 협조하라. 안전수칙에 대해 안내해 주셨습니다.

Kiam mi ĉion ĉi ekaŭdis, mí la hejmon mian rememoris, ĉion. Sed vidu, mi sentis, ke endas, necesas fari tion. Se oni nin vokis, do ni tie estas bezonataj.
이 모든 것을 들었을 때, 나는 내 집의 모든 것이 생각났습니다. 하지만 알다시피, 나는 그것이 필요하고, 그렇게 할 필요가 있다고 느꼈습니다. 우리가 부름을 받았다면 그곳에 우리가 필요한 것입니다.

La 5-an de majo ni venis al Ĉernobil, venis matene. Ni restis tie tutan tagon.
5월 5일 아침에 우리는 체르노빌에 도착했습니다. 우리는 하루 종일 거기에 머물렀습니다.

La sesan venis general-majoro A. F. Sujatinov, kaj estis tia komando: nia speciala operacia grupo jam devas esti en la centralo.
6일에는 수야티노프Sujatinov 소장이 와서 이런 명령이 있었다. : 우리 특수작전반은 이미 발전소 안에 있어야 한다.

La tuta roto estis formita kaj kapitano Akimov diris: "Volontuloj – paŝon antaŭen. Ĝuste ĉiuj faris paŝon antaŭen. Oni elektis la plej sanajn, fizike preparitajn.
중대 전체가 조직되었고 아키모프 대위는 "자원 봉사자 - 한 걸음 전진" 이라고 말했습니다. 거의 모든 사람이 한 걸음 더 나아갔습니다. 가장 건강하고 신체적으로 건강한 사람들이 선택되었습니다.

Kaj mi pri sporto okupiĝis, pri lukto ĵudo. Ni preparis aŭtojn, kontrolis branĉajn tubojn kaj la 6-an de majo je la naŭa vespere ni estis jam ĉe la centralo.
그리고 나는 스포츠, 유도 레슬링에 참여했습니다. 우리는 자동차를 마련하고, 지관支管을 점검했으며 5월 6일 저녁 9시에 이미 발전소에 도착했습니다.

Ni venis per kirastransportaŭtoj. Tie estis kvar oficiroj - kapitano Zborovskij, leŭtenanto Zlobin, kapitano Akimov, majoro Kotin kaj general-majoro Sujatinov. Kaj ni estis okope - serĝentoj kaj soldatoj.
우리는 스포츠장갑차를 타고 왔습니다. 그곳에는 네 명의 장교가 있었습니다. 즈보로프스키Zborovskij 대위, 즐로빈Zlobin 중위, 아키모프Akimov 대위, 코틴Kotin 소령, 그리고 수야티노프 Sujatinov 소령이 있었습니다.
그리고 우리 중 8명이 있었습니다 - 상사들과 장병들.

Kiam ni venis, la general-majoro diris: "Ĉu ni tuj komencu aŭ fumpaŭzu?"
우리가 도착했을 때 소장이 말했습니다. "바로 시작할까, 아니면 담배나 피우며 휴식이나 할까?"

Ni do pridiskutis tion: "Ni tuj komencu". Ne elirante

el la aŭtoj, ni tuj direktiĝis al la laborloko. Ni enveturis tien.
그래서 "바로 시작하자"고 의논했습니다. 차에서 내리지 않고 바로 작업장으로 향했습니다.

Ni instalis la pumpilon kaj komencis meti tubobranĉojn. Je duono antaŭ la tria nokte ni finis la laboron, revenis, aranĝis desradioaktivigon, banis nin, kuŝiĝis ripozi en bunkro.
우리는 펌프를 설치하고 파이프 지관支管을 놓기 시작했습니다. 새벽 3시 반에 우리는 작업을 마치고 돌아와서 방열 처리를 하고 목욕을 하고는 벙커에 누워 휴식을 취했습니다.

Sed je la kvina matene estis la komando iri reen. Oni diris, ke iu esplortaĉmento kun raŭpveturilo traveturis kaj distranĉis tiujn tubobranĉojn.
그러나 아침 5시에 명령은 돌아가라는 것이었습니다. 추적 차량으로 일부 수색대가 지나가다가 파이프 지선을 훼손절단했다고 합니다.

Kaj la poluciita akvo ekfluis... jen kio... Ni leviĝis, revestiĝis, venis al la loko de la akcidento ŝanĝis la tubobranĉojn kaj – reen. Ĉio ĉi daŭris proksimume 25 minutojn.
그리고 오염된 물이 흐르기 시작했습니다. 그게 바로... 우리는 일어나서 옷을 갈아입고 사고 현장에 와서 파이프 지선을 교체했습니다. 이 모든 작업에 약 25분이 소요되었습니다.

Pasis tri horoj, tie konstante deĵoris helikoptero, do de la helikoptero oni komunikis, ke formiĝis fonto, estas truo en la tubobranĉo – endas urĝe forigi.
3시간이 지나고, 헬리콥터가 계속 근무했는데, 샘이 형성되어 파이프지선에 구멍이 있다고, 헬리콥터에서 알려주었습니다. 긴급히 제거해야 합니다.

Oni nin denove vekis. Ni tuj iris tien. Ni kunpremis ĝin, kaj ĉio. Oni nin tuj anstataŭigis, sendis en hospitalon por observado.
우리를 다시 깨웠습니다. 우리는 즉시 거기로 갔습니다. 우리는 그것을 눌렀습니다. 우리는 즉시 교체되었고, 관찰을 위해 병원으로 보내졌습니다.

Nun mi fartas bone. Al la gepatroj mi ne skribis pri tio.
이제 괜찮아. 나는 그 일에 대해 부모님에게 편지를 쓰지 않았습니다.

Sed vidu, kiel okazis. Oni donis al mi forpermeson, mi venis, kaj la patro ekvidis la armean karton, kie estis enskribita la dozo de radiumado.
그러나 그것이 어떻게 일어났는지 봅시다. 나는 휴가를 받고 집에 와서는 아버지는 방사선량이 기록된 군용 카드를 보셨습니다.

Li min demandas: "Fileto, de kie, kio estas tio?" Mi konkrete al li nenion klarigis, sed li pri tio kompetentas, li tuj divenis.

아버지께서 내게 물으셨습니다.: "얘야, 어디에서, 그게 무엇이냐?" 나는 아버지에게 구체적으로 아무 것도 설명하지 않았지만, 아버지는 그것에 대해 권위자로. 즉시 짐작하셨습니다.

Li diris: "Rakontu, kiel tio okazis". Mi provis duonkaŝi. Mi ne volis rakonti plene, kiel tio okazis. Sed ili ĉion eksciis".
아버지께서는 "어떻게 된 건지 말해줘"라고 하셨습니다. 반쯤 숨기려고 했습니다. 나는 그것이 어떻게 일어났는지 완전히 말하고 싶지 않았습니다. 그러나 부모님께서는 모든 것을 알아냈습니다."

... La nokto de la 6-a al la 7-a de majo 1986 por ĉiam eniros la historion kiel unu el la plej gravaj venkoj super la akcidenta reaktoro.
... 1986년 5월 6일부터 7일까지의 밤은 사고 원자로에 대한 가장 중요한 승리 중 하나로 역사상 영원히 기록될 것입니다.

Mi ne volas eltrovi dolĉigan simbolaron kaj forlogiĝi per solenaj komparoj. Oni jam entuziasmiĝis, sufiĉas. Sed la simbolaro tamen sin trudas: tio okazis antaŭ la Tago de Venko.
나는 달콤한 표식을 찾아내고 대단한 비교에 현혹되고 싶지 않습니다. 우리는 이미 흥분했습니다, 그것으로 충분합니다. 그러나 표식은 그럼에도 불구하고 스스로를 억제합니다. 이것은 승리의 날 이전에 일어났습니다.

Kaj nun por mi tiuj du datoj firme ligiĝis en unu

nodon.
그리고 지금 저에게는 그 두 날짜가 하나의 매듭으로 단단히 묶여 있습니다.

Dum la tuta vivo al mi destinita, mi ĉiam dum majaj mallongaj noktoj rememoros la majon de 1945, ruinigitan, forbruligatan,
나에게 주어진 인생을 통틀어 나는 1945년 5월의 짧은 5월의 밤, 황폐하고 불타버린 것을 항상 기억할 것입니다.

sed jubilantan Kiev la aŭtojn "Studebaker" surstrate, kontraŭaviadajn bateriojn en la parko "Sevĉenko", prepariĝantajn por grandioza salvsaluto, larmojn en okuloj de plenkreskuloj; kaj apude – la majon de - 1986; kirastransportaŭtojn, impetantajn al la Zono, kaj la vortojn de unu oficiro, veninta al nia hospitalo: "Knaboj, gratulon okaze de la venko! Eksplodo ne estos!"
그러나 거리의 환호하는 키이우 "스튜드바켈" 자동차 , "세브첸코" 공원의 대공포대, 장엄한 일제사격, 성인의 눈에 눈물을; 그리고 그 옆에 - 1986년 5월; 존Zono을 향해 돌진하는 장갑차, 그리고 우리 병원에 온 장교의 말: "얘들아, 승리를 축하해! 폭발은 없을 거야!"

La kolektivon, plenumintan tiun respondecan taskon de la Registara komisiono, mi vizitis kune kun veteranoj de la Granda Patria Milito.
나는 위대한 애국 전쟁 참전 용사들과 함께 정부위원회의 책임

있는 임무를 수행한 집단을 방문했습니다.

La renkontiĝon arangîs Stanislav Antonović Salackij - interesega homo, sperta ĵurnalisto, kolonelo de Sovetia Armeo kaj samtempe de Pola Armeo.
그 회합은 - 매우 흥미로운 사람, 경험 많은 저널리스트, 소련군 대령이자 폴란드군 대령인 스타니슬라프 안토노비치 살라키 Stanislav Antonović Salackij가 마련했습니다.

Fine de 1944 li estis ĉefredaktoro de la ĵurnalo de la Unua tanka divizio de Pola Armeo "Pancerni": ĝuste en tiu divizio militservis la iĝintaj tiaj popularaj herooj de televida filmo "Kvar tankistoj kaj hundo".
1944년 말 그는 폴란드군 "판쩨르니Pancerni"의 제1전차사단 신문의 편집장이었습니다. 인기있는 영웅이 군대에서 복무한 것은 바로 그 부서였습니다.

Por tiu renkontiĝo venis Herooj de Soveta Unio, altklasa piloto, kolonelo Georgij Gordeević Golubev, kiu dum milito estis sekvanta piloto ĉe la legenda Pokriŝkin, kaj fama skolto, savinta la antikvan Krakovon de neniigo far hitleranoj, - Evgenij Stepanović Bereznjak, konata al la tuta lando sub la nomo "majoro Turnoblovo".
그 모임에는 전쟁 중에 전설적인 포크리슈킨Pokriŝkin의 두 번째 조종사였던 고급 조종사 게오르기 고르디비치 골루베프Georgij Gordeević Golubev 대령과 소련의 영웅들이 왔습니다. 그리고 고대 크라코프를 나치에 의해 전멸로부터 구한 "회오리바람대대장"이라는 이름으로 전국에 알려져 있는 유명한 정찰대원 - 예브게니 스테파노비치 베레즈냐크Evgenij Stepanović Bereznjak.

Kolonelo Golubev tre reliefe kaj verece rakontis pri malfacila laboro de ĉasaviadisto, ĝuste pri la konkreta laboro, sed ne pri la "heroaĵoj" ĝenerale: pri fizikaj superstreĉoj, destinitaj por altklasaj pilotoj, pri diversaj teknikaj ruzaĵoj, aplikataj de pilotoj dum milito.
골루베프 대령은 전투기 조종사의 고된 일, 구체적인 작전수행에 대해 매우 생생하고 진실하게 이야기했지만 일반적으로 "영웅적 위업"에 대해서는 다음과 같이 말했습니다. 고위급 조종사를 위한 물리적 스트레스, 전쟁 중 조종사가 적용하는 다양한 기술 트릭에 대해서 말했습니다.

Se vi ne faligos la malamikon, do li faligos vin. Bereznjak rakontis pri la laboro de skoltoj en malamika ariero, kiam la homo estas en konstanta streĉo, havante preman senton de danĝero.
당신이 적을 쓰러뜨리지 않으면 적이 당신을 쓰러뜨릴 것입니다. 베레즈냐크는 사람이 끊임없이 스트레스를 받고 억압적인 위험을 느낄 때. 적 후방에서 정찰병의 일에 대해 이야기했습니다.

En tiaj kondiĉoj transvivas la plej kuraĝaj, la plej paciencaj kaj eltrovemaj.
그러한 상황에서 가장 용감하고, 가장 인내심 강하고 그리고 지략이 뛰어난 사람이 살아남습니다.

Mi rigardis al la junaj, 18~19-jaraj tonditaj knaboj kun ruĝaj epoletoj surŝultre, vidis, kiel atente ili aŭskultas la rakontojn de veteranoj.
나는 어깨에 빨간 견장을 두른 18~19세의 머리자른 소년들을 보았고 그들이 참전 용사들의 이야기를 얼마나 주의 깊게 듣고 있는지 보았습니다.

Mi pensis: post kvardek jaroj tiuj knaboj kun grizaj haroj ĝuste same rakontados pri la varmegaj tagoj de Ĉernobil; kaj ĝuste same, reteninte spiron, ilin aŭskultos la infanoj de la 21-a jarcento.
나는 생각했습니다: 지금부터 40년 후에 회색머리를 가진 그 소년들은 체르노빌의 더운 날에 대해 똑같은 이야기를 할 것입니다. 마찬가지로 21세기의 아이들은 숨을 죽이고 그들의 말을 듣게 될 것입니다.

Sed se mi dirus pri tio al la soldatoj, ili ne kredus, ekridus. Ĉar hodiau ili ne povas imagi sin maljunuloj.
그러나 내가 병사들에게 그것에 대해 말하면 그들은 그것을 믿지 않고 웃을 것입니다. 오늘날 그들은 스스로를 노인으로 생각할 수 없기 때문입니다.

FLUGO SUPER LA REAKTORO
원자로 상공의 비행

Ekde la unuaj tagoj de la akcidento la situacio ĉirkaŭ la akcidenta reaktoro estis sub kontrolo.
사고 첫날부터 사고 원자로 주변은 통제하에 들어갔습니다.

Por tio estis uzataj ĉiuj eblaj tiutempe vojoj - surteraj kaj aeraj.
이를 위해 당시에 지상과 공중 - 모든 가능한 방법이 동원되었습니다.

Nikolaj Andrejević Volkozub, 54-jaraĝa, supera inspektoro - aviadisto de Milit-Aviadaj Fortoj de Kieva armea regiono, piloto-celpafisto, kolonelo, majstro pri helikopetra sporto de USSR: “La 27-an de aprilo matene oni komunikis al mi telefone: veni en la stabejon kun ĉiuj individuaj protektrimedoj.
니콜라이 안드레예비치 볼코주브Nikolaj Andrejević Volkozub, 54세, 수석 검사관 - 키이우 군사 지역의 군사 항공 부대 비행사, 조종사 사수, 대령, 소련 헬리콥터 스포츠 마스터 : “4월 27일 아침, 나는 모든 개인 보호 장비를 가지고 본부로 오라는 전화 지시를 받았습니다.

Tio estis dimanĉe. Venis aŭto, mi rapide prepariĝis, venis en la stabejon kaj eksciis pri la okazinta.
그 지시는 일요일에 있었습니다. 차가 와서 빨리 준비하고 참모부실로 와서 무슨 일이 있었는지 알아 냈습니다.

Oni donis al mi komandon flugi al la urbo Pripjatj. Kiam mi preterflugis la centralon ĉu mi volis tion aŭ ne volis, - sed mi flugis - deflanke kaj ekvidis la tutan tiun bildon.
나는 프리피야트시로 비행하라는 명령을 받았습니다. 내가 원하든 원하지 않든 발전소 곁을 지나쳐 - 그러나 나는 날아가 - 측면에서 전체 광경을 보았습니다.

Tiujn lokojn mi sciis, mi ofte tie flugis. Ni enŝaltis en la helikoptero la helikopteran mezurilon de dozoj kaj jam ĉe alveno al AEC ni rimarkis, ke la niveloj de radiado altiĝas.
나는 그 곳를 알고 있었고, 자주 그곳을 비행했었습니다. 우리는 헬리콥터내에서 측정기를 켰고 이미 원전에 도착하자마자 방사선 수치가 상승하고 있음에 주목했습니다.

Mi ekvidis ventuman tubon, la detruitan kvaran energiblokon. Estis fumo, kaj interne estis rimarkebla la flamo, en la fendo de la reaktoro. La fumo estis griza.
나는 통풍튜브를 보았고, 파괴된 4호 에너지 블록을 보게 되었습니다. 연기가 자욱했고, 원자로 균열 내부에서 나오는 불꽃이 눈에 띄었습니다. 연기는 회색이었습니다.

Mi venis al Pripjatj, ekaŭdis voĉon de la gvidanto. Tie jam estis nia gvidanto, general-majoro Nikolaj Trofimović Antoŝkin. Mi alteriĝis sur la stadionon.

나는 프리피야트에 와서 지도원의 목소리를 들었습니다. 우리 지도원 니콜라이 트로피모비치 안토슈킨Nikolay Trofimović Antoŝkin 소장은 이미 그곳에 있었습니다. 나는 경기장에 착륙했습니다.

Al mi venis aŭto. Mi demandas: “Kie ankoraŭ estas placeto?" Oni respondis: "Apud florbedo, apud la urba plenumkomitato". Mi ekflugis kaj alteriĝis ĉe la florbedo.
차가 내게 왔습니다. 내가 “작은 광장이 어디 있느냐”고 묻자: “화단 옆, 시 집행위원회 옆”이라고 답이 왔습니다. 나는 화원에 이착륙했습니다.

Mi venis al Prjpiatj je la 16:00. La urbo jam estis evakuita. Nur antaŭ la urba plenumkomitato estis aŭtoj. La urbo estis malplena. Tio estis tre neordinare.
나는 16:00시에 프리피야트에 왔습니다. 도시는 이미 대피했습니다. 시 집행위원회 앞에는 차 뿐이었습니다. 도시는 텅 비어 있었습니다. 그 상황은 매우 이례적인 일이었습니다.

Mi iris en la stabejon, al general-majoro Antoŝkin. Tiutempe venis ankoraŭ du helikopteroj MI-8, kiuj jam komencis elĵetadon de ŝarĝo. Ili ĵetis en la reaktoron sablon, boratacidon en sakoj.
나는 본부, 안토슈킨 소장에게 갔습니다. 그 당시 이미 화물투하를 시작한 두 대의 엠아이MI-8 헬리콥터가 더 도착했습니다. 그들은 모래, 붕산을 봉지에 넣어 원자로에 투하했습니다.

Oni ŝarĝis la sakojn apud la rivera stacidomo, kaj veturigis rekte tien, al la centra placo. De tie la helikopteroj flugis al la reaktoro.
그들은 강변역 옆에 부대자루를 싣고 곧장 중앙광장으로 차를 몰았다. 거기에서 헬리콥터가 원자로로 날아갔습니다.

Dekomence oni ne kroĉis la sakojn deekstere, sed metis interne de helikoptero. Ĉe alveno al la reaktoro oni malfermis la pordon kaj simple elpuŝis la sakojn.
처음부터 자루들을 외부에 매달지 않고 헬리콥터 내부에 실었습니다. 원자로에 도착하자마자 문을 열고 자루를 그냥 밖으로 던져 버렸습니다.

La 27-an niaj helikopteristoj ĵetadis la sakojn ĝis mallumo. Oni raportis al la Registara komisiono, ke oni ĵetis mi nun ekzakte ne memoras, - ŝajne, okdek kelkajn sakojn.
27일 우리 헬리콥터 조종사들은 어두워질 때까지 자루를 던졌습니다. 그들이 던졌다고 정부 위원회에 보고되었는데, 지금은 정확히 기억나지 않습니다. - 자루는 분명히 80개 정도였습니다.

Prezidanto de la komisiono Boris Evdokimović Ŝĉerbina diris, ke tio estas malmulte, guto en maro. Tre malmulte. Tien necesas ĵeti tunojn.
위원회 회장 보리스 에브도키모비치 셰르비나Boris Evdokimović Ŝĉerbina는 이것 너무 적어, 바다에 물 한 방울이야 라고 말했습니다. 너무 적어. 수 톤은 던져야 해.

Ni flugis al la bazejo kaj ekpensis: kion fari? Oni starigis tion por pridiskuto de la tuta personaro aviadista kaj teknika.
우리는 기지로 날아가 생각하기 시작했습니다. : 뭘 해? 전체 항공 및 기술 요원들이 이 문제를 논의하기 위해 논의기획을 설정했습니다.

Se permane ĵeti la sakojn, do estas kaj malalta laborproduktiveco, kaj nesendanĝere. Unu aviadteknikisto kiom da li elĵetos?
모래자루를 사람 손으로 던지면 노동 성과가 적은데다, 안전하지도 않고요. 항공 기술자 한 사람이 얼마나 던질수 있을까요?

Do nokte de la 27-a al la 28-a de aprilo ĉiuj pensis: kiel fari tion pli bone? Ja principe sur la ekstera suspensio la helikoptero MI-8 povas preni du tunojn kaj duonon.
그래서 4월 27일부터 28일까지 밤에 모두가 생각했습니다. 어떻게 하면 더 잘할 수 있을까? 실제로, 기본적으로 엠아이MI-8 헬리콥터에는 외부 서스펜션에 2.5톤을 걸 수는 있습니다.

Tiunokte venis la ideo - pendigi la ŝarĝon ĉe la ekstera suspensio. Meti la sakojn en bremsajn paraŝutojn de ĉasaviadiloj – ili estas tre firmaj – kaj pendigi.
그날 밤 아이디어가 떠올랐습니다. - 외부 서스펜션에 걸기 위한 것이었습니다. 전투기의 브레이크 낙하산에 자루를 넣는 것 - 매우 단단합니다.

Ni havas specialan mekanismon en helikopteroj, ebligantan dekroĉi la ŝarĝon. Oni premas la butonon - kaj ĝi dekroĉiĝas. Kaj ĉio ekfunkciis. Dekomence ni laboris kun M1-8, poste estis aldonitaj pli grandkapacitaj maŝinoj.
헬리콥터에는 특수 메커니즘이 있어 짐을 분리할 수 있습니다. 버튼을 누르면 - 분리됩니다. 그리고 모든 것이 작동하기 시작했습니다. 처음부터 엠아이M1-8로 작업한 후 더 큰 용량의 기계가 추가되었습니다.

Nia komandejo estis instalita sur la hotelo "Polesje" en la centro de Pripjatj. De tie la centralo estas videbla kvazaŭ sur manplato. Estis videble, kiel la helikopetroj, ekflugantaj de la placeto, iras al celkurso por deĵeto, kaj oni povis gvidi ilin.
우리 지휘소는 프리피야트의 중심에 있는 "폴레세Polesje" 호텔에 설치되었습니다. 거기에서 발전소가 마치 손바닥 보듯 합니다. 작은 광장에서 이륙하는 헬리콥터가 어떻게 가고 있는지 볼 수 있었습니다. 하역 (모래자루 떨어뜨림) 대상 코스로 안내할 수 있습니다.

La komplikeco estis en tio, ke ni ne havis specialan celilon por elĵeti de ekstera suspensio tiun monton da sakoj, kiuj pendis sub la maŝino.
문제는 기계 아래에 매달린 산처럼 많은 자루를 외부 서스펜션에서 떼어낼 (격리할) 특별한 조준기가 없었다는 것이 문제였습니다.

Prilaborante metodikon de flugoj, ni determinis, ke la flugistoj devas teni altecon de la flugo je 200 metroj.
비행 방법론을 통해 우리는 조종사가 비행 고도를 200미터로 유지해야 한다고 결정했습니다.

Malpli alte ne eblis pro la radiado, kaj, krome, la ventuma tubo tie havis altecon de 140~150 metroj.
방사선 때문에 더 낮은 고도는 불가능했고, 그것말고도 환기 파이프의 높이가 140~150미터였습니다.

Tio estis tre apude. Necesis direktiĝi al la tubo. Ĝi estis ĉefa orientilo.
그것은 매우 가까웠습니다. 튜브로 향해야 했습니다. 그것은 주主 랜드마크였습니다.

Mi vizias ĝin... Por la tuta vivo, verŝajne, ĝi restos en mia memoro. Mi eĉ scias, kie kiuj derompaĵoj kuŝis sur ĝi - kontraŭ neniu ilin vidis, sed mi ekvidis. Sur la tubo estis placetoj.
보여요... 평생, 아마 기억 속에 남을 겁니다. 나는 파편 조각이 어디에 놓여 있는지 알고 있습니다. 아무도 그것을 보지 못했지만 나는 보았습니다. 튜브에는 자그마한 빈터가 있었습니다.

Ni tenis la rapidecon je 80 kilometroj. La gvidanto

observis la flugojn kun teodolito.[54] Ni markis punkton.
우리는 속도를 80km로 유지했습니다. 안내리더는 경위의經緯儀로 비행을 관찰했습니다. 우리는 수치를 주시했습니다.

Kaj kiam la helikoptero estis en tiu punkto, oni komandis: Ĵetu!" Kaj oni prilaboris tiel, ke ĉio trafis en la fendon de la reaktoro.
그리고 헬리콥터가 그 지점에 있을 때 명령이 하달되었습니다 : "떨어트려!" 그리고 모든 것이 원자로의 슬롯에 떨어지는 방식으로 처리되었습니다.

Poste pli supre ni lokigis helikopteron, kiu kontrolis ekzaktecon de trafo. Estis aranĝita fotado kaj al fino de tago, oni vidis, kia estas ekzakteco de trafo.
그런 다음 더 높은 고도에 헬리콥터를 배치하여 명중의 정확성을 확인했습니다. 사진 촬영이 준비되었고 하루가 끝나면 명중의 정확성을 눈으로 확인하였습니다.

Poste ni elpensis ankoraŭ unu perfektigon: ni faris tiel, ke paraŝuto restis, kaj la sakoj falis malsupren. Estis dekroĉataj du fiksiloj de paraŝuto.
그런 다음 우리는 한 가지 더 개선 사항을 생각해 냈습니다. : 낙하산이 남아 있고 자루가 떨어지도록 만들었습니다. 낙하산의 두 개의 패스너가 분리되었습니다.

Poste, kiam oni laboris en pli grandkapacitaj

54) teodolit-o<천문> 경위의(經緯儀).

helikopteroj kaj ĵetadis plumbajn ŝtipojn, oni ĵetis ilin sur ŝarĝaj transportaj paraŝutoj, destinataj por descendigo de batalteekniko.
나중에, 그들은 대용량 헬리콥터에서 일하고 납막대기를 던질 때 전투 장비의 하강을 위한 화물 운송 낙하산에 던져졌습니다.

Post du tagoj ni aranĝis placeton en la vilaĝo Kopaĉi. Ĝi situas ankaŭ nemalproksime de AEC, kaj la nivelo de radiado estis malpli alta.
이틀 후에 우리는 코파치Kopaĉi마을에 작은 광장을 마련했습니다. 또한 원전에서 멀지 않은 위치에 있으며 방사선 수준이 낮습니다.

Tio, ke la radiado havas nek guston, nek koloron, nek odoron, dekomence malakrigis la senton de danĝero.
방사선은 맛도, 색깔도, 냄새도 없다는 사실이 처음부터 위험감각을 무디게 했습니다.

Neniu tion atentis polvon, ion alian. Oni laboris per ĉiuj fortoj. Enspiratoroj estis, sed, okazis, la soldatoj, kiuj ŝarĝis la sakojn, suprenigis la enspiratorojn surfrunten kvazaŭ okulvitrojn, kaj laboras...
아무도 먼지나, 그 밖의 어떤 것에도 관심을 기울이지 않았습니다. 그들은 온 힘을 다해 일했습니다. 흡입기도 있었지만, 자루를 싣는 병사들이 안경처럼 이마에 흡입기를 대고 일을 하고..

Poste, kiam oni ekkomprenis, komenciĝis

instrukciado, medicino ekbatalis, oni komencis puni.
나중에 사람들이 이해하기 시작하고 가르침이 시작되고 약이 싸우기 시작했습니다. 그들은 처벌도 시작했습니다.

Poste, kiam la vento turnis al Kopaći kaj abrupte altiĝis la radiadnivelo, ni ŝanĝis la placeton kaj foriris al Ĉernobil.
나중에 바람이 코파치 쪽으로 향하고 방사능 수치가 급격히 상승했을 때, 우리는 광장을 바꾸고 체르노빌로 떠났습니다.

En tiuj flugoj mi preparis flugbrigadojn, klarigis al ili metodikon de ĵetado.
그 비행에서 나는 항공 여단을 준비하고, 던지는 방법론을 설명했습니다.

Helpe al ni komencis veni flugbrigadoj el aliaj armeaj unuoj.
다른 군대의 항공 여단이 우리를 돕기 시작했습니다.

Ĉe ni jam akumuliĝis certa sperto, kaj ni dekomence preparis ĉiun flugbrigadon, venantan al ni.
우리는 이미 일정량의 경험을 축적했으며. 처음부터 우리에게 오는 모든 항공 여단을 준비했습니다.

Ni ellaboris skemojn, kiel pendigi, kiel plenumi flugon, kiel ĵeti. Ĉion plene. Ni aranĝis instrukciadon, kontrolon de preteco kaj

enhelikopteriĝis kiel dua piloto, ankoraŭ unu flugo, kaj poste ili mem komencas flugi.
우리는 계획, 거는 방법, 비행 수행 방법, 던지는 방법을 연구했습니다. 모든 것이 완벽합니다. 우리는 브리핑과 준비태세 점검을 마치고 부조종사로 헬리콥터에 올라타 한 번 더 비행을 했습니다. 그리고 나서는 그들은 스스로 비행하기 시작합니다.

Post la flugoj estis farata sanitara prilaboro kaj desradioaktivigo de la helikopteroj.
비행 후 헬리콥터의 위생 처리 및 방열 처리가 수행되었습니다.

La 7-an de majo ni ĉesis superĵeti la reaktoron.
5월 7일에 우리는 원자로 위 모래투하를 중단했습니다.

Kaj tuj post kiam ni ĉesis - en unu el kunsidoj de la Registara komisiono la sciencistoj, specialistoj akceptis la decidon: por plani pluajn rimedojn por likvido de la akcidento, necesas ekscii temperaturon en la reaktoro kaj konsiston de elirantaj gasoj.
그리고 우리가 중단한 직후 - 정부위원회 회의 중 하나에 과학자, 전문가들은 결정을 수락했습니다. 사고의 청산을 위한 추가 조치를 계획하기 위해서는 반응기의 온도와 배출 가스의 구성을 알아낼 필요가 있습니다.

Tiumomente aliri aŭ alveturi rekten al la reaktoro ankoraŭ ne eblis, ĉar la radiadnivelo estis ankoraŭ tre alta.
그 순간에도 방사능 수치가 여전히 매우 높기 때문에 원자로에 직접 접근 또는 자동차로 가는것은 여전히 불가능했습니다.

Unu el la sciencistoj rekomendis plenumi tiun taskon de helikoptero. Tio estis akademiano Legasov.
과학자 중 한 명이 헬리콥터에서 그 작업을 수행할 것을 권장했습니다. 학자 레가소프Legasov였습니다.

Tian taskon neniu iam plenumis. En kio estis la komplikeco? Helikoptero laŭ siaj aerodinamikaj kvalitoj povas pendi super la tero aŭ je alto ĝis 10 metroj (tio nomiĝas pendado en sekura zono) aŭ je pli ol 500 metroj.
아무도 그런 작업을 수행한 적이 없었습니다. 무엇이 복잡성한 것입니까? 헬리콥터는 공기역학적 특성에 따라 지상이나 최대 10미터 높이에 매달릴 수 있습니다. (이것을 안전 지대에 매달기라고 함) 또는 500미터 이상.

De 10 ĝis 200 metroj estas malpermesita zono. Kun kio tio estas ligita? Ĝenerale helikoptero estas sekura maŝino. Mi flugas per ili ekde 1960. Tio estas por mi kiel biciklo. En ajna kazo ĉe paneo de motoroj mi ĉiam alteriĝos.
10~200미터는 금지 구역입니다. 그게 무슨 상관이야? 일반적으로 헬리콥터는 안전한 기계입니다. 나는 1960년부터 그것을 조종해왔습니다. 그것은 나에게 자전거와 같습니다. 어떤 경우에도 엔진 고장의 경우에 나는 항상 착륙할 것입니다.

Sed se la helikoptero pendas je 200 metroj kaj se paneas la motoro, do piloto - kia ajn altklasa li estu - ne alterigos la maŝinon, ĉar la helico ne povas transiri al la reĝimo de aŭtorotacio, t. e. de glisad o.[55]
그러나 헬리콥터가 200미터에서 정지하고 엔진이 고장나면 조종사가 아무리 수준높더라도 프로펠러가 자동 회전 모드로 들어갈 수 없기 때문에 조종사는 기계를 착륙시키지 않을 것입니다. 즉 활공.

Sed tio okazas nur kiam ĝi pendas. Se ĝi flugas horizontale tiam ne gravas.
그러나 그것은 매달린 경우에만 발생합니다. 수평으로 날아가도 상관없습니다.

Al la reĝimo de aŭtorotacio la helikoptero povas transiri nur super la alto de 500 metroj.
자동 회전 모드로 헬리콥터는 높이가 500미터를 넘을 수 있습니다.

Tial unu el la danĝeroj estas pendado super 10 metroj. Tio estis malpermesita. Nur pro speciale gravaj konsideroj tio estas allasebla.
따라서 위험 중 하나는 10미터 이상 매달려 있습니다.
그것은 금지입니다. 이것은 특히 중요한 고려 상항에서만 허용

---

55) glis-i [자] <항공> 활공(滑空)하다. ☞ ŝvebi. ~ilo 글라이더.
helic-o ①<수학> 나선(螺旋). ②<항해> 추진기, 스크루. ③<항공> 프로펠러. ④<해부> 와우각(蝸牛殼)

됩니다.

Due eliĝo de varmo el la reaktoro.
두 번째 원자로에서 열 방출.

Neniu sciis termokaraketrizojn de la reaktoro. Sed en zono de troa varmo la kapacito de la motoroj malaltiĝas. Kaj ankaŭ tro altaj niveloj de radiado.
아무도 원자로의 열적 특성을 알지 못했습니다. 그러나 과도한 열 영역에서는 엔진 용량이 감소합니다. 그리고 너무 높은 수준의 방사선.

Kaj ankoraŭ unu punkto: la flugbrigado ne vidas, kio sub ĝi okazas.
그리고 한 가지 더: 항공대는 그 (원자력발전기) 아래에서 무슨 일이 일어나고 있는지 보지 못합니다.

Ĉiuj komprenis tiujn komplikaĵojn. Sed alia solvo ne estis. Ĉio okazis laŭ skalo de milita tempo. Kaj fari mezuradon necesis.
모두가 그 복잡성을 이해했습니다. 그러나 다른 해결책이 없었습니다. 모든 것은 전시 규모로 일어났습니다. 그리고 측정이 필요했습니다.

La tasko estis en tio, ke necesis la aktivan parton de mezurilo, mezuranta temperaturon de la tiel nomata termoparo, meti en la reaktoron.
작업은 소위 열전쌍의 온도를 측정하는 미터의 활성 부분을 반응기에 배치해야 한다는 것이었습니다.

termoparo ⏚ Instrumento, enhavanta du konduktilojn el malsamaj metaloj, kies kunaĵo produktas termoelektran kurenton, k uzata por mezuri temperaturon.
열전대(thermocouple) ⏚ 다른 금속으로 된 두 개의 도체를 포함하고, 접합부가 열전기 전류를 생성하고 온도를 측정하는 데 사용되는 기기.

Al ni alflugis la komandanto de Aviadarmeaj Fortoj, li starigis la taskon. Li diris: "La tasko estas komplika. Sed fari necesas. Kiel tion eblas fari?"
공군 사령관이 우리에게 날아와 임무를 설정했습니다.
그는 "작업이 복잡합니다. 하지만 반드시 해야 합니다. 어떻게 할 수 있지요?"라고 말했습니다.

Li min demandis. Mi diris: "Certe, estas komplike, sed necesas provi. Ni trejnos nin". Mi havas grandan sperton, mi flugas per ĉiuj specoj de helikopteroj, tial, probable, ili ekhavis la ideon komisii al mi.
그는 나에게 물었습니다. 나는 말하기를: "물론, 복잡하지만 시도할 필요가 있습니다. 우리 스스로 훈련할 것입니다." 나는 많은 경험을 가지고 있고 모든 종류의 헬리콥터를 조종합니다. 그래서 그들이 저에게 의뢰할 생각을 하게 된 것 같습니다.

Komenciĝis preparado. Tuje mi pripensis la planon - kiel ĉion ĉi fari. Mi tiam plene malatentis ĉion

ĉirkaŭe.
준비가 시작되었습니다. 즉시 나는 계획에 대해 생각했습니다. 이 모든 것을 수행하는 방법. 그런 다음 나는 주변의 모든 것을 완전히 무시했습니다.

Mi nur koncentriĝis je tiu flugo. Kun mi, krom la dua piloto kaj aviadteknikisto, devis flugi doktoro de teknikaj sciencoj Evgenij Petroviĉ Rjazancev, vicdirektoro de la Instituto pri atoma energio "I. V. Kurĉatov".
나는 그 비행에만 집중했습니다. 기술 과학 박사 예프게니 페트로비치 랴잔쩨프Evgenij Petroviĉ Rjazancev, 원자력 연구소 "쿠르차토프Kurĉatov" 부국장은 두 번째 조종사와 항공 기술자 외에 나와 함께 비행해야 했습니다.

Evgenij Petroviĉ klarigis al mi, ke termoparo estas metala tubeto sur kablo.
예프게니 페트로비치는 열전대가 케이블에 연결된 작은 금속 튜브라고 설명했습니다.

Kun ni ankoraŭ devis flugi alternestro de dozometristoj Aleksandr Stepanović Cikalo.
알렉산드르 스테파노비치 치칼로Aleksandr Stepanović Cikalo 방사선측정기사 교체대표는 여전히 우리와 함께 비행해야했습니다.

Fiksmemoriĝas tiuj homoj, kun kiuj oni devis labori en malfacilaj kondiĉoj. Necesis pensi, kiel malsuprenigi ĝin, tiun termoparon, en la reaktoron.

어려운 상황에서 함께 일해야 했던 사람들을 기억납니다. 어떻게 열전대를 원자로 안으로 낮출지 생각할 필요가 있었습니다.

Mi vizitis niajn inĝenierojn, diris: "Engaĝu vian inĝenieran pensmanieron, ni pensu".
우리 엔지니어를 방문하여, "엔지니어링 사고 방식을 도입하고 생각해 봅시다."라고 나는 말했습니다.

Kvankam ankaŭ mi jam havis ideojn.
내게도 이미 아이디어가 있었지만.

Ni prenis kablon 300 metrojn longan. Vidu, tio estas malbona stimulo - la akcidento,- sed se ni tiel vivus kaj laborus dum ordinara tempo, kiel tiam, kun la sama rapideco, sen aferprokrastado, ĉiu penadis per la tutaj fortoj, ni havus tute alian vivon...
우리는 300미터 길이의 케이블을 가져갔습니다. 봐, 그건 나쁜 자극이야 - 사고 - 하지만 우리가 평상시에 그렇게 살아 일했다면, 그때와 같이 같은 속도로, 일을 미루지 않고 온 힘을 다해 노력했다면 완전히 다른 삶을 살았을 지도 모르지.

Ĝuste post duonhoro oni preparis la kablon.
정확히 30분 후에 케이블이 준비되었습니다.

La drato de la termoparo estis plektita ĉirkaŭ la kablo. Oni pendigis la ŝarĝon ĉe fino de la kablo. La kablo estis metita sur la aerodromo.
열전대 와이어는 케이블 주위에 편조되었습니다. 부하負荷가 케이블 끝에 매달렸습니다. 케이블은 비행장에 놓였습니다.

Mi mem elektis por mi helikopteron, por ke ĝi estu pli grandkapacita, la motorojn kontrolis.
나는 나 자신을 위해 헬리콥터를 선택하여 더 큰 용량을 갖기 위해 엔진을 점검했습니다.

Mi starigis la taskon antaŭ la flugbrigado. Entuziasmon, fakte, mi ĉe ili ne ekvidis, sed - necesas.
나는 항공 여단 앞에 임무를 설정했습니다. 열정, 사실, 나는 그들에게서 보지 못했지만 - 그것은 필요합니다.

Mi faris kalkulon, kiom da hejtaĵo preni. La superflua ne estas bezonata, tial ni iomete forverŝis la superfluan.
난방재료가 얼마나 필요할지 계산했습니다. 초과분은 필요하지 않으므로 초과분을 조금은 쏟아버렸습니다.

Mi ekfunkciigis motoron kaj flugis al la kablo. Mi kroĉis ĝin kaj tuje ekflugis. Mi levis ĝin. Oni faris sur tero rondon el paraŝutoj, kun radiuso proksimume sama kiel ĉe la reaktoro, dek du - dek kvar metroj.
나는 엔진시동을 걸고 케이블로 날아갔습니다. 케이블을 걸고는 바로 출발했습니다. 나는 그것을 올렸습니다. 낙하산의 반경은 원자로의 반경과 거의 같은 12~14미터로 지면에 만들어졌습니다.

Mi komencis imiti la flugon. La ŝarĝo peza proksimume ducent kilogramojn pendis ĉe la fino.
나는 비행을 흉내내기 시작했습니다. 끝에는 약 200킬로그램의 짐이 매달려 있었습니다.

Mi flue alceliĝas, ekpendas, bremsas rapidecon, poiome proksimiĝas al tiu rondo.
나는 유연하게 목표점에 올라가서, 매달리기 시작하고, 속도를 줄이고 조금씩 그 원에 접근했습니다.

La gvidanto korektas. Mi ekpendis. Kaj li donis al mi komandon: "Pendu ekzakte super tio". Mi rimarkas por mi orientilon, por pli ekzakte pendi, fiksiĝis, sed intuicie mi sentas, ke mi ekzakte pendas.
지도원이 수정합니다. 나는 걸리게 시작했습니다. 그리고 그는 나에게 명령을 내렸습니다. : "그 위에 정확하게 걸리게 해" 나는 더 정확하게 걸리게 하기 위해 방향기를 주시합니다, 고정되었습니다, 그러나 내가 정확히 매달리게 했다고 직관적으로 느꼈습니다.

Mi retenas la helikopteron. Sed li diris: "Vi pendas ekzakte, sed la ŝarĝo moviĝas kiel pendolo". Mi pendis je alto de 350 metroj, kaj la ŝarĝo pendolis.
헬리콥터를 꽉 잡고 있습니다. 그러나 그는 말했습니다: "귀하는 정확히 매달리게 했지만, 하중은 진자처럼 움직여." 나는 350미터 높이 상공에 매달려 있었고, 짐은 흔들리고 있었습니다.

Mi pendas dum kvin minutoj - ĝi moviĝas, mi pendas dum dek minutoj - ĝi moviĝas. Ĝi ne haltas. Mi pendas - kaj en penso estas: "Kion fari?"
나는 5분 동안 매달립니다 - 그것은 움직입니다, 나는 10분 동안 매달립니다 - 움직입니다. 멈추지 않습니다. 나는 매달려 있고 내 생각에는 "무엇을 해야지?"

La trejnado estas ankaŭ sufiĉe danĝera, sed morale pli trankvila: ne estas radiado kaj tro alta temperaturo.
훈련도 매우 위험하지만 도덕적으로 더 침착합니다. 방사선이 없고 온도가 너무 높습니다.

Sed de la aerodinamika vidpunkto estas danĝere. Sed pri tio oni ne pensas dum flugo.
그러나 공기역학적 관점에서 보면 위험합니다. 그러나 비행 중에는 그것에 대해 생각하지 않습니다.

Mi vidas, nenio rezultiĝas. Mi direktiĝas por alteriĝo kaj metis la kablon sur placeton. Dekroĉis ĝin. Alteriĝis.
아무 일도 일어나지 않습니다. 착륙을 하기 위해 작은 장소에 케이블을 놓습니다. 분리했습니다. 착륙.

Kaj do venis tia ideo: kio estos, se laŭ la tuta longo de la kablo pendigi ŝarĝojn kun egala interspaco? Ĝi devas esti stabila. Oni surkabligis plumbajn ŝtipojn. Niaj inĝenieroj rapide ĉion faris.

그래서 아이디어가 떠올랐습니다. : 동일한 간격으로 케이블의 전체 길이를 따라 부하가 걸리면 어떻게 될까요? 안정적이어야 합니다. 리드 로그가 연결되었습니다. 우리 엔지니어들은 모든 것을 신속하게 처리했습니다.

Ĉion ĉi ni faris nokte la 7-an de majo.
우리는 이 모든 것을 5월 7일 밤에 했습니다.

Sekvatage mi ekflugis por trejnado kun tiu kablo. La kablo estas bonege streĉita. Mi komencis malsupreniĝi.
다음날 나는 그 케이블을 가지고 훈련을 위해 이륙했습니다. 케이블이 매우 빡빡합니다. 나는 내리가기 시작했습니다.

Tuj post kiam la fino tuŝis la teron (mi aŭdas komandon: "Tuŝo!") - mi foriĝis, kaj la kablo staras kiel fosto.
끝이 땅에 닿은 직후("터치!"라는 명령이 들림) - 나는 떠났고, 케이블은 기둥처럼 서 있었습니다.

En tio jam estas bezonata juvelista tekniko de pilotado...
그런 점에서 보석세공인의 조종기술이 이미 필요한 것입니다...

Ankoraŭ unu provon mi faris, konvinkiĝis, ke tio eblas.
Ni havis tian aspekton post la flugo se vi vidus...
나는 한 번 시도했고, 나는 그것이 가능하다고 확신했습니다.

당신이 볼 수 있다면 우리는 비행 후 이 모습을 견지했을 것입니다.

Ĝenerale flugo kun ekstera suspensio estas konsiderata kiel unu el la plej komplikaj... Poste mi faris ankoraŭ kelkajn provojn.
일반적으로 외부 서스펜션이 있는 비행은 가장 복잡한 것으로 간주됩니다. 그런 다음 몇 가지 테스트를 더 했습니다.

La 8-an oni alportis al ni termoparon. Ĝi estas kvazaŭ drato. La fino estas indikilo. Oni ĉion alligis, la kablon dismetis en Ĉernobil sur placeto.
8일에 그들은 우리에게 열전대를 가져왔습니다. 그것은 와이어와 같습니다. 끝은 인디케이타입니다. 모든 것이 묶여 있었고 케이블은 체르노빌의 작은 장소에 배치되었습니다.

La 9-an de majo venis Evgenij Petrović Rjazancev kaj Aleksandr Stepanoviĉ Cikalo. Oni instalis aparaton en la helikoptero.
5월 9일, 예프게니 페트로비치 랴잔쩨프와 알렉산드르 스테파노비치 치칼로가 왔습니다. 헬리콥터에 장치가 설치되었습니다.

Antaŭ la flugo ni mem, flugbrigado, faris protektilojn el ne plumbaj folioj: metis ilin sur sidlokojn, sur plankon.
비행 전에 우리 비행 여단은 납이 아닌 시트로 보호대를 만들었습니다. 그것들을, 바닥위 좌석에 놓습니다.

Nur tien, kie estas pedaloj, piedoj eblis. Ni nin ŝirmis bone. Oni donis al ni plumbajn veŝtojn.
페달이 있는 곳에서만 발이 가능했습니다. 우리는 스스로를 잘 보호했습니다. 우리는 납 조끼를 받았습니다.

Ni klarigis al niaj pasaĝeroj, kiel ni flugos, ankaŭ ilin kovris per platoj, interkonsentis pri interagado.
우리는 승객들에게 비행 방법을 설명하고, 접시로 덮고 상호 작용에 동의했습니다.

La flugon observis mia kolego, kolonelo Lubomir Vladimiroviĉ Mimka. Li lokiĝis en Pripjatj, sur la hotelo "Polesje".
비행은 제 동료인 루보미르 블라디미로비 밈카Lubomir Vladimiroviĉ Mimka 대령이 관찰했습니다. 그는프리피야트의 " 폴레셰" 호텔에 정착했습니다.

Ĉiuj enhelikopteriĝis, ekflugis el Ĉernobil tute senprobleme.
모두 헬리콥터에 올랐고, 문제없이 체르노빌Ĉernobil에서 이륙했습니다.

La finon de la kablo por ke ĝi estu pli bone videbla - oni markis per oranĝkolora ringo.
케이블의 끝 부분은 더 잘 보이도록 주황색 링으로 표시되었습니다.

Mi alflugis je la alto de 350 metroj. Necesis ekscii,

kia temperaturo estas tie, kia estas kapacito de motoroj.
나는 350미터 고도에서 날아갔습니다. 온도가 얼마인지, 엔진 용량이 얼마인지 알아봐야했습니다.

La helikoptero pendis stabile.
헬리콥터는 안정적으로 매달려있습니다.

La gvidanto de la flugo diradis al mi: "Ĝis la konstruaĵo estas kvindek metroj... Kvardek... Dudek..."
편대장이 나에게 말했습니다: "건물까지 50미터... 40... 20..."

Pri la alto kaj distanco li al mi sufloris.[56]
그는 높이와 거리에 대해 나에게 그때마다 일러주었습니다.

Sed kiam mi troviĝis super la reaktoro mem, jam nek mi, nek la gvidanto vidis - ĉu mi trafis aŭ ne.
그러나 내 비행기가 원자로 위에 있을 때에도, 나와 리더는 내가 그 위에 있는지 여부를 알지 못했습니다.

Tial oni sendis ankoraŭ unu helikopteron MI-26. Ĝin pilotis kolonelo Ĉiĉkov. Li ekpendis je du-tri kilometroj post mi kaj ĉion vidis. Mi devis ekpendi apud la tubo...
그래서 엠아이MI-26 헬리콥터가 한 대 더 보내졌습니다. 그 헬

---

56) suflor-o 〈연극〉 프롬프터(무대 뒤에서 대사를 읽어주는 사람). suflori [타] 대사를 무대 뒤에서 읽어주다. ~kesto 프롬프터가 앉는 좌석.

은 치츠코프Ĉiĉkov 대령이 조종했습니다. 그는 나보다 2~3km 뒤에서 어울리기 시작했고 모든 것을 보았습니다. 나는 튜브 옆에서 놀아야했다.

Evgenij Petroviê Rjazancev mem rigardis tra luko.
예프게니 페트로비치 랴잔쩨프가 직접 해치를 통해 내다보았습니다.

Li montris per gestoj: "Super la reaktoro". Ni faris mezuradon de temperaturo en la alto de 50 metroj super la reaktoro, de 40, 20 metroj kaj en la reaktoro mem.
그는 "반응로 위"라고 손짓했습니다. 우리는 원자로 위 50m, 40, 20m 높이에서 원자로 자체의 온도를 측정했습니다.

Evgenij Petrović ĉion vidis. Kaj la aparataro notas. Kiam ĉio estis farita, mi forflugis.
예프게니 페트로비치는 모든 것을 보았습니다. 그리고 하드웨어 노트. 모든 일이 끝나, 나는 날아갔습니다.

Apud Pripjatj estis markita speciala loko, kaj mi ĵetis la kablon en sablon. La kablo estis radioaktiva.
프리피야트 옆에 특별한 장소가 표시되어 있었으며, 케이블을 모래에 던졌습니다. 케이블은 방사능이 있었습니다.

Ekde la momento de ekpendo ĉio ĉi okupis 6 minutojn 20 sekundojn. Sed ŝajnis – eternon.
걸리기시작하는 순간부터 모든 것이 6분 20초가 걸렸습니다. 그러나 그것은 영원해 보였습니다.

Tio estis venko.
그것은 승리였다.

Sekvatage, la 10-an de majo, oni denove starigis antaŭ ni la taskon: determini konsiston de elirantaj gasoj.
다음 날인 5월 10일, 우리는 나가는 가스의 구성을 결정하는 작업에 다시 한 번 직면했습니다.

Denove ĉio sama, la sama kablo, nur ne termoparo estis ĉefine, sed kontenero.
다시 똑같은, 동일한 케이블, 단지 열전대가 끝에 있는 아니라 컨테이너였습니다.

En tio la tasko estis pli simpla - necesis ne pendi, sed glise traflugi.
작업이 더 간단하다는 점에서 - 매달리지 않고 활공하듯 통과해야 했습니다.

La 12-an de majo necesis ĉion ripeti kun la termoparo.
5월 12일에는 열전대로 모든 것을 반복해야 했습니다.

Aperis kaj sperto, kaj iom da pacienco.
Ni ankoraŭfoje flugis. Sed malgraŭ tio, ke la sperto, ŝajne, jam estis, ni neniel sukcesis pendi malpli ol

ses minutojn.
경험과 약간의 인내심이 나타났습니다.
우리는 한 번 더 날았습니다. 그러나 분명히 그 경험이 이미 거기에 있었음에도 불구하고 우리는 6분 미만 동안 성공하지 못했습니다.

Oni alflugas, senmovigas la kablon, poste komencas malsupreniĝi, fari mezuradon.
날아와 케이블을 고정시키고, 그런 다음 아래로 내려가 측정을 시작합니다.

Kiel mi fartis? Ekde la 27-a ni ne havis eĉ unu trankvilan nokton, ni dormis po du-tri horoj. Kaj ni flugadis de mateniĝo ĝis nokto.
나는 어땠어? 27일부터 고요한 밤은 단 한 번도 없었고, 한 번에 두세 시간씩 잤습니다. 그리고 우리는 새벽부터 밤까지 비행했습니다.

Oni ofte demandas min: "Kiel efikas la radiado?"
Sed mi ne scias, kio efikas kaj kiel, sed laco estis tre granda, pro kio ĝi estis?
나는 종종 "방사선이 어떻게 영향을 미치는지?"라는 질문을 받습니다. 그런데 무슨 효과가 있는지, 어떻게 된 건지 모르겠는데 피로도가 엄청 컸는데, 무엇 때문에 그런 걸까요?

Ĉu pro radiado, ĉu pro nesatdormo, ĉu pro fizikaj superstreĉoj, ĉu pro la moral-psikologia streĉo?
Ja streĉo tamen estis - la respondeco estis granda.

방사선 때문인지, 수면 부족 때문인지, 육체적 스트레스 때문인지, 도덕적-심리적 스트레스 때문인지?
정말 스트레스였습니다. - 책임감이 컸습니다.

Post tiuj tri flugoj mi ankoraŭ flugis, por fari radioaktivan esploradon.
그 세 번의 비행 후에도 나는 방사성 연구를 하기 위해 여전히 비행기를 탔습니다.

Kaj entute super la reaktoro mi pendis dum 19 minutoj 40 sekundoj".
그리고 총 19분 40초 동안 원자로 위에 매달렸습니다."

El gazetaraj komunikoj: "Kun celoj de redukto de radioaktiva eliĝo super la aktiva zono estas kreata la protektaĵo el sablo, argilo, boro, dolomito, kalkospato, plumbo.
보도 자료에서: "활성 구역에 대한 방사성 방출을 줄이기 위해 모래, 점토, 붕소, 백운석, 석회암, 납으로 보호합니다.

La supra parto de la reaktoro estas ŝutita per tavolo, konsistanta el pli ol kvar mil tunoj da tiuj protektaj materialoj".
원자로 상부에는 4천 톤 이상의 이러한 보호 물질로 구성된 층이 뿌려져 있습니다."

(El la elpaŝo de prezidanto de la Registara komisiono, vicprezidanto de Konsilio de Ministroj de

USSR B. E. Ŝcerbina en la gazetara konferenco por sovetiaj kaj eksterlandaj ĵurnalistoj, okazinta la 6-an de marto 1986. "Pravda", la 7-an de majo 1986).
(1986년 3월 6일에 열린 소비에트 및 외국 언론인을 위한 기자회견에서 소련 셰르비나 각료 회의 부의장, 정부 위원회 위원장의 성명에서. "프라우다Pravda", 1986년 5월 7일).

"Profesoro M. Rosen (direktoro de la fako pri nuklea sekureco de Internacia agentejo pri atoma energio) pozitive taksis la aplikitan de la sovetiaj specialistoj metodikon por ensorbo de radiado per la ŝildo, konsistanta el sablo, boro, argilo, dolomito, plumbo...
"로센 교수(국제원자력기구 원자력안전과장)는 소련 전문가들이 모래, 붕소, 점토, 백운석, 납으로 구성된 방패를 통해 방사선을 흡수하기 위해 적용한 방법론을 긍정적으로 평가했습니다.

Estas daŭrigataj la laboroj super la difektita bloko, por plene neŭtraligi la kernon de radiado kaj, kiel diras fizikistoj, "entombigi" ĝin en betonamaso".
("Pravda", la 10-an de majo 1986).
방사선의 핵심을 완전히 중화시키고, 물리학자들이 말했듯이, 콘크리트 더미에 "매장"하기 위해, 손상된 블록에 대한 작업이 계속되고 있습니다. ("프라우다", 1986년 5월 10일).

"Informo de Konsilio de Ministroj de USSR. Dum la 10-a de majo en Ĉernobila AEC estas daŭrigataj la laboroj pri likvido de postsekvoj de la akcidento.

"소련 각료회의 정보. 체르노빌 원전에서 5월 10일 동안 사고의 결과 청산 작업이 계속됩니다.

Rezulte de la aplikitaj rimedoj la temperaturo interne de la reaktoro konsiderinde malaltiĝis. Laŭ opinio de la sciencistoj kaj specialistoj, tio atestas pri fakta ĉeso de la brulprocedo de la reaktora grafito".
적용된 조치의 결과 원자로 내부 온도가 크게 떨어졌습니다. 과학자와 전문가의 의견에 따르면 이것은 원자로 흑연의 연소 과정이 실제로 중단되었음을 증명합니다."

DOKTORO HAMMER, DOKTORO GAIL
닥터 해머, 닥터 가일

El gazetaraj komunikoj: "La 15-an de majo M. S. Gorbaĉov akceptis en Kremlo elstaran usonan entrepreniston kaj socian aganton A, Hammer kaj doktoron R. Gail.
보도 자료에서 "5월 15일 고르바초프는 크렘린에서 저명한 미국 기업가이자 사회 운동가인 해머 및 닥터 가일을 영접했습니다.

Li esprimis profundan dankemon pro la montrita de ili kunsento, kompreno kaj urĝa konkreta helpo lige kun la trafinta la sovetianojn plago - akcidento en Ĉernobila AEC...
그는 소련을 강타한 대재앙인 체르노빌 원전 사고와 관련하여 그들이 보여준 동정, 이해, 긴급한 구체적인 도움에 대해 깊은 감사를 표했습니다...

En la ago de A. Hammer kaj R. Gail, emfazis M. S. Gorbaĉov, la sovetianoj vidas ekzemplon de tio, kiel devus esti konstruataj la rilatoj inter la du grandaj popoloj kun politika prudento kaj volo ĉe gvidantaroj de ambaŭ landoj". ("Pravda", la 16-an de majo 1986).
고르바초프는 해머와 가일의 행동에서 소련은 두 위대한 민족 간의 관계가 양국 지도자의 정치적 신중함과 의지로 어떻게 구축되어야 하는지를 보여주는 예를 보고 있다고 강조했습니다. ("프라우다", 1986년 5월 16일).

Matene la 23-an de julio en Borispola flughaveno de Kiev alteriĝis la blanka "Boeing-727" kun flago de Usono sur fuzelaĝo[57] kaj blu-ruĝa surskribo sur kilo[58] : "N10XV" kio signifas: la unua numero en la kompanio "Occidental Petroleum Corporation", kies prezidanto estas Armand Hammer.
7월 23일 아침, 동체에 미국 국기와 용골에 청적색 비문이 새겨진 흰색 "보잉-727"이 키이우의 보리스폴 공항에 착륙했습니다. "N10XV"는 다음을 의미합니다.: 해머가 사장인 회사 "서부 석유 공사"의 첫 번째 숫자입니다.

La senlaca 88-jaraĝa entreprenisto ĉiujare traflugas per tiu aviadilo, ekipita per ĉio necesa de laborkabineto ĝis banĉambro, centmilojn da kilometroj, gvidante la komplikan kaj multdirektan mastrumon de la kompanio "Occidental".
지칠 줄 모르는 88세의 기업가는 작업 캐비닛에서 욕실까지 필요한 모든 것을 갖춘 이 비행기로 매년 수십만 킬로미터를 날아 "서부"회사의 복잡하고 다각적인 관리를 이끌고 있습니다.

En Kiev venis Armand Hammer, lia edzino, kaj doktoro Robert Gail kun la edzino kaj tri infanoj.
키이우에는 해머, 그의 아내, 그리고 닥터 가일이 그의 아내와 세 자녀와 함께 왔습니다.

---

57) fuzelaĝ-o <항공> (비행기의)동체(胴體).
58) kil-o ①<항해> 용골(龍骨). ②(물고기의)용골과 같은 지느러미.

Tuj post la veno A. Hammer kaj liaj akompanantoj direktis sin al la kardiologia lokalo de la kieva klinika hospitalo n-ro 14 "Oktobra Revolucio".
도착 직후 해머와 그의 동행자들은 키이우 임상 병원 No. 14 “10월 혁명”의 심장병실로 갔습니다.

Ĝuste al tiu, kie en la reanimada bloko laboras Maksim Drac surmetinte la neĝeblankan kitelon kaj rememorinte sian medicinistan junecon (ja li havas kuracistan kleron), doktoro Hammer ĉirkaŭiris la fakon, en kiu post la akcidento en Ĉernobila AEC estis observataj pli ol ducent personoj, estintaj en la danĝera zono.
막심 드락Maksim Drac이 소생실에서 일하는 바로 그 곳으로, 순백의 작업복을 입고 의사 시절(결국 의학 학위를 가짐)이었던 어린 시절을 회상한 후, 해머 박사는 진료과를 순회했습니다. 거기에서 체르노빌 원전 사고 후 200명이 넘는 사람들이 위험 지역에 있는 것으로 관찰된 상황을 알게 되었습니다.

Ili ĉiuj jam resaniĝis kaj estis elhospitaligitaj.
그들은 모두 이미 회복되어 퇴원했습니다.

En la fako tiutage estis nur kvin personoj, vokitaj de la kuracistoj por aranĝi laŭplanan ripetan observadon.
그날 진료과에는 5명밖에 없었고, 그들은 계획된 반복 관찰을 주선하기 위해 의사들의 호출을 받은 이들입니다.

Doktoro Hammer simpatieme interesiĝis pri la farto de ĉiu el ili.
해머 박사는 그들 각자의 안부에 동정어린 관심을 보였습니다.

Al li asistis doktoro Gail, kiu jam observis tiujn pacientojn, kiam estis en Kiev antaŭe.
그는 이전에 키이우에 있을 때 이미 이 환자들을 관찰했던 가일의 도움을 받았습니다.

Samtage A. Hammer kaj R. Gail superflugis per helikoptero la kvaran reaktoron.
같은 날 해머와 가일은 헬리콥터로 4호 원자로 상공을 비행했습니다.

Al mi destinis flugi kune kun ili, kaj nun sonĝe kaj en realo min ofte obsedas tiu rememoro: flugo super la kvara reaktoro, ŝvebado super la enorma, blanka, senviva konstruaĵo de AEC, malaperanta en krepusko, super la striita blanka-ruĝa tubo, super la briletanta spaco de malviva akvejomalvarmigilo, serpentumo de la rivero Pripjatj, fantasmagoria interplektiĝo de dratoj, apogfostoj, super amasiĝo de mastrum-konstruaĵoj, lasitaj mekanismoj.
나는 그들과 함께 비행계획이 잡혀있었고, 이제 꿈과 현실에서 그 기억은 이따금 나를 머리에서 떠나지 않고 있습니다. 4호 원자로 위를 날고, 생명이 없는 거대한 흰색 원전 건물 위를 맴돌고, 황혼 속으로 사라지는, 줄무늬 흰색과 빨간색 튜브 위로, 죽은 물 냉각기의 반짝이는 공간 위로, 구불구불한 프리피야트

강, 와이어의 환상적 얽힘, 버팀대, 집 건물의 밀집, 내동댕이 쳐진 메커니즘들.

Samkiel en ajna profundiĝanta en tempon rememoro, la realaj formoj poiome deformiĝas, multo perdas striktajn reliefojn, sed la sento de maltrankvilo kaj doloro restas senŝanĝa, la sama, kia ĝi estis dum tiu somera antaŭvespera horo.
시간이 지나면 기억이 깊어지듯이 실제 형태는 점차 변형되고 많은 부분이 엄격한 안도감을 잃어 버리지만, 하지만 불안과 고통의 감정은 그 여름 전야 시간과 동일하게 변함이 없습니다.

Premiĝinte al la fenestretoj, ni, pasaĝeroj de MI-8, streĉe fiksrigardis la magian vidaĵon, alfikșantan rigardon: tubaperturo de la kvara reaktoro, detruitaj konstruaĵoj, iliaj derompaĵoj sube.
엠아이MI-8의 승객인 우리는 작은 창문을 밀면서 매혹적인 시선으로 그 마법의 광경을 열심히 응시했습니다.: 4호 원자로의 파이프 개방, 파괴된 건물, 그 아래의 잔해.

Post la flugo super la kvara reaktoro, antaŭ la kino- kaj televidkameroj, Armand Hammer diris: Mi ĵus revenis el Ĉernobil. Tio faris al mi tian impreson, ke al mi estas malfacile paroli. Mi vidis tutan urbon – de kvindek mil loĝantoj - kaj eĉ unu homo ne estis. Ĉio malplenis.
해머는 4호 원자로 상공을 비행한 후 영화카메라와 텔레비전 카메라 앞에서 다음과 같이 말했습니다.: 체르노빌에서 막 돌아왔습니다. 이것은 나에게 너무나 큰 인상을 주어 말하기가 어렵습니다. 나는 - 인구 5만 명의- 도시 전체를 보았지만- 단 한 사람도 없었습니다. 죄다 비어 있었습니다.

Konstruaĵoj, grandaj konstruaĵoj - ĉio malplenis. Tie eĉ tolaĵoj pendas, ili ne havis tempon demeti siajn tolaĵojn.
Mi vidis la laborojn, kiuj estas farataj por savo de la reaktoro, por ke ne plu estu problemoj kun ĝi.
건물들도, 대형 건물들에도 - 모든 건물이 비어 있었습니다. 심지어 이불이 걸려 있는데도 이불을 걷을 시간이 없었나봅니다. 더 이상 문제가 발생하지 않도록 원자로를 살리는 작업을 하는 것을 보았습니다.

Mi volus, ke ĉiu homo vizitu tion, por ke li ekvidu tion, kion mi ekvidis.
나는 모든 사람들이 그곳을 방문하여 내가 본 것을 볼 수 있기를 바랍니다.

Tiam neniu parolus pri la nukleaj armilaroj. Tiam ĉiuj ekscius, ke tio estas memmortigo de la tuta mondo, kaj ĉiuj komprenus, ke ni devas likvidi la nukleajn armilarojn.
그러면 아무도 핵무기에 대해 이야기하지 않을 것입니다. 그러면 모두가 이것이 전 세계의 자살행위라는 것을 알게 될 것이고 우리가 핵무기를 청산해야 한다는 것을 모두가 이해할 것입니다.

Mi esperas, ke, kiam sinjoro Gorbaĉov renkontiĝos

kun sinjoro Reagan, li rakontos ĉion al Reagan kaj montros filmon pri Ĉernobil. Kaj poste, en estonto, kiam Reagan venos en Rusion, mi volus, ke li venu al Kiev kaj Ĉernobil. Li ekvidu tion, kion vidis mi. Tiam, mi opinias, li neniam parolos pri la nukleaj armilaroj.
고르바초프 씨가 레이건 씨를 만날 때 그는 모든 것을 레이건에게 이야기하고 체르노빌에 관한 영화를 보여주리라봅니다. 그리고 앞으로 레이건이 러시아에 오면 키이우와 체르노빌에 가보면 좋겠습니다. 그에게 내가 본 것을 보게 하기 바랍니다. 그러면 그는 결코 핵무기에 대해 이야기하지 않을 것이라고 생각합니다.

Li estas mirinda homo, Armand Hammer. Eble, la sekreto de lia neestingiĝanta bonfarto estas en tio, ke li scipovas tuje malstreĉiĝi.
그사람 대단한 남자, 해머. 아마도 그의 끊임없는 웰빙의 비결은 즉시 긴장을 푸는 방법을 알고 있다는 것입니다.

Post kiam nia helikoptero leviĝis super Kiev, li tuj sinkis en dormeton. Doktoro Gail zorgeme kovris lin per blanka mantelo.
우리 헬리콥터가 키이우 상공을 이륙한 후 그는 즉시 낮잠에 빠졌습니다. 가일 박사는 조심스럽게 그를 흰색 코트로 덮어주었습니다.

Sed tuj kiam eksonis la vorto "Ĉernobil", tiu maljuna, saĝega homo kvazaŭ transformiĝis, akravide rigardante la sternitan sub ni verdan pejzaĝon, laŭ

kiu pace rampis la ombro de nia helikoptero, kvazaŭ fantoma falĉmaŝino.
그러나 "체르노빌"이라는 말을 듣자마자, 그 노련하고 현명한 사람은 우리 아래로 펼쳐지는 푸른 풍경을 예리하게 바라보며 변하는 것 같았습니다. 우리 헬리콥터의 그림자는 유령의 잔디 깎는 기계처럼 평화롭게 기어 다녔습니다.

Li ĉion rimarkis, eĉ deksesetaĝajn domojn en Pripjatj, eĉ tolaĵojn sur balkonoj - ĉion rigidiĝintan kaj malnaturan. Kaj dum la rea vojo li denove ekdormis.
그는 모든 것, 심지어 프리피야트의 16층 집들, 발코니의 린넨까지 -모든 것이 딱딱해졌고 부자연스러워졌다는 것을 알아차렸습니다. 그리고 돌아가는 길에서 그는 다시 잠들었습니다.

Vespere de la sama tago Armand Hammer forflugis el Kiev al Los Angeles.
그 날 저녁, 해머는 키이우에서 로스앤젤레스로 날아갔습니다.

Kaj doktoro Gail kun la familio restis por kelkaj tagoj, por renkontiĝi kun kievaj kolegoj, ripozi en nia urbo, konatiĝi kun ĝiaj monumentoj kaj muzeoj.
그리고 가일 박사와 그의 가족은 키이우 지인들과 조우하고 우리 도시에서 쉬고 기념물과 박물관을 알아보기 위해 며칠 동안 머물렀습니다.

Ja dum sia unua vizito al Kiev la 3-an de junio doktoro Gail ne povis tion atenti: necesis konsulti

grupon da malsanuloj, kuracataj en la Kieva rentgenoradiologia kaj onkologia instituto, en la fako de profesoro L. P. Kindzelskij.
결국 6월 3일 키이우를 처음 방문했을 때 가일 박사는 이것에 주의를 기울일 수 없었습니다. 킨드젤스키 교수 부서의 키이우 엑스레이 방사선 및 종양학 연구소에서 치료를 받고 있는 환자 그룹과 상담할 필요가 있었습니다.

Mi akompanis doktoron Gail dum lia unua vizito en la instituton. Doktoro Robert-Peter Gail aspektas pli juna ol siaj kvardek jaroj, li estas sportema (matene nepras horo de "jogging" trotkurado), sunbruna, koncentrita, lakonema, rigardo de liaj grizaj okuloj atente kaj esplore fiksiĝas al la kunparolanto.
나는 가일 박사가 연구소를 처음 방문했을 때 동행했습니다. 가일 박사는 그의 나이 40세보다 젊어 보이고 운동을 하는 성격이며 (아침에 1시간의 "조깅"이 필수입니다), 검게 그을리고, 집중하고, 간결하며, 그의 회색 눈은 대담자를 주의 깊게 그리고 탐구적으로 봅니다.

Malgraŭ la ekstera sekeco kaj tipe usona aferemo, li estas tre simpatia kaj interkomunikiĝo kun li portas al la kunparolanto ĝojon- tiel respekte, konkrete kaj pacience li respondas la multnombrajn demandojn de ĵurnalistoj.
겉으로 보기에 감정이 메말라보이고 전형적인 미국의 비즈니스 성징에도 불구하고, 그는 매우 동정적이며 그와의 의사 소통은 대담자에게 기쁨을 가져다줍니다. 그래서 그는 언론인의 수많은 질문에 정중하고 구체적이며 참을성있게 응답합니다.

Kaj krome li estas eleganta. Li surhavas nepran malhelbluan sportjakon kun oraj butonoj, malhelruĝan kravaton, grizan pantalonon.
게다가 그의 외양은 우아합니다. 그는 금색 단추가 달린 짙은 파란색 스포츠 재킷, 진한 빨간색 넥타이, 회색 바지를 입습니다.

Kaj iel tre ridinde kaj kortuŝe dekomence aspektis liaj nudaj kalkanoj: li surhavas ŝuojn sen kalkanaĵoj. Evidentiĝis, ke tio estas la kutimo de Los Angeles-iradi nudpiede: en la patrujo de Gail estas ĉiam varme.
그리고 어쩐지 그의 맨발은 처음부터 매우 우스꽝스럽고 감동적으로 보입니다.: 그는 뒤꿈치없는 신발을 신습니다. 이것이 로스 앤젤레스에서 맨발로 나다니는 습관이라는 것이 밝혀졌습니다. 가일의 고향은 항상 덥습니다.

Antaŭ eniro ni ĉiuj - la gasto kaj liaj akompanantoj vestis blankajn kitelojn, surmetis ĉapetojn kaj maskojn, ŝnuris tolŝuegojn[59] al piedoj.
들어가기 전에 우리 모두 - 손님과 그의 동료들은 흰색 작업복을 입고, 모자와 마스크를 쓰고 운동화를 신습니다.

Kaj subite ni iĝis mirinde similaj unu al la alia: ne eblas distingi, kiu estas usonano, kiu moskvano, kiu

---

59) tolŝuo 운동화 (運動靴)①ŝnurŝuo. ②sportŝuo. ③tolŝu oj.

kievano.
그리고 갑자기 우리는 놀랍게도 서로 닮아갔습니다. 누가 미국인인지, 누가 모스크바 사람이고, 키이우 사람인지 구별하는 것이 쉽지않을 정도입니다.

Estas la familio de kuracistoj, unuigita per komunaj interesoj de savo de la homaro.
인류를 구한다는 공통의 관심사로 뭉친 의사 가족입니다.

Mi vidis, kiel atente doktoro Gail observis la malsanulojn, kiel faris demandojn al damaĝitoj kaj al kuracistoj, serioze studis diagramojn kun donitaĵoj de analizoj, pridemandis pri detaloj de la aplikitaj metodikoj[60] de la kievaj kuracistoj.
가일 박사가 환자를 얼마나 주의 깊게 관찰했는지, 부상자와 의사에게 어떻게 질문했는지, 분석 데이터로 차트를 진지하게 연구하고, 키이우 의사들이 적용한 방법론의 세부 사항에 대해 물어 보았습니다.

Lin speciale interesis la kazoj de transplanto de medolo.
특히 골수 이식 사례에 관심이 많았습니다

Tio ne estas mirinde. Ja R. Gail estas konata specialisto en la sfero de transplantado de medolo, profesoro de Kalifornia universitato, ĉefo de kliniko, prezidanto de Internacia organizo pri transplantado

60) metodik-o 방법론, = ˜ ologio.

de medolo.
그것은 놀라운 일이 아닙니다. 정말로 가일은 골수 이식 분야의 저명한 전문가이자 캘리포니아 대학교 교수, 병원장, 국제 골수 이식기구 회장입니다.

La kievano profesoro Ju. A. Grineviĉ memorigis al Gail, kiel li gastis en ties kalifornia kliniko: tiam Gail, aŭskultinte la asistantojn, montrintajn al li malsanulon, post kelka meditado klare kaj konvinkite diktis la skemon de kuracado kaj, suprenlevinte la manon, diris: "Dio helpu nin". Gail ridetas, rememorante tiun renkontiĝon, kaj lia severa vizaĝo subite iĝas knabece petola.
키이우인 교수 그리네비치는 가일에게 자신이 캘리포니아 병원에 어떻게 손님대우를 받았는지 상기시켰습니다. : 그런 다음 가일은 환자를 보여주었던 조수의 말을 듣고 몇 가지 명상을 한 후 명확하고 설득력있게 치료 계획을 지시했습니다.
그리고 손을 높이 들고 "하느님 저희를 구해주세요"라고 말했습니다. 가일은 그 만남을 회상하며 미소를 지으며, 그의 엄숙한 얼굴은 갑자기 장난끼 가득한 소년처럼 변합니다.

Kaj, vidante la kievajn malsanulojn, eligitajn el danĝera stato, li superstiĉe frapas lignaĵon per fingro: se tio ne helpos, do ankaŭ ne malhelpos.
그리고 위험한 상태에서 풀려난 키이우의 병자를 보고, 그는 손가락으로 미신적으로 나무를 두드립니다. : 그것이 도움이 되지 않으면, 방해도 역시 되지 않습니다.

Poste al mia demando - je kio li kredas? - doktoro Gail tre serioze respondis: - Je Dio. Kaj je scienco.
그런 다음 내 질문에 - 그는 무엇을 믿습니까? - 가일 박사는 매우 진지하게 대답했습니다. - 신神을. 그리고 과학을.

Tiam, dum la maltrankvilaj juniaj tagoj, lia vizito al Kiev estis tre kurta kaj malmultaj minutoj estis destinitaj por konversacioj kun ĵurnalistoj.
그런 다음 불안한 6월의 몇일 동안 그의 키이우 방문은 매우 짧았고 기자들과의 대화를 위해 몇 분 정도에 지나지 않았습니다.

Multe pli libere doktoro Gail sin sentis julie: en la sekva tago post la forveturo de A. Hammer la usona doktoro kune kun la edzino Tamar, trijara filo Ilan kaj la filinoj - seppjara Ŝir kaj naŭjara Tal - veturis al la kieva Instituto de pediatrio, akuŝologio kaj ginekologio, kie la gastojn renkontis direktoro de la instituto akademiano de Akademio de medicinaj sciencoj de USSR E. M. Lukjanova - prezidanto de la ukrainia filio de la internacia organizo "Kuracistoj de la mondo por prevento de nuklea milito".
가일 박사는 7월에 훨씬 더 자유로워졌다고 느꼈습니다. 해머가 떠난 다음 날, 미국 의사와 그의 아내 타말, 3살 난 아들 일란 Ilan, 그리고 딸들 - 7살 슈르, 9살 탈 - 키이우 소아과, 산부인과 부인과 연구소를 방문하여 연구소 소장, 소련 의료 과학 아카데미 학자 루크야노바 “핵전쟁 방지를 위한 세계의 의사들의 국제 조직”우크라이나 지부 회장이 손님을 만났습니다.

Tie ĉi, en tiu, verŝajne, la plej grava loko sur la tero - la loko, kie naskiĝas la homa vivo, kie efektiviĝas batalo por daŭrigo de la homa gento, - la infanoj de doktoro Gail tre rapide konatiĝis kun la malgrandaj pacientoj, ne sentante iajn lingvajn aŭ ideologiajn barojn, interŝanĝis per donacoj, kune kantis la kanton "Estu ĉiam la suno", poste la malgranda Tal violonludis, kaj la bluokula Ŝir bedaŭris, ke ne estas piano, ankaŭ ŝi ŝatus demonstri sian arton...
지구상에서 아마도 가장 중요한 장소인 인간의 생명이 태어난 곳, 인류의 존속을 위한 전투가 벌어지는 곳, 가일의 아이들은 작은 환자들을 매우 빨리 알게 되었고, 언어적인 또는 이념적인 문제에 대해 아무런 감정도 느끼지 못했습니다. 선물을 교환하고 함께 "언제나 햇님이어라"라는 노래를 부르고 작은 탈Tal은 바이올린을 연주했고 파란 눈의 슈르는 피아노가 없다는 것을 아쉬워했고 그녀도 자신의 예술을 보여주고 싶었습니다...

Kaj doktoro Gail tiutempe faris profesiajn konversaciojn kun pediatroj, akuŝistoj kaj kardiokirurgoj.
그리고 그때 가일 박사는 소아과 의사, 산부인과 의사 및 심장 외과 의사들과 전문적인 대화를 나눴습니다.

En la reanimada fako ni longe staris super la plastikaj koviloj, konektitaj kun komplikaj teknikaĵoj: tie kuŝis etaj kreaĵoj, estontaj homoj de la 21-a jarcento, ankoraŭ sciantaj pri neniaj atomaj

maltrankviloj, ekscitantaj nin hodiaŭ.
재활과에서 우리는 복잡한 기술과 연결된 플라스틱 인큐베이터 위에 오랫동안 서 있었습니다.: 그곳에는 오늘날 우리를 흥분시키는 원자적 불안에 대해 아직 알지 못하는 21세기의 미래인인 작은 창조물이 누워져 있었습니다.

Muzeo de Granda Patria Milito, Muzeo pri popola arkitekturo kaj mastrumado de Ukaraina SSR en la vilaĝo Pirogovo, Muzeo pri V. I. Leninjen estas kievaj itineroj de R. Gail.
위대한 애국 전쟁 박물관, 피로고보Pirogovo 마을의 우크라이나 에스에스알SSR 관리 및 민속 건축 박물관, 레니니엔 박물관은 가일의 경로입니다.

Diversaj etapoj de nia historio, diversaj facetoj de nia vivo...
우리 역사의 다른 단계, 우리 삶의 다양한 면면들...

En la Muzeo pri V. I. Lenin la atenton de doktoro Gail altiris simbola skulptaĵo: simieto, sidante sur la libro de Darwin "Deveno de specioj", esplorrigardas homan kranion.
레닌 박물관에서 가일 박사는 상징적인 조각품에 주목했습니다. 다윈의 책 "종種의 기원"에 앉아 있는 작은 원숭이가 인간의 두개골을 조사하고 있습니다.

Estas interesa la historio de tiu skulptaĵo. Dum sia dua vizito al Moskvo Armand Hammer transdonis al

V. I. Lenin tiun aĉetitan en Londono skulptaĵon.
그 조각의 역사는 흥미롭습니다. 두 번째 모스크바 방문에서 해머는 런던에서 구입한 조각품을 레닌 박물관에 넘겨주었습니다.

Oni rakontas, ke Vladimir Iljiĉ, akceptante la donacon, diris: "Jen kio povas okazi al la homaro, se ĝi daŭre perfektigos kaj kreskigos la ilojn por ekstermado. Sur la Tero restos nur simioj"
선물을 받은 블라디미르 일리치Vladimir Iljiĉ는 다음과 같이 말했습니다. "인류가 계속해서 근절 도구를 완성하고 발전시키면 이런 일이 일어날 수 있습니다. 지구에는 원숭이들만 남게 될 것입니다."

Tia estis la aŭgura averto de la gvidanto. Ĉe mi konserviĝas pluraj surbendigoj de konversacioj kun doktoro Gail, kiu, interalie, aktive interesiĝas pri literaturo kaj mem estas aŭtoro de publicistika[61] libro.
지도자의 불길한 경고였습니다. 나는 무엇보다도 문학에 적극적으로 관심을 갖고 논픽션 책의 저자인 가일과 나눈 대화 테이프를 여러 개 보관했습니다.

Mi provis elekti el tiuj surbendigoj la plej gravan:
나는 그 녹음 중에서 가장 중요한 것을 선택하려고 노력했습니다.:

---

61) public/i (tr) Skribi en gazeto aŭ revuo pri aktualaj temoj. ~isto. Tiu, kiu ~as: politika ~isto Z; aŭtonoma ~isto (ne apartenanta al iu redakcio). ~aĵo. Verko de ~anto(j).

- Doktoro Gail, kio gvidis vin al medicino?
Ĉu tio estas hazardo aŭ konscia elekto?
가일 박사님, 의학에 입문하게 된 계기는 무엇입니까?
우연입니까, 의도적 선택이었습니까?

- Dekomence mi volis studi fizikon de altaj energioj kaj nuklean fizikon.
- 처음부터 고에너지 물리학과 핵물리학을 공부하고 싶었습니다.

Iagrade tio estas ironio de sorto, ĉar poste mi kiel kuracisto devis fronti la influon de la nuklea energio al la homa organismo.
어느 정도 이것은 운명의 아이러니입니다. 왜냐하면 나중에 의사로서 나는 인간 유기체에 대한 원자력의 영향에 직면해야했기 때문입니다.

Sed poste, jam en kolegio, mi pensis, ke mi pli volas kontakti kun homoj, ol okupiĝi pri teoria fiziko. - Ĉu tiu decido dependis de specialaj trajtoj de via karaktero?
하지만 나중에는 이미 대학에 다니고 있어서 이론 물리학을 하는 것보다 사람들과 접촉하고 싶다는 생각을 했습니다. - 그 결정은 귀하의 캐릭터의 특별한 특성에 따라 결정되었나요?

- Mi akceptis la decidon konscie. En nia socio la profesio de kuracisto estas unu el la plej estimataj. Mi volis iĝi kuracisto.

- 나는 의식적으로 그 결정을 받아들였습니다. 우리 사회에서 의사라는 직업은 가장 존경받는 직업 중 하나입니다. 저는 의사가 되고 싶었습니다.

- Kiom da jaroj vi havis kiam vi akceptis tiun decidon?
- 그 결정을 받아들였을 때 몇 살이었습니까?

- Mi eniris la kolegion deksesjaraĝa.
- 열여섯 살에 대학에 들어갔습니다.

Ĉu medicino estis tradicia profesio por via familio?
의학은 가족의 전통적인 직업이었습니까?

- Ne. En mia familio ne estis medicinistoj. La patro estas entreprenisto.
- 아니. 우리 가족에는 의사가 없었습니다. 아버지는 기업가입니다.

- Ĉu vi kontentas pri la elekto de la kuracista profesio?
- 귀하는 의료 직업의 선택에 만족합니까?

- Multaj demandas min: "Nun, kiam vi atingis agnoskon en la tuta mondo, kion vi intencas ŝanĝi en via vivo?" Mi ĉiam respondas, ke mi estis plene kontenta pri mia vivo ankaŭ antaŭ tio, kiam mi iĝis konata, kaj mi intencas nenion ŝanĝi!

- 많은 사람들이 저에게 묻습니다. : "이제 세계적으로 인정을 받았으니 인생에서 무엇을 바꾸고 싶습니까?" 나는 항상 내가 알려지기 이전의 삶에 대해 완전히 만족하고 있으며 아무것도 바꿀 생각이 없다고 대답합니다!

- Doktoro Gail, mi konas multajn onkologojn kaj hematologojn kaj scias, ke psikologie tio estas tre malfacila profesio. Ja kuracisto ĉiam vidas morton kaj malfeliĉojn. Kiel vi al tio rilatas?
- 가일 박사님, 저는 많은 종양학자와 혈액학자를 알고 있으며 심리적으로 이것이 매우 어려운 직업이라는 것을 압니다. 결국 의사는 항상 죽음과 불행을 봅니다. 당신은 그것에 어떻게 관련이 있습니까?

- Parte vi pravas, doktoro Scerbak. Tio estas psikologie malfacila profesio. Sed de alia flanko - la samo ankaŭ altiras min.
- 제르박 박사 귀하가 부분적으로 옳습니다, 정신적으로 힘든 직업입니다.그러나 다른 면에서도 같이 나를 끌어당깁니다.

Ja tio estas defio. Onkologo kaj hematologo devas tre ofte solvi komplikegajn problemojn, esti en malfacilaj situacioj - ofte pro tio, ke niaj scioj en tiu sfero estas limigitaj.
사실 그것은 도전입니다. 종양 전문의와 혈액 전문의는 어려운 상황에서 매우 복잡한 문제를 해결해야 하는 경우가 많습니다. 그 이유는 해당 분야에 대한 지식이 제한되어 있기 때문입니다.

Tial al mi ŝajnas, ke ĝuste en la sfero de onkologio ekzistas grandega vasteco por medicinista kreado.
이것이 바로 종양학 분야에서 의료 창조의 거대한 범위가 있다고 생각하는 이유입니다.

Ni en la kolegio ofte disputis: "Kio estas pli bone? Ĉu komponi la muzikon aŭ muziki?"
대학에서 우리는 종종 "어떤 것이 더 낫습니까? 작곡과 연주 중 어느 것이 더 낫습니까?"라고 자주 논쟁했습니다.

Se oni okupiĝas pri kardiologio tie oni "muzikas".
Sed en la onkologio estas "komponata la muziko".
Tie ĉio estas nova kaj neesplorita. - -
심장학에서 일하는 경우 "노래를 부릅니다."
그러나 종양학에서 "음악은 작곡됩니다"
그곳에는 모든 것이 새롭웠습니다 그러나 탐색하지 않았습니다.

Krom tio, mi estas preparita kaj kiel scienca laboranto, kaj kiel kuracisto.
그 외에도 저는 과학자이자 의사로서 준비했습니다.

Ĝuste en la onkologio kaj hematologio estas tre facile kunordigi la rezultojn de la laboratoriaj esploroj kun laboro en hospitaloj, kun reala kuracado de malsana homo.
종양학 및 혈액학에서 정확히 실험실 연구 결과를 병원에서의 적용, 환자들과의 실제 치료와 조정하는 것은 매우 쉽습니다.

Ja ne hazarde la unuaj malsanoj, kies genetika naturo estis komprenita, estis ĝuste la malsanoj de sango - ekzemple, malfunkciiĝo de sintezo de hemoglobino.
유전적 성징의 원인으로 된 최초의 질병이 혈액 질환인 것은 우연이 아닙니다. - 예를 들어 헤모글로빈 합성의 오작동.

Kaj vi scias, ke plimulto de Nobel-premioj en la sfero de medicino estis atribuita ĝuste pro prilaboro de tiuj demandoj.
그리고 의학 분야의 대부분의 노벨상이 바로 이러한 질문의 처리 덕분에 수여되었다는 것을 알고 있습니다.

- Lige kun la dirita de vi: kio vi vin sentas en hospitalo en plia grado? Ĉu kuracisto? Aŭ sciencisto? Aŭ ĉu vi pledas por sintezo?
- 당신이 말한 것과 관련하여: 당신은 병원에서 더 많이 느끼는 것이 어떻습니까? 의사? 아니면 과학자? 아니면 합성을 옹호합니까?

- Esti bona kuracisto, kuraci la homojn tio estas la laboro, kiu devas okupi tutan tempon. Eĉ pli multe ol la tutan tempon.
- 좋은 의사가 되는 것, 사람을 치료하는 것, 그것이 항상 해야 할 일입니다. 모든 시간보다 더 많이.

Esti vera sciencisto- tio estas ankaŭ pli ol por la tuta vivo.

진정한 과학자가 되는 것 - 그것은 또한 전 생애를 위한 것 그 이상입니다.

Foje al mi ŝajnas, ke neniu povas okupiĝi kaj pri tio, kaj pri alio paralele.
때로는 아무도 이 일과 다른 일에 동시에 할 수 없다고 생각합니다.

Precipe en nia tempo, kiam kaj medicino, kaj scienco iĝis tiom teknologiecaj, teknikokapacitaj.
특히 의학과 과학이 모두 너무 기술적이고 기술이 가능한 우리 시대에는.

Sed samtempe mi konscias, ke ĉe ni ĝuste mankas la homoj, kiuj kunigus tiujn du okupojn. Tio tre gravas.
그러나 동시에 나는 우리에게 이 두 가지 직업을 결합할 사람이 부족하다는 것을 알고 있습니다. 그것은 매우 중요합니다.

Miaopinie, devas esti sintezo. Ĝuste en tio mi sentas mian devon - integre kunigi en mi kuraciston kaj scienciston.
제 의견으로는 합성이 있어야 합니다. 의사와 과학자를 내 안에 통합시키는 나의 의무를 느끼는 것은 바로 이 점에서입니다.

- Kiel estas distribuata via tempo en kutimaj kondiĉoj de laboro en la kalifornia kliniko?
- 캘리포니아 클리닉의 일반적인 근무 조건에서 귀하의 시간은

어떻게 분배됩니까?

- Kiel gvidanto de la kliniko mi elspezas plian parton da tempo por ĉirkaŭiroj, observado de la malsanuloj kaj parolado kun ili.
- 원장으로서 여기저기 돌아다니며 환자들을 관찰하고 이야기하는 시간이 더 많습니다.

Miaj malsanuloj ofte havas sufiĉe ordinarajn formojn de kancero, ekzemple, pulmkanceron.
제 환자들은 종종 폐암과 같은 상당히 흔한 형태의 암을 가지고 있습니다.

Kaj mi zorgas pri miaj pacientoj kiel ordinara kuracisto.
그리고 일반 의사처럼 환자를 돌봅니다.

Certan parton de tempo mi uzas por administrado de malgranda esplora institucio, kiu okupiĝas pri kolektado de statistikaj informoj laŭ rezultoj de aplikado de novaj metodoj en kuracado de leŭkozoj, transplantado de medolo kaj de aliaj informoj.
나는 백혈병 치료, 골수 이식 및 기타 정보에 대한 새로운 방법을 적용한 결과에 따라 통계 정보를 수집하는 소규모 연구 기관의 관리에 시간의 일부를 사용합니다.

Kaj, fine, tre grava afero, pri kiu mi okupiĝas, estas mia persona laboratorio, kie estas efektivigataj bazaj

esploroj pri studado de molemekanísmoj en aperado de leŭkozoj.
그리고 마지막으로, 제가 관여하고 있는 매우 중요한 것은 백혈병의 출현에 대한 분자 메커니즘 연구에 대한 기초 연구를 수행하는 개인 실험실입니다.

Mi komprenas, tio aspektas tiel, kvazaŭ mi malkoncentriĝas, sed mi kun tio ne konsentas.
이해합니다. 초점을 잃은 것 같지만 동의하지 않습니다.

Mi estas koncentrita en tiuj tri direktoj, ĉar antaŭ ni staras supergrava celo: ni volas atingi efikan kuracadon de leukozoj. Kaj ni opinias, ke la unuaj rezultoj estos ricevitaj en laboratorio.
나는 우리 앞에 매우 중요한 목표가 있기 때문에 이 세 가지 방향에 집중하고 있습니다.: 우리는 백혈병에 대한 효과적인 치료를 달성하기를 원합니다. 그리고 우리는 첫 번째 결과가 실험실에서 받을 것이라고 생각합니다.

Al kio ni direktiĝas? Kio estas ĉefa celo de niaj esploroj? Neniu infano devas perei pro leŭkozo. Ni devas fari por tio ĉion, kion ebligas niaj fortoj.
우리는 무엇을 향해 가고 있는가요? 우리 연구의 주요 목적은 무엇입니까? 어떤 아이도 백혈병으로 죽어서는 안 됩니다. 이를 위해 우리는 최선을 다해야 합니다.

Ĉu estas kazoj de sanigo en via kliniko?
Ĉu vi sukcesas transformi akutajn leŭkozojn en

kronikajn?
귀하의 진료소에 치유 사례가 있습니까?
급성 백혈병을 만성 백혈병으로 전환할 수 있습니까?

- En 1986 ni sukcesis sanigi proksimume 70 procentojn da infanoj, ĉe kiuj disvolviĝis leukozo. Kaj ĉirkaŭ 30 procentojn da plenkreskuloj. Se kalkuli sume, do rezultiĝas, ke precize duonon da malsanuloj ni sukcesas sanigi.
- 1986년에 우리는 백혈병에 걸린 어린이의 약 70퍼센트를 치료했습니다. 그리고 성인의 약 30%. 우리가 총계로 계산하면 우리가 치료할 수 있는 아픈 사람들의 정확히 절반이라는 것이 밝혀졌습니다.

- Tio estas fenomena rezulto!
- 경이로운 결과입니다!

- Bedaŭrinde, plimulto de la loĝantaro tre malmulte konscias, kiom grave ni avancis[62] en kuracado de leŭkozoj.
- 불행히도 대다수의 인구는 백혈병 치료에 있어 우리가 얼마나 중요한지 잘 모르고 있습니다.

Sed duono de malsanuloj - tio estas jam nesufiĉe. Ja la dua duono mortas. Ekzemple, ĉi-jare ducent mil usonanoj mortos pro kancero...

62) avanc-i [자] ①<군사> 적진(敵陣)에서 전진하다, 적지(敵地)를 점령하다. ②진급하다, 승진하다. ~igi 진급시키다.

그러나 아픈 사람의 절반은 이미 충분하지 않습니다. 결국 후반부는 죽습니다. 예를 들어, 올해 20만 명의 미국인이 암으로 사망할 것입니다…

- En la gazetaro estis informoj pri tio, ke vi havas gradon de doktoro de filozofio. Kiun problemon vi prilaboris en via doktoriga tezo?
- 언론에 귀하에게 철학박사 학위를 지니고 있다는 정보가 나왔습니다. 박사 논문에서 어떤 문제를 다루셨습니까?

- Mia temo estas vivo kaj morto. Unueco de vivo kaj morto en filozofia aspekto. En mia biografio, publikigita en Usono, mi tuŝas tiun temon.
- 나의 주제는 삶과 죽음입니다. 철학적 측면에서 삶과 죽음의 일치. 미국에서 출판된 나의 전기에서 나는 그 주제를 다룹니다.

- Doktoro Gail, kion vi diras al viaj malsanuloj, kiam vi faras diagnozon?
- 가일 박사님, 진단을 내릴 때 환자에게 무엇을 말씀하시나요?

- Mi ĉiam diras al miaj pacientoj tutan veron, komunikas ĉiujn faktojn. Mi ne scias, ĉu tio estas bone aŭ malbone, sed ni aplikas filozofion, konforme al kiu la homo devas havi tutan informaron.
- 나는 항상 환자에게 모든 진실을 말하고 모든 사실을 전달합니다. 이게 좋은건지 나쁜건지 모르겠는데. 사람이 모든 정보를 가지고 있어야 한다는 철학을 적용합니다.

La kialo estas en tio, ke la plej ĉefajn decidojn pri kuracado devas akcepti la malsanulo mem. Kaj por tio li bezonas fidindan informaron. Tio ne ĉiam efikas plejbone, sed foje ni simple ne havas alian solvon.
그 이유는 치료에 대한 가장 중요한 결정은 환자 자신이 받아들여야 하기 때문입니다. 그리고 이를 위해서는 신뢰할 수 있는 정보가 필요합니다. 그것이 항상 최선의 방법은 아니지만 때로는 다른 해결책이 없을 때가 있습니다.

- Ĉu vi traktis radimalsanon antaŭ tio, kiam vi venis al Moskvo kaj komencis kuraci pacientojn, damaĝitajn dum la akcidento en Ĉernobila atoma centralo?
-모스크바에 와서 체르노빌 원자력 발전소 사고로 피해를 입은 환자들을 치료하기 시작했을 때 그 전에 방사선 병을 치료를 시작한 적이 있습니까?

- Jes, certan sperton ni havis. En pluraj kazoj de leŭkoza malsano estas necesa transplanto de medolo. Kaj tiam ni konscie submetas la pacientojn al grandaj dozoj de radiado, fojfoje surlime de mortaj dozoj.
- 예, 우리는 특정한 경험을 한 바 있습니다. 백혈병의 몇몇 경우에는 골수 이식이 필요합니다. 그런 다음 우리는 의도적으로 환자에게 치명적인 분량에 가까운 다량의 방사선을 노출시킵니다.

Ni havas sufiĉe grandan sperton pri kuracado de malsanuloj, ricevintaj enormajn dozojn de radiado de kelkaj miloj da ber'oj (biologia ekvivalento de rentgeno).
우리는 수천 개의 방사선 (X선의 생물학적 등가물) 에서 엄청난 양의 방사선을 받은 환자를 치료한 상당한 경험을 가지고 있습니다.

- Ĉu via prognozo pri kuracado de la malsanuloj en Moskvo koincidis kun la faktaj rezultoj?
- 모스크바에서 환자 치료에 대한 예측이 실제 결과와 일치 했습니까?

- Ĝenerale, jes, se paroli pri la ĝenerala reguleco, pri la statistika prognozo. Sed en ĉiu individua kazo estas tre malfacile doni ĝustan prognozon.
- 대체적으로 그렇습니다, 일반적인 규칙성, 통계적 예측에 대해 이야기하면 그렇습니다. 그러나 각각의 개별 사례에서 정확한 예후를 제시하는 것은 매우 어렵습니다.

Ĝenerale tio estas tre komplika etika problemo kaj peza ŝarĝo: doni prognozon.
대체적으로 이것은 매우 복잡한 윤리적 문제이며 예후를 제공하는 무거운 부담입니다.

En tiu ĉi kazo mi parolas ne pri kuracado de la ĉernobilaj malsanuloj, sed pri kuracado de la

malsanaj de leŭkozoj en mia kliniko.
이 경우 체르노빌 환자의 치료를 말하는 것이 아니라 저희 병원에서 백혈병 환자의 치료를 말씀드리는 것입니다.

Ekzemple, mi scias, ke el cent pacientoj, kiuj bezonas transplanton de la medolo, kvindek procentoj supervivos, saniĝos.
예를 들어, 골수 이식이 필요한 100명의 환자 중, 50%가 생존하고 나을 것이라는 것을 압니다.

Sed por tiuj kvindek procentoj, kiuj mortos, tio estas maltaŭga konsolo.
그러나 죽을 사람 50퍼센트에게 그것은 부적당한 위로입니다.

Iliajn vivojn ni mallongigas per nia kuracado.
우리의 치료로 그들의 생명을 단축시킵니다.

Kaj tial ĉiufoje, kiam ĉe ni mortas malsanulo, kies vivo estis mallongigita rezulte de kuracado, mi sentas mian personan respondecon.
그래서 치료로 인해 수명이 단축된 환자가 저희와 함께 죽을 때마다 제 개인적인 책임감을 느낍니다.

Mi devas porti tiun respondecon pro iliaj mortoj, sed mi ne havas alian elekton.
본인은 그들의 죽음에 대한 책임을 져야 하지만 다른 선택의 여지가 없습니다.

La plej simpla solvo estus ĝenerale ne fari transplantadon. Sed tiam ni rifuzos je la rajto por la vivo al la absoluta plimulto de la malsanuloj.
가장 간단한 해결책은 이식을 전혀 하지 않는 것입니다. 그러나 그러면 우리는 절대 다수의 병자들에게 생명권을 거부할 것입니다.

- Doktoro Gail, kiun el la malsanuloj en Moskvo vi pleje fiksmemoris?
- 가일 박사님, 모스크바의 아픈 사람들 중 누구를 가장 기억하십니까?

- Mi volas tuj diri, ke mi memoras ĉiun el memoras kiel homon, kiel individuon. Sed kelkaj homoj lasis pli profundan spuron. Mi speciale fiksmemoris tri malsanulojn.
- 한 분 한 분을 기억하고 있다는 말씀을 드리고 싶습니다. 그러나 몇 사람들은 더 깊은 흔적을 남겼습니다. 나는 특히 세 명의 아픈 사람들을 기억했습니다.

- La unua estas kuracisto, kiu laboris apud la reaktoro, helpante al la damaĝitaj. Kiel kuracisto, li konsciis la tutan danĝeron de la formiĝinta situacio, li ĉion komprenis, sed li sin tenis kuraĝe.
- 첫 번째는 원자로 인근에서 일하면서 부상자를 도운 의사입니다. 의사로서 그는 진전되는 상황의 모든 위험을 알고 있었고 모든 것을 이해했지만 용감하게 자신을 견뎠습니다.

La dua malsanulo estas fajrobrigadano. Kiam mi la unuan fojon forveturis el Moskvo al Kiev, ĉu vi memoras, komence de junio? - mi forestis en la kliniko dum tri tagoj.
두 번째 환자는 소방관입니다. 내가 처음 모스크바를 떠나 키이우로 갔을 때 6월 초를 기억하십니까? - 나는 3일 동안 병원에 결근했습니다.

Kaj kiam mi revenis el Kiev, li estis tre kolera kaj demandis min: "Kie vi estis? Kial vi forveturis?"
그리고 내가 키이우에서 돌아왔을 때 그는 매우 화를 내며 저에게 물었습니다. “어디에 있었습니까? 왜 떠났습니까?”

Kaj la tria estis ankaŭ fajrobrigadano. Eble, li ne komprenis, ke al li minacis danĝero, eble, li komprenis, kaj eble, li speciale faris ĉion por ne atenti la minacon al la vivo.
그리고 세 번째는 또한 소방관이었습니다. 아마도 그는 자신이 위험에 처해 있다는 것을 이해하지 못했고, 아마도, 이해했을지도 모릅니다, 아마도 생명에 대한 위협에 주의를 기울이지 않기 위해 할 수 있는 모든 일을 했다고 봅니다.

Li tre kortuŝe kondutis - dum observadoj li konstante min demandis: "Kiel statas viaj aferoj, doktoro, kiel vi fartas?" - Du el tiuj malsanuloj mortis, unu supervivis...
그는 매우 감동적으로 행동했습니다. 관찰하는 동안 그는 끊임없이 저에게 물었습니다. 박사님 상태는 어떻습니까, 박사님, 괜찮으시지요? 그들 중 2명은 사망하고, 1명은 살아났음…

- Kiuj sentoj vin direktis, kiam vi decidis veturi al Soveta Unio?
- 소련으로 여행을 가기로 결정했을 때 어떤 느낌을 받았나요?

- Unuavice mi estas kuracisto, kaj mi scias pri la probablaj postsekvoj de tia akcidento. Tial mi konsideris necesa proponi mian helpon.
- 우선, 저는 의사이며, 그러한 사고의 가능한 결과에 대해 알고 있습니다. 그래서 나는 내 도움을 제청할 필요가 있다고 생각했습니다.

Min, kiel reprezentanton de la medicina profesio, la politikaj malkonkordoj ne koncernas.
의료계를 대표하는 사람으로서 정치적인 의견 충돌은 저와 무관합니다.

Nia unua devo estas savi la homojn, helpi al ili. Krome, analogaj akcidentoj povas okazi ne nur en USSR, sed ankaŭ en Usono kaj en aliaj landoj.
우리의 첫 번째 의무는 사람들을 구하고 그들을 돕는 것입니다. 또한 유사한 사고가 소련뿐만 아니라 미국 및 기타 국가에서도 발생할 수 있습니다.

Kaj nature, ke ni povos atendi saman kunsenton kaj saman helpon flanke de la sovetianoj.
그리고 당연히 우리는 소비에트인의 입장에서 같은 이해와 같은 도움을 기대할 수 있을 것입니다.

- Kiel vi opinias, ĉu eblas fari analogion inter la vizito de doktoro Hammer en nian landon en 1921 kaj via vojaĝo nuntempe?
- 1921년 해머 박사의 우리나라 방문과 현재의 귀하의 여행을 유사성을 발견할 수 있다고 생각하십니까?

- En iu senco jes. Fakte, Hammer okupiĝis tiam pri la problemoj de batalo kontraŭ ekzantema tifo,[63] kaj ni — pri la batalo kontraŭ la atoma minaco.
- 어떤 의미에서 그렇습니다. 사실, 해머 박사는 발진티푸스와의 싸움의 문제에 관여했고 우리는 원자의 위협과의 싸움에 참여했습니다.

La cirkonstancoj estas tute diversaj, sed la esenco estas la sama. Kuracistoj de diversaj landoj helpas unu al la alia.
상황은 완전히 다르지만 본질은 같습니다. 여러 나라의 의사들은 서로 돕습니다.

- En tiu senco nenio ŝanĝiĝis. Sed la situacioj estas, certe, tute nekompareblaj.
- 그런 의미에서 변한 것은 없습니다. 그러나 상황은 물론 완전히 비교할 수 없습니다.

Nur pensu: kiom la ideo mem pri la akcidento de

63) ekzantema tifo 발진티푸스

atoma reaktoro en 1921 estis absolute neimagebla, samtiom nun ne eblas imagi epidemion de ekzantema tifo de tia skalo kiel en 1921.
1921년 원자로 사고에 대한 바로 그 아이디어가 절대적으로 상상할 수 없었던 만큼, 같은 방식으로 1921년과 같은 규모의 발진티푸스의 전염병을 상상하는 것은 이제 불가능합니다.

La homaro eklernis superi ĉiujn situaciojn, aperantajn sur ĝia vojo...
인류는 그 길에 나타나는 모든 상황을 극복하는 법을 배웠습니다...

- Sed ĉe tio ĝi mem kreas novajn problemojn.
- 그러나 동시에 새로운 문제를 야기합니다.

- Tiel estas ĉiam (doktoro Gail ridas). Kaj hodiaŭ por ni estas malfacile imagi, kiuj problemoj okupas la ho,arom post sesdek jaroj.
- 항상 그래요 (가일 박사 웃음). 그리고 오늘날 우리는 60년 후에 세상을 점유하고 있는 문제들을 상상하기 어렵습니다.

- Dum tiu ĉi vizito vi kunprenis viajn infanojn. Ĉu tio signifas, ke ilia restado ĉi tie estas sendanĝera?
- 이번 방문 동안 당신은 아이들을 함께 왔습니다. 그들이 이곳에 머무르는 것이 안전하다는 뜻입니까?

- Multaj en la mondo pensas, ke Kiev estas plene lasita de la loĝantoj aŭ ke la infanoj estas plene

evakuitaj.
- 세계의 많은 사람들은 키이우가 주민들에 의해 완전히 버려졌거나 아이들이 완전히 대피했다고 생각합니다.

Kaj unu el kaŭzoj, kiu devigis. min veni ĉi tien kun mia familio, estas la deziro ankoraŭfoje substreki, ke la situacio estas plene kontrolata, kaj la pacientoj ricevis bezonatan helpon.
그리고 그것을 강요한 원인 중 하나. 가족과 함께 이곳에 오게 된 것은 상황이 완전히 통제되었고, 환자들이 필요한 도움을 받았음을 다시 한 번 강조하고 싶은 마음입니다.

Mi havis neniajn dubojn pri sekureco de mia vizito al Kiev.
나는 키이우Kiev방문의 안전에 대해 의심의 여지가 없었습니다.

Nenikaze mi alportus miajn infanojn, se ekzistus eta potenciala danĝero. Mi opinias, ke por la homoj estas pli simple kompreni tian agon ol plurajn medicinajn deklarojn kaj komplikajn ĝeneraligojn.
조금이라도 잠재적인 위험이 있다면 내 아이들을 데려올 방법이 없습니다. 그런 행동은 여러 의료진술이나 복잡한 일반화보다 사람들이 이해하기 쉽다고 생각합니다.

- Ĉu vi opinias, ke la situacio en Kiev pliboniĝas?
- 키이우의 상황이 개선되고 있다고 생각하십니까?

- Certe. La niveloj de radiado konstante malaltiĝos.

- 확신합니다. 방사능 수치는 꾸준히 낮아질 것입니다.

Io postulas specialan atenton. Ekzemple, la problemo de protekto de la akvo. Sed estas entreprenataj ĉiuj rimedoj, por ke la urbo Kiev estu protektita.
특별한 주의가 필요합니다. 예를 들어, 물 보호 문제. 그러나 키이우 시市를 보호하기 위해 모든 조치를 취하고 있습니다.

Ekzemple, estas boritaj artezaj[64] putoj, determinitaj alternativaj fontoj de akvoprovizado, mi opinias, ke la situacio estas plene kontrolata.
예를 들어, 지하수 우물이 뚫렸고 대체 물 공급원이 결정되었으며, 상황이 완전히 통제되고 있다고 생각합니다.

En tiuj demandoj mi plene fidas al miaj sovetiaj kolegoj.
Mi ne kredas, ke ili submetus siajn infanojn kaj sin mem al la efiko de radiado, kiun ili konsiderus neallasebla.
이 질문에서 나는 소련 동료들을 전적으로 신뢰합니다.
나는 그들이 용납할 수 없는 방사선의 영향에 자녀와 자신을 노출시킬 것이라고 생각하지 않습니다.

- Ĉu vi estas kontenta pri la ricevita informaro?

---

64) Artez/o . Provinco en N Francio (Araso).
~a. Rilata al ~o.
(a)~a Z (pp puto) Tia, ke el la profunde borita truo la akvo ŝprucas per si mem: per (a)~aj putoj oni kreis en Alĝerio multajn oazojn.

- 받은 정보에 만족합니까?

- Ekde la tempo de mia unua vizito al Soveta Unio, kaj speciale al Kiev, mi miris, kiel sincere kaj aperte ni faras la aferojn kun miaj sovetiaj kolegoj.
- 소련, 특히 키이우Kiev를 처음 방문했을 때부터 소련 동료들과 얼마나 성실하고 긴밀하게 일을 하는지 놀랐습니다.

Speciale mi devas substreki, ke al multaj el ni faris la profundan impreson la komuniko de Politika Buroo de CK KPSU pri esploro de la kaŭzoj de la akcidento en Ĉernobila AEC.
특히 체르노빌 원전 사고의 원인 조사에 관한 CK KPSU 정치국의 커뮤니케이션에 많은 사람들이 깊은 감명을 받았다는 점을 강조하고 싶습니다.

Mi opinias, ke pritakso de la akcidento estis altgrade sincera.
사고에 대한 평가가 고도의 진실성이 있다고 생각합니다

Verŝajne, ĝi estis eĉ pli rekta kaj aperta, ol ni antaŭsupozis, kaj tio min profunde ĝojigas.
아마도 우리가 기대했던 것보다 훨씬 더 직접적이고 개방적이어서 저를 매우 기쁘게 했습니다.

Mi esperas, plie, mi certas, ke via analizo de la medicina informaro estos same plena kaj sincera, kiel la analizo de la fizikaj kaŭzoj de la akcidento.

또한, 귀하의 의료 정보 분석이 사고의 물리적 원인 분석만큼 완전하고 성실하기를 바랍니다.

- Ĉu vi volus ankoraŭ viziti Kiev?
- 그래도 키이우를 방문하시겠습니까?

- Mi ne nur volas, sed mi venos al Kiev. Mi revenos en vian urbon oktobre, kiam malfermiĝos la ekspozicio de artaĵoj el la kolekto de doktoro Hammer.
- 나는 원할뿐만 아니라 키이우에 올 것입니다. 해머 박사 컬렉션의 예술 작품 전시회가 열리는 10월에 귀 도시로 돌아올 것입니다.

Robert Gail tenis sian vorton. Estis aŭtuno, estis la sama flughaveno, estis usona aviadilo nur malpli granda ol "Boeing", kaj sur ĝia estis la numero "2 OXV".
로버트 가일은 약속을 지켰습니다. 때는 가을이었고 같은 공항이었으며 "보잉"보다 작은 미국 비행기였고 그 위에는 "2 OXV"라는 숫자가 씌여져있었습니다.

Kune kun doktoro Gail venis la populara usona kantisto kaj komponisto John Denver, plenumanta siajn baladojn en la stilo "country". Laŭ komisio de Armand Hammer doktoro Gail malfermis la ekspozicion "Ĉefverkoj de kvin jarcentoj". Elpaŝante dum la ceremonio de malfermo, li diris: - Ĉernobil

iĝis por ni ĉiuj memorigo pri tio, ke la mondo devas por ĉiam ĉesigi ajnan eblecon de eksplodo de la nuklea milito.
가일 박사와 함께 유명한 미국 가수이자 작곡가인 존 덴버John Denver가 와서 "컨트리" 스타일로 발라드를 연주했습니다. 해머의 의뢰에 따르면 가일 박사는 "5세기의 걸작" 전시회를 열었습니다. 개회식에서 나가면서 그는 이렇게 말했습니다. : - 체르노빌은 우리 모두에게 세계가 핵전쟁의 발발 가능성을 영원히 종식시켜야 함을 상기시켜 주었습니다.

- Poste, vespere de la sama tago, estis koncerto en la palaco "Ukrainio", ĉiuj rimedoj de kiu iris en la fonduson de helpo al Ĉernobil.
- 나중에 같은 날 저녁에 "우크라이나"궁에서 콘서트가 있었고 모든 자원은 체르노빌 구호 기금에 사용되었습니다.

Tre sincere kaj kortuŝe sonis la vortoj de John Denver pri tombejo Piskarevskoje en Leningrado: post la vizito al la tombejo li verkis la kanton, en kiu li prikantis forton, aŭdacon de la sovetianoj, ilian amon al sia tero...
레닌그라드의 피스카레프스코예Piskarevskoje 묘지에 대한 존 덴버의 말은 매우 진지하고 감동적으로 들렸습니다. 묘지를 방문한 후 그는 소련의 힘, 용기, 그들의 영토에 대한 사랑에 대해 노래한 노래를 썼습니다.

Kun grandega simpatio la halo aŭskultis puran voĉon de tiu rufeta knabo el Kolorado. "Mi volas, ke

ĉiuj sciu, ke mi estimas kaj amas la sovetiajn homojn, diris John Denver.
크나큰 공명심으로 홀은 콜로라도에서 온 그 빨간 머리 소년의 순수한 목소리를 들었습니다. 존 덴버는 "내가 소비에트 국민에게 감사하고 사랑한다는 것을 모두가 알았으면 좋겠다고 말했습니다.

- Por mi estas tre grave esti ĉi tie, en Soveta Unio, kaj kanti por vi, kaj ne simple kanti, sed dividi kun vi mian muzikon.
- 저에게는 소련, 여기에서 여러분을 위해 노래하는 것이 매우 중요합니다. 단순히 노래하는 것이 아니라 제 음악을 여러분과 공유하는 것입니다.

Mi volas, ke ĉiuj sciu, ke mi sentas grandegan estimon al la loĝantoj de Kiev kaj al la loĝantoj de Ĉernobil - mi estimas ilian kuraĝon, ilian aŭdacon".
나는 모든 사람들이 내가 키이우 사람들과 체르노빌 사람들에 대해 큰 존경심을 갖고 있다는 것을 알기를 바랍니다. 나는 그들의 용기와 대담함에 감사합니다."

Al John Denver aplaŭdis ne nur miloj da kievanoj, sed ankaŭ doktoro Gail kaj lia edzino. Kaj poste okazis adiaŭa vespermanĝo - iom malĝoja, kiel ĉiam, kiam estas adiaŭo kun bonaj amikoj.
존 덴버는 수천 명의 키이우Kiev인 뿐만 아니라 가일과 그의 아내로부터 박수를 받았습니다. 그리고 이별 만찬이 있었습니다. 언제나 그렇듯이 좋은 친구들과의 이별이 조금 슬펐습니다.

Kaj poste, kiam estis jam nokto, ni eliris ĉiuj kune al la bordo de Dnepr kaj kantis al la usonaj amikoj nian popolan kanton "Jen Dnepro vasta muĝas, ĝemas".
Kaj Gail, kaj Denver atente aŭskultis, kaj poste Denver penseme demandis: "Kie estas Ĉernobil?"
그리고 이미 밤이 되자 우리는 모두 함께 드네프르 강둑으로 나가 미국인 친구들에게 민요 "여기 광대한 드네프르 포효하고, 한숨을 지었네"를 불렀습니다.
가일과 덴버는 모두 주의 깊게 듣고, 덴버는 신중하게 "체르노빌은 어디에 있습니까?"라고 물었습니다.

Ni montris norden, en obskuron,[65] tien, de kie Dnepr portis siajn aŭtunajn akvojn.
우리는 드네프르가 가을 물을 흐르게 하는 곳, 어둠 속으로 북쪽을 가리켰습니다.

65) obskur-a ①어두운, 컴컴한. ②(이름이)알려지지 않은, 유명하지 않은, 무명(無名)의.

"KIEL LA HOMOJN TESTI..."
"사람을 시험하는 방법..."

Aŭskultante melodiecajn kaj tre homecajn kantojn de John Denver, mi pensis pri Vladimir Visockij. En la memoro aperis aŭtuna tago de 1968 en Kiev. Faladis folioj de la pomarboj de la fama ĝardeno de Aleksandr Dovĵenko en la kinostudio, portanta lian nomon.
존 덴버의 선율적이고 매우 인간적인 노래를 들으면서 나는 블라디미르 비소스키Vladimir Visockij를 생각했습니다. 기억 속에는 키이우에서 1968년 가을 날이었습니다. 알렉산드르 도브젠코 Aleksandr Dovĵenko의 이름을 딴 영화 스튜디오에 있는 유명한 정원의 사과나무에서 나뭇잎이 떨어지고 있었습니다.

Mi promenadis apud la pavilono "de Ŝĉors", atendante Visockij. Mi vidis lin en la kinofilmo "Vertikalo", kaj al mi ŝajnis, ke mi, certe, tuje rekonos lin.
나는 비소스키를 기다리면서 "초르스에서" 누각樓閣 옆을 걸었습니다. 나는 그를 영화 "수직선垂直線"에서 보았고 즉시 그를 알아볼 것 같았습니다.

Sed kiam aperis nealta, senbarba, maldika kaŝtanharulo en leda jako, aspektanta multe pli june ol la heroo de "Vertikalo", mi nur dum lasta momento divenis, ke tio estas li.
하지만 '수직선垂直線'의 주인공보다 훨씬 젊어보이는 가죽자켓을 입은, 가냘픈 수염, 가냘픈 몸매의 밤색머리칼 남자가 나타났을 때, 나는 마지막 순간에 그 사람인 줄 짐작했습니다.

Mi divenis pro tio, ke post lia dorso pendis gitaro.
등 뒤에 기타가 매달려 있었기 때문에 그렇게 짐작한 것입니다.

Dum tiuj tagoj estis farata la filmo "Kvaranteno"[66] laŭ mia scenaro, rakontanta pri tio, kiel grupo da kuracistoj en scienc-esplora laboratorio infektiĝis per viruso de danĝera infekcio; en la filmo ni provis esplori karakterojn de la homoj, modeli ilian konduton en ekstrema situacio.
그 당시 과학 연구실의 의사 그룹이 위험한 감염의 바이러스에 감염되는 과정을 담은 영화 "격리隔離"가 내 시나리오에 따라 만들어졌는데: 영화에서 우리는 극한 상황에서 그들의 행동을 모델링하기 위해 사람들의 캐릭터를 탐구하려고 했습니다.

La temo de la filmo estis en multo relativa, preskaŭ fikcia, sed la karakteroj de la kuracistoj estis prenitaj el realo.
영화의 주제는 여러 면에서 거의 상대적이었지만, 의사들의 등장인물은 현실에서 따온 것입니다.

Visockij konsentis verki kanton por nia filmo, kaj reĝisorino S. Cibulnik, kiu forestis el Kiev dum tiuj tagoj, komisiis al mi okupiĝi pri tiu kanto.

---

66) kvaranten-o ①검역정선(檢疫停船). ☞ sanitara, kordono. ②<의학> 격리(隔離). ˜i [자] (선박이)검역정선 중에 있다. ˜igi 검역하다.

비소스키는 우리 영화의 곡을 쓰기로 동의했고, 당시 키이우에 부재했던 지불닉 감독이 저에게 그 곡 작업을 의뢰했습니다.

Ni interŝanĝis per kelkaj vortoj kaj iris en la pavilonon, kie ĉio jam estis preta por surbendigo.
우리는 몇 마디 대화를 나누고 이미 녹음할 모든 것이 준비된 정자亭子로 들어갔습니다.

Kaj, kiam Visockij komencis kanti sian kanton, mi subite komprenis, kial estas malfacile rekoni lin en ordinara vivo: la senton de monumenteco, per kiu estas markitaj liaj ekranaj herooj, kreis lia fama raŭketa voĉo, lia tempesta temperamento.
그리고 비소스키가 그의 노래를 부르기 시작했을 때 나는 갑자기 왜 평범한 삶에서 그를 알아보기가 어려운지 이해했는바: 그의 영화 속 영웅들이 상징하는 기념비적인 느낌은 그의 유명한 거친 목소리와 격렬한 기질에 의해 만들어졌습니다.

La miraklo de trasformiĝo okazis rekte antaŭ la okuloj, tuj post kiam eksonis la unuaj gitaraj akordoj. La kanto tre ekplaĉis al mi kaj ni tuj prenis ĝin en la filmon.
첫 번째 기타 화음이 연주된 직후, 변화의 기적이 눈앞에서 일어났습니다. 나는 그 노래를 정말 마음에 들어했고, 우리는 즉시 그것을 영화에 삽입했습니다.

Ĝin plenumis bonega aktoro kaj kantisto Jura Kamornij, poste tragike pereinta... Kaj la surbendigo

de Vladimir Visockij konserviĝas en mia kaseto.
Jen estas tiu kanto*:
그것은 훌륭한 배우이자 가수인 유라 카모르니Jura Kamornij에 의해 연주되었는데, 그는 나중에 비극적으로 사망했습니다. 그리고 블라디미르 비소스키Vladimir Visockij의 녹음은 내 카세트에 보존되어 있습니다.
바로 이 노래*:

* La kanton tradukis Aleksej Juravljov.
* 노래는 알렉세이 유라블료프Aleksej Juravljov의 번역.

Jam ĉesis kanonoj tempesti,
Brilas la sun' en zenit'.
Kiel la homojn testi,
Se ne plu estas milit'?
Sed oni demandas sen flato,
Se estas l' neces':
"Cu fidus vi lin en skoltado,
Ĉu ne aŭ jes?"
대포는 이미 발사를 멈췄고,
태양은 천정天頂에서 빛나네.
사람들을 테스트하는 방법
더 이상 전쟁이 없다면?
그러나 그들은 아첨하지 않고 물을 것입니다.
필요하다면:
"스카우트에서 그를 믿으시겠습니까?
아니요 아니면 예?"

Ne venas funebraj avizoj,
La urbojn ne vundas flam'.
La viv' ŝajnas nun paradizo,
Sin montri maleblas jam.
Sed oni demandas sen flato,
Se estas l' neces':
"Ĉu fidus vi lin en skoltado,
Ĉu ne aŭ jes?"
장례 통지는 오지 않습니다.
화염은 도시를 다치게하지 않습니다.
인생은 이제 낙원처럼 보입니다.
자신을 보여주는 것은 이미 불가능합니다.
그러나 그들은 아첨하지 않고 묻습니다.
필요하다면:
"스카우트에서 그를 믿으시겠습니까?
아니요 아니면 예?"

Trankvilo, kviet' - estas mito,
Bezonas defendon la ver'.
Ekzistas batal' senmilita
Kun risk', heroec' kaj danĝer'.
Kaj oni demandas sen flato,
Se estas l' neces':
"Ĉu fidus vi lin en skoltado,
Ĉu ne aŭ jes?"
고요하고 조용합니다 - 그것은 신화입니다.
진실은 방어가 필요합니다.
'비군사적' 전투가 있습니다

위험과 함께, 영웅주의와 위험.
그리고 그들은 아첨하지 않고 묻습니다.
필요하다면:
“스카우트에서 그를 믿으시겠습니까?
아니요 아니면 예?”

Ni venkis delonge faŝismon
kaj ĝojas de l’ sun’.
Sed kosmon kaj maran abismon
Ne endas ignori nun.
Do oni demandas sen flato,
Se estas l' neces':
"Ĉu fidus vi lin en skoltado,
Ĉu ne aŭ jes?"
우리는 오래 전에 파시즘을 물리쳤습니다
그리고 태양을 기뻐합니다.
하지만 우주와 바다의 심연
이제 무시할 가치가 없습니다.
그래서 그들은 아첨하지 않고 묻습니다.
필요하다면:
“스카우트에서 그를 믿으시겠습니까?
아니요 아니면 예?”

Dum la tagoj de ĉernobilaj eventoj mi ofte rememoris tiun kuraĝan kanton kaj la demandon, starigitan en ĝi: "Kiel la homojn testi, se ne plu estas milit'?"
체르노빌 사건이 있었던 날, 나는 종종 그 용감한 노래와 그 노래에서 제기된 질문을 기억했습니다. “더 이상 전쟁이 없다면 사람들을 시험하는 방법은 무엇입니까?”

L. Kovalevskaja: "La 8-an de majo ni forveturis el la vilaĝo de distrikto Polesskij al Kiev, al Borispola flughaveno.
코발레프스카야: “5월 8일에 우리는 폴레스키 지역 마을을 떠나 키이우로 향해 보리스폴 공항으로 향했습니다.

Mi sendis panjon kun la infanoj al Tjumenj. Mi havis jam malmulte da mono, kaj ankaŭ tion, kio restis, mi ĉion disdonis en la flughaveno al niaj pripjatjanoj.
나는 아이들과 함께 어머니를 튜메니Tjumenj로 보냈습니다. 나는 이미 돈이 거의 없었고, 그나마 남은 전부를 공항에 있는 프리피야티아인들에게 나누어 주었습니다.

Al iu tri rublojn, al iu - du. Virinoj kun infanoj ploris, mi kompatis. Mi lasis al mi unu rublon por veturi ĝis Kiev. 80 kopekojn kostas la bileto de Borispol ĝis Kiev, en mia poŝo restis 20 kopekoj.
누군가에게 3루블, 누군가에게 - 2루블. 아이를 가진 여성들은 울고 있었고, 연민을 느꼈습니다. 나는 키이우로 여행하기 위해 1루블을 남겼습니다. 보리스폴에서 키이우까지 가는 티켓은 80 코펙이고 내 주머니에는 20코펙이 남아있게 되었습니다.

Mi la tuta estas poluciita, la pantalono "fonas"[67]. Mi

67) fono

staras ĉe la taksihaltejo, telefonas al konatoj: iu ne estas, iu forveturis. Restis unu adreso.
내 모든 게 오염되었고, 바지도 "그렇습니다" 나는 택시 승강장에 서서 내가 아는 사람들에게 전화를 걸고 있습니다. 누군가가 거기에 있지않고, 누군가는 떠났습니다. 주소가 하나 남았습니다.

Mi pensas: mi prenu la taksion, veturu, diru al la taksiisto, ke por mi pagos la amikoj.
내 생각에: 택시를 잡아 타고 가야지, 택시 기사에게 내 친구들이 택시비를 지불할 것이라고 말해야 할텐데.

Kaj se ili ne estos, mi skribos liajn V koordinatojn kaj poste pripagos.
그리고 만약 그들이 없을 경우 V좌표를 써주면 나중에 택시비를 지불할거에요.

Mi staras. Al mi venas la homo, okupas post mi vicon kaj demandas: "Kioma horo estas?" Simile, kiel kutime la viroj venas kaj demandas por konatiĝi.
나는 서 있습니다 그 남자가 나에게 다가와서 내 뒤에 줄을 서서는 묻습니다. : "지금 몇시입니까?" 평소와같이 남자들이 다가와서는 친해지려고 물어옵니다.

---

1 Efektive ebena aŭ pro malproksimeco ŝajne ebena parto, el kiu io elreliefiĝas aŭ elkontrastas:

2 (pp pentrarto, blazono) La baza koloro, sur kiu estas pentritaj aŭ teksitaj la diversaj figuroj, ornamoj:

3 □ Dekoracia tolo funde de la scenejo

Mi staras kolera, malbela, malpura, nelavita, nekombita... Mi rigardas al lia brako - ĉu li havas horloĝon? Ne. Tiam mi diras al li, kioma horo estas.
나는 화난 모습으로, 추하고, 더럽고, 씻지도 않고, 머리빗질도 하지 않은 채 서 있습니다... 나는 그의 팔을 봅니다. - 그가 시계를 가지고 있는지? 아니. 그런 다음 나는 그에게 몇 시인지 알려줍니다.

Mi ne scias pro kio, sed ĉiuj tuje divenadis, ke ni estas el Ĉernobil. Pri Pripjatj la homoj malmulte sciis, ĉiuj diris kaj diras: "Ĉernobil".
이유는 모르겠지만 우리가 체르노빌 출신이라고 모두들 그리 추측했습니다. 사람들은 프리피야트에 대해 거의 알지 못했고 모두가 그리고 말하는 것 : "체르노빌"

Ĉu laŭ okuloj, ĉu laŭ vestoj, mi ne scias laŭ kio. Sed oni senerare divenadis. Kaj tiu knabo, kiu enviciĝis post mi, demandas: "Ĉu vi estas el Ĉernobil?"
눈빛으로든 입은 옷가지로나 무엇으로든 나는 알지 못합니다. 그러나 그들은 틀림없이 짐작했습니다. 그리고 내 뒤에 줄섰던 그 소년이 묻습니다. "당신은 체르노빌에서 왔는지요?"

Kaj mi "Jes, kolere al li: "Ĉu estas rimarkeble?" - Jes rimarkeble. Kaj kien vi veturas?" Mi respondas: "Mi ne scias, mi timas, ke estas senutile tien veturi".
그리고 나는 "네, 그에게 화를 내며 : "눈에 띄나요?" - 네, 눈에 띄어요. 그리고 당신은 어디로 가는가요?" 나는 대답합니다.: "모르겠습니다. 거기에 가는 것은 무의미할 것 같아 겁납니다."

Kaj li demandas: "Ĉu vi ne havas kie tranokti?" "Ne havas". Li prenas min subbrake kaj diras: "Ni iru". "Nenien mi kun vi iros", mi diras.
그리고 그는 묻습니다. "당신은 머물 곳이 없습니까?" "없습니다" 그는 나의 팔을 잡고는 "같이 가자"고 말합니다. "나는 당신과 아무데도 가지 않을 것입니다."라고 나는 말합니다.

Vidu, mi pensas - estas viro, li kondukos min al si hejmen kaj tiel plu...
이봐요, 내 생각에 - 나는 남자입니다, 그는 나를 그의 집으로 데려갈 것입니다. 등등

Scias mi tiujn aferojn. Ne. Li entaksiiĝas kun mi kaj veturigas min en la hotelon "Moskva". Li pagas por la taksio, pagas por la hotelo.
나는 그런 경우들을 알고 있습니다. 아니. 그는 나와 함께 택시로 "모스크바" 호텔로 데려다 줍니다. 그는 택시비를 지불하고 호텔비까지도 지불합니다.

Poste li veturigas min al sia laborejo, tie deĵoris ia maljunulino li nutris min - kaj veturigis reen. Mi ordigis min, lavis min - kaj nur poste eksciis lian nomon: Aleksandr Sergeevic Slavuta. Li laboras en la respublika societo de libroŝatantoj". - - - -
그러고는 나를 직장으로 데려다 주었습니다. 그곳에서 일하는

한 노파는 저에게 먹을 것을 주고는 - 다시 데려다 주었습니다. 나는 나의 매무새를 정리하고는, 몸을 씻었습니다. 그리고 나중에야 그의 이름이 알렉산드르 세르게예비치 슬라부타Aleksandr Sergeevic Slavuta인 것를 알게 되었습니다. 책을 사랑하는 공화당 협회에서 일한다는 사실도." - - - -

A. Perkovskaja: "Komence de majo ni komencis veturigi la infanojn al pioniraj tendaroj. Kun kio mi en tio kunpuŝiĝis! 68)
페르코프스카야 : "5월 초에 우리는 개척 캠프에 아이들을 데려가기 시작했습니다. 나는 왜 거기에 합세했는지.

Oni sciis, ke estos vojaĝiloj al "Artek" kaj al "Juna gvardio".
"아르텍"과 "청년 호위대"로의 여행증이 있는 것으로 알았습니다.

Al mi komencis venadi gepatroj. Devigi min, ke oni nepre sendu iliajn infanojn al "Artek". Nu, mi severe parolis kun tiaj gepatroj, mi ne kaŝas tion.
부모님들이 저를 찾아오기 시작했습니다. 아이들을 "아르텍"에 꼭 보내라고 하셨습니다. 글쎄, 나는 그런 부모님들 말씀에 심각하게 말했고, 나는 그것을 숨기지 않습니다.

Ofte ankaŭ mi devis peki. La direktivo estis jena: preni en la tendarojn tiujn infanojn, kiuj finis la duan klason kaj ĝis la naŭa klaso inkluzive.

---

68) kunpuŝiĝi…에 부딪치다, …와 충돌하다

종종 나는 죄를 지어야 했습니다. 지침은 다음과 같았습니다. :
2학년부터 9학년까지 수료한 아이들을 수용소로 데려가는 것.

Oni venas al mi kaj diras: "Kaj la dekklasanoj - ĉu ili ne estas infanoj? Kaj la unuan klason kien?" Jen imagu: venas patrino, ŝi estas sola, ŝi ne havas edzon, ŝi deĵoras kaj la infano estas sesjara. Ĉu li nepre devas fini la duan klason? Kion ŝi kun li faros?
사람들은 내게 다가와 말합니다.: "10학년 학생들 - 그들은 아이들이 아닌가요? 그리고 1학년은 어디에서?" 상상해보세요: 애어머니는 혼자이고 남편은 없는데 일하는 여인으로 아이는 여섯 살입니다. 그는 꼭 2학년을 마쳐야 합니까? 그녀는 아이와 무엇을 할 수 있겠습니까?

Kompreneble, mi skribas sen konsciencriproĉoj alian naskiĝjaron por tiu infano. Poste, kiam mi veturis en la pionirajn tendarojn, mi aŭdis multajn riproĉojn al mi. Sed, pardonu, mi ne havis alian solvon.
물론 나는 그 아이를 위해 욕먹을 각오하고 다른 생일 년도를 기입합니다. 나중에 내가 개척캠프로 차를 몰고 갔을 때, 내게 욕지거리 소리를 많이 들었습니다. 그러나 죄송합니다. 다른 해결책이 없었습니다.

Unuvorte, ni kompilis tiujn listojn, poste komenciĝis jeno. Kievanoj telefonis kaj petis preni iliajn infanojn en la tendarojn. Kaj tiel plu. Kiam mi komencis trarigardi la listojn, mi trovis en ili

diversajn falsaĵojn.
한마디로, 우리는 그 목록을 편집한 다음 시작했습니다. 키이우인들은 전화를 걸어 아이들을 수용소로 데려가 달라고 요청했습니다. 등등. 목록을 살펴보기 시작했을 때, 목록에서 여러가지 가짜를 발견했습니다.

Ni devis anonci laŭ radio, ke la gepatroj venu kun la pasportoj kaj montru loĝregistron de Pripjatj.... ·
우리는 라디오에서 부모가 여권을 가지고 와서 프리피야트 거주 기록을 보여야 한다고 발표해야 했습니다.... ·

- Aŭguste mi veturis al "Artek" kaj al "Juna gvardio" veturigis infanojn.
- 8월에 나는 "아르텍"과 "청년 호위대"로 아이들을 차로 실어 보냈습니다.

Kaj jen, imagu! Mi malkovris preskaŭ plenkreskan knabinon el alia urbo. Al Pripjatj ŝi havas nenian rilaton. Mi trovis eĉ knabinon el Poltava provinço. Kiel trafis tiuj infanoj en "Artek" kaj "Juna gvardio" - mi ne scias. Sed ili, samkiel ĉiuj, ripozis po du ripozperiodoj...
그리고 여기, 상상해봐요! 나는 다른 마을에서 거의 다 자란 소녀를 발견했습니다. 그녀는 프리피야트와 아무 관련없는 아이였습니다. 나는 심지어 폴타브 지방에서 온 소녀를 발견했습니다. 나는 "아르텍"과 "청년 호위대"의 그 아이들이 어떻게 여기에 오게 되었는지 모릅니다. 그러나 그들은 다른 사람들과 마찬가지로 각각 2번씩 휴식시간을 취했습니다...

Kiam komence de majo mi alveturigis gravedajn virinojn al Belaja Cerkovj, eliris grandsinjorino - la třia sekretario de la urba partia komitato - kaj diras: "Necesas pensi ŝtatmaniere".
5월 초에 임산부를 벨라야 체르코비Belaja Cerkovj에 데려왔을 때 시市 당黨 제3 서기書記 아주머니가 나오더니 "국가차원에서 생각해야 한다"고 말했습니다.

Sed ili mem renkontis niajn virinojn en kontraŭpestaj kostumoj, gasmaskoj, dozometradon faris ekstere.
그러나 그들 자신은 역병 방지복, 방독면, 밖에서 방사선측정 중 우리 여성들을 만났습니다.

Kaj la infanojn en la sama Belaja Cerkovj oni ĝis vespero ne akceptis, ĉar ne ests dozometristo.
그리고 같은 벨라야 체르코비Belaja Cerkovj의 아이들은 측정기가 없어 저녁까지 접수하지 않았습니다.

Kaj kiam mi ripozis post hospitalo en Aluŝta, la amikino avertis min: "Ne diru, de kie vi estas. Diru, ke vi estas el Stavropol. Tiel estos pli bone".
그리고 내가 알루슈타Aluŝta의 병원뒷켠에서 쉬고 있을 때 내 여친은 나에게 경고했습니다. "어디에서 왔는지 말하지 마세요. 당신이 스타브로폴Stavropol에서 왔다고 말하십시오. 그게 더 나을 것입니다."

Mi al ŝi ne kredis. Krome, mia digno ne permesas al mi kaŝi, kio mi estas, de kie. Ĉe mia tablo sidis du knabinoj, el Tula kaj el Ĥarjkov. Ili demandis: "De kie vi estas?" "El Pripjatj".
나는 그녀를 믿지 않았습니다. 게다가 내 존재에 대해 내가 누구인지, 어디 출신인지 숨길 수 없습니다. 내 테이블에는 툴라Tula와 하르키우Kharkiv 출신의 두 소녀가 앉아 있었습니다. 그들은 "선생님은 어디에서 왔습니까?"라고 물었습니다. "프리피야트에서"

Ili tuje fuĝis. Poste oni al mi altabligis "amikojn laŭ malfeliĉo" - virinojn el Ĉernigov".
그들은 즉시 도망쳤습니다. 나중에 나는 "불행하게도 여친"-체르니고프Ĉernigov에서 온 여자들을 테이블에 앉도록 했습니다.

A. Esaulov: "En nia urbo, en la poŝtkomunikejo, la 29-an de aprilo telefonistino Nadja Miskević svenis pro trostreĉiĝo.
에사울로프 : "우리 도시의 우체국에서 4월 29일 교환원 나댜 미스케비치Nadja Miskević는 과로로 인해 기절했습니다.

Ŝi tutan tempon laboris en konektejo. Kaj la estrino de la poŝtkomunikejo Ludmila Petrovna Serenko ankaŭ estas bravulino.
그녀는 항상 교환실에서 일했습니다. 그리고 우편 서비스 책임자 루드밀라 페트로브나 세렌코Ludmila Petrovna Serenko도 대단한 여성입니다.

Ŝi la unua en la urbo organizis deĵoradon. Ankoraŭ okazis, ke unu kreteno malŝaltis elektroenergion en la subcentralo.
그녀는 도시에서 교대조를 조직한 첫 번째 사람이었습니다. 변전소에서 한 얼간이가 전기를 차단하는 일이 또 발생했습니다.

Li diris: "Mi havas simptomojn de radimalsano. Forveturigu min, alikaze mi malŝaltos elektroenergion". Kaj li malŝaltis. Tiam Ludmila Petrovna tuj transiris al akcidenta energifonto. Tio estas Virino de majusklo.
그는 "저는 방사선 병의 증상이 있습니다. 저를 멀리 보내세요. 그렇지 않으면 전원을 차단할 것입니다."라고 말했습니다. 그리고 그는 전원을 껐습니다. 그런 다음 루드밀라 페트로브나는 즉시 비상전원으로 전환했습니다. 큰 여자입니다.

Kaj estis ankoraŭ tia okazo. Al mi venis vicdirektoro de la atomcentralo pri mastrumado kaj socialaj demandoj Ivan Nikolaeviĉ Carenko kaj diris: "Helpu, Aleksandr Jurjeviĉ. Ni devas entombigi Saŝenok - tiun operatoron, kiu pereis en la kvara bloko.
그리고 그런 사건이 또 있었습니다. 원자력 발전소 관리 및 사회 문제 담당 부국장인 이반 니콜라에비치 자렌코Ivan Nikolaeviĉ Carenko가 저에게 와서 말했습니다. : 도와주세요, 알렉산드르 유례비치Aleksandr Jurjeviĉ. 네 번째 블록에서 사망한 대원인 사세녹을 매장해야 합니다.

Lin necesas meti en ĉerkon kaj entombigi, sed

Verivoda el konstrua departemento ne donas buson. Li havas solan". En tio estas malfacile konsideri, kiu pravas, kiu malpravas. Li havas solan buson, kaj ĝi estis bezonata al la vivaj por solvado de iuj supermorte gravaj demandoj.
그를 관에 넣어 매장해야하지만 건설 부서의 베리보다Verivoda는 버스를 주지 않습니다. 그에게는 버스 한 대 만이었습니다." 누가 옳고 누가 그른지 판단하기 어렵다는 점에서. 그는 버스가 하나뿐이고, 그 버스는 생계가 매우 중요한 몇 가지 문제를 해결하는 데 필요했습니다.

Ni iris al Varivoda. Mi diras: "Aŭskultu, kial vi stultumas? Necesas plenumi lastan devon antaŭ la homo. Donu la buson".
우리는 베리보다에 갔습니다. 나는 "들어봐, 왜 바보 같아? 사람 앞에서 마지막 의무를 다해야 합니다. 버스를 내줘요"라고 말합니다.

Kaj li diras: "Mi ne donos". Mi diras: "Kial vi, parazito,[69] la Sovetan potencon ne obeas?"
그리고 그는 "나는 주지 않을 것입니다"라고 말합니다. 나의 대응 : "당신, 기생충같은, 당신은 소비에트 권력에 왜 복종하지 않은가요?"

"Tutegale mi ne donos. Buĉu min, manĝu - mi ne donos".

---

69) parazit-o ①식객(食客), 기식자(寄食者), 기생(寄生)식물. ②무위도식하는 사람, 빈둥빈둥 놀고먹는 사람. ③기생충(寄生蟲).

"전혀 주지 않겠습니다. 나를 잡아죽이던가, 잡아먹던가 - 나는 주지 않겠습니다."

Tiam mi eliras sur vojon, haltigas la unuan peterirantan buson, fordonas ĝin al Varovoda, kaj lian buson prenas por entombigo...
그럼 난 길을 나서서, 출발하는 첫 번째 버스를 멈춰 바로보다에게 주고, 그의 버스로 장지葬地로 갔습니다...

Ju. Dobrenko: "Post la evakuado en Pripjatj restis ĉirkaŭ kvin mil loĝantoj - la homoj, kiuj estis lasitaj laŭ direktivoj de diversaj organizoj por efektivigo de laboroj.
도브렌코 : "프리피야트에서 대피가 있은 후 약 5,000여 명이 남았습니다. 이들은 작업 수행을 위해 다양한 조직의 지시에 따라 남겨진 사람들입니다.

Sed estis ankaŭ tiaj, kiuj ne konsentis por evakuado kaj restis en la urbo kvazaŭ kontraŭleĝe.
그러나 대피에 동의하지 않고 불법체류자처럼 시내에 머무르는 이들도 있었습니다.

Tio estis plejparte pensiuloj. Kun ili estis malfacile, oni longe ilin ankoraŭ elveturigis. Mi elveturigis pensiulon la 20-an de majo. La maljunulon, havantan dekorojn, partopreninton de la Stalingrada batalo.
대부분 연금수급자들이었습니다. 그들에게는 어려웠습니다. 그들은 여전히 오랜 뒤 내보냈습니다. 나는 5월 20일에 연금수급자 한 사람을 내보냈습니다. 스탈린그라드 전투 참가자로 훈장을 받은 노인이었습니다.

Kiel li vivis? Li iris al armeanoj, prenis ĉe ili enspiratorojn, kelkajn ekzemplerojn, kaj eĉ dormis kun ili.
그는 어떻게 살았는지요? 그는 군인들한테 가서, 그들에게서 흡입기, 몇 개를 가져 왔고, 심지어 그들과 함께 잠도 잤습니다.

Lumon li ne ŝaltis, por ke oni ne rimarku nokte. Li havis sekpanojn, akvon li rezervis.
그는 밤에 눈에 띄지 않도록 불을 켜지 않았습니다. 그는 마른 빵과 물을 준비해두고 있었습니다.

Kiam mi lin forveturigis, oni malŝaltis akvon en la urbo, ĝi estis bezonata por desradioaktivigo. Elektroenergio estis, kaj li spektis televidon.
내가 그를 내보냈을 때, 다른이들은 시내市內의 수도를 잠궈버렸습니다. 그것은 방사선저감에 대비해서였습니다. 전기가 켜져 있었고 그는 텔레비전을 시청하기도 했습니다.

Kaj oni trovis lin jene. Venis lia filo, evakuita, kaj diris: "Mia patro restis en la urbo. Mi longe silentis, sed mi scias, ke en la urbo jam ne estas akvo, kaj li estas tie.
그리고 사람들이 본 그는 이러했습니다. 대피한 그의 아들이 와서 한 말 : “아버지는 시내에 남아 있었습니다. 나는 오랫동안 침묵을 지켰지만 도시에 더 이상 물이 없다는 것을 알았고, 아버지가 거기에 계신다는 사실을 알고 있었습니다.

Ni veturu, prenu lin". Ni venis, kaj li diras: "Nu, bone, akvo ne estas, mi veturu". Li surmetis enspiratoron kaj kunprenis iom da fagopiro, tial li povis ankoraŭ ian supon kuiri.
우리는 그분을 모시고, 갑시다." 우리가 갔을 때 그가 말하기를 : "글쎄요, 물이 없으니 제가 모시고 가겠습니다." 그는 흡입기를 착용하고 약간의 메밀을 가져갔으며, 그는 그것으로 어떤 수프를 조리할 수 있었습니다.

En la vilaĝoj ankaŭ multis tiaj gemaljunuloj, kiuj neniel volis lasi siajn domojn. Ni nomis ilin "partizanoj".
마을에는 집을 떠나고 싶어하지 않은 노인네들이 많이 있었습니다. 우리는 그들을 "유격대원들"이라고 불렀습니다.

Fakte, inter ili estis diversaj. Estis ankaŭ tiaj, kiujn la gefiloj simple forgesis. Ne kunprenis.
사실, 그들 중에는 다양한 이들이 있었습니다. 아이들을 단순히 잊어 버린 이들도 있었습니다. 데리고 가지 않았던 경우라든지.

Aŭ kun facileco konsentis diris: sidu ĉi tie, la domon kaj aĵojn gardu.
또는 쉽게 응한건 : 여기 앉아 집과 가재도구를 지켜야 한다고도.

Sofia Fjodorovna Gorskaja - direktorino de la lernejo n-ro 5 de la urbo Pripjatj: "Ne ĉiuj instruistoj eltenis la provon, destinitan al ni.
소피아 표도로브나 고르스카야Sofia Fjodorovna Gorskaja - 프리피야트시의 제5학교 여교장 : “모든 교사가 우리에게 주어진 시험을, 통과한 것은 아닙니다.

Ne ĉiuj. Ĉar ne ĉiu evidentiĝis esti pedagogo. Jam evakuitaj, kelkaj lasis la klasojn, lasis siajn infanojn.
모두는 아닙니다. 모두가 교육자자격이 확실한 것은 아니기 때문입니다. 이미 대피들을 했는데, 일부는 학급을 남겨두었고, 자녀들을 남겨두었습니다.

La geknaboj reagis al tio tre dolore. Precipe la lastklasanoj, abiturientoj. Ili estis tre afliktitaj, ke venis aliaj instruistoj.
아이들은 이에 대해 매우 고통스레 반응했습니다. 특히 마지막 재학생, 고등학생. 그들은 다른 선생님들이 왔다는 사실에 매우 괴로워했습니다.

La pedagogoj, kiuj foriris, klarigis tion, ke ili estas senspertaj, ke ili ne sciis, kiel agi en simila situacio, kion fari.
떠나가버린 교육자들은, 경험이 없고, 비슷한 상황에서 어떻게 행동해야 할지, 어떻게 해야 할지 몰랐다고 설명했습니다.

Post kiam ili ekaŭdis laŭ televido, ke ĉio normaliĝis, ili aperis. Tio estas granda leciono por ni en

preparado de la estontaj pedagogoj.
TV에서 모든 것이 정상으로 돌아왔다는 소식을 듣고 그들이 나타났습니다. 이것은 미래의 교육자를 준비하는 데 있어 우리에게 큰 교훈입니다.

De tiuj, kiujn ni elektas el la geknaboj kaj preparas dum du jaroj por eniro en la pedagogiajn institutojn.
우리가 아이들 중에서 선발한 이들 중에서 교육 기관에 입학하기 위해 2년을 준비합니다.

Inter tiuj pedagogoj estis "aktivuloj", kiuj pli laŭte ol ĉiuj elpaŝis dum kunvenoj, kaj poste ili fuĝis. Jes, estis".
그들 교육자 중에는 회의 중에 누구보다 큰 소리로 나서는 "활동가"가 있었습니다. 그리고 그들은 도망쳤습니다. 예, 그런 사람 있었어요"

Valerij Vukolović Golubenko, instruktoro pri militarto de la mezlernejo n-ro 4 de la urbo Pripjatj: "Kiam estis efektivigita evakuado, ni nek lernejajn taglibrojn, nek ion prenis.
프리피야트시 제4 고등학교의 군사 미술 강사 발레리 부콜로비치 골루벤코Valerij Vukolović Golubenko: "대피가 실행되었을 때 우리는 학교 업무일지도, 그 어떤 것도 가져 나오지 않았습니다.

Ja ni por mallonga tempo forveturis, ni esperis tuje reveni en la urbon. Sed poste, kiam finiĝis la

lernojaro, necesis skribi abiturientajn[70] atestojn por dekklasanoj.
결국 우리는 잠시 떠났고, 즉시 시로 돌아가기를 희망했습니다. 그러나 그 후에 학년이 끝나면 10학년을 위한 고등학교 졸업 수능고사 증명서를 작성해야했습니다.

La taglibroj ankoraŭ ne estis, kaj ni proponis al ili mem doni al si klasifikojn. Ni diris: "Vi ja memoras proprajn klasifikojn". Kiam ni rigardis eĉ ne unu plialtigis al si klasifikojn, kaj kelkaj eĉ malaltigis".
업무일지는 역시 거기에 없었습니다. 그리고 우리는 그들에게 학업등급분류를 제공할 것을 제안했습니다. 우리는 "너희들은 너희 자신들 개개인의 학업등급분류를 기억하고 있다고 본다"라고 말했습니다. 우리가 보았을 때 단 한 학생도 등급을 높이지 않았고 일부는 낮추기까지 했습니다."

Maria Kirillovna Golubenko, direktorino de la mezlernejo n-ro 4 de la urbo Pripjatj: "Kiam ni jam estis evakuitaj, ĉi tie, en Polesskoje, oni instalis min kiel membro de la komisiono pri sendaĵoj en nia urba plenumkomitato de Pripjatj.
프리피야트 시의 제4 중학교 여교장 마리아 키릴로브나 골루벤코Maria Kirillovna Golubenko: "우리가 이미 대피했을 때, 여기 폴레스코예Polesskoje에서 프리피야트 시 집행 위원회의 우정郵政위원회 위원으로 임명되었습니다.

---

70) abiturienta ekzameno. 수능고사

Kio min tre impresis - tio estas bonkoreco de nia popolo, kiun ni sentas rektasence fizike, malfermante la sendaĵojn, distribuante donacojn, legante leterojn.
정말 감동받은 것은 - 소포를 개봉하고, 선물을 나눠주고, 편지를 읽어주는 우리 국민들의 따뜻한 마음씨이었습니다.

Parton da aĵoj ni transdonas al pensionoj por maljunuloj, tien, kie nun troviĝas solaj gemaljunuloj de Pripjatj, parton - en la domojn de patrino kaj infano, parton - en pionirajn tendarojn, ekzemple vestaĵojn por etuloj.
일부는 현재 프리피야트 독거남녀노인들을 위한 노인하숙소에 전달하고, - 일부는 엄마와 아이의 집, - 일부는 유아용 옷들을 개척 캠프에 보냅니다.

Venas multe da libroj - ni transdonas ilin en biblioteketojn por deĵorejoj de konstruistoj kaj ekspluatistoj de AEC.
많은 책들이 나오고 있습니다 - 우리는 원전 개발업자와 운영자의 근무지를 위한 작은 도서관으로 그것들을 옮기고 있습니다.

Jen tie, en la apuda ĉambro, estas ĉirkaŭ 200 sendaĵoj kaj ankoraŭ 300 sendaĵoj estas en Kiev en la ĉefpoŝtejo.
옆 방에는 약 200개의 소포가 있고 다른 300개의 소포는 키이우 Kiev의 중앙우체국에 있습니다.

Venas tre multaj infanaj leteroj. Leningradaj infanoj sendis multajn sendaĵojn kun libroj, infanaj vestaĵoj, pupoj, skribmaterialoj, en ĉiu sendaĵo estas letero, kaj en ĉiu letero - maltrankvilo kaj zorgo.
아이들의 편지가 많이 옵니다. 레닌그라드 아이들은 책, 아동복, 인형, 필기구와 함께 많은 소포를 보냈습니다. 각 소포에는 편지가 있고 편지에는 - 불안과 걱정하는 내용들이 씌어 있습니다.

Kvankam tiuj infanoj - triaklasanoj, duaklasanoj estas malproksime de la loko de la akcidento, ili komprenis, kia tio estas plago.
2, 3학년 아이들은 사고 장소에서 멀리 떨어져 있지만 그것이 얼마나 큰 재앙인지 알고 있었습니다.

Estas multe da sendaĵoj el Uzbekio, Kazaĥio - oni donacas figojn, sekigitajn fruktojn, arakidojn, hejmfaritan sukeron, teon, pensiuloj sendas sapon, viŝtukojn, littolaĵojn, la infanoj plej ofte metas libretojn, pupojn, ludojn".
우즈베키스탄, 카자흐스탄에서 보내온 많은 소포들 - 무화과, 말린 과일, 땅콩, 집에서 만든 설탕, 차를, 연금자들은 비누, 수건, 침대 시트를, 아이들은 책, 인형, 게임기 등을 많이 보냈습니다."

Sed mi petas la leganton ne tro cedi al la kvietige-kortuŝaj sentoj, ekflamintaj, eble, sub influo de la rakonto pri la sendaĵoj kaj leteroj de la bonkoraj, honestaj kaj sinceraj homoj.
그러나 친절하고 정직하고 성실한 사람들의 위문품과 위문편지의 내용에 타오르는, 마음이 진정되는 달달한 감동에 너무 빠지지 말기를 독자 여러분께 부탁드립니다.

Ne endas malstreĉiĝi.
긴장을 풀어서는 안됩니다.

Ĉar la ĉernobilaj eventoj kaŭzis ankaŭ la alian: primokitajn ankoraŭ de Saltikov-Sŝedrin tradiciajn ĉefverkojn de la patrolanda malinteligenteco kaj burokratismo.
체르노빌 사건은 또한 다른 하나를 일으켰기 때문입니다 : 여전히 조국의 무지와 관료주의의 전통적인 대표작들이 살티코프 쉐드린Saltikov-Sŝedrin에 의해 조롱당했다는 바로 그것입니다.

Mi citu unu el ili: "Urba Soveto de popolaj deputitoj de Jalta, Krimea provinco. 16.10.86.
그 중 하나를 인용하자면 : "크림 반도 얄타 시의회. 86년 10월 16일.

Al prezidanto de la plenumkomitato de la urba Soveto de popolaj deputitoj de Pripjatj kamarado Volosko V.I.
프리피야트의 동지, 인민 대의원의 소비에트 시의회 집행위원회 볼로스코 위원장에게

Konforme al la direktilo de Ministerio pri sanprotekto de USSR n-ro 110 de la 6-a de septembro 1986, la plenumkomitato de la Soveto de

popolaj deputitoj de la urbo Jalta akceptis la decidon de 26.09.86 n-ro 362 (I) pri disponigo de loĝejo en Krimea provinco al civitano Miroŝniĉenko N.M. por la familio el 4 personoj (li, edzino, du filoj), evakuitaj el la zono de Ĉernobila AEC.
1986년 9월 6일 소련 건강 보호부에 따라 얄타시 인민대표 소비에트 집행위원회는 86.09.26. No. 362 (I)의 결정을 수락했습니다. 시민 미로쉬니첸코Miroŝniĉenko에게 크림 지방의 주택 제공 체르노빌 원전 지역에서 대피한 4명 (그, 아내, 두 아들)의 가족.

Ni petas sendi en nian adreson la ateston pri fordono far c-no Miroŝniĉenko N.M. de la triĉambra ekipita loĝejo n-ro 68 kun loĝareo 41,4 kv. m. en la domo n-ro 7 en la strato "Gerojev Stalingrada" de la urbo Pripjatj al la lokaj organoj.
41.4 제곱미터의 거실 공간이 있는 68번 방 3개짜리 아파트 중. 프리피야트 시의 "게로예프 스탈린그라드Gerojev Stalingrada"거리 7번 집에서 미로쉬니첸코Miroŝniĉenko가 지방 기관에 양도해버린 배송 증명서를 우리 주소로 보내주시기 바랍니다.

Vicprezidanto de la urba plenumkomitato P.G. Roman".
시 집행위원회 부회장 로만"

Ĉu ne estas sprite? La tuta lando scias,
재치있지 않습니까? 온 나라가 압니다.

KIEL kaj AL KIU "fordonis" siajn ekipitajn loĝejojn la

loĝantoj de Pripjatj (vd la ĉapitron "Evakuado").
어떻게 그리고 누구에게 프리피야트 주민들은 거주가 완벽한 주택들을 “양도해 버렸해버렸는지” (“대피”장章 참조).

Kaj nur en la suna Jalta oni opinias, ke en la lasitan de c-no Mirośničenko N.M. la 27-an de aprilo 1986 loĝejon kun areo 41,4 kv.m. senprokraste, malobservante la dekretitan ordon, ekzistantajn instrukciojn kaj malgraŭ troalta radiado enloĝiĝis iuj fiintenculoj aŭ parencoj de la nomita civitano.
그리고 햇빛드는 얄타에서만 미로쉬니첸코 씨는 1986년 4월 27일에 41.4 sq.m 면적의 거주지. 지체없이 법령, 기존 지침을 위반하고 과도한 방사선 피폭에도 불구하고 시민으로 이름지운 위장기획자 또는 친척 중 일부가 입주했습니다.

Efektive "kiel la homojn testi?"
효과적으로 “사람들을 테스트하는 방법?”

La ekflamo super la Ĉernobila atomcentralo per sia blindiga lumo lumigis bonon kaj malbonon, saĝon kaj stultecon, sincerecon kaj fariseismon, kunsenton kaj malican ĝojon, veron kaj malveron, malavarecon kaj avidecon
선과 악, 지혜와 어리석음, 성실과 바리새인, 연민과 악 기쁨, 진실과 거짓, 관대함과 탐욕을 비추는 눈부신 빛으로 체르노빌 원자력 발전소의 불꽃

- ĉiujn homajn bonkvalitojn kaj malvirtojn, kaŝitajn en la animoj kiel de niaj samlandanoj, samtiel de tiuj, kiuj troviĝis malproksime de la limoj de nia lando.
- 우리 동포와 우리 나라의 국경에서 멀리 떨어진 사람들의 영혼에 숨겨진 모든 인간의 미덕과 악덕.

Mi rememoras la majajn numerojn de la popularaj usonaj revuoj "U.S. News and World Report" kaj "Newsweek": malbonaŭguraj malhelruĝaj koloroj de la kovriloj, serpo kaj martelo, signo de atomo - kaj nigra fumo super la tuta mondo. Kriantaj titoloj: "Nokta koŝmaro[71] en Rusio"; "Mortiga elĵeto el Ĉernobil"; "Ĉernobila nubo.
나는 인기있는 미국 잡지 "유에스 뉴스 앤 월드 리포트"와 "뉴스위크" 5월호를 기억합니다. 표지의 불길한 짙은 붉은 색, 낫과 망치, 원자의 표시 - 그리고 전 세계 상공에 검은 연기. 비명을 지르는 헤드라인: "러시아의 악몽"; "체르노빌에서 치명적인 방출"; "체르노빌 하늘 위 구름.

Kiel Kremlo rakontis pri tio kaj kia estas estas efektiva risko"; "Ĉernobil: novaj maltrankviloj pri la sano. Danĝera revua ekskurso tra Kiev".
크렘린이 이에 대해 어떻게 말했으며 실제 위험은 무엇인지", "체르노빌: 건강에 대한 새로운 걱정. 키이우를 통한 위험한 잡지 여행"

---

71) koŝmar-o 〈시문〉 악몽(惡夢), =inkubsonĝo.

Kaj la unuaj apokalipse-triumfantaj vortoj de raportaĵoj: "Tio estis senprecedenta koŝmaro de la 20-a jarcento..."
그리고 첫 번째 묵시록 승리의 말: “그것은 20세기의 전례 없는 악몽이었습니다”

Mi povas supozi, ke sensaciaj titoloj kaj histerieco de tono estas tradicio de la usona gazetaro, aspiranta per ajna kosto trabatiĝi al la leganto, allogi lin.
센세이셔널한 헤드라인과 히스테리적인 어조는 어떤 대가를 치르더라도 독자에게 전달하고 그를 매료시키려는 미국 언론의 전통이라고 생각합니다.

Ĉio ĉi estas tiel.
이 모든 것이 그렇게 되었습니다.

Sed ĉe ĉiuj ĉi allasoj en tiuj materialoj ne eblis trovi simplan homan kunsenton kun tiuj, kiuj suferis pro la akcidento, kaj post la minacaj medicin-genetikaj aŭguroj ne estis sentebla eĉ ombro de maltrankvilo pri la vivo kaj sano de la infanoj el Pripjatj kaj Ĉernobil.
그러나 그 자료에 이러한 모든 사실이 있음에도 불구하고 사고로 고통받는 사람들에 대한 단순한 인간적 동정을 찾을 수 없었고, 위협적인 의학적 유전적 징조 후에는 프리피야트와 체르노빌의 아이들의 생명과 건강에 대한 우려의 그림자조차 찾을 수 없었습니다.

Speciale konsternis min la malvarmefipolitikista tono de la artikolo de Feliciti Beringer en la ĵurnalo "New York times" de la 5-a de junio 1986: tiu virino (virino!), kun programiteco de roboto manipulante la plumon, kvazaŭ per skalpelo sekcante-vivan karnon, faris raportaĵon el la pionira tendaro "Artek", kie tiutempe troviĝis la infanoj el Pripjatj.
나는 특히 1986년 6월 5일자 "뉴욕 타임즈" 신문에 실린 펠리찌티 베링거Feliciti Beringer의 기사의 냉혈한 정치적 어조에 소름이 끼쳤습니다. : 살아있는 살을 메스로 자르는 것처럼 펜을 다루는 로봇의 프로그래밍 가능성을 가진 그 여성 (여자!)은 당시 프리피야트의 아이들이 있는 개척자 캠프 "아르텍"에서 보고했습니다.

En ŝiaj vortoj ne estis eterne virina, patrina karitato[72] - estis nur malame propagandisma malakcepto de ĉio, kion diris al ŝi la dekunu-dekdujaraj infanoj, konsternitaj de la okazinta, sopirantaj pri siaj hejmoj, kien ili jam ne revenos...
그녀의 말에 따르면 영원히 여성적이고 모성애적인 애덕愛德은 없었습니다. -그것은 11세 12세의 아이들이 그녀에게 말한 모든 것을 혐오스럽게 선전적으로 거부하고 일어난 일에 겁을 먹고 다시는 돌아오지 않을 고향을 그리워하는 것이었습니다.

Sed poste en la poreksterlanda redakcio de la kieva

72) karitat-o <가톨릭> (그리스도교의)애덕(愛德), 자비, 박애(博愛), 인애(仁愛), (믿음, 소망, 사랑 중의)사랑

radio oni konatigis min kun deko da leteroj, venintaj dum tiuj tagoj el Usono kaj Grandbritio.
그러나 나중에 키이우 라디오 해외국 편집실에서 나는 그 당시 미국과 영국에서 온 수십 통의 편지를 접하게 되었습니다.

Kaj mi pensis, kiom pli alte staras la ordinaraj homoj kiel en tiuj landoj, samtiel en la nia, ol la primitivaj propagandismaj stereotipoj.
그리고 그 나라와 우리 나라의 평범한 사람들이 원시적인 선동적 고정 관념보다 얼마나 더 높은 위치에 있는지 생각했습니다.

Julie 1986 en la kontraŭincendian taĉmenton de Ĉernobila distrikto, tien, kie aprile laboris "avo" Ĥmelj kaj liaj kamaradoj, estis alportita el Usono neordinara donaco: memortabulo kun mesaĝo de la 28-a fako de fajrobrigadanoj de la urbo Schenectady en la nomo de cent sepdek mil membroj de la asocio de fajrobrigadanoj de Usono kaj Kanado.
1986년 7월, "할아버지" 흐멜리와 그분의 친구들이 4월에 일하고 있던 체르노빌 지역 소방대에 미국에서 특별한 선물이 전달되었습니다. : 미국 및 캐나다 소방관협회 회원 17만 명을 대신하여 스키넥터디Schenectady 시 28 소방서에서 보낸 메시지가 적힌 명판.

Jen estas ĝi: "Fajrobrigadano.
여기에: "소방관.

Li la unua venas tien, kie aperas danĝero.

위험한 곳에 가장 먼저 가는 사람.

Tiel okazis ankaŭ en Ĉernobil la 26-an de aprilo 1986. Ni, fajrobrigadanoj de la urbo Schenectady, ŝtato Novjorko, admiras. la aŭdacon de niaj fratoj en Ĉernobil kaj profunde funebras pri la perdoj, kiujn ili suferis. Speciala frateco ekzistas inter la fajrobrigadanoj de la tuta mondo, la homoj, respondantaj al la voko de devo kun ekskluziva aŭdaco kaj kuraĝo".
1986년 4월 26일 그렇게 체르노빌에서 일어난 일입니다. 우리 뉴욕주 스키넥터디Schenectady 시의 소방관들은 존경합니다. 체르노빌에 있는 우리 형제들의 용기와 그들이 겪은 손실에 깊은 애도를 표합니다. 전 세계의 소방관들 사이에는 특별한 형제애가 존재하며, 남들이 다를수없는 대담함과 용기로 맡은바 책무에 충실한 사람들입니다"

Transdonante tiun mesaĝon al la sovetiaj reprezentantoj en Novjorko, vicprezidanto de Internacia asocio de fajrobrigadanoj James Mcgovan el Novjorko kaj kapitano Armando Kapulo el la urbo Schenectady en la nomo de ĉiuj honestaj usonanoj - kaj tiaj estas plejmulto, emfazis ili, - kun granda estimo esprimis opinion pri niaj homoj.
이 메시지를 뉴욕의 소련 대표, 뉴욕의 국제소방관협회 부회장 제임스 맥거번James Mcgovan, 스키넥터디 시의 아먼드 카풀러 Armando Kapulo 대위 등 모든 진솔한 미국인들의 이름으로 전하면서, 강조하고 우리 국민에 대한 의견을 큰 존경심을 표명했습니다.

Ili rememorigis la principon, sekvatan de ĉiuj honestaj homoj de la tuta mondo: al tiuj, kiuj trafis en plagon, oni kunsentas, helpas, faras ĉion, por pli rapide forigi la malfeliĉon.
그들은 전 세계의 모든 정직한 사람들이 따르는 원칙을 회상했습니다. : 대재앙을 접한 사람들을, 동정하고, 돕고, 불행을 더 빨리 없애기 위해 모든 일을 하고 있습니다.

...Al la demando de Vladimir Visockij: "Kiel la homojn testi, se ne plu estas milit"?" - en 1986 oni povis respondi unusignife: la homoj estas ekzamenataj en sia rilato al Ĉernobil.
...블라디미르 비소스키의 질문에: "더 이상 전쟁이 없다면 어떻게 사람들을 시험할 것인가?"
- 1986년에 분명히 대답할 수 있었습니다. 사람들은 체르노빌과의 관계에 대해 시험을 치루고 있다고.

Kiel estas domaĝe, ke jam ne estis kun ni Vladimir Visockij, ne naskiĝis liaj malĝojaj kaj kuraĝaj kantoj pri Ĉernobil. Pri tiuj, kiuj iris en fajron. Visockij estis tre bezonata tie, en la Zono.
블라디미르 비소스키가 더 이상 우리와 함께하지 않는다는 것이 얼마나 유감스러운 일인지, 체르노빌에 대한 그의 슬프고 용감한 노래는 태어나지 않았습니다. 불에 빠진 사람들에 대해. 비소스키는 그 존에서 매우 필요했습니다.

LASTA AVERTO
마지막 경고

Precize antaŭ 100 jaroj, la 2-an de junio 1887, restante en Roslavla ujezdo de Smolenska gubernio, proksimume 300 kilometrojn for de Ĉernobil, Vladimir Ivanović Vernadskij, poste elstara sovetia sciencisto, akademiano, unua prezidanto de la Akademio de Sciencoj de Ukrainio, skribis al la edzino: "Malkovroj de Ørsted, Ampère, Lenz metis fundamenton de la doktrino de elektromagnetismo, neesprimeble multe pligrandiginta la fortojn de la homo kaj en estonto promesanta tute ŝanĝi la ordon de lia vivo.
정확히 100년 전인 1887년 6월 2일 체르노빌에서 약 300km 떨어진 스몰렌스키Smolenska지방의 로슬라블라 우예즈도Roslavla ujezdo에 머무는 동안 훗날 뛰어난 소련 과학자이자 학자이자 우크라이나 과학 아카데미 초대 회장이 된 블라디미르 이바노비치 베르나드스키Vladimir Ivanović Vernadskij는 아내에게 이렇게 썼습니다. : "외르스테드Ørsted, 앙페르Ampère, 렌츠Lenz의 발견은 인간의 힘을 말로 표현할 수 없을 정도로 증가시켰고 미래에 그의 삶의 질서를 완전히 바꿀 것을 약속한 전자기학의 교리의 기초를 마련했습니다.

Ĉio ĉi estis bazata sur observado de la specifaj ecoj de magneta fererco...
이 모든 것은 자성 철광석의 특성을 관찰한 결과였습니다...

Kaj ĉe mi aperas la demando: ĉu eble aliaj mineraloj havas similajn ecojn... kaj se ili havas, ĉu eble tio malfermos por ni plurajn novajn fortojn, ĉu eble tio donos al ni eblecojn de nova aplikado, ĉu eble tio dekobligos la fortojn de la homoj?...
그리고 저에게 질문이 생깁니다. : 다른 광물이 비슷한 성질을 가지고 있을지도 모릅니다. 만약 그렇다면, 우리에게 몇 가지 새로운 힘을 열어줄 것이며, 새로운 적용 가능성을 제공할 것입니다. 이렇게 하면 사람의 힘이 10배 증가할 수도?...

Ĉu eblas elvoki nekonatajn, terurajn fortojn en diversaj korpoj..."
신체의 여러 부분에 알려지지 않은 무시무시한 힘을 불러일으킬 수도..."

Tio estas citaĵo el interesega artikolo de I.I.Moĉalov
그것은 모찰로프Moĉalov의 매우 흥미로운 기사에서 인용한 것입니다.

"La unuaj avertoj pri la minaco de nuklea omnicido: Pier Curie kaj V.I. Vernadskij", publikigita en la 3-a numero de la revuo "Voprosi istorii estestvoznanija teĥniki" ("Problemoj de historio de la naturscienco kaj tekniko"), 1983. Omnicido[73] estas kompare nova termino, signifanta totalan mortigon de la homoj.
"핵 옴니사이드의 위협에 대한 첫 번째 경고: 피에르 퀴리Pier Curie와 베르나드스키Vernadskij", 잡지 "자연과학과 기술의 역사

73) omnicido 영어로 omnicide (핵전쟁 따위에 의한) 생물의 절멸[멸망]

문제" 3호에 게재, 1983. 옴니사이드Omnicide는 비교적 새로운 용어로 사람을 완전히 죽이는 것을 의미합니다.

La letero de la juna 24-jara kursfininto de la fizik-matematika fakultato de Peterburga universitato je 10 jaroj antaŭ malkovro de radioaktiveco far A. Becquerel enhavis, verŝajne, la unuan en historio de la homaro averton pri la venanta nova erao, tiu, kiu tiom dolore tuŝis nin en Ĉernobil, promesante totalan neniigon de la homaro (omnicidon) en la kazo de milita uzado de la nuklea energio.
베크렐Becquerel이 방사능을 발견하기 10년 전, 상트페테르부르크 대학교 물리-수학부를 졸업한 24세 청년의 편지에는 다음과 같은 내용이 담겨 있었습니다.
아마도 다가오는 새 시대에 대한 인류 역사상 최초의 경고일 것입니다. 체르노빌에서 우리에게 너무나 고통스러운 충격을 주었을 때 핵 에너지의 군사적 사용의 경우 인류의 완전한 전멸(옴니사이드)을 전망했습니다.

La tutan vivon V.I. Vernadskij estis maltrankviligata de la komence neklara, kaj poste pli kaj pli sentebla perspektivo de uzado de tiu terura forto: "Ni, infanoj de la 19-a jarcento, sur ĉiu paŝo alkutimiĝis al la forto de vaporo kaj elektro, ni scias, kiel profunde ili ŝanĝis kaj ŝanĝas la tutan socialan strukturon de la homa socio.
베르나드스키는 처음에는 불분명했지만 이 끔찍한 힘의 사용의 더 확실한 전망에 대해 평생 동안 걱정했습니다.

“우리들, 19세기의 아이들은 매 걸음마다 증기와 전기의 힘에 익숙해져 그들이 얼마나 근본적으로 변화했고 인류 사회의 전체 사회 구조를 변화시키고 있는지 알고 있습니다.

Kaj nun en la fenomeno de radioaktiveco antaŭ ni malfermiĝas la fontoj de la atoma energio, milionoble superantaj ĉiujn fontojn de fortoj, kiuj aperis en la homa imago.
그리고 지금 방사능 현상에서 우리 앞에 인간의 상상에 나타난 모든 힘의 원천源泉을 백만 배 능가하는 힘의 원천이 열리고 있습니다.

Kontraŭvole kun maltrankvilo kaj atendo ni turnas niajn rigardojn al la nova forto, malfermiĝanta antaŭ la homa konscio.
마지못해 불안과 기대로 우리는 인간의 의식 앞에 열려 있는 새로운 힘에 시선을 돌리게 됩니다.

Kion ĝi promesas al ni en sia estonta disvolviĝo? ...
미래의 발전에서 그것이 우리에게 무엇을 약속해 줄런지?

Kun espero kaj timo ni rigardas al la nova defendanto kaj aliancano" (1910).
희망과 두려움으로 우리는 새로운 수비수이자 동맹국을 바라봅니다.”(1910)

"Radiumo estas fonto de energio, ĝi per potenca kaj ankoraŭ malmulte klara por ni maniero efikas al la

organismo, kaŭzante ĉirkaŭ ni kaj en ni mem iajn nekompreneblajn, sed mirindajn laŭ rezultoj ŝanĝojn...
"라듐은 에너지의 원천이며 우리에게 강력하지만 여전히 거의 명확한 방식으로 유기체에 영향을 미치며 우리 주변과 우리 자신에게 이해할 수 없는 어떤 변화를 일으키지만 그러나 결과에 따라 놀라운 변화를 초래합니다.

Oni havas strangan senton, kiam vidas tiujn novajn formojn de materio, akiritajn de la homa genio el la profundoj de la Tero.
인간의 천재성이 지구 깊은 곳에서 얻은 새로운 형태의 물질을 보면 묘한 느낌을 갖습니다.

Tio estas la unuaj kernoj de la forto de la estonto. Kio okazos, kiam ni ricevados ilin en ajna kvanto?" (1911).
그것이 미래 힘의 첫 번째 핵심입니다. 우리가 그것들을 무제한 받으면 어떻게 될까요?"(1911).

Dum tiuj tagoj, kiam en Kiev ankoraŭ iradis dozometristoj kaj estis serioze diskutata la demando pri efektivigo de totala senfoliigo de la famaj kievaj kaŝtanarboj kaj poploj, mi venis en la domon, kie en la jaroj 1919-1921 laboris Vladimir Ivanoviĉ Vernadskij.
그 당시 키이우에서 측정기사가 여전히 돌아다니고 있었고 유명한 키이우 밤나무와 포플러의 전체 낙엽을 제거하는 문제가 심각하게 논의되고 있을 때 나는 1919-1921년에 블라디미르 이바노비치 베르나드스키가 일했던 집에 왔습니다.

Sur la konstruaĵo de Prezidio de Akademio de Sciencoj de Ukraina SSR pendas la memortabulo omaĝe al tiu genia homo: ŝajnis, li venis al la fenestro de la prezidenta kabineto kaj esploreme rigardas al ni el profundo de kieva pasinto, kiam droŝkoj hufumis laŭ ŝtonpavimo preter tiu domo kaj ankoraŭ malmultaj en la mondo aŭdis tiun vorton: radiado.
우크라이나 SSR의 과학 아카데미 상임 회의장 건물에는 그 뛰어난 사람을 기리는 기념패가 걸려 있는바 그는 대통령 집무실의 창窓가로 다가와 우리를 호기심 어린 눈으로 바라보는 키이우의 과거, 트럭이 그 집 앞을 지나는 돌길을 따라 굉음을 내며 아직도 그 단어를 들어본 사람은 전 세계에서 거의 없었던 것 같았습니다. : 방사선이라는 단어.

Kaj tute neniu serioze rilatis al la aŭguroj de la sciencistoj.
그리고 아무도 과학자들의 예측을 진지하게 받아들이지 않았습니다.

Mi venis al vicprezidanto de Akademio de Sciencoj de Ukraina SSR, elstara sovetia botanikisto kaj ekologo, akademiano, Konstantin Merkurjević Sitnik. Jen kion li diris: "Tio estas tragedio, granda tragedio de popoloj, kiu tuŝis senpere centmilojn da homoj.

나는 우크라이나 에스에스알SSR의 과학 아카데미 부회장, 뛰어난 소비에트 식물학자이자 생태학자, 학술원회원인 콘스탄틴 메르쿠르예비치 시트니크Konstantin Merkurjević Sitnik에게 왔습니다. 그가 말한 것 "이것은 수십만 명의 사람들에게 직접적인 영향을 미친 비극, 민족의 대 비극입니다.

Aperis nova ekologia faktoro.
새로운 생태적 요소가 등장했습니다.

Mi ĝin ne troigus, sed ankoraŭ pli malbone estas subtaksi ĝin.
나는 그것을 과대 평가하지 않을 것이지만, 그것을 과소 평가하는 것은 더 나쁘다고봅니다.

Certe, ne eblas allasi, ke ni, envolviĝinte en la pridiskuto de la ĉernobila problemo, forgesu pri tio, ke hodiaŭ daŭre fumas la uzinoj de Ukrainio, ke daŭras malpurigo de la Dnepra akva baseno flanke de kemiaj kaj metalurgiaj entreprenoj.
확실히, 우리가 체르노빌 문제에 대한 토론에 참여하면서, 오늘날 우크라이나 야금공장에서 계속 연기가 나고 있다는 사실, 화학 및 야금술 기업에 의한 드네프르의 물 유역의 오염이 계속되고 있다는 사실을 잊는다는 것을 방치해서는 안되리라고 봅니다.

Tamen la nova faktoro, ligita kun la akcidento, ekzistas, kaj tio estas faktoro kun negativa kvalito.
그러나 사고와 관련된 새로운 요인이 존재하며 이는 부정적인 면을 지닌 요인입니다.

La homoj estas tre maltrankviligitaj pro ĝia ekzisto, kaj tio estas nature.
사람들은 그 존재에 대해 매우 걱정하고 있으며, 그것은 자연스러운 일입니다.

Plimulto de la loĝantaro neniam interesiĝis, kiuj estas lime allaseblaj normoj de azota oksido aŭ sulfida anhidrido.
대다수의 주민은 전혀 신경 쓰지 않았으며, 이는 산화질소 또는 무수 황화물의 허용 한계 기준입니다.

Tamen ilin tre interesas hodiaŭ la nivelo de gama-, beta- kaj alfa-radiado.
그러나 그들은 오늘날 감마, 베타 및 알파 방사선의 수준에 매우 관심이 있습니다.

Tio estas klarigebla per tio, ke ni dum jaroj parolis pri la tragedio de Hiroŝima kaj Nagasaki, ni detale rakontis pri la granda danĝero por la homaro, ligita kun la radioaktiva radiado.
이것은 우리가 수년간 히로시마와 나가사키의 비극에 대해 이야기하면서 방사능과 관련된 인류의 큰 위험에 대해 자세히 이야기했다는 사실로 설명할 수 있습니다.

La homoj poiome ĉion ĉi akumulis en sia konscio kaj nun ili rilatas al la radioaktiveco kiel al la faktoro de granda risko.

사람들은 이 모든 것을 점차 의식에 축적했으며 이제사 방사능을 큰 위험 요소로 언급합니다.

En tio ekzistas certa psikologia fenomeno, certa distanciĝo inter la emocioj kaj scioj.
어떤 심리적 현상이 있다는 점에서, 감정과 지식 사이에는 일정한 거리가 있습니다.

Ĉiuj scias, ke rezulte de industriaj elĵetoj en la ĉirkaŭan medion trafas kancerogenoj, sed tio ne elvokas specialajn emociojn.
주변 환경에 산업폐기물 배출로 인해 발암 물질이 발생한다는 것을 모두 알고 있지만 이는 특별한 감동을 불러 일으키지 않습니다.

Alimaniere estas pri la radioaktiveco. La humoro de la homoj estas tre maltrankvila - ja la homoj timas pro siaj gefiloj, genepoj, ĉar ni multe parolis pri la genetikaj, malproksimaj postsekvoj.
방사능이 다릅니다. 사람들의 분위기는 매우 걱정됩니다. - 우리가 유전적이고 먼 결과에 대해 많이 이야기했기 때문에, 실제로 사람들은 자녀, 손자에 대해 두려워합니다.

Tion devas konsideri kaj sciencistoj, kaj amasinformiloj.
과학자와 대중 매체 모두가 그것에 대해 신중해야 합니다.

Ni devas objektive kaj sobrece klarigi la ekzistantan

situacion, ne neglektante la maltrankvilajn demandojn de la homoj.
사람들의 불편한 질문을 외면하지 말고 현 상황을 객관적이고 냉정하게 해명해야 합니다.

Ni ne devas timi kaŭzi panikon, ĉar la kaŭzo de paniko estas en manko de informoj.
공황의 원인은 정보 부족에 있기 때문에 공황을 일으키는 것을 두려워해서는 안됩니다.

Kaj ni ripetas, kiel papagoj, nur solan - ke la manĝaĵoj estas puraj, ke ili estas kontrolataj ktp.
그리고 우리는 앵무새처럼 한 가지만 반복합니다. - 음식이 깨끗하고 통제된다는 것 등입니다.

Sed se mi mem ne havas pri tio certecon, se mi mem dum kelkaj monatoj ne trinkas lakton kiel do mi certigos la homojn pri sendanĝereco de la nutroproduktoj!
그러나 나 자신이 이것에 대해 확신이 없다면, 나 자신이 몇 달 동안 우유를 마시지 않는다면 어떻게 식품의 무해성에 대해 사람들에게 확신을 줄 수 있겠습니까!

Iru al la stacidomo kaj rigardu, kion la homoj portas el Moskvo? Plenajn sakojn da nutraĵoj. Plejmulto el ili malfide rilatas al tio, kion ni skribas.
역에 가서 사람들이 모스크바에서 무엇을 나르고 있는지 확인해 볼래요? 가방에 가득찬 식품류들. 그들 중 대부분은 우리가 기술한 것과 의심스러운 관련이 있습니다 .

Ekzemple: medicinistoj en siaj superoptimismaj elsendoj konstante ripetadis junie - julie, ke sin bani en Dnepr en la regiono de Kiev eblas.
예를 들어 : 의사들은 초超낙관적인 방송에서 6월에서 7월까지 키이우 지역의 드네프르에서 목욕하는 것이 가능하다고 끊임없이 반복했습니다.

Sed mi tiam opiniis, ke bani sin eblas nenikaze.
하지만 당시 저는 어쨌든 목욕을 할 수 있다고 생각했습니다.

Ĉar en la apudborda parto, en ŝlimo, tiutempe akumuliĝis certa kvanto de radionukleonoj.
근해 부분의 진흙에는 그 당시 일정량의 방사성 핵자가 축적되어 있기 때문입니다.

Nenio malbona okazus al la kievanoj, se ili por unu jaro sin detenus de sinbanado aŭ ne irus arbaron kolekti fungojn.
키이우 사람들이 1년 동안 목욕을 하지 않거나 또는 버섯을 모으러 숲에 가지 않는다면 나쁜 일이 일어나지 않을 것입니다.

Aliflanke, certe, tiun problemon ne endas ankaŭ komplikigi.
한편으로, 확실히, 이 문제 역시 복잡하지 않게 해야 합니다.

Kial? Ĉar en la naturo okazas potenca procezo de

dissolviĝo, malkoncentriĝo de radionukleonoj kaj tio savas nin.
왜냐고요? 자연에는 강력한 용해 과정, 방사성 핵자의 탈농축 과정이 있기 때문에 우리를 구할 수 있습니다.

Denove, plian fojon, la patrino-naturo estas nin savanta.
다시, 또 한번, 대자연이 우리를 구하고 있습니다.

Mi konsideras la arbojn, grundon kaj akvon de Kieva maro, akceptintajn, ensorbintajn la plejparton de la radioaktiva elĵeto.
본인은 키이우 바다의 나무들, 토양 및 물이 대부분의 방사성 방출을 흡수했다고 생각합니다.

Kiom da fojoj ni malbenis Kievan maron, apudantan al nia urbo, sed en tiu ĉi situacio ĝi evidentiĝis esti bona akumulujo, ensorbinte en ŝlimojn parton de radionukleonoj, kiuj poste sedimentiĝis[74] sur fundo.
우리는 우리 도시에 인접한 키이우 바다를 몇 번이나 저주했습니까? 그러나 이 상황에서 방사성 핵자의 일부를 진흙에 흡수한 다음 바닥에 가라 앉힌 좋은 축적 탱크로 판명되었습니다.

La maro evidentiĝis esti radiokapacita, ĝi ensorbis certan parton da korpuskloj[75], kaj ni esperas, ke

---

74) sediment-o ①<지질> (모래 · 진흙 따위의)침전물, 침적물. ②<화학> 침전물.
75) korpusklo <물리> 미립자(微粒子).

finrezulte okazos dissolviĝo de radionukleonoj ĝis malgranda koncentreco.
바다의 방사선용량함류가 판명되었습니다. 바다는 특정분량의 침전물을 흡수하고 그리고 우리는 결국 방사성 핵자가 작은 농도로 용해되기를 바랍니다.

La problemo de la akvo estas por mi la plej proksima, ĉar mi estas prezidanto de labora grupo pri observado de akvostato de la Dnepra baseno.
저는 드네프르 유역의 수질상태를 모니터링하는 작업 그룹의 회장이기 때문에 수질문제가 가장 가까운 문제이었습니다.

Dnepro estas grava elemento de ĉiuj niaj zorgoj, eble, eĉ la plej grava.
드네프르는 우리가 우려하는 모든 것의 중요한 요소이며, 아마도 가장 중요한.

Ja la akvon de la Dnepra baseno uzas 35 milionoj da loĝantoj de Ukrainio.
보자면, 드네프르 분지의 물을 우크라이나의 3,500만 주민이 사용합니다.

Tuj post la akcidento estis efektivigitaj pluraj urĝaj rimedoj pri protekto de akvopumpaj fontoj, kaj mi povas diri, ke la loĝantaro de Ukrainio ricevas bonkvalitan trinkakvon.
사고 직후 급수원 보호를 위한 몇 가지 긴급 조치가 시행되었으며, 우크라이나 인구가 양질의 식수를 공급받고 있다고 말할 수 있습니다.

Mi deklaras tion kun plena respondeco.
나는 이 결과를 전적인 책임업무이었음을 밝힙니다.

Kune kun tio ni devas esti pretaj al ajnaj neatenditaĵoj.
이와 함께 우리는 향후 예상치 못한 어떠한 일에도 대비해야 한다고 봅니다.

Por tio ni kune kun la Instituto de cibernetiko[76] "V.M. Gluŝkov" kreis matematikan modelon por esploro kaj prognozado de akvostato en la Dnepra baseno.
그 문제해결을 위하여 우리는 사이버네틱스 연구소 "글루슈코프 Gluŝkov"와 함께 드네프르 유역의 수질 상태를 연구하고 예측하기 위한 수학적 모델을 만들었습니다.

En tiu modelo ni antaŭvidis diversajn - inkluzive la plej ekstremajn - probablajn situaciojn, ellaboris tutan komplekson de specialaj rimedoj por okazo de ilia kreiĝo.
그 모델에서 우리는 - 가장 극단적일 가능성이 있는 - 상황을 포함하여 다양한 상황을 예상하고, 이러한 상황이 발생한 사건에 대한 특별 조치의 전체 복합체를 개발했습니다.

Sed dume la ekstremaj situacioj ne kreiĝis...

---

76) cibernetik-o <기계> 인공두뇌학, 사이버네틱스

하지만 그 사이 극한 상황은 발생하지 않았습니다...

Kiaj estas lecionoj de Ĉernobil? Antaŭnelonge ni havis tipan sciencan konferencon pri la problemoj de Ĉernobil kaj ties postsekvoj.
체르노빌의 교훈은 무엇입니까? 얼마 전 우리는 체르노빌의 문제와 그 결과에 관한 이상적인 과학 회의를 개최했습니다.

Kunvenis ne malpli ol cent personoj, kun ciferoj, diargamoj, kalkuloj. Fizikistoj, biologoj, genetikistoj.
100명 이상의 사람들이 통계숫자, 다이어그램, 계산을 지니고 모였습니다. 물리학자, 생물학자, 유전학자.

Tie estis interesaj referaĵoj, kaj inter ili estis tre optimismaj. Sed tio ne estis falsa optimismo, pri kiu skribis Cingiz Ajtmatov.
흥미로운 연구보고서가 있었고, 그 중 매우 낙관적인 것들이 있었습니다. 그렇다고 이것은 칭기즈 아이트마토프Cingiz Ajtmatov가 쓴 잘못된 낙관주의가 아닙니다.

Ĉu vi memoras, en la romano "Eŝafodo[77]": "Ĝis kiam ni asertos, ke eĉ niaj katastrofoj estas la plej bonaj?"
소설 "처형대(處刑臺)"에서 "우리의 재앙조차도 최고라고 언제까지 주장할 것인가?"를 기억하십니까?

Ne, en nia medio ni estas tre sinceraj. Pluraj objektivaj informoj tamen influas nin optimisme. Sed

77) eŝafod-o <법률> 처형대(處刑臺)(교수대, 사형대, 단두대 따위).

necesas scipovi rakonti pri tio tiamaniere, ke la homoj fidu.
아니요, 우리 환경에서 우리는 매우 개방적입니다. 그러나 몇 가지 객관적인 정보는 우리에게 긍정적인 영향을 미칩니다. 그러나 사람들이 신뢰하는 방식으로 그것에 대해 말하는 방법을 알아야 합니다.

Necesas trovi tiajn sciencistojn, kiuj parolus konvinke, kun faktoj kaj ciferoj, kiuj elvokus fidon de aŭskultantoj aŭ televidspektantoj.
사실과 수치로 설득력 있게 말하여 청취자나 텔레비전 시청자로부터 신뢰를 얻을 수 있는 그러한 과학자를 찾는 것이 필요합니다.

Kaj, certe, unu el la plej ĉefaj lecionoj estas la leciono morala. Lige kun la akcidento en Ĉernobil, pliiĝis amara sento, seniluziiĝo pri la scienco. Ja ankaŭ vi parolis pri tio en la kongreso de verkistoj de Ukrainio.
그리고, 확실히 가장 중요한 교훈 중 하나는 도덕적 교훈입니다. 체르노빌 사고와 관련하여 쓰라린 감정, 과학에 대한 환멸이 증가했습니다. 결국, 당신은 또한 우크라이나 작가 대회에서 이것에 대해 이야기했습니다.

- Jes, mi parolis.
- Sed temas ne tiom pri la scienco mem, kiom pri la moralaj ecoj de apartaj sciencistoj.
- 네, 말했어요.

- 그러나 그것은 과학 자체에 관한 것이 아니라 개별 과학자의 도덕적 자질에 관한 것입니다.

Tre ofte okazas tia situacio: estas du-tri sciencistoj, kun proksimume egalaj rangoj kaj gradoj.
너무 자주 그러한 상황이 발생합니다. 거의 동일한 순위와 학위를 가진 두세 명의 과학자들이 있습니다.

Unu el ili diras kategorie "ne", kaj du aliaj "jes!". Kion faru tiuj, kiuj akceptas decidojn?
그들 중 하나는 "아니오"라고 단호하게 말하고 다른 두 사람은 "예!"라고 말합니다. 결정을 받아들이는 사람들은 어떻게 해야 합니까?

Ili, kompreneble, elektas tiun respondon, kiu al ili pli plaĉas.
물론 그들은 더 좋아하는 답을 선택합니다.

Bedaŭrinde, ne ĉiam eĉ tiu sciencisto, kiu diras "ne", penas poste defendi sian vidpunkton, lukti por la vero, elpaŝi en altaj forumoj, ktp.
불행히도, "아니오"라고 말하는 과학자조차도 항상 자신의 관점을 옹호하고, 진실을 위해 싸우고, 고위 포럼에 나서는 것은 아닙니다.

Eĉ li ne volas havi malkomforton animan, konflikti kun potenculoj kaj institucioj.
그는 감정적인 불편, 힘센 사람들 및 기관과의 갈등을 원하지 않습니다만.

Verŝajne, la plej ĉefa leciono de Ĉernobil estas en tio, ke ajna, eĉ la plej malgranda morala manko de sciencisto, ajnaj cedoj de konscienco devas esti severe punataj.
아마도 체르노빌의 주요 교훈은 과학자의 가장 작은 도덕적 결함일지라도 양심의 가책은 엄중하게 처벌되어야 한다는 것입니다.

Ni ja forgesis pri tio, ke iam oni ne mansalutis malhonestan homon.
우리는 한때 부정직한 사람과 악수를 하지 않았다는 사실을 잊었습니다.

Iam. Sed ja nun miloble pliiĝis la respondeco de la sciencistoj pri iliaj propraj malkovroj kaj pri ekspertizo de grandegaj konstruaĵoj.
옛적에 그러나 이제 자신의 발견과 거대한 건물의 전문 지식에 대한 과학자의 책임이 천 배 증가했습니다.

La sciencisto devas iri en flamon pro siaj ideoj, pro siaj konvinkoj. Sed ĉu ofte oni vidas tion?"
과학자는 자신의 생각과 신념 때문에 불길에 뛰어들어야 합니다. 그러나 자주 볼수있나요?"

Jen tiaj konversacioj okazis en la domo, sanktigita per la nomo de V.I. Vernadskij, kiu diris en 1922:

"Sciencisto ne estas maŝino kaj ne estas soldato de armeo, plenumanta ordonojn, ne konsiderante kaj ne komprenante, kion sekvigas kaj por kio estas farataj tiuj ordonoj...
그러한 대화는 베르나드스키의 이름으로 거룩하게 된 집에서 일어났습니다. 그는 1922년에 이렇게 말했습니다.: "과학자는 기계가 아니며 군대의 군인이 아니며 명령을 수행하고 다음과 그 명령이 무엇을 위한 것인지 고려하지도 이해하지도 않습니다...

Por la laboro pri la atoma energio estas necesa la konscio de respondeco pri la trovita.
원자력에 관한 연구를 위해서는 발견된 것에 대한 책임 의식이 필요합니다.

Mi volus, ke en la scienca laboro, tia, ŝajne, malproksima de la spiritaj elementoj de la homa personeco, kiel la demando pri la atomoj, tiu morala elemento estu konsciata".
나는 과학 작업에서 원자의 문제와 같은 인간 성격의 영적 요소와는 거리가 먼 도덕적 요소가 실현되기를 바랍니다."

La itineroj de Ĉernobil en Moskvon, tien, kie antaŭ 40 jaroj, la 25-an de decembro 1946, ekfunkciis la unua en Eŭropo urani-grafita atoma reaktoro F-1"fizika unua".
40년 전인 1946년 12월 25일에 유럽 최초의 우라늄 흑연 원자로 "물리적 최초" F-1이 가동되기 시작한 체르노빌에서 모스크바까지의 경로

Tiam tio estis rando de Moskvo, Pokrovsko-Streŝnevo, kaj tie estis densa pinarbaro.
그런 다음 모스크바 외곽 포크롭스크-스트레슈네프 Pokrovsko-Streŝnevo였으며 울창한 소나무 숲이 있었습니다.

Fakte, pinoj estas ankaŭ nun. Nun tie situas teritorio de la Instituto pri atoma energio "I.V. Kurĉatov".
사실, 소나무도 지금 그렇습니다. 지금은 거기에 원자력 연구소 "쿠르차토프"의 학회가 있습니다.

Mi vizitis Valerij Alekseeviĉ Legasov, akademianon, membron de Prezidio de Akademio de Sciencoj de USSR, la unuan vicdirektoron kaj direktoron de departemento de la Instituto, laŭreaton de la Lenina kaj Ŝtata premioj de USSR.
나는 학자이며, 소련 과학 아카데미 상임위원회 회원, 연구소의 첫 번째 부국장이자 부서장, 레닌 수상자 및 소련 국가상을 수상한 발레리 알렉세에비치 레가소프Valerij Alekseeviĉ Legasov를 방문했습니다.

La bazaj sciencaj interesoj de Valerij Alekseeviĉ estas ligitaj kun nuklea teknologio kaj hidrogena energetiko, kun kemio de plasmo kaj kun sintezo de kombinoj de noblaj gasoj.
발레리 알렉세에비치의 기본적인 과학적 관심은 원자력 기술 및 수소 에너지, 플라즈마 화학 및 희귀가스 조합 합성과 관련이 있습니다.

Sed en 1986 la nomo de akademiano Legasov aŭdiĝis al la tuta mondo lige kun likvidado de la akcidento en Ĉernobil.
그러나 1986년 체르노빌 사고 청산과 관련해 학자 레가소프의 이름이 전 세계에 알려졌습니다.

Valerij Alekseević venis en Pripjatj en la plej unua tago de la akcidento, li estis instalita kiel membro de la Registara komisiono.
발레리 알렉세에비치는 사고 첫날 프리피야트에 와서 정부 위원회 위원으로 임명되었습니다.

Mi ekkonis akademianon Legasov multe pli frue ol mi renkontis lin.
나는 레가소프 학자를 만나기 훨씬 전 일찍 알고 있었습니다.

Laborante pri la sciencpublicistika kinofilmo "Instalo" (Kieva kinostudio de sciencaj filmoj), mi, sidante en muntejo, dekojn da fojoj trarigardis la filmon kun intervjuo de Valerij Alekseevîc, donita al kinogrupo.
논픽션 영화 "설치"(키이우 과학영화 스튜디오)를 작업하면서 편집실에 앉아 영화그룹에 주어진 발레리 알렉세에비치의 인터뷰와 함께 수십 번 영화를 보았습니다.

En mia animo restis speciale tiuj vortoj: - "Mi ŝatus atentigi pri tio, ke dum multaj jaroj tiu malsano nesufiĉa atento al la, nova, nescipovo vidigi la

novan - iĝis kronika malsano kaj kuraci ĝin ne estas tre simple.
특히 다음과 같은 말이 내 마음에 남아 있게 되었습니다.
- "오랫동안 새로운 것에 대한 관심이 부족하고 새로운 것을 볼 수 없는 그 질병이 - 만성질환이 되어 완치가 쉽지 않다는 사실에 주목하고 싶습니다.

Ĝi iĝis kronika tial, ĉar ekde infanaĝo oni ne tre instruas aprezi la novan, distingi la novan disde la malnova.
그런 연유로 만성화되었습니다. 어린 시절부터 새로운 것을 감상하고 새 것과 옛 것을 구별하는 것을 많이 배우지 않았기 때문입니다.

Se ni venas en ajnan klason, aŭskultas, kiel pasas leciono, do sendepende de tio ĉu tiu studobjekto estas soci-scienca aŭ natur-scienca, ni, regule, frontas tion, ke oni klarigas al la infanoj kia bona estas tiu libro, kia ekzakta estas tiu ekvacio,[78] kia bona estas tiu eksperimento.
우리가 어떤 수업시간에 들어오면, 수업이 어떻게 진행되는지 들어보는데, 공부의 주제가 사회과학이든 자연과학이든 상관없이 우리는 아이들에게 그 책이 얼마나 좋은지, 그 방정식이 얼마나 정밀한지 설명한다는 사실에 직면합니다. 그 실험이 얼마나 좋은지 말입니다.

Sed eĉ foje ni ne ekaŭdos la demandon: "Kiel vi

78) ekvaci-o ①<수학> 방정식(方程式). ②<천문> 오차, 균차(均差).

farus pli bone, per kio malbonas tiu eksperimento aŭ kiuj estas mankoj de tiu libro?"
그러나 때로는 한번이라도 다음과 같은 질문을 듣지 않을 것입니다. “어떻게 더 잘할 수 있습니까? 그 실험에 무엇이 잘못되었거나 그 책의 단점이 무엇인지?”

Sed ja de negado de tio, kio ŝajnas bona kaj ideala, komenciĝas kreado, aspiro fari ĉion iel pli bone.
그러나 실제로 좋고 이상해 보이는 것을 거부하는 것에서 모든 것을 어떻게든 더 좋게 만들고자 하는 열망, 창조가 시작됩니다.

Nia lernejo instruas pleje uzi tion, kio estas, sed ne negi la atingitan kaj ne krei la novan".
우리 학교는 있는 것을 최대한 활용하되 달성한 것을 부정하지 않고 새로운 것을 창작하지 말도록 가르칩니다.”

Al mi ŝajnis tre grava tiu konsidero, malkovranta unu el la kialoj de multaj niaj plagoj, inkluzive ankaŭ la ĉernobilan.
체르노빌 사례를 포함하여 우리가 겪은 많은 역병(재앙)의 원인 중 하나를 발견하면서 그 고찰이 매우 중요해 보였습니다.

Ĉar nia lernejo ĉiujn siajn fortojn aplikas nur por edukado de obeemaj, bonkondutaj, plenumemaj knaboj kaj knabinoj, malgrandaj kompromisuloj, ne edukante en ili spiriton de kritikemo kaj objektiva, kun konsidero de ĉiuj "por" kaj "kontraŭ" vidpunkto pri la fenomenoj de la naturo kaj socia realo.

우리 학교는 순종적이고 예의 바르고 남녀학생들의 성취교육에만 모든 힘을 쏟고 있기 때문에, 자연 현상과 사회적 현실에 대한 모든 "찬성" 및 "반대" 관점을 고려하여 비판과 객관성의 정신을 교육하지 않는 작은 타협가에 그칩니다.

Ĝi inokulas normigitan pensmanieron, kaj pri la kritikemo (kaj pli ofte pri malfido kaj cinikeco) la junulon instruas la strato, foje parencoj, konatoj, libroj.
그것은 표준화된 사고 방식을 접종하고, 그리고 비판성(그리고 더 자주 불신과 냉소주의)에 대해 젊은이들은 거리에서, 때로는 친척에게서, 지인이나, 책이 가르칩니다.

Sed al ĉio ĉi la lernanto ofte devas trarompiĝi memstare.
그러나 이 모든 것에 대해 학생은 종종 스스로 해결해야 합니다.

Tre interese estis konversacii kun Valerij Alekseeviĉ Legasov pri la lecionoj de la akcidento en Ĉernobila AEC: "Tiel okazis, ke ankoraŭ antaŭ la ĉernobila akcidento mi devis okupiĝi pri la demandoj de la industria sekureco, kaj speciale pri la sekureco de atomaj elektrocentraloj.
발레리 알렉세에비치 레가소프와 체르노빌 원전 사고의 교훈에 대해 이야기하는 것은 매우 흥미로웠습니다. : "그래서 체르노빌 사고 이전에도 산업안전, 특히 원자력 발전소의 안전 문제를 다루어야 했습니다.

Lige kun la bombado de la centro de nukleaj esploroj en Irako far Israelo ne nur en la sciencaj, sed ankaŭ en pli vastaj rondoj estis pridiskutataj la postekvoj de probabla atako kontraŭ AEC.
이스라엘의 이라크 핵 연구센터 폭격과 관련하여 과학분야뿐만 아니라 더 넓은 범위에서 원전에 대한 가능한 공격의 결과가 논의되었습니다.

Al tiu estis dediĉita nia artikolo en la revuo "Priroda" ("Naturo") (V.A. Legasov, L.P. Feoktistov, I.I. Kuzjmin. Nuklea energetiko kaj internacia sekureco. "Priroda", 1985, n-ro 6 (ruslingve). - Jam tiam, prikonsiderante tiun demandon, ni venis al la konkludo, ke militi kun sufiĉe alta denseco de atomaj elektrocentraloj estas frenezo. Tro grandaj regionoj porlonge iĝus radioaktive poluciitaj.
잡지 "자연"의 기사는 이것에 전념했습니다 (레가소프, 페옥티스토프, 쿠즈민. 원자력 및 국제 안보. "자연Priroda", 1985, 6번(러시아어) - 그런데도 이 질문을 생각하면서 우리는 충분히 고밀도의 원자력 발전소를 가지고 전쟁을 하는 것은 미친 짓이라는 결론에 이르렀습니다. 엄청난 넓은 지역은 오랫동안 방사능 오염이 될 것입니다.

Sed por ajna prudenta homo aperis alia demando: ĉu eble oni eliminu la atoman energetikon?
그러나 정상적인 사람에게는 또 다른 질문이 생겼습니다. 원자력을 제거하는 것이 가능합니까?

Kaj anstataŭigu ĝin per iaj energetikaj ekvivalentoj en formo de gasaj, karbaj aŭ mazutaj elektrocentraloj?
그리고 그것을 가스, 석탄 또는 연료유 발전소의 형태로 일부 에너지 등가물로 대체하시겠습니까?

Ni do komencis rezoni - mi ripetas, ankoraŭ antaŭ la ĉernobilaj eventoj: ekzemple, bombo trafas en nuklean elektrocentralon.
그래서 우리는 추론하기 시작했습니다. - 나는 여전히 체르노빌 사건 이전에 반복합니다.: 예를 들어, 폭탄이 원자력 발전소를 강타했다든지.

Tio estas malbone. Kaj kio estos, se ĝi trafos ne en atoman centralon, sed en la konstruitan anstataŭ ĝi terman?
그건 나쁜겁니다. 원자력 발전소가 아니라 화력 발전소가 대신 건설된다면 어떻게 될까요?

Kaj ni konkludis, ke estos ankaŭ malbone.
Eksplodoj, incendioj, formiĝo de venenaj kombinoj pereigos plimulton da homoj kaj malebligos uzadon de grandaj regionoj, kvankam por malpli longa periodo.
그리고 우리는 그것 또한 나쁠 것이라고 결론지었습니다.
폭발, 화재, 유독성 화합물 형성으로 인해 대부분의 사람들이 사망하고 짧은 기간 동안 넓은 지역을 사용할 수 없습니다.

Kaj do post tia pritakso ni venas al jena vidpunkto: nun gravas ne speco de la tekniko, sed ĝia skalo kaj koncentreco.
그래서 그러한 평가 후에 우리는 다음과 같은 관점에 이르게 되었습니다. 이제 중요한 것은 기술의 유형이 아니라 그 규모와 농도입니다.

La nivelo de koncentreco de kapacitoj de industriaj objektoj estas hodiaŭ tia, ke detruo de tiuj objektoj, ĉu hazarda aŭ intencita, rezultigas tre gravajn postsekvojn.
오늘날 산업체 생산물의 용량의 집중도集中度는 이러한 생산물의 파괴가 우발적이든 의도적이든 매우 심각한 결과를 초래하는 정도입니다.

La homaro dum sia evoluo kreis tian densecon de diversaj energiportantoj, diversaj potenciale danĝeraj komponantoj - Ĉu ili estas biologiaj, kemiaj aŭ nukleajke ilia konscia aŭ hazarda detruo sekvigas hodiaŭ grandajn malagrablaĵojn.
인류는 개발 과정에서 다양한 에너지 운반체, 잠재적 위험이 도사린 다양한 구성 요소의 집중도를 생성했습니다. 그것이 생물학적이든, 화학적이든, 핵이든, 의도적이든 우발적인 파괴는 오늘날 큰 불편을 초래합니다.

Hodiaŭ iĝis problemo la multobligo de diversaj objektoj kaj koncentrigo de grandaj kapacitoj.
오늘날 다양한 사물의 다중화와 대용량의 집적화가 문제로 대두

되고 있다.

Siatempe estis funkciigita la limigita kvanto da nukleaj objektoj, kies fidindeco estis garantiata per alta nivelo de kvalifikeco de la personaro, per skrupula observado de ĉiuj teknologiaj reglamentoj.
제때 제한된 양의 핵물체를 운용하고 있었고, 모든 기술 규정을 철저히 준수하여 높은 수준의 인력으로 신뢰성이 보장되었습니다.

Jen tie, post la fenestro, funkcias la unua nialanda reaktoro kaj ĝi fidinde funkcias.
여기 창문 뒤에서 첫 번째 우리나라 원자로가 가동 중이며, 안정적으로 가동하고 있습니다.

Sed poste, kiam la fidindaj teknikaj solvoj montris sin bone, oni komencis multobligi ilin, samtempe pligrandigante kapacitojn de la objektoj.
그러나 나중에, 신뢰할 수 있는 기술 솔루션이 좋게 나타났을 때, 개체를 대량증가하고, 동시에 용량을 대형화하기 시작했습니다.

Sed la rilatoj al malgranda kvanto de tiaj objektoj kaj al granda kvanto da ili kun alta nivelo de kapacito devas esti tute diversaj.
그러나 그런 개체들의 소량에 대한 관련과 그리고 높은 수준의 용량을 가진 많은 개체와의 관련은 완전히 달라야 합니다.

Okazis certa kvalita salto: tiaj objektoj iĝis pli multaj, ili iĝis multe pli kapacitaj, sed la rilato al ekspluatado de tiuj objektoj malboniĝis.
특정 질적 도약이 있었습니다. 그러한 개체는 더 많아지고, 그들의 용량은 훨씬 더 확대되었지만, 이러한 개체들의 개발과의 관계는 악화되었습니다.

- Sed kial tio okazis?
- 그런데 왜 그랬어요?

- Mi opinias, ke tre fortis inercio. La bezono pri la elektroenergio estas granda. Necesis rapide funkciigi kaj asimili novajn kapacitfontojn. Sed rapide - signifas ne ŝanĝi principe la antaŭe faritajn projektojn.
- 저의 견해로는, 관성이 굉장히 강했던 것 같아요. 전기의 필요성이 크기도 하고. 새로운 용량 소스를 신속하게 운영하고 통합해야 했습니다. 그러나 빠르다는 것은 - 이전에 만든 프로젝트를 근본적으로 변경하지 않는 것을 의미합니다.

Impete kreskis kvanto de homoj, okupiĝantaj pri produktado de instalaĵoj, pri ilia ekspluatado.
Kaj la metodoj de instruado, de trejnado jam ne sekvis la rapidecon de disvolviĝo. - Estus relative simple, se oni povus determini malamikon, ekzemple, en formo de nuklea reaktoro aŭ en formo de nuklea energetiko.
시설의 생산과 개발에 종사하는 사람들의 수가 급격히 증가했습니다. 그리고 교육, 훈련 방법은 더 이상 발전의 속도를 따르지 못했습니다. 비교적 간단하겠지만, 적을 정할 수 있다면, 예를 들어, 원자로 형태 또는 원자력 에너지 형태.

Sed ne estas tiel. Kaj eĉ se ni rezignos de tiu teknika rimedo kaj anstataŭigos ĝin per la alia - do ne estos okay. Estos pli malbone.
그러나 그렇지 않습니다. 그리고 우리가 그 기술적 수단을 포기하고 다른 수단으로 대체하더라도 괜찮지 않을 것입니다. 더 나빠질 것입니다.

Jen tiel. Ĉar malamiko estas ne maŝinoj. Ne speco de aviadilo, ne speco de atoma reaktoro, ne speco de energetiko.
그거 그렇게. 적敵은 기계가 아니기 때문입니다. 항공기 종류도, 원자로 종류도, 에너지 종류도 아닙니다.

Se grandskale konsideri tiun problemon, do la ĉefa malamiko estas la metodo mem de kreado kaj efektivigo de la energetikaj aŭ teknikaj procedoj, dependanta de la homo.
우리가 이 문제를 대규모로 감안하면, 주요 적은 사람에 따라 에너지 또는 기술 절차의 생성 및 구현 방법이라고 하겠습니다.

La plej grava estas la homa faktoro.
가장 중요한 것은 인적 요소입니다.

Se antaŭe ni konsideris la sekurigrimedojn kiel la

metodon de protekto de la homo kontraŭ ebla influo al li flanke de la maŝinoj aŭ iuj malutilaj faktoroj, hodiaŭ kreiĝis alia situacio.
이전에 보안 조치를 기계 또는 일부 유해 요소에 대한 가능한 영향으로부터 사람을 보호하는 방법으로 고려했다면 오늘날 다른 상황이 발생했을 것입니다.

LA TEKNIKAĴOJN PROTEKTI
기술자료 보호

Efektive - homo, en kies manoj estis akumulitaj la enormaj kapacitoj.
실제로 - 엄청난 능력이 손에 축적된 사람.

Protekti de la homo en ajna senco: de eraroj de konstrukciisto,[79] de eraroj de projektisto, de eraroj de operatoro, manipulanta tiun proceđon. Kaj tio estas jam tute alia filozofio.
어떤 의미에서든 사람을 보호하기 위해 : 생성자의 오류, 설계자의 오류, 운영자의 오류, 해당 절차 조작의 오류. 그리고 그것은 이미 완전히 다른 철학입니다.

Nun videblas jenaj universalaj tendencoj.
La kvanto de akcidentoj se konsideri averaĝan kvanton por 1000 personoj kaj aliajn indicojn reduktiĝas. Sed se ĝi kun malplia probableco tamen okazas, ĝia skalo kreskas.
이제 다음과 같은 만국보편적 경향을 볼 수 있습니다.
1,000명 당 평균 발생량과 기타 지표를 고려하면 사고 건수가 줄어듭니다. 그러나 더 적은 확률로 발생하면 규모가 커집니다.

- Tio estas kiel aviadilo: antaŭe en aviokatastrofo pereadis dek kvar personoj, hodiaŭ -tricent.

---

79) konstrukci/i (tr) Ⓣ Elpensi, plani, kalkuli, desegni inĝenieran kreaĵon: ~aĵo, ~ejo, ~isto .

- 비행기와 같습니다. 과거에는 14명이 비행기 사고로 사망했습니다. 오늘날은 300명입니다.

- Tute ĝuste. Kaj jen la unua konkludo: Ĉernobil rivelis tion, ke la homaro ne tre rapidis pri ŝanĝo de vidpunkto pri la sekureco, de la filozofio de sekureco.
전적으로 맞아요. 그리고 여기 첫 번째 결론이 있습니다.: 체르노빌은 인류가 안보에 대한 관점, 안보 철학을 서두르지 않았다고 밝혔습니다.

Endas diri, ke tio estas ne nur nialanda postresto. Tio estas tutmonda postrestado. Tio sekvigis bhopalan, ĉernobilan, baselan tragediojn.
이것이 우리나라 후속제後續劑만이 아니라는 것은 말할 가치가 있습니다. 그것은 글로벌 후속제입니다. 이것은 보팔, 체르노빌, 바젤의 비극을 따랐습니다.

Maleble, malkorekte kaj stulte estas rezigni de la atingoj de la homa genio.
인간 천재天才의 업적을 포기하는 것은 불가능하고 잘못되고 어리석은 일입니다.

Rezigni de la disvolvo de la atoma energetiko, kemia industrio aŭ ankoraŭ io.
원자력, 화학 공업 또는 여타 발전의 포기.

Tio ne estas necesa.

그것은 필요하지 않습니다.

Sed necesas fari du aferojn: unue, korekte konscii efikon de tiaj gravaj novaj maŝinoj kaj specoj de teknikaĵoj al la ĉirkaŭa medio kaj, due, ellabori sistemon de interagado de la homo kaj maŝino.
그러나 두 가지를 수행해야 합니다. 첫째, 그러한 중요한 새 기계 및 기술 장비 유형이 주변 환경에 미치는 영향을 올바르게 인식하고, 둘째, 사람과 기계 간의 상호 작용 시스템을 개발하는 것입니다.

Tio estas la problemo ne persone de la homo, laboranta kun tia maŝino, sed multe pli komuna kaj grava problemo.
그것은 그러한 기계를 다루는 사람의 개인적 문제가 아니라 훨씬 더 일반적이고 중요한 문제입니다.

Ja en tia interagado povas kreiĝi gravaj katastrofoj, malagrablaĝoj pro malatento, stulteco, pro misaj agoj.
결국, 그러한 상호 작용에서 심각한 재난, 부주의로 인한 불쾌감, 잘못된 행동으로 인한 어리석음이 발생할 수 있습니다

Ne gravas, kiu mise agis: ĉu estro de centralo aŭ operatoro.
누가 잘못 행동했는지는 중요하지 않습니다. 그것이 공장 책임자인지 운영자인지 여부입니다.

Nun ni devas serĉi optimumon[80] de sistemo.
이제 시스템 최적화를 찾아야 합니다.

Optimumon en aŭtomatigo, optimumon en homa interveno en procedojn, optimumon en solvado de ĉiuj organizaj kaj teknikaj demandoj, ligitaj kun tiaj komplikaj teknologiaj sistemoj.
자동화에 최적화, 절차에 인간 개입에 최적화, 복잡한 기술 시스템과 연결된 모든 조직 및 기술 문제 해결에 최적화.

En tio endas krei protektajn barojn, kiom tio eblas, kaj por la kazo, kiam la homo erarus, kaj la maŝinoj evidentiĝos esti nefidindaj.
이 경우 가능한 한 사람이 실수를 하여 기계를 신뢰할 수 없는 경우에 대비하여 보호 장치를 만들어야 합니다.

Ĉe tio mi, verŝajne, la unuan fojon volas esprimi al vi unu, eble, neordinaran konsideron.
이 시점에서 나는 아마도 처음으로, 특이한 고려 사항을 여러분에게 표현하고 싶습니다.

Dume ni pridiskutis la konatan. Do. Ni ĉiuj vidas, kiel oni diras, per nearmitaj okuloj, ke en ĉiuj etapoj de kreado de teknikaĵoj ni havas certan nefinfaritecon, fuŝecon, ni tiel diru.
그 동안 우리는 알려진 것에 대해 논의했습니다. 그래서. 우리 모두는 그들이 말했듯이 맨눈으로 기술적인 것을 만드는 모든

---
80) optimum-o〈생물〉 (생물의 성장 · 주거 따위를 위한)최적조건(最適條件).

단계에서 우리가 어떤 불완전함, 조잡함을 가지고 있음을 봅니다.

En ĉiuj etapoj de kreado ĝis ekspluatado.
생성에서 개발에 이르는 모든 단계에서.

Tio estas ĉiekonataj faktoj, ili estas priskribitaj en la decido de la Politika Buroo de CK KPSU pri la kaŭzoj de la akcidento en Ĉernobila AEC.
이것은 잘 알려진 사실이며 체르노빌 원전 사고의 원인에 대한 CK KPSU 정치국의 결정에 설명되어 있습니다.

Mi ĉiam pensis: kial do tio okazas?
나는 항상 생각했습니다. : 왜 이런 일이 발생하는지?

Kaj vidu, mi venas al la paradoksa konkludo: mi ne scias, ĉu miaj kolegoj konsentos kun mil aŭ ĵetos kontraŭ mi ŝtonojn, sed mi venas al la konkludo, ke tio okazas pro tio, ke ni troe entuziasmiĝis pri la teknikaĵoj. Pragmatike.
그리고 저는 역설적인 결론에 도달했습니다.: 제 동료들이 이에 동의할지, 아니면 저에게 돌을 던질지 모르겠지만, 저는 이것이 기술적인 것에 대해 너무 흥분했기 때문에 이런 일이 발생한다는 결론에 도달했습니다. 실용적으로.

Pri nuraj teknikaĵoj. Tio ĉirkaŭprenas multajn demandojn, ne nur tiujn de la sekureco.
단순한 기술에 대해. : 여기에는 보안 문제뿐만 아니라 많은 질문이 포함됩니다.

Ni enpensiĝu: kial dum tiu tempo, kiam ni estis multe pli malriĉaj kaj estis multe pli komplika situacio, kial ni sukcesis dum la historie neglektinda periodo en la 30-aj, 40-aj, 50-aj jaroj mirigi la tutan mondon per rapideco de kreado de la novaj specoj de teknikaĵoj kaj famis pri la kvalito? Ja Tu-104, kiam ĝi aperis, estis bonkvalita aviadilo.
생각해 봅시다 : 우리가 훨씬 더 가난하고, 상황이 훨씬 더 복잡했던 그 동안, 왜 우리는 30대, 40대, 50대라는 역사적으로 무시할 수 있는 기간 동안 창조의 속도로 전 세계를 놀라게 하는 데 성공했습니까? 새로운 유형의 기술과 품질로 유명합니까? 결국 Tu-104가 등장했을 당시에는 좋은 품질의 항공기였습니다.

La atoma centralo, kiun kreis Igorj Vasiljeviê Kurĉatov, liaj kunuloj, estis pionira kaj bona solvo.
원자력발전소를 건설한 쿠르차토프, 그의 동료들은 혁신적이고 훌륭한 솔루션이었습니다.

Kio do okazis, kial?
무슨 일이 있었습니까? 왜?

La unua provo estas klarigi tion per iaj subjektivaj, organizaj faktoroj.
첫 번째 시도는 이것을 몇 가지 주관적이고 조직적인 요소로 설명하는 것입니다.

Sed tio ne estas tre serioze. Ni estas potenca popolo, kaj ni havas grandegan potencialon fundamentitan.
그러나 그것은 그다지 심각하지 않습니다. 우리는 강한 사람들이며 엄청난 잠재력을 가지고 있습니다.

Kaj ĉiu gvidanto, kaj ĉiu organiza sistemo en iu certa historia periodo uzis kaj trafajn solvojn, kaj malpli trafajn sed ja ili ne povis tiom grave influi.
그리고 특정 역사적 기간의 모든 리더와 모든 조직 시스템은 관련 솔루션과 관련성을 모두 사용했지만 실제로 그렇게 중요한 영향을 미칠 수는 없었습니다.

Kaj mi venis proksimume al tia paradoksa konkludo: tiuj teknikaĵoj, pri kiuj fieras nia popolo, kiuj finiĝis per la flugo de Gagarin, estis kreitaj de la homoj, kiuj staris sur la ŝultroj de Tolstoj kaj Dostoevskij...
그리고 나는 거의 역설적인 결론에 도달했습니다. : 가가린의 비행으로 끝난 우리 국민이 자랑스러워하는 기술은 톨스토이와 도스토예프스키의 어깨에 섰던 사람들에 의해 만들어졌습니다.

Tio estas miriga konkludo en la buŝo de la teknika specialisto.
그것은 기술 전문가의 입에서 나온 놀라운 결론입니다.

- Sed al mi ŝajnas, ke estas tiel. La homoj, kreintaj tiam la teknikaĵojn, estis edukitaj surbaze de la grandegaj humanismaj ideoj.

- 하지만 그런 것 같아요. 당시 기술적인 것을 창조한 사람들은 위대한 인본주의 사상을 바탕으로 교육을 받았습니다.

Surbaze de bela literaturo. Surbazde de alta arto. Surbaze de bela kaj korekta morala sento. Kaj subaze de klara politika ideo pri konstruo de la nova socio, surbaze de tiu ideo, ke nia socio estas avangarda.
아름다운 문학을 바탕으로. 하이 아트를 기반으로. 아름답고 올바른 도덕관을 바탕으로 합니다. 그리고 우리 사회가 전위적이라는 생각을 바탕으로 새로운 사회 건설에 대한 명확한 정치적 생각을 기반으로 합니다.

Tiu alta morala sento estis fundamentita en ĉio: en la rilatoj inter si, en la rilato al la homo, al la teknikaĵoj, al siaj devoj.
그 높은 도덕적 감정은 모든 것에서 근거했습니다.: 그들 사이의 관계에서, 사람과의 관계에서, 기술과 그들의 의무에 대해.

Ĉio ĉi estis fundamentita en la eduko de tiuj homoj. Kaj la teknikaĵoj estis por ili nur la rimedo por esprimo de la moralaj kvalitoj, fundamentitaj en ili.
이 모든 것은 그 사람들의 교육에서 시작되었습니다. 그리고 그들에게 기술은 그들에게 기반을 둔 도덕적 자질을 표현하는 수단에 불과했습니다.

Ili manifestis sian moralon en teknikaĵoj. Ili rilatis al la kreataj kaj ekspluatataj teknikaĵoj tiel, kiel ilin

instruis rilati al ĉio en la vivo Puskin, Tolstoj, Cehov.
그들은 기술적인 측면에서 도덕성을 나타냈습니다. 그들은 푸시킨, 톨스토이, 체홉이 삶의 모든 것과 관련되도록 가르친 것과 같은 방식으로 만들어지고 활용되는 기술과 관련이 있습니다.

Sed en la sekvaj generacioj, anstataŭintaj ilin, multaj inĝenieroj staras sur la ŝultroj de "teknikuloj", vidas nur teknikan flankon de la afero.
그러나 그들을 대체한 차기세대에는 많은 엔지니어가 "기술자"의 어깨에 서서 문제의 기술적 측면만 봅니다.

Sed se iu estas edukita nur surbaze de la teknikaj ideoj, li povas nur multobligi teknikaĵojn, perfektigi ilin, sed li ne povas krei ion kvalite novan, respondecan.
그러나 누군가가 기술적 아이디어에 기초하여 교육을 받으면, 기술적인 것을 곱하고 완벽하게 할 수는 있지만, 질적으로 새롭고 책임감있는 것을 만들 수는 없습니다.

Al mi ŝajnas, ke la komuna ŝlosilo al ĉio okazanta estas tio, ke dum longa tempo estis ignorata la rolo de la morala bazo la rolo de nia historio, de la kulturo sed ja ĉio ĉi estas la sama ĉeno.
일어나고 있는 모든 일의 공통된 열쇠는 오랫동안 도덕적 기반의 역할, 우리 역사의 역할, 우리 문화의 역할이 무시되었지만 이 모든 것이 같은 사슬이라는 것입니다.

Ĉio ĉi, fakte, sekvigis tion, ke parto de homoj en siaj postenoj povis agi nesufiĉe respondece.
사실, 이 모든 것은, 그들의 위치에 있는 일부 사람들이 충분히 책임감 없이 행동할 수 있다는 사실을 초래했습니다.

Sed ĉc unu, malbone laborante, faras en ĉeno malfirman eron, kaj ĝi ŝiriĝas.
그러나 비록 하나일지라도, 제대로 작동하지 않으므로서, 사슬에서 흔들리는 요소를 만들고 찢어집니다.

Interalie, se aŭskulti la senperajn kulpantojn pri la akcidento, ĝenerale, iliaj celoj estis la plej bonaj.
무엇보다 사고의 직접적인 원인을 들어보면 대체로 그들의 목표가 최고였다는 것.

Plenumi komision, plenumi taskon.
임무의 완수, 과제의 완수.

- Valerij Alekseeviĉ, ĉu ili konsciis entute, kion ili faras?
- 발레리 알렉세에비치, 그들은 자신들이 무엇을 하고 있는지 전부 의식했습니까?

- Ili opiniis, ke ili faras ĉion korekte kaj bone. Kaj ili malobservas la regulojn por fari ĉion pli bone. Al mi tiel ŝajnas.
- 그들은 모든 일을 올바르게, 잘하고 있다고 생각했습니다. 그리고 그들은 모든 것을 더 좋게 만들기 위해 규칙을 어깁니다.

그것은 나에게 그렇게 보입니다.

- Sed ĉu tamen ili konsciis, ke ili malobservas ĉiujn regulojn de ekspluatado de la reaktoro?
- 하지만 그들은 원자로 운영의 모든 규칙을 위반하고 있다는 것을 알고나 있는지?

- Ili ne povis ne konscii tion. Ili ne povis. Ĉar ili malobservis la bazajn, kiel oni diras, ordonojn.
- 그들은 그것을 지각하지 않을 수 밖에 없었습니다. 그들은 할 수 없었습니다. 그들이 말하는 기본 계명을 어겼기 때문입니다.

Sed iu konsideris, ke tio estas nedanĝere, iu ke fari tiel estas eĉ pli bone, ol estas skribite en la instrukcio, ĉar, imagu, ilia celo estis, tiel diri, inda: eki kaj nepre fari tion, kio estas al ili komisiita, dum tiu sola nokto, fari tion je ajna pago.[81)]
그러나 누군가는 이것이 무해하다고 생각했습니다. 누군가는 이것을 하는 것이 지침에 쓰여진 것보다 훨씬 낫다고 생각했습니다. 왜냐하면 그들의 목표는 말하자면 가치가 있었기 때문입니다.: 어떤 대가를 치르더라도 그 어느 날 밤에 그들이 하도록 위임받은 일을 시작하고 필연적으로 하는 것.

Fakte, tio ne rilatas al tiuj, kiuj ekstreme senrespondece permesis la provojn kaj konfirmis la programon de ties aranĝo.
실제로, 이것은 매우 무책임하게 테스트를 허용하고 배치 프로

---

81) Je ajna pago. 그 어떤 대가를 치를지라도

그램을 확인한 사람들과 관련이 없습니다.

La senco de la eksperimento estis jena.
실험의 의미는 다음과 같습니다.

Por la kazo de ĉeso de vaporkonduko en la turboagregaton[82] - tio estas akcidenta situacio en la centraloj devas funkciiĝi la dizel-generatoroj.
터보 장치로의 증기 전달이 중단된 경우 (발전소에서 우발적인 상황), 디젤 발전기를 작동해야 합니다.

Ili atingas necesajn parametrojn[83] por provizado de la bloko per elektroenergio ne tuje, sed post kelkdek sekundoj. - Dum tiu tempo generadon de la elektroenergio devas garantii la turbo, perdinta vaporon, sed ankoraŭ rotacianta inercie.
그들은 즉시가 아니라 수십 초 후에 블록에 전기를 공급하는 데 필요한 매개 변수에 도달합니다.
- 그 동안 전기의 생성은, 증기蒸氣를 잃었지만, 여전히 관성적으로 자전自轉하는 터빈에 의해 보장되어야 합니다.

Necesis kontroli, ĉu sufiĉas la tempo de inercio de la turbo ĝis atingo de la necesaj parametroj de la dizelgeneratoroj.
디젤 발전기의 필수 매개변수에 도달할 때까지 터보의 관성 시간이 충분한지 확인할 필요가 있었습니다.

---

82) 응집체(凝集體)agregaĵo, agregato
83) parametr-o <수학> 매개변수, 조변수, 모수(母數).

La programo de tiu kontrolo estis kompilita ekstreme neglekte, ĝi estis kunordigita nek kun la fizikistoj de la centralo, nek kun la konstrukciinto de la reaktoro, nek kun la projektisto, nek kun reprezentantoj de la fako pri ŝtata atomenergia kontrolo.
그 제어 프로그램은 극도로 부주의하게 작성되었으며 발전소의 물리학자, 원자로 설계자, 설계자 또는 국가 원자력 제어 부서의 대표자와도 조정되지 않았습니다.

Tamen ĝi estis konfirmita de la ĉefinĝeniero kaj poste ĝi ne estis kontrolata persone de li kaj estis ŝanĝata kaj malobservata dum la plenumado.
하지만 수석기술자에게 확인을 받은 뒤 직접 확인을 하지 않아 실행 중 변경, 위반됐습니다.

Malalta teknika nivelo, malalta nivelo de respondeco de tiuj homoj estas ne kaŭzoj, sed sekvoj.
La sekvoj de ilia malalta morala nivelo.
이러한 사람들의 낮은 기술 수준, 낮은 수준의 책임의식은 원인이 아니라 결과입니다. 낮은 도덕 수준의 결과.

Oni kutime konceptas jene: aha, la malmorala homo estas tiu, kiu permesas al si akcepti koruptaĵojn, ekzemple.
그것은 일반적으로 다음과 같이 생각됩니다. : 예를 들어, 부도덕한 사람은 뇌물을 받는 것을 허용하는 사람입니다.

Sed tio estas ekstrema kazo. Sed ĉu estas morala la homo, kiu ne volas fari sian desegnaĵon pli bona, ne volas sidi dum noktoj, turmentiĝi, ne volas serĉi pli perfektajn solvojn?
그러나 그것은 극단적인 경우입니다. 그러나 그림을 더 잘 그리기를 원하지 않고, 밤에 앉고 싶지 않고, 자신을 괴롭히고, 더 완벽한 솔루션을 찾고 싶지 않은 사람이 도덕적입니까?

La homo, kiu diras: "Por kio streĉiĝi, se eblas fari tian solvon, kiu profesie kvazaŭ ŝajnas normala, kvankam ne estas optimuma, ne estas la plej bona".
그가 한 말 : "왜 스트레스, 그런 솔루션을 만드는 것이 가능하면, 전문적으로는 정상으로 보이지만 최적은 아니지만 최선도 아닙니다."

Kaj do komenciĝis la procezo de disvastigo de la teknika postresteco.
그렇게 기술적 후진성을 확산시키는 과정이 시작되었습니다.

Ni nenion sukcesos, se ni ne restarigos la moralan rilaton al la plenumata laboro, kia ajn ĝi estu: ĉu medicina, ĉu kemia, ĉu reaktora laboro, ĉu biologia.
의료, 화학, 원자로 작업, 생물학적 작업 등 수행 중인 작업과의 도덕적 관계를 회복하지 않으면 아무 것도 달성할 수 없습니다.

- Sed kiel ĝin restarigi, tiun moralan rilaton?
- 하지만 그 도덕적 관계를 회복하는 방법은?

Post suspiro kaj longa paŭzo: - Nu... en tio mi ne povas esti profeto.
한숨과 긴 멈춤 후 : - 글쎄요... 저는 예언자가 될 수 없습니다.

- Kaj tamen, Valerij Alekseeviĉ. Imagu, ke vi estas ministro pri klerigado aŭ la persono, decidanta pri la sortoj de la lernejanoj. Kion vi farus? - Parte mi jam diris: necesas restarigi la senton de respondeco, kritikemo, la senton de la nova.
- 그래도 발레리 알렉세에비치. 당신이 교육부 장관이거나 학교 아이들의 운명을 결정하는 사람이라고 상상해보십시오. 당신은 무엇을 할 것인지요 - 부분적으로는 이미 말했습니다. 책임감, 비판, 새로운 감각을 회복하는 것이 필요합니다.

Estis tia tempoperiodo, kiam kelkaj eksteraj kondiĉoj malhelpis al tio. Sed hodiaŭ ni havas la plej favoran periodon.
일부 외부 조건이 이를 방지하는 기간이 있었습니다. 그러나 오늘날 우리는 가장 유리한 기간을 가지고 있습니다.

Bonvolu - al ni nenio malhelpas restarigi la plej bonajn patriajn aŭ naciajn en nia multnacia lando tradiciojn.
제발 - 우리가 다국적 국가에서 최고의 애국 또는 국가 전통을 회복하는 것을 막을 수는 없습니다.

Neniu malhelpas. Sed kiel tion fari? Ĉu pliigi aŭ

malpliigi proporcion de tiuj aŭ aliaj studobjektoj? Mi ne scias.
아무도 방해하지 않습니다. 하지만 어떻게 해야 할까요? 이들 또는 다른 연구 주제의 비율을 늘리거나 줄입니까? 나는 모르겠어요.

Sed mi certas, ke en la lernejon necesas venigi interesajn homojn. Ja Rusio ĉiam estis forta en tio, ke instruisto estas la homo, kiu en morala aspekto plejofte estis idealo por siaj lernantoj.
그러나 흥미로운 사람들을 학교에 데려오는 것이 필요하다고 확신합니다. 결국 러시아는 교사가 도덕적 측면에서 대부분의 경우 학생들에게 이상적인 사람이라는 사실에서 항상 강해졌습니다.

- Kaj mi volas diri ankoraŭ pri nedivideblo de la ĝenerala kaj teknika kulturoj.
- 그리고 일반문화 및 기술문화의 불가분성에 대해 다시 말씀드리고 싶습니다.

Tio estas integraj aĵoj. Se oni elprenas iun pecon, ligitan kun la historio de nia Patrujo aŭ kun nia literaturo, se oni reduktis atenton al io tio nepre bumerange rebatos pro integreco de la kulturo.
그것은 필수적인 사안事案입니다. 우리 조국의 역사나 우리 문학과 관련된 부분을 떼어 내거나, 관심을 줄이면 문화의 온전함을 위해 부메랑으로 돌아갈 수밖에 없습니다.

Egalgrade ne eblas ĉion fordoni al la literaturo kaj arto kaj forgesi pri la tekniko. Tiam ni iĝos senhelpa socio. Aperas natura demando: la demando pri la harmonio.
마찬가지로 문학과 예술에 모든 것을 바치고 기술을 잊어 버리는 것은 불가능합니다. 그러면 우리는 무기력한 사회가 될 것입니다. 자연스러운 질문이 생깁니다. 조화에 대한 질문입니다.

- Ni revenu al Ĉernobil. Kiel vi travivis tiun eventon kiel la homo kaj kiel la specialisto? Ĉu vi havis komplekson de kulpo, ne de persona kulpo, sed de kulpo de la fizikistoj pro la okazinta?
- 체르노빌로 돌아갑시다. 개인으로서 그리고 전문가로서 어떻게 그 사건에서 살아남았습니까? 개인적인 죄책감이 아니라 무슨 일이 일어난 물리학자들의 죄책감 콤플렉스가 있었습니까?

- Mi dirus jene: estis sento de kolero.
- 나는 이것을 말할 것입니다 : 분노의 느낌이 있었습니다.

Kaj de domaĝo pri tio, ke tie ĉi, en tiu instituto, kie la specialistoj esprimis ĉiujn necesajn timojn kaj proponojn, ni evidentiĝis esti nesufiĉe fortaj kaj armitaj por realigi la endan vidpunkton.
그리고 전문가들이 필요한 모든 두려움과 제안을 표명한 여기 그 연구소에서 우리가 최종 관점을 실현하기에는 충분히 강하고 무장한 것으로 판명되었다는 사실이 유감입니다.

Oni skribis raportojn, multaj elpaŝis, oni sentis

danĝeron de komplikiĝo de la teknologiaj sistemoj sen ŝanĝi filozofion de ties konstruado.
보고서가 작성되었고 많은 사람들이 떠났고 그 건설의 철학을 변경하지 않은체 기술 시스템을 복잡하게 만들 위험이 있었습니다.

Estis ankaŭ pretaj rekomendoj. Ekzemple: gravega preventa elemento estus kreo de diagnozaj sistemoj.
준비된 권장 사항도 있었습니다. 예를 들어 : 매우 중요한 예방 요소는 진단 시스템을 만드는 것입니다.

Oni pledis ĉe ni pri tiuj diagnozaj sistemoj, provis kelkajn el ili, postulis ilian disvolvon, ĉie klarigis danĝeron de tio, ke ni havas nesufiĉe da komputkapacitoj por konstruo de necesaj modeloj kaj pritakso de situacio, por kvalifikigi la personaron por trejninstalaĵoj.
우리는 이러한 진단 시스템을 옹호했으며 일부를 시도하고 개발을 요구했습니다. 모든 곳에서 필요한 모델을 구축하고 상황을 평가하고 훈련 시설에 대한 직원의 자격을 갖추기에 컴퓨팅 능력이 충분하지 않다는 사실의 위험을 설명했습니다.

Sed, evidentiĝas, oni malmulte postulis, malbone klarigis.
그러나 분명히, 거의 요구되지 않았으며 제대로 설명되지 않았습니다.

Jen tiusence estis sento de kolero, mi tiel diru.

그런 의미에서 그것은 말하자면 분노의 감정이었습니다.

Sed koleri kontraŭ la fizikistoj aŭ, des pli, kontraŭ la fiziko - tio estas tutegale, kiel bati per bastono gutaperkan[84] kopiaĵon de la ĉefo, kiel oni faras tion foje en Japanio.
그러나 물리학자에게, 또는 더욱이 물리학에 대해 화를 내는 것은 - 그것은 일본에서 때때로 행해지는 것처럼 막대기로 지도자의 구타페르카 복제품을 치는 것과 매우 동일합니다.

Fiziko estas avangarda en la tekniko scienco, ĝi ne povas esti kulpa pri io. Kulpaj povas esti la homoj, malbone uzantaj ĝin.
물리학은 기술 과학의 최전선에 있으며 그 어떤 것도 탓할 수 없습니다. 그것을 나쁘게 사용하는 사람들은 비난받을 수 있습니다.

Kion mi travivis kiel homo? Sabate la 26-an de aprilo oni elvokis min de la aktivularkunsido, mi kiel estis "parade vestita", tiel mi elflugis tien.
나는 인간으로서 어떤 일을 겪었는가? 4월 26일 토요일, 나는 '퍼레이드 복장'을 하고 활동가 모임에 소환되어 그곳으로 날

---

84) 구타페르카(gutta-percha) 동남아시아에서 야생하는 여러 종류의 고무나무에서 얻는 천연 열가소성 고무. 다른 천연 탄성 고무와 마찬가지로 폴리아이소프렌((C_5H_8)n)으로 구성되어 있으나, 모두 트랜스형 입체 이성질체로 되어 있다. 전자 공업의 절연체, 치과 재료 따위로 쓰인다.
gutta-percha(영어) 구타 페르카전기용어사전 동인도산 식물에서 채취한 고무로, 열가소성, 수중에서도 열화가 잘 되지 않아 해저 케이블의 절연물로 쓰인다.

아갔습니다.

Neniu el ni atendis tiaskalan akcidenton. De la centralo oni malĝuste informis nin en Moskvo.
우리 중 누구도 이 규모의 사고를 예상하지 못했습니다. 우리는 모스크바 중앙 사무소에서 잘못된 정보를 받았습니다.

Ni ricevis kontraŭecajn informojn. Laŭ unu informo - ŝajne ĉio tie estas kaj nuklea akcidento, kaj radiada danĝero, kaj incendio, ĝenerale, ĉiuj specoj de danĝero tie estas.
상충되는 정보를 받았습니다. 한 정보에 따르면 - 분명히 모든 것은 원자력 사고, 방사선 위험 및 화재가 있으며 일반적으로 모든 종류의 위험이 있습니다.

Sed poste oni informis nin, ke oni provas fari malvarmigon, tio estas oni provas direkti la reaktoron.
그러나 나중에 우리는 냉각을 시도하고 있다는, 즉 원자로를 겨냥하고 있다는 정보를 받았습니다.

Se oni provas direkti la reaktoron - do, ĝi ekzistas, kaj do ne estas specialaj problemoj.
원자로를 향한다면, - 특별한 문제는 없습니다.

Sed kiam ni venis, estis vespero, sabato, kaj mi ekvidis ruĝan flamrebrilon - tio, certe, konsternis kaj tuje montris seriozecon de la afero.

그러나 우리가 왔을 때 토요일 저녁이었고 나는 붉은 불꽃을 보았습니다. 물론 그것은 나를 놀라게 했고 즉시 문제의 심각성을 보여주었습니다.

Kaj poste jam ne estis tempo por emocioj - necesis inventi surloke, kion, per kio kaj kiel mezuri, kion entrepreni kaj tiel plu.
그리고 감동에 젖어있을 시간이 없었습니다. - 즉석에서 무엇을, 무엇으로, 어떻게 측정할지, 무엇을 수행해야 하는지 등을 수립해야 했습니다.

Tiuvespere ni nur pritaksis la radiadan situacion, kaj la plej aktiva dozometristo estis profesoro Armen Artavazdoviĉ Abagjan.
그날 저녁 우리는 방사선 상황만 평가했고, 가장 활동적인 방사능측정기사는 아르멘 아르타바즈도비치 아바갼Armen Artavazdoviĉ Abagjan 교수였습니다.

Kaj sekvatage, kiam mil venis al disrompo de la reaktoro per kirastransportaŭto - jen tiam aperis tiu sento de kolero, pri kiu mi al vi diris.
그리고 다음 날, 수천 명이 장갑차로 - 원자로를 파괴하기 위해 왔을 때 - 그 때 내가 당신에게 말했던 분노의 감정이 나타났습니다.

Kaj ankoraŭ sento de tio, ke oni evidentiĝis esti nepreparita por tia situacio.
그리고 여전히 그러한 상황에 대한 준비가 되어 있지 않은 것이 분명하다는 사실에 대한 느낌.

Ne ekzistis anticipe antaŭviditaj solvoj kaj teknikaj rimedoj.
예상되는 솔루션과 기술적 수단이 없었습니다.

Ja kio okazis? Ĉiam estis dirate, ke probableco de nuklea akcidento estas ekstreme malgranda.
무슨 일이에요? 원자력 사고의 확률은 극히 낮다는 것은 언제나 회자되고 있습니다.

Kaj la projektoj de centraloj efektive garantiis tiun malgrandan probablecon. Sed ja tamen la probableco ne estis nula.
그리고 발전소 프로젝트는 실제로 그 작은 가능성까지도 보증한 것입니다. 그러나 진정 그 가능성은 제로0가 아니었습니다.

El ĝi sekvis, ke tia akcidento povas okazi foje dum mil jaroj.
그 사고에서 추산된 바라면. 그러한 사고가 천년 동안에 때로는 한번 발생할 수 있다는 것이었습니다.

Sed kiu diris, ke tiu fojo ne trafos al nia kaj via jaro? Al la jaro 1986? Tamen la ebleco de akcidentaj agoj antaŭ okazo de tiu malmulte probabla evento ne esti antaŭvidita.
그러나 이 때가 우리와 당신이 살아있는 연도年度에는 일어나지 않을 것이라고 누가 말한바 있습니까? 1986년까지? 그러나 이

희대의 사건이 발생하기 전에 우발적인 행동의 가능성은 예측할 수 없습니다.

Fakte, post kelka tempo, kiam mi devis veturi al Vieno, al la kunsido en Internacia agentejo pri atoma energio, mi konvinkiĝis, ke la tuta monda scienco kaj tekniko, kiel montris la praktiko, estis ne tre preparita al tiaspecaj akcidentoj...
사실, 얼마 후 나는 국제원자력기구IAEA 회의에 참석하기 위해 비엔나로 가야 했을 때, 실습에서 알 수 있듯이 전 세계의 모든 과학 기술이 이런 종류의 사고에 대해 그다지 준비되어 있지 않다는 것을 확신하게 되었습니다. ..

Kaj mi diru ankoraŭ jenon. Eble, tio sonas paradokse, sed tuj post kiam malstreĉiĝis la akreco de maltrankvilo, mi komencis ricevi kontentiĝon de la plenumata laboro.
그리고 한 가지 더 말씀드리겠습니다. 역설적으로 들릴지 모르지만 불안의 날카로움이 완화된 직후 나는 하고 있는 일에 만족감을 느끼기 시작했습니다.

Miaopinie, mi ne estas sola, estas tre ne sola en tiuj miaj emocioj.
내 의견으로는, 나는 혼자가 아니며, 내가 느낀 흥분에 있어 절대 혼자가 아니라는 것입니다.

Ĉar estis kreitaj tiaj kondiĉoj, en kiuj efektiviĝis vera laboro sen paperoj, - sen aferprokrasto, sen

kunordigoj.
왜냐하면 서류없이, 지체없이, 조정없이 실제 작업이 수행되는 그러한 조건이 만들어 졌기 때문입니다.

Sur la ŝultrojn de la Registara komisiono estis metita kolosa respondeco. Precipe en la unuaj tagoj.
정부 위원회의 어깨에 막중한 책임이 지워졌습니다. 특히 첫날에.

Jam poste komencis aperi diversaj kunordigoj, kiam la situacio estis pli trankvila.
이미 뒤이어 상황이 더 진정되었을 때, 다양한 조정이 나타나기 시작했습니다.

Sed tiumomente estis jene: ĉiuj al ni helpis, ĉio estis en nia dispono, sed la tuta respondeco pri la akceptitaj decidoj metiĝis sur la ŝultrojn de la homoj, kiuj venis tien, kaj speciale sur la ŝultrojn de B.E. Ŝĉerbina.
그러나 그 순간은 이랬습니다.: 모두가 우리를 도왔고 모든 것이 우리 추진대로 되었지만 받아들여진 결정에 대한 모든 책임은 그곳에 온 사람들의 어깨에, 특히 셰르비나의 어깨에 몰렸습니다.

Kaj tio evidentiĝis esti tre utila. La situacio estis drameca, sed en la kondiĉoj de disponigita memstareco, ligita kun respondeco, oni sukcesis per organizitaj fortostreĉoj de multaj homoj kaj limigi la

kvanton de damaĝitoj, kaj relative rapide limigi skalon de la akcidento.
그리고 그것은 매우 유용한 것으로 밝혀졌습니다. 극적인 상황이었지만 책임과 연계된 자주적인 조건에서 많은 사람들의 조직적인 노력으로 희생자 수를 제한하고 비교적 빠르게 사고 규모를 제한할 수 있었습니다.

Tie oni devis solvi ankaŭ sciencajn taskojn.
그곳에서 우리는 또한 과학적 과제를 해결해야 했습니다.

La unua tasko estis loke limigi la akcidenton. Ni ne havis programon de konduto en tiaj situacioj. Kaj sola kampo de aktivaj agoj estis en ĉielo, sur alto ne malpli ol ducent metroj super la reaktoro, Kiel agi? La unua, pri kio ni konvinkiĝis, estis ke la reaktoro ne funkcias.
첫 번째 과제는 사고를 국지적으로 제한하는 것이었습니다. 우리는 그러한 상황에서 행동지침 프로그램이 없었습니다. 그리고 적극적인 행동의 유일한 분야는 원자로 위의 200미터 이상의 높이 하늘에 있었습니다. 어떻게 행동해야 할까? 우리가 가장 먼저 확신한 것은 원자로가 작동하지 않는다는 것이었습니다.

Indikiloj de neŭtronoj en tiuj gama-kampoj ne funkciis, ĉiuj neŭtronaj[85] kanaloj estis nefunkcikapablaj.
해당 감마장에서 중성자 표시기가 작동하지 않았고, 모든 중성자 채널이 작동불능이었습니다.

85) neŭtron-o <물리> 중성자.

Do, necesis laŭ la proporcio de izotopoj kun mallonga ekzistperiodo kaj laŭ aktiveco de eliminado de ili determini, ke la nova produktado de rapide diseriĝantaj ne estas.
따라서, 존재 기간이 짧은 동위원소의 비율과 이를 제거하는 활동에 따라 빠르게 붕괴하는 새로운 생성이 없는 것으로 판단할 필요가 있었습니다.

Oni konvinkiĝis, ke la nova produktado ne estas.
La reaktoro ne funkcias.
우리는 새로운 생성이 발생하지 않는다고 확신했습니다.
원자로가 작동하지 않습니다.

Sed grafito brulas kaj varmo eliminiĝas. Se grafito brulas, do, demalsupre alpumpiĝas aero kaj okazas certa malvarmiĝo.
그러나 흑연은 연소하고 열이 제거됩니다. 따라서 흑연이 연소되면 공기가 아래에서 위로 상승하고 확실한 냉각이 발생합니다.

Do, eblis stabiligi la procedon en natura stato, nenion entrepreni kaj atendi naturan malvarmiĝon de la reaktoro.
따라서 자연 상태에서 공정을 안정시키고 아무 것도 하지 않고 반응기의 자연 냉각을 기다리는 것이 가능했습니다.

Fakte, atendi necesas tre longe. Kio etas bona en tio? Estas bona tio, ke la danĝero de transiro en

malsupron de la Zono, la danĝero de trafluo de la fundo, de poluciiĝo de la subgrundaj akvoj estus likvidata aŭtomate. Kaj problemoj ne estus.
사실 기다리는 데 시간이 많이 걸립니다. 그것에 좋은 점은 무엇입니까? 존Zono의 바닥을 횡단할 위험, 바닥의 침투 위험, 지하수 오염의 위험이 자동으로 청산되는 것이 좋습니다. 그리고 아무 문제가 없을 것입니다

Sed tiukaze tra la aera baseno kun la aerosolaj produktoj de brulo, kun altiĝo de temperaturo la aktiveco de la reaktoro eliĝus konsiderinde pli malproksimen, kaj la skalo kaj intenseco de poluciiĝo estus tre grandaj.
그러나 그 경우, 연소의 에어로졸 생성물이 있는 공기 분지를 통해 온도 상승과 함께 원자로의 활동은 상당히 더 나가게 되고 오염의 규모와 강도는 매우 커질 것입니다.

Kovri supre restaĵojn de la reaktoro signifas malpliigi la danĝeron de poluciiĝo tra la aero, sed malbonigi termoforkondukon, t. e. krei la danĝeron de varmiĝo kaj moviĝo de la hejtaĵamaso malsupren.
반응기의 잔해를 맨 위에 덮는 것은 공기를 통한 오염의 위험을 줄이는 것을 의미하지만 열영동 전도를 손상시키고, 즉 이자형. 가열 위험 및 히터 더미가 아래로 이동합니다.

Necesis akcepti decidon. Tiam oni decidis fari jene: superŝuti la reaktoron per la materialoj, kiuj kaj filtrus, kaj samtempe ankaŭ stabiligus la

temperaturon.
결정을 받아들일 필요가 있었습니다. 그런 다음, 다음을 수행하기로 결정했습니다. 반응기에 필터와 동시에 온도를 안정화시키는 재료를 뿌립니다.

Tial estis uzata facile fandebla metalo (dum ĝi fandiĝas, la temperaturo ne altiĝas), efektivigata ankaŭ protekton kontraŭ radiado, kaj karbonatoj, prenantaj varmon de la reaktoro por sia malkombiniĝo, kaj eliminantaj karbonan dioksidon dum malkombinigo, kio helpis ĉesigi bruladon de grafito.
이 때문에 쉽게 녹는 금속(녹는 동안 온도가 올라가지 않음)을 사용하여 방사선에 대한 보호도 구현하였으며, 그리고 탄산염은 분해를 위해 반응기에서 열을 빼앗고, 흑연 연소를 막는 데 도움이 되는 분해 과정에서 이산화탄소를 제거합니다.

Estis solvata la problemo senprecedenca en la monda historio.
세계 역사상 유례가 없는 문제가 해결되었습니다.

La tradiciaj mezuriloj, regule, estis neaplikeblaj ĉu pro neatingeblo de mezuradpunktoj, ĉu pro altaj temperaturaj kaj radiadaj kampoj.
기존의 측정 장비는 측정 지점에 접근할 수 없거나, 고온 및 복사장으로 인해 정기적으로 적용할 수 없었습니다.

Multaj specialistoj kaj organizoj devis dum kurtegaj

tempoperiodoj inventi kaj novajn metodojn kaj novajn teknikajn rimedojn por mezuradoj, por lokstabiligo de aktivaj korpuskloj, por ili ne estu forportataj de vento, por konstruado kaj desradioaktivigo.
많은 전문가와 팀들은 단기간에 측정, 활성 소체의 위치 안정화, 바람에 의해 옮겨지지 않도록 구성 및 방열을 위한 새로운 방법과 새로운 기술적 수단을 발명해야 했습니다.

Tre multe estis farite kaj, kiel nun ni jam povas vidi, kun atingo de la celo. La okcidentaj ekspertoj poste nomis tiujn metodojn novigaj kaj efikaj. Restas amare bedaŭri, ke ĉio ĉi estis kreita rapide ne antaŭe, sed poste. Kaj dum la unuaj tagoj ni devis labori intue.[86)]
우리가 이미 볼 수 있듯이 목표 달성과 함께 많은 일이 이루어졌습니다. 서구 전문가들은 나중에 이러한 방법을 혁신적이고 효과적이라고 불렀습니다. 이 모든 것이 이전이 아니라 나중에 신속하게 만들어졌다는 사실을 뼈저리게 유감스럽게 생각합니다. 그리고 처음 며칠 동안은 열심히 일해야 했습니다.

Kaj la lasta, kion mi volas diri, estas pri la junuloj. Certe, oni devis fronti diversajn situaciojn, fojfoje ankaŭ ne tre agrablajn.
그리고 마지막으로 말하고 싶은 것은 젊은이들에 관한 것입니다. 물론 우리는 여러 가지 상황에 직면해야 했고 때로는 그다지 유

86) = (intuici-o) <철학> 직감(直感), 직관, 예감. ˜i [자] 직감하다. ˜a 직감적인.

쾌하지도 않았습니다.

Sed inter ili estis tiaj, kiuj elvokis nur admiron. Oni skribis ĉe ni pri la heroeco de la fajrobrigadanoj.
그러나 그들 중에는 감탄만 불러일으키는 사람들이 있었습니다. 누군가는 소방관의 영웅심에 대해 썼습니다.

Kelkiuj, legante, blasfemis, ke ili tro longe kaj vane troviĝis ĉe markoj kaj vane radiumiĝis.
Sed tio estis vera heroeco, kaj pravigebla, ĉar en la maŝinejo ja estis kaj hidrogeno, kaj oleoj...
어떤 사람들은 읽어보면서, 그들이 너무 오랜시간 그리고 마크에 아무런 결과없이 나타났다고 저주했습니다. 그러나 그것은 진정한 영웅이었고 정당화될 수 있었습니다. 왜냐하면 엔진룸에는 실제로 수소와 오일이 모두 있었기 때문입니다...

Ili ne allasis disvolviĝon de la incendio, kiu povus sekvigi detruon de la apuda bloko.
그들은 인접한 블록의 파괴로 이어질 수 있는 화재의 확산을 내버려 두지 않았습니다.

La unua loklimiga paŝo estis farita korekte.
첫 번째 위치 제한 단계는 바르게 수행되었습니다.

Kaj kiel laboris militaj aviadistoj! Tio estas efektive heroago. Ili senmanke laboris, kaj profesiece, kaj ĉiel. En hemiaj taĉmentoj estis tre multaj junuloj. Sur iliajn ŝultrojn estis metita esplorado. Ili agis tute

sentime kaj ekzakte.
그리고 군 비행사들은 어떻게 일했는지! 그것은 참으로 영웅적인 행위입니다. 그들은 전문적으로나 모든 면에서 흠잡을 데 없이 일했습니다. 화학부대에는 젊은이들이 많았습니다. 연구는 그들의 어깨에 놓였습니다. 그들은 완전히 두려움 없이 정확하게 행동했습니다.

Vidu, tie ĉio estis harmonia. Mi ne povas diri, ke tie la junularo laboris pli, ol la aliaj, sed tio, ke la junularo kondutis inde, estas la fakto.
봅시다, 거기에는 모든 것이 조화로웠습니다. 그곳에서 청년들이 남들보다 더 열심히 일했다고 말할 수는 없지만, 청년들이 합당하게 행동했다는 것은 사실입니다.

Ankaŭ la fizikistoj - kaj moskvaj, kaj kievaj sin ŝovis en la plejan brulejon. Mi dirus, ke la junuloj laboris tie, manifestante altajn homajn kaj profesiajn kvalitojn".
또한 모스크바와 키이우 출신의 물리학자들이 가장 불타오르는 자리에 올랐습니다. 나는 젊은이들이 그곳에서 일하며 높은 인간성과 직업적 자질을 보여주었다고 말하고 싶습니다."

Vladimir Stepanović Gubarev, verkisto, Ĵurnalisto, laŭreato de Ŝtata premio de USSR, aŭtoro de la teatraĵo "Sarkofago": "Ĉio, kio okazis en Ĉernobil kaj ĉirkaŭ ĝi, estas por mi tre amara. Mi opinias, ke en la historio de nia lando tio estas la tria evento laŭ sia signifo.

Vladimir Stepanović Gubarev, 작가, 저널리스트, 소련 국가상 수상자, 연극 "석관石棺"의 저자 "체르노빌과 그 주변에서 일어난 모든 일은 나에게 매우 쓰라린 일입니다. 저는 이것이 우리나라 역사상 세 번째 사건이라고 생각합니다.

La unua estas la tatar-mongola jugo. Ni ŝirmis per ni mem Eŭropon de la hordoj kaj barbarismo. La dua estas la faŝismo. Ni savis Eŭropon de la faŝismo.
첫 번째는 타타르-몽골의 억압입니다. 우리는 무리와 야만으로부터 유럽을 스스로 지켰습니다. 두 번째는 파시즘입니다. 우리는 파시즘으로부터 유럽을 구했습니다.

Kaj nun ni garantiigas estonton de la homaro tre alta pago.
그리고 이제 우리는 인류의 미래에 매우 높은 대가의 지불을 보장합니다.

La tragedio de Ĉernobil - en tio estas ĝia specifeco - estas en tio, ke ni kunpuŝiĝis kun manifestiĝo de la atoma energio en formo de la tiel nomata "paca atomo".
체르노빌의 비극 - 이것의 특이성 - 우리가 소위 "평화로운 원자"의 형태로 원자 에너지의 선언과 충돌했다는 것입니다.

Tiaj katastrofoj plu ne okazos. Mi povas diri tion tute difinitive. Kaj la estonto de la civilizo ne eblas sen la atoma energio.

그런 재난은 다시는 일어나지 않을 것입니다. 절대적으로 단언할 수 있습니다. 그리고 문명의 미래는 원자력 없이는 불가능합니다.

Sed ekzistas Ĉernobil. Tial, kiam ni konstruos tiun estonton, ni devas konsideri la lecionojn de Ĉernobil.
그러나 체르노빌은 존재하고 있습니다. 그러므로 우리가 그러한 것을 미래에 건설할 때, 체르노빌의 교훈을 참작해야 합니다.

Antaŭ Ĉernobil ni traktis tion tre facilanime. Tial efektive ni per tre alta pago faras la vojon al la civilizo de estonto.
체르노빌 이전에 우리는 그것을 매우 가볍게 취급했습니다. 그렇기 때문에 우리는 실제로 매우 높은 지출로 미래의 문명으로 가는 길을 닦고 있습니다.

Mi estus tre primitiva homo, se mi priskribus en beletra formo la dokumentajn eventojn.
기록문서화된 사건을 문학 형식으로 기술한다면, 나는 매우 원시적인 사람이 될 것입니다.

Nature, tre multa el tio, kio iĝis bazo de la teatraĵo, naskiĝis en Ĉernobil, kie mi laboris kiel korespondanto de la ĵurnalo "Pravda".
자연스럽게, 연극의 기초가 된 많은 것들이 체르노빌에서 태어났고, 그곳에서 나는 "프라우다"신문의 특파원으로 일했습니다.

Sed mi povas tute klare diri, ke mi konsideris konkrete eĉ ne unu homon. Mi penadis krei tipajn figurojn".
그러나 나는 한 사람을 구체적으로 고려하지 않았다는 것을 아주 분명히 말할 수 있습니다. 전형적인 인물을 만들려고 노력했습니다."

El la teatraĵo "Sarkofago" (revuo "Znamja", n-ro 9, 1986 (ruslingve)):
연극 "석관"("즈나먀Znamja" 잡지, 1986년 9호(러시아어))에서:

"SERGEEV. Tie oni longe ne povis kompreni, kio okazis, kaj tial por ajna okazo oni ne komunikis al Moskvo. Oni atendis ion...
"세르게에프SERGEEV. 거기에서 그들은 오랫동안 무슨 일이 일어 났는지 이해할 수 없었기 때문에 만일을 대비하여 모스크바와 의사 소통을 하지 않았습니다. 그들은 무언가를 기대했습니다.

BESSMERTNIJ. Al mi ŝajnas, estas tre grava akcidento. Ial oni nenion diras radie.
베스메르트니BESSMERTNIJ. 제가 보기에는 매우 심각한 사고인 것 같습니다. 어떤 이유로 그들은 라디오에서 아무 말도 하지 않습니다.

SERGEEV. Ĉu tamen estas eksplodo?
세르게에프. 폭발이 있었습니까?

PTICINA. Certe. Nur al kelkaj treege ne necesas, ke ĝi estu, kaj ili pruvas, ke la reaktoro disfalis sen eksplodo. Incendio. Simple incendio".
프티찌나PTICINA. 틀림없이. 극소수만이 실제로 필요하지 않으며 원자로가 폭발 없이 붕괴되었음을 증명합니다. 단순한 화재"

V. Gubarev: "Kiam mi entreprenis verki "Sarkofagon" - tio estis natura deziro konscii tiun eventon filozofie. Mi volis montri, ke ni vivas tute en alia tempo, ol ni imagas.
구바레프Gubarev: "내가 "석관"을 쓰기 시작했을 때 - 그 사건을 철학적으로 인식하고 싶은 것은 자연스러운 욕망이었습니다. 나는 우리가 상상하는 것과 완전히 다른 시간에 살고 있다는 것을 보여주고 싶었습니다.

Ke ni vivas en atom-kosma epoko, ke ĝi havas siajn leĝojn, sian filozofion, sian respondecon de la homoj pro la agoj kaj iliaj sekvoj".
우리는 원자-우주 시대에 살고 있으며, 그 시대에는 법칙과 철학이 있으며, 행동과 그 결과에 대한 사람들의 책임소재가 있습니다."

El la teatrajo "Sarkofago": "BESSMERTNIJ. Sed kiu, pardonu pro la neliteratura vorto, kanajlo/malŝaltis la kontraùakcidentan sistemon?! Mi volas diri, ke tio estas murdo. Ne sinmortigo, sed murdo!..
연극 "석관"에서: "베스메르트니. 하지만 누가, 비문학적인 말에 실례를 구합니다, 악당/사고 방지 시스템을 차단시켰습니까?! 내

말은, 그것은 살인입니다. 자살이 아니라 살인!..

FIZIKISTO. ...La ĉefa por vi estas: ekscii, kiu malŝaltis la kontraŭakcidentan protektilon.
물리학자. ... 가장 중요한 것은 사고 방지 장치를 누가 껐는지 알아내는 것입니다.

BESSMERTNIJ. Kiu malŝaltis? Kiu malŝaltis? La kontraŭakcidentan sistemon malŝaltis sistemo. La sistemo de senrespondeco.
베스메르트니. 누가 껐습니까? 누가 껐습니까? 시스템에 의해 사고 방지 시스템이 비활성화되었습니다. 무책임의 시스템.

OPERATORO. Kaj ni konstante rapidas, hastas, prenas sindevigojn, tiel diri, je tri monatoj antaŭ la limdato, je du diurnoj, kaj li kvar fojojn petis pri mezuriloj, neniu rapidis tie, supre.
오퍼레이터. 그리고 우리는 끊임없이 뛰고, 서두르고, 자가압박을 기하고 있습니다. 말하자면 마감 3개월 전, 하루에 두 번이고 그는 네 번 미터기를 요청했지만 아무도 서두르지 않았습니다.

Sed la petojn de ĉefularo ni plenumas... Kial do tiel? Oni petas ilin- silento, kaj nin - tuje hura! - kaj antaŭen!..
하지만 우리는 지도부의 요청을 이행합니다. 왜 그런가요? 우리는 그들에게 침묵을 요구하고 우리는 즉시 응원합니다! - 그리고 앞으로도!..

Kaj ĉio estas pro raporto, premio... Kiu bezonas tian akceliĝon?
그리고 그것은 모두 보고서, 수상 때문입니다... 누가 그런 가속화를 필요로 합니까?

Tio estas same, kiel veturigi laŭ urbo aŭtojn kun rapideco de cent kilometroj, ili surveturu ĉiujn, la ĉefa estas pli rapide...
그것은 도시를 백 킬로미터의 속도로 가로 질러 자동차를 운전하는 것과 같습니다. 그들은 모두를 뛰어 넘습니다. 주된 것이 더 빠릅니다.

Oni promesis tuj post la festoj funkciigi je plena kapacito. Je du diurnoj antaŭ la limdato. Oni ja ĉie prenas sindevigojn... Ĉu ni estas la plej stultaj?
그들은 축제가 끝난 후 즉시 최대 가동을 약속했습니다. 마감 이틀 전. 약속은 어디에서나 이루어집니다. 우리가 가장 바보입니까?

FIZIKISTO. Jen tial oni malŝaltis protektilon".
물리학자. 그래서 우리가 프로텍터를 껐습니다."

V. Gubarev: "En "Sarkofago" estas tri bazaj ideoj.
구바레프 :"석관"에는 세 가지 기본 아이디어가 있습니다.

La unua: se la homo perfidas siajn konvinkojn, siajn vidpunktojn, se li evitas respondecon - do tiu homo vivas en sarkofago.

첫 번째: 사람이 자신의 신념, 견해를 배반하고 책임을 회피하면 - 그 사람은 석관에 사는 것입니다.

La dua ideo: se la homoj - ĉiu homo kaj la socio entute - ne faras konkludojn el tragedio, do ili trafas en sarkofagon.
두 번째 아이디어: 사람들, 즉 각 개인과 사회 전체가 - 비극에서 결론을 도출하지 못하면, 그러면 석관에 빠지게 됩니다.

Kaj la tria ideo: en la teatraĵo konstante, kiel refreno estas ripetataj la vortoj el instrukcioj pri la civila defendo kiel la modelo de atoma milito. Mi volis diri, ke se la homaro ne konsideros la lecionojn de la tragedio, ĝi estos en sarkofago.
그리고 세 번째 아이디어 : 연극에서 끊임없이 후렴구로 민방위 지시의 말을 핵전쟁의 모델로 반복한다. 인류가 비극의 교훈을 고려하지 않는다면 그것은 석관에 있을 것이라고 말하고 싶었습니다.

Tiu teatraĵo estis verkita dum semajno. Tio okazis julie de la 19-a ĝis la 26-a. Kiam mi komencis verki ĝin, mi povis nek dormi, nek paroli, mi dormis po tri horoj diurne.
그 연극은 일주일에 걸쳐 쓰여졌습니다. 7월 19일부터 26일까지 있었던 일입니다. 쓰기 시작했을 때 잠도 못자고 말도 못하고 하루에 세시간씩 잤어요.

Mi simple ne povis alimaniere. Ĉu vi komprenas, mi

nun pritaksas la homojn ĉiujn - kie ajn ili loĝas, pri kio ajn ili okupiĝas, kiajn ajn postenojn laŭ ilia rilato al Ĉernobil.
나는 그것을 다른 방법으로 할 수 없었습니다. 이해하십니까, 저는 이제 모든 사람들을 대하기를 : 그들이 어디에 살든지, 무엇을 하든지, 체르노빌과의 관계 측면에서 그들이 어떤 위치에 있든지 말입니다.

Se li estas indiferenta, se lin ne kortuŝis tiu tragedio - tia homo, miaopinie, estas perdita. Ĉar ekzistas tiaj naciaj tragedioj kaj tio estas nacia tragedio, iam ĉiu homo devas esprimi sian rilaton al tia evento.
그가 무관심하고, 그 비극에 감동하지 않았다면 - 내 생각에, 그런 사람은 길을 잃는 것입니다. 그런 국가적 비극이 있고 그것이 국가적 비극이기 때문에 누구나 언젠가는 그러한 사건에 대한 자신의 관계를 표현해야 합니다.

Mi volas rigardi en okulojn de tiuj homoj, kiuj diras, ke la teatraĵo ne estas bezonata, ke ĝi estas trofrua.
연극이 필요없다, 시기상조라고 말하는 사람들의 눈을 들여다보고 싶습니다.

Ĉar se ni ne alarmigos, ne krios, ne avertos, do estos neniu por spekti, por legi niajn teatraĵojn, niajn literaturaĵojn".
우리가 경보를 울리지 않고, 소리를 지르지 않고, 경고도 하지 않는다면, 우리의 희곡과 문학을 보고, 읽을 사람이 아무도 없을 것이기 때문입니다."

El la teatraĵo "Sarkofago": "FIZIKISTO. La ĉefa en tiu tragedio estas ĝiaj lecionoj. Ni ne rajtas ne preni ilin... La historio de la homaro ankoraŭ ne havis tian sperton.
연극 "석관"에서: "물리학자. 그 비극에서 가장 중요한 것은 교훈입니다. 우리는 그것을 받지 않을 권리가 없습니다... 인류의 역사는 아직 그런 경험을 한 적이 없습니다.

Eksplodon de reaktoro kaj ties sekvojn. Ne maleblas, ke tio estas nura okazo. Pli ĝuste, la unua. Necesas, ke ĝi iĝu la lasta. Por tio estas studo en ĉiuj aspektoj. Sciencaj, teknikaj, psikologiaj".
원자로 폭발과 그 결과. 이것이 단순한 우연의 일치라는 것은 불가능하지 않습니다. 더 정확하게는 첫 번째. 마지막이어야 합니다. 그렇기 때문에 모든 면에서 연구입니다. 과학적, 기술적, 심리적"

V. Gubarev: "Kaj la plej ĉefa estas, ke tiuj lecionoj ne estu vanaj por nia junularo. Ja tiuj, kiuj naskiĝis post 1961, post la flugo de Jurij Gagarin, nature akceptas, ke ili naskiĝis en la atom-kosma epoko.
구바레프 : "그리고 가장 중요한 것은 그 교훈이 우리 젊은이들에게 헛되지 않아야 한다는 것입니다. 결국 1961년 이후에 태어난 사람들은 유리 가가린의 비행 이후에 그들이 원자력 시대에 태어났다는 것을 자연스럽게 받아들입니다.

Ili alkutimiĝis al raketaj startoj. Sed ili devas

kompreni unu aferon: se ili vivas en tia epoko, la nivelo de iliaj scioj kaj klero devas esti multe pli alta, ol tiu de iliaj patroj.
그들은 로켓 발사에 익숙해졌습니다. 그러나 그들이 한 가지 이해해야 할 것은 그들이 그러한 시대에 살고 있다면 그들의 지식과 교육 수준은 아버지의 수준보다 훨씬 높아야 한다는 것입니다.

Ĉar ili manipulas principe novajn teknikaĵojn. Kaj morgaŭ ili kreados ilin. Sed ili fojfoje perceptas ĉion ĉi kiel la senkondiĉan, kiel certan aksiomajon.
근본적으로 새로운 기술을 다루기 때문입니다. 그리고 내일 그들은 그것을 만들 것입니다. 그러나 그들은 때때로 이 모든 것을 무조건적인, 특정한 공리로 인식합니다.

Samkiel auton surstrate. Aŭ kiel televidilon. Sed tio ja estas komplikegaj teknikaĵoj. Kaj tre danĝeraj.
마치 거리의 자동차처럼. 또는 TV처럼. 그러나 이것은 매우 복잡한 기술입니다. 그리고 매우 위험합니다.

Ili postulas de la homo novan nivelon kaj de pensmaniero, kaj de scioj, kaj la plej ĉefa de la rilato al tio".
그들은 그 사람에게 새로운 차원의 사고와 지식, 그리고 그것과의 관계에서 가장 중요한 것을 요구합니다."

Robert Gail: "La lecionoj de Ĉernobil estas multaj.

Unu el ili estas la neceso lerni kunekzisti kun la nuklea energio. Ni ne havas alian solvon. Ni vivas en nuklea epoko kaj devas bone konkordi kun ĝi.
가일 : "체르노빌의 교훈은 많습니다. 그 중 하나는 원자력과의 공존을 배워야 할 필요성입니다. 우리에게는 다른 해결책이 없습니다. 우리는 핵 시대에 살고 있으며 그것에 잘 적응해야 합니다.

En Usono ni ricevas preskaŭ 17% de la elektroenergio de la atomaj elektrocentraloj. En kelkaj landoj de Okcidenta Eŭropo tiu cifero atingas 60 aŭ 65%.
미국에서는 원자력 발전소에서 전기의 거의 17%를 얻습니다. 서유럽의 일부 국가에서는 이 수치가 60% 또는 65%에 이릅니다.

Al 1990 sur la Tero estos ĉirkaŭ 500 nukleaj reaktoroj. Alivorte, la demando ne staras ĉu ni eniru aŭ ne eniru la nuklean epokon.
1990년까지 지구상에는 약 500개의 원자로가 설치될 것입니다. 다시 말해서 문제는 우리가 핵시대에 들어가야 하는지 아닌지가 아닙니다.

Ni jam estas en ĝi. Tial estas necesa alta grado de respondeco, precizeco kaj gardemo en uzado de la atoma energio. Se analizi la kaŭzojn de ĉiuj akcidentoj, okazintaj en Usono kaj USSR, do ili aperis ne pro la nuklea energio mem, sed pro la homaj eraroj.

우리는 이미 그 안에 와 있습니다. 그렇기 때문에 원자력을 사용하는 데 있어 높은 수준의 책임과 정확성, 주의가 필요합니다. 미국과 소련에서 발생한 모든 사고의 원인을 분석하면 원자력 자체가 아니라 인적 오류로 인해 발생한 것입니다.

Ankoraŭ unu leciono estas en tio, ke la akcidentoj similaj al la ĉernobila, koncernas ne nur tiun landon, en kiu ili okazis, sed ankaŭ plurajn najbarajn landojn.
한 가지 더 교훈은 체르노빌 사고와 유사한 사고가 발생한 국가뿐만 아니라 여러 인접 국가에도 관련되어 있다는 것입니다.

Tial la helpo en tiaj akcidentoj devas esti farata ne nur sur la nacia, sed ankaŭ sur la internacia nivelo.
그렇기 때문에 이러한 사고에 대한 지원은 국가적 차원뿐만 아니라 국제적 차원에서 이루어져야 합니다.

Ni devas kompreni, ke ni dependas unu de la alia, des pli ke la atoma energio, la nuklea armilaro vastigas sian geografion.
우리는 우리가 서로에게 의존하고 있다는 점을 이해해야 하며, 그만큼 원자력이 발전할수록 핵무기가 그 자리를 확장한다는 점을 이해해야 합니다.

Kaj, fine, estas la lasta, verŝajne, la plej ĉefa leciono.
그리고 마지막으로 아마도 가장 중요한 마지막 교훈입니다.

Kompare kun la konscia apliko de la atoma armilaro oni povas kvalifiki Ĉernobil kiel malgravan incidenton.
의도적인 핵무기 사용에 비하면 체르노빌은 경미한 사고로 분류될 수 있습니다.

Sed se la relative malgranda akcidento kostis valorajn homajn vivojn, seriozajn komunajn fortostreĉojn de kuracistoj kaj du miliardojn da rubloj, do kion oni povas diri pri la milita apliko de la nuklea armilaro?
그러나 상대적으로 작은 사고로 귀중한 인명, 의사의 진지한 공동 노력 및 20억 루블이 손실된다면, 핵무기의 군사적 적용에 대해 무엇을 말할 수 있습니까?

Ni, kuracistoj, tiam estos senfortaj helpi al la homoj.
그러면 우리 의사들은 사람들을 도울 힘이 없을 것입니다.

Pri tio eblas neniam forgesi.
그것은 결코 잊을 수 없습니다.

Ĉernobil estas la lasta averto por la homaro". En malvarma novembra mateno, kiam malseka neĝo falis sur argilozan grundon, mi venis al la apudmoskva tombejo Mitino.
체르노빌은 인류에 대한 마지막 경고입니다." 11월의 추운 아침, 진흙 토양에 젖은 눈이 내리던 어느 날, 나는 모스크바 근처의 미티노 공동 묘지에 갔었습니다.

Nemalproksime de la eniro, maldekstre de la ĉefa aleo, etendiĝis akurataj vicoj de similaj tomboj. Blankaj marmoraj tabuloj, oraj surskriboj. Naskiĝdatoj estas diversaj, la datoj de morto preskaŭ ĉiuj estas majo de 1986.
입구에서 멀지 않은 큰길 왼쪽에 비슷한 무덤들이 줄지어 서 있었습니다. 흰색 대리석 보드, 금색 비문. 생년월일은 다양한데, 사망일은 거의 1986년 5월이었습니다.

Herooj de Ĉernobil. Viktimoj de Ĉernobil. Eble, inter ili estis ankaŭ kulpintoj pri Ĉernobil. La morto egaligis ĉiujn, doninte al ni, vivantaj, la rajton por nura sento: sentima funebro pro perdo de tiuj junaj homaj vivoj.
체르노빌의 영웅들. 체르노빌의 희생자들. 아마도 그들 중에는 체르노빌에 책임이 있는 사람들도 있었을 것입니다. 죽음은 모든 사람을 평등하게 만들었고, 살아있는 우리에게 단 하나의 감정, 즉 젊은 인간의 생명을 잃은 것에 대한 두려움 없는 애도의 권리를 주었습니다.

Mi klinis min antaŭ iliaj restaĵoj (ĉe tio, mi devis, fakte, prezenti mian verkistan identigilon al la deforanta milicisto, kvazaŭ en mia ago estis io suspektinda) kaj forveturis kun peza. penso pri la tempo, travivita de ni post Ĉernobil.
나는 그들의 유해 앞에 절을 하고 (그때 나는 사실 내 행동에 수상한 일이 있는 듯 떠나가는 민병대원에게 내 작가의 신분증을 제시해야 했음) 무거운 짐을 지고, 시간에 대한 상념, 체르노빌 이후의 삶을 지고 나와버렸습니다.

Tiu akcidento per siaj senkompataj rentgenaj radioj momente prilumis nian popolan, ŝtatan mekanismon.
무자비한 엑스레이와 함께 그 사고는 순간적으로 우리 인민의 국가 메커니즘을 조명했습니다.

Sur la severa ekrano de Ĉernobil pli klare, ol iam ajn, riveliĝis kaj niaj internaj grandegaj fortoj kaj rezervoj (ja ni povas, kiam ni volas, solvi ajnan problemon!), kaj niaj gravaj kronikiĝintaj malsanoj, kiuj neniel eniĝas la ĉiopardonan formulon de pasintaj jaroj pri "apartaj netipaj mankoj".
체르노빌의 가혹한 화면에서 그 어느 때보다 선명하게 드러났습니다. 그리고 우리 내부의 엄청난 강점과 비축 (실제로 우리는 우리가 원할 때마다 문제를 해결할 수 있습니다!).
그리고 "특정한 비정형적 결핍"에 대한 지난 몇 년간의 모든 용서 공식에 전혀 맞지 않는 심각한 만성 질환.

Pravas doktoro Gail lasta averto: por la homaro, por la lando, por ĉiu el ni - juna aŭ maljuna, ĉefo aŭ subulo, sciencisto aŭ laboristo.
가일 박사의 마지막 경고는 옳습니다. : 인류를 위해, 국가를 위해, 우리 각자를 위해 - 젊은이든 노인이든, 지도자든 부하든, 과학자든 노동자든.

Por ĉiuj. La lasta averto.

모두를 위한. 마지막 경고.

Mi volas neniun plu komenti, mi ne volas pruvi, klarigi, konvinki, krii kaj averti - ĉar krias kaj avertas ili, tiaj diversaj, nekonataj unu kun la aliaj homoj - rusoj, ukrainoj, belorusoj, kartveloj, poloj, usonanoj: kaj orhara fragila Anelia Perkovskaja, kiu, sendinte la infanojn de Pripjatj en pionirtendarojn, la 11-an de majo falis senkonscie kaj estis sendita en hospitalon en danĝera stato; kaj Leonid Petrović Telatnikov, kun kiu mi konversaciis en unu el kievaj hospitaloj: al tiu tempo li jam ekfartis pli bone, kaj lia kapo kovriĝis per bela, malhele-rufa hararo, sed tutegale, li konfesis, ke nokte li malbone dormas kaj ke lin insidas inkuboj pri incendio; kaj "la homo de la jaro 1986 el Usono" - brila doktoro Robert Gail, tuŝinta nian vivon kaj nian plagon; kaj la estonta kuracisto-kardiologo Maksim Drac, je multaj jaroj pliaĝiĝinta maje de 1986; kaj akademiano Valerij Alekseeviĉ Legasov, dirinta tiajn amarajn kaj senkompatajn vortojn pri la moralaj kialoj de ĉiuj niaj malfeliĉoj.

나는 더 이상 누구에게도 논평하고 싶지 않습니다. 러시아인, 우크라이나인, 벨로루시인, 그루지야인, 폴란드인, 미국인 등 다양하고 생소한 사람들이 소리치고 경고하기 때문에 증명하고, 설명하고, 설득하고, 소리치고 경고하고 싶지 않습니다. : 프리피야트의 아이들을 개척 캠프에 보낸 후 5월 11일 의식을 잃고 위험한 상태로 병원으로 이송된 황금빛 머리의 허약한 페르코프스카야; 키이우의 병원 중 한 곳에서 내가 대화를 나눈 레오니드 페트로비치 텔라트니코프eonid Petrović Telatnikov: 그때쯤 그는 이미 기분이 나아지기 시작했고 머리는 아름답고 짙은 붉은색 머리로 덮여 있었지만, 그럼에도 불구하고 그는 밤에 잠을 잘 못잤고 화재에 대한 악몽에 시달렸다고 고백했습니다.: 그리고 "미국에서 온 1986년의 인물" - 우리의 삶과 재앙에 영향을 미친 가일 박사; 그리고 1986년 5월에 나이가 많은 미래의 심장 전문의인 막심 드락Maksim Drac; 그리고 아카데미회원 발레리 알렉세예비치 레가소프Valerij Alekseevîc Legasov는 우리의 모든 불행의 도덕적 원인에 대해 그처럼 쓰라리고 무자비한 말을 했습니다.

Ili ĉion diris, kaj iliaj vortoj ne postulas detalajn komentojn.
그들은 모든 것을 말했으며 그들의 말에는 자세한 설명이 필요하지 않습니다.

Kaj se iliaj vortoj, ilia vero ne estos aŭditaj, se ĉio restos malnovmaniere, se ni lernos "pri io kaj iel", se ni laboros, samkiel laboris, senpene, fuŝe, se en nia socio faros karieron filojalaj cinikaj kaj malkleraj komplezuloj, sed ne inteligentaj decaj homoj kun siaj memstaraj opinioj kaj konvinkoj, se kiel supera heroeco en ĉiuj hierarkiaj ŝtupoj de la ŝtato estos samkiel antaŭe konsiderata nur sendisputa subiĝo al ordonoj, sed ne krea komparo de diversaj, libere esprimataj opinioj, do tio signifos, ke ni nenion ellernis kaj ke la lecionoj de Ĉernobil estis vanaj.

그리고 그들의 말, 그들의 진실이 들리지 않는다면, 모든 것이 옛날 방식으로 남아 있다면, 우리가 "무언가에 대해 어떻게"를 배운다면, 우리가 일한 것처럼 힘들지 않게, 무심코, 효성 냉소적이고 무지한 안주에 빠진 사람들 우리 사회에서 경력을 쌓지만 독립적인 의견과 신념을 가진 지적인 품위있는 사람들이 아닙니다. 국가의 모든 계층적 수준에서 최고의 영웅주의가 이전과 같이 명령에 대한 의심의 여지없는 복종으로 간주되지만 다양하고 자유로운 표현의 창조적 비교가 아닌 것으로 간주된다는 의견이 있다면 이것은 우리가 배운 것이 없고 체르노빌의 교훈이 헛된 것임을 의미할 것입니다.

Kaj tiam sekvos novaj Ĉernobiloj, novaj "Admiraloj Nahimov", novaj amaraj skuoj de nia vivo.
그리고 새로운 체르노빌들, 새로운 "나히모프Nahimov 제독", 우리 삶의 새로운 쓰라린 충격이 있을 것입니다.

Averto de Ĉernobil. Okazis tiel, ke la televidan filmon "Averto", montritan februare de 1987 laŭ la centra televido, mi spektis en unu el kievaj hospitaloj kune kun tiuj, kiuj laboris en la Zono, kaj nun estas medicine observataj.
체르노빌의 경고. 중앙 텔레비전에서 1987년 2월에 상영된 텔레비전 영화 "경고"를 나는 키이우의 한 병원에서 존에서 일하는 사람들과 함께 시청했으며 현재 의료 관찰을 받고 있습니다.

Ĉe la televidilo kunvenis la tuta hospitalfako, kaj kvankam tio estis diversaj, nekonataj unu kun la alia homoj, sed tiuvespere ĉiuja unuigis la televidekrano,

pezaj rememoroj pri la travivita.
병원 각부서 전체가 텔레비전에 모여 있었고, 서로 낯설고 다양한 사람들이었지만, 그날 저녁 모두 텔레비전 화면으로 뭉쳤고, 그들이 겪었던 일에 대한 무거운 기억이 떠올랐습니다.

En mia memoro riveliĝis rememoroj de la infaneco - kiel en nehejtita kinosalono de 1942 en Saratov la malsataj, lacaj homoj spektis la dokumentan filmon "Frakaso de germani-faŝistaj trupoj apud Moskvo".
내 기억에 - 1942년 사라토프의 난방이 되지 않는 영화관에서, 배고프고, 피곤한 사람들이 다큐멘터리 영화 "모스크바 근처 독일 파시스트 군대의 분쇄"를 보았던 어린 시절의 기억이 떠올랐습니다.

Ili spektis kun doloro kaj espero, ĉagreno kaj kredo.
그들은 고통과 희망, 슬픔과 믿음으로 지켜보았습니다.

Ŝangiĝis tempo, ŝanĝiĝis historiaj cirkonstancoj, ŝanĝiĝis homoj, nur la esprimo de vizaĝoj restis sama: la sama doloro kaj espero.
시간이 바뀌고 역사적 상황이 바뀌고 사람이 바뀌었습니다만, 단지 얼굴 표정만 그대로 남아 있습니다. : 같은 고통과 희망.

Apud mi sidis junuloj en hospitalaj piĵamoj operatoroj de ukrainia televido Jurij Koljada, Sergej Losev, Mihail Lebedev, reĝisoro Igorj Kobrin, komentisto Gennadij Duŝejko.
내 옆에는 병원 잠옷을 입은 젊은이들, 우크라이나 티브이TV 운영자 유리 콜야다Yurij Koljada, 세르게이 로세프Sergej Losev, 미하일 레베데프Mihail Lebedev, 감독 이고리 코브린Igorj Kobrin, 해설자 겐나디 두세이코Gennadij Duŝejko가 앉아 있었습니다.

Ili streĉe fiksrigardis la kadrojn de kroniko de la ĉernobilaj eventoj.
그들은 체르노빌 사건의 연대기의 윤곽을 뚫어져라 보았습니다.

Ili pli ol ĉiuj aliaj sciis je kia pago estas akirataj tiuj kadroj. Jura Koljada estis la unua en la mondo televida operatoro, kiu filmis disrompon de la reaktoro maje de 1986.
그들은 누구보다 그 프레임을 얻는 데 드는 비용을 알고 있었습니다. 유리 콜야다는 1986년 5월 원자로 해체를 촬영한 세계 최초의 텔레비전 카메라맨이었습니다.

Ĉiu paŝo de proksimiĝo al la objekto "kostis" en tiuj tagoj dekojn da rentgenoj.
그 당시에 물체에 더 가까이 다가가는 각 단계에는 수십 개의 엑스레이가 "비용"이었습니다.

La homoj, kiuj ĉirkaŭis min, sciis la prezon de Ĉernobil: nur en Ŝtata komitato pri televido kaj radiobrodkasto de Ukraina SSR pli ol duoncento da kunlaborantoj - televidoperatoroj, radioĵurnalistoj, komentistoj, sonoperatoroj, ŝoforoj devis submetiĝi al medicina observado, kaj kelkaj devis forveturi por sanatoria kuracado.

나를 둘러싼 사람들은 체르노빌의 대가를 알고 있었습니다. 우크라이나 에스에스알SSR의 텔레비전 및 라디오 방송을 위한 국무위원회에서만 500 명 이상의 직원-텔레비전 운영자, 라디오 저널리스트, 해설자, 사운드 운영자, 운전원들은 의료 관찰에 순응해야했습니다. , 그리고 일부는 요양원 치료를 위해 떠나야 했습니다.

Unu el la eminentaj kaj plej sentimaj operatoroj de la ukrainia televido 49-jaraĝa Valentin Jurĉenko mortis subite aŭtune de 1986.
우크라이나 텔레비전의 저명하고 가장 용감한 운영자 중 한 명인 49세의 발레틴 유르첸코Valentin Jurĉenko는 1986년 가을에 갑자기 사망했습니다.

Kaj kvankam la kaŭzo de la morto (koratako) ekstere ne estas ligita kun la ĉernobila radiumado, sed kiu povas nei la rolon de streso, nervaj superstreĉoj, suferitaj de tiu aŭdaca homo dum la varmegaj tagoj de somero 1986?
그리고 비록 사망 원인(심장마비)이 체르노빌 방사능과 외부적으로 연관되어 있지는 않지만, 1986년 여름 무더운 날 그 용감한 사람이 겪었던 스트레스, 신경 긴장의 역할을 누가 부정할 수 있겠습니까?

Jen kontraŭ kia pago estis akirata la vero pri Ĉernobil, la vero, kiu en si mem iĝis seriozega averto por ni ĉiuj.
이것은 체르노빌에 대한 진실을 얻은 대가이며, 그 자체로 우리 모두에게 심각한 경고가 된 진리입니다.

Ĉernobil komencis specifan tempokalkulon por la homaro.
체르노빌은 인류를 위한 특별한 카운트다운을 시작했습니다.

La averto de Ĉernobil kiel tute reala manifestiĝo de tio, kio povas atendi la homaron en la kazo de nuklea milito, devas esti aŭdita ne nur de la profesiaj politikistoj de la tuta mondo kaj de la militistoj, tenantaj fingrojn sur misilaj butonoj, sed de ĉiu homo senescepte, sendepende de lia aĝo kaj socia situacio.
핵전쟁의 경우 인류를 기다리고 있을 수 있는 매우 실제적인 징후로서 체르노빌의 경고는 미사일 버튼에 손가락을 대고 있는 전 세계의 전문 정치인과 군대뿐만 아니라, 모든 사람이 들어야 합니다. 그러나 나이와 사회적 상황에 관계없이 예외가 없는 사람으로부터.

"Prevento de la nuklea omnicido estas la plej neprokrastebla tasko de la homaro en niaj tagoj.
"핵무기의 예방은 우리 시대 인류의 가장 시급한 과제입니다.

Tamen por la grandega plimulto de la homoj ĉio ĉi estas ankoraŭ nesufiĉe klara.
그러나 대다수의 사람들에게 이 모든 것이 여전히 명확하지 않습니다.

Alivorte, multaj el tiuj, kiuj diras, ke ili scias pri la danĝero, envere ne kredas pri ties realeco".
달리 말하자면, 위험을 안다고 하는 사람들은 현실을 믿지 않는 경우가 많습니다."

(B.Kvasil, G.Fuks, J.Rĵiman, J.Somervill, V.Gajko. "Diras la sciencistoj: nuklea omnicido estas minaco al ĉio vivanta". En: "Kiu kaj kiel povas defendi la pacon". Prago, Mondo kaj socialismo, 1981).
(B. Kvasil, G. Fuks, J. Ržiman, J. Somervill, V. Gajko.
"과학자들은 핵 옴니사이드가 모든 생물에 대한 위협이라고 말합니다." "누가 어떻게 평화를 지킬 수 있는가"에서. 프라하, 세계와 사회주의, 1981).

Mi volas kredi, ke post Ĉernobil la homaro pli klare konscios, kio povas okazi al ĝi, se komenciĝos interŝanĝo de batoj per nuklea klabo.
나는 체르노빌 이후에 인류가 핵방망이로 타격 교환이 시작되면 어떤 일이 일어날 수 있는지 더 명확하게 알게 될 것이라고 믿고 싶습니다.

...En la senhomiĝinta Pripjatj ni vizitis la centran punkton de urbogardado. Deĵoranta milica oficiro sidis ĉe la signalpanelo.
... 주민부재의 황폐한 프리피야트에서 우리는 도시 경비대의 중앙지구를 방문했습니다. 근무 중인 민병대 장교가 신호 패널에 앉아있습니다.

En apuda ĉambro la patrolestro skoldis pro io serĝenton.
옆 사무실에서 순찰대장은 상사에게 뭔가를 꾸짖고 있습니다.

Ĉio estis tiel rutina. Sur ligna panelo antaŭ la deĵoranto pendis faskoj de ŝlosiloj.
모든 것이 너무 일상적이었습니다. 열쇠 다발이 근무자 앞의 나무 패널에 걸려 있습니다.

Nomo de strato - kaj flava fasko de enirejaj ŝlosiloj de la domoj. Laŭ kvanto de ŝlosiloj eblis kompreni, en kiu strato estas pli multe da domoj, en kiu - malpli.
거리의 이름과 - 집들의 입구 열쇠의 노란색 꾸러미. 열쇠의 수에 따라 어느 거리에 집이 더 많고 어느 거리가 - 적은지를 이해할 수 있었습니다.

Do, mi ne volus, ke en la centra punkto de marsa gardo de la Tero (ĉu milica aŭ polica ne gravas) pendus faskoj de ŝlosiloj de senhomiĝintaj kaj lasitaj por ĉiam landoj.
그래서, 나는 화성인 지구의 수비대의 중심에 (군대이든 경찰이든 상관없이) 인구가 줄어들고 버려진 국가의 열쇠 다발이 영원히 매달려 있기를 원하지 않습니다.

Mi ne volas, ke ie en la komuna fasko sub la nomo "Europo" briletus ŝlosileto de mia tero, de Ukrainio.
나는 "유럽"이라는 이름의 공통 묶음 어딘가에서 내 땅, 우크라이나의 작은 열쇠가 빛나기를 원하지 않습니다.

Kiel simbolo de tiu sovaĝa mondo, kiun ni vizitis pasintjare, en mia garaĝo pendas blanka kombineo, donacita al mi en Ĉernobil.
작년에 우리가 방문한 그 거친 세계의 상징으로 체르노빌에서 나에게 주어진 흰색 점프수트가 내 차고에 걸려 있습니다.

Laŭ reguloj, verŝajne, endus forĵeti ĝin, ja mi survestis ĝin en la Zono, sed mi ne povas: ĝi estas kara por mi kiel memoro kaj minaca kiel averto.
규정에 따르면, 아마도, 버려야 할 것입니다. 존Zone에서 착용했지만 할 수 없습니다. : 그것은 나에게 추억처럼 소중하고 경고처럼 위협적입니다.

Kaj kiam vespere, mi, ŝaltante reflektorojn, enveturas la garaĝon, antaŭ mi aperas blindigeblanka fantomo - la fantomo, kiu vagas nun tra la ĉernobilaj kampoj kaj kievaj loĝejoj...
그리고 저녁에 헤드 라이트를 켜고 차고로 들어갈 때 눈부신 유령이 내 앞에 나타납니다. 이제 체르노빌 들판과 아파트를 방황하는 유령 ...

Suficâs pri tio!
그것으로 충분합니다!

Tial mi volas fini mian rakonton per unu idilia rememoro: post ĉio ĉi, kion mi ekvidis en la Zono

kaj ĉirkaŭ ĝi, post la morta silento de la lasitaj vilaĝoj (mi ne scias kial, sed min speciale kortuŝis la vilaĝaj tombejoj, tiuj "ombroj de forgesitaj prauloj", kien ne plu venos la vivantaj), post la hospitalaj ĉambroj kaj rigardoj de tiuj, kiuj kuŝis kun pogutigiloj, post saltoj de montriloj en dozometroj, post la danĝero, embuskanta en herbaro, en akvo, en arboj, mi fine de majo elveturis por du tagoj el Kiev.
그래서 나는 하나의 목가적인 기억으로 이야기를 끝내고 싶습니다. 존Zono과 그 주변에서 본 모든 것이 끝난 후 버려진 마을의 죽은 침묵 이후 (이유는 모르겠지만 나는 특히 마을에 감동했습니다. 묘지, 그 "잊혀진 조상의 그림자", 살아있는 사람이 더 이상 오지 않을 것), 병원 병실 뒷편, 전동 공구를 든 사람들의 시선, 측정계의 포인터 점프 후, 위험 후, 풀밭에, 물 속에 숨어, 나무에서 나는 마침내 5월의 키이우에서 이틀 동안 외출했습니다.

Mi impetis orienten laŭ la dezertiĝinta ŝoseo Kiev - Harjkov, haltiĝante nur ĉe pikedoj por trapasi dozometran kontrolon.
나는 황량한 키이우-하리코프Kiev-Harjkov 고속도로를 따라 동쪽으로 속도를 내고 선량측정제어소를 통과하기 위해 검문소에서만 멈추곤했습니다.

Mi veturis al Mirgorod - viziti la filinon kaj la nepinon.
나는 미르고로드Mirgorod로 가서 - 딸과 손녀를 찾았습니다.

Al tiu sama Mirgorod, pri kiu skribis Nikolaj Vasiljeviĉ Gogol: "Mirinda urbo Mirgorod! Kiaj nur konstruaĵoj en ĝi ne estas! Kaj sub pajla, kaj sub kana, eĉ sub ligna tegmentoj; dekstre estas strato, madekstre estas strato, ĉie estas belega plektobarilo; laŭ ĝi volviĝas lupolo, sur ĝi pendas potoj, el sub ĝi helianto montras sian sunaspektan kapon, ruĝas papavo, trembrilas dikaj kukurboj... Lukso!"
니콜라이 바실리예비치 고골Nikolai Vasilyevich Gogol이 쓴 동일한 미르고로드에 대해: "멋진 도시 미르고로드! 거기에 단지 건물이 왜 없는지! 짚 아래, 갈대 아래, 심지어 나무 지붕 아래도 있습니다. : 오른쪽에는 거리가 있고 왼쪽에도 거리가 있으며, 모든 곳에 아름다운 울타리가 있습니다. : 그 옆에는 홉이 감겨 있고, 냄비가 그 위에 매달려 있고, 그 아래에서 해바라기가 햇볕이 잘 드는 머리를 보여주고, 양귀비는 붉고, 살찐 호박은 반짝거립니다. 찬란합니다!"

Kiom delonge tio estis! El kia naiva kaj senzorga tempo venis tiuj vortoj!
그게 얼마만의 일이야! 그 말은 얼마나 순진하고 걱정않는 때부터 나왔습니까!

Sed ankaŭ maje de 1986 Mirgorod estis belega. Belega per tio, ke estis nenia radiado - nu almenaŭ iom-iom plialta ĝi tie ĉi ne estis. Kaj neniu rekomendis ĉi tie fermi fenestrojn.
그러나 1986년 5월에도 미르고로드는 아름다웠습니다. 방사선이 없다는 점에서 아름답습니다. - 글쎄, 적어도 여기에서 조금-조금 더 높지는 않았습니다. 그리고 아무도 여기에서 창을 닫는 것을 권장하지 않았습니다.

Komenciĝis maja antaŭvespero, kiam la aero en Mirgorod estis saturita per pigraj aromoj de la ŝuripozinta dumtage tero.
그것은 미르고로드의 공기가 낮 동안 얼어붙은 땅의 게으른 향기로 가득했던 5월 전날에 시작되었습니다.

Mi eliris sur bordon de la malgranda rivereto Horol, kuŝiĝis en herbaron, fermetis la okulojn.
나는 작은 시내 호롤Horol의 강가에 나가, 풀밭에 누워 눈을 감았습니다.

Mi ekaŭdis apude amajn trilojn de ranoj, eksentis freŝecon de herbo kaj proksimecon de akvo.
나는 근처에서 앙증맞은 개구리의 떠는 소리를 듣기 시작했고, 싱싱한 잡초내음을 그리고는 시원스런 강물을 가까이 했습니다.

Sur la kontraŭa bordo muĝis bovinoj, atendante, kiam ili fordonos sian varmegan lakton al ladaj siteloj. Kaj subite mi komprenis, kio estas feliĉo.
맞은편 강둑에서는 암소들이 따끈한 우유를 양철통에 받아채우기를 기다리고 있는듯. 그래 갑자기 나는 행복이 무엇인지 느낍니다.

Tio estas herbaro, en kiun eblas kuŝiĝi, ne timante

radiadon. Tio estas varma rivero, en kiu eblas sinbani.
방사선을 두려워하지 않고 누울 수 있는 풀밭입니다. 그것은 당신이 멱을 감을 수 있는 따뜻한 강입니다.

Tio estas bovinoj, kies lakton eblas libere trinki.
그것들이 주는 우유를 마음껏 마실 수 있는 암소들.

Kaj periferia urbeto, vivanta per ritma vivo, kaj sanatorio, laŭ kies aleoj malrapide promenas ripozantoj, aĉetas biletojn al somera kinejo kaj konatiĝas,- ankaŭ tio estas feliĉo.
그리고 변두리의 작은 마을, 리드미컬한 삶을 즐기는, 요양원, 그길 골목을 따라 천천히 산보하는 휴양원생들, 여름 영화관 티켓을 사고 서로를 교분하는 것, 그것도 행복이다.

Nur ne ĉiuj tion komprenas.
그러나 모든 사람이 그것 감정을 느끼는 것은 아닙니다.

Mi eksentis min kosmonaŭto, reveninta sur teron el malproksima kaj danĝera vojaĝo al antimondo.
나는 멀고도 위험한 세계밖 여정을 마치고 지구로 돌아온 우주비행사가 된 기분이 들었습니다.

Tiuminute min vokis unu mia konatulino kaj donis ian kreskaĵon, elŝiritan kun radiko.
그 순간, 내 여친 한 명이 저를 불러, 뿌리채로 뽑힌 어떤 식물을 건냈습니다.

Nenio rimarkinda krudaj malhel-verdaj folioj kaj dika trunko, kvazau farbita per viola inko. Tiu kreskaĵo nomiĝis ĉernobil "absinto". Amara estis ĝia gusto.
보라색 잉크로 칠한 것처럼 짙은 녹색 잎과 두꺼운 줄기는 보잘 것 없습니다. 그 식물을 체르노빌 "쓴 쑥 압생트"라고 이름합니다. 맛이 썼습니다.

Decembro 1986 - januaro 1987
1986년 10월 - 1987년 1월

이해를 돕고자

체르노빌 원자력발전소. Ĉernobila Atoma ElektroCentralo
흑연감속 비등경수 압력관형 원자로 (이하 ĈAEC 체르노빌 원전)
현 우크라이나 영내 위치 - 1978년 5월 상용운전 개시 - 1986년 4월 25일 기술자들이 안전장치를 해제한 채 원자로를 시험 가동하다가 26일 새벽에 통제불능 상태에 이르면서 폭발, 잇따라 발생한 화재로 방사성물질이 인근 지역으로 날아, 수많은 사람들이 사망, 방사능 오염, 주변 주민들이 타지로 피신 최악의 방사능 재해사건. 총 4기중 제 4호기-사고 후 수천톤의 콘크리트 구조물과 금속차폐장치로 방사능 누출을 방지한 상태에서 그대로 남아있음.
우크라이나 수도 키이우 북서쪽 104km 프리피야트 마을에 위치.
우크라이나는 1991년 구 소련으로부터 독립, 2022년 현재 러시아의 무단 침공으로 고생하고 있음.
본문은 공상과학소설의 일부분을 소개한 내용입니다.
존(Zono)은 외계인이 침입한 지역이고 스탈케로(Stalkero)는 영어의 스토커(stalker)에서 따온 말인데 추적자라고 번역할 수 있을까요. 존을 금지구역으로 지정했는데 추적자들이 불법으로 들어가서 조사를 한 모양입니다. 주인공이 추적자로서 몰래 존에 들어가서 느낀 소감을 표현한 내용으로된 논픽션 소설(novelo)형식의 글입니다.
원문에서 두 사람이 에스페란토로 번역하여, 이를 다른 두사람이 감수하였는데, 문장이 특이한 점도 고려의 대상이며 - 저 유명한 체르노빌 원자로 폭발로 폐허가 된 현장을 목격자들이나 과학자들의 증언들을 통해 사고후의 상황을 그린 글이며,
문장들이 색다르고 채택 단어들이 일반 내용들과는 특이한 점이 보여 에스페란토 학습에 도움이 되기를 바라면서....